文春文庫

楽園の真下

荻原浩

文藝春秋

楽園の真下

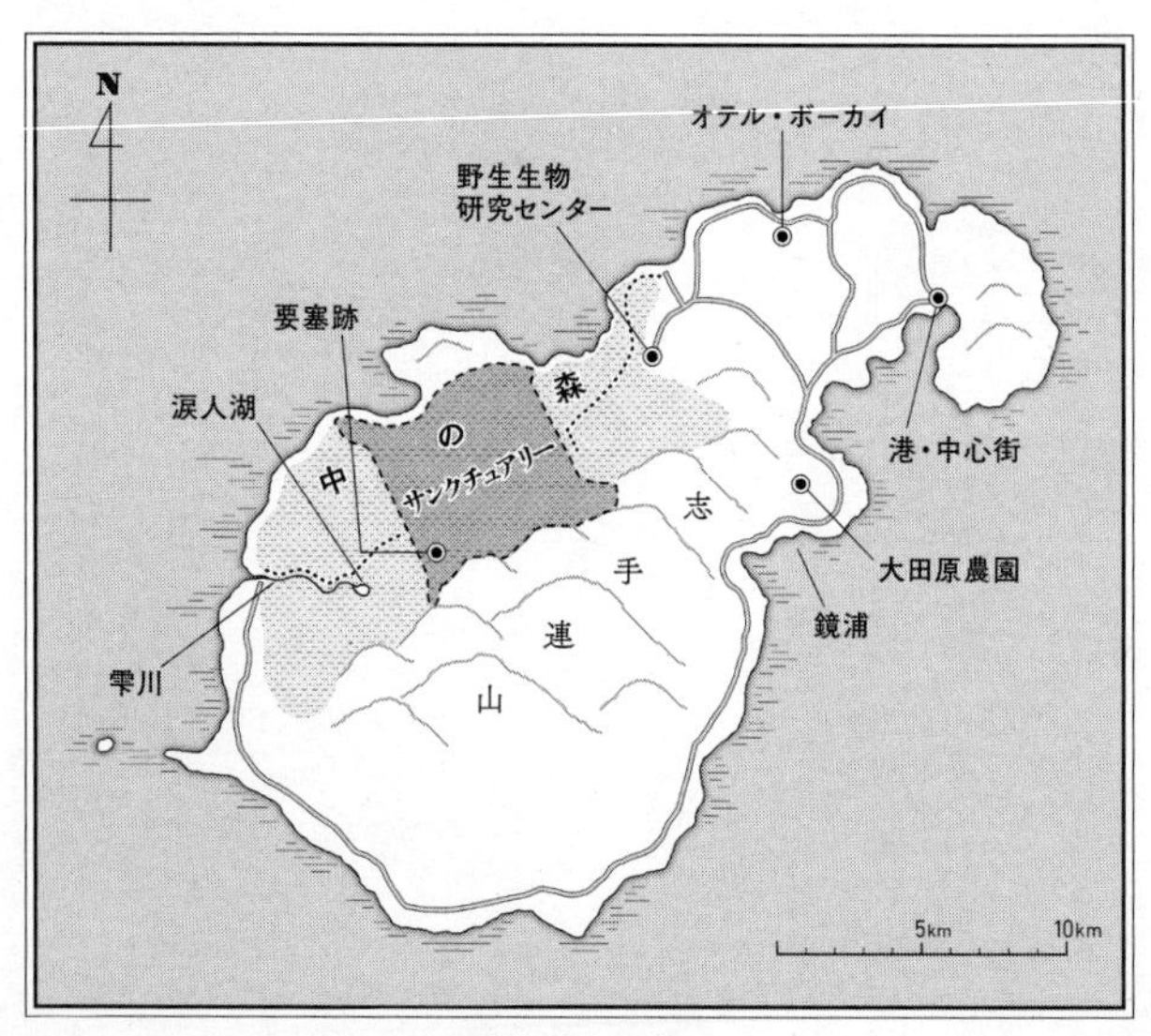
N
オテル・ボーカイ
野生生物
研究センター
要塞跡
涙人湖
森
の
中
サンクチュアリー
港・中心街
志
手
連
山
大田原農園
鏡浦
雫川
5km
10km

志手島

1

とにかく最初の一行がむずかしい。

何年この稼業をやっていても同じことを思う。キーボードの上をさまよわせているだけの手をとめて、ろくに見る気もないテレビをつけた。サラリーマンならそろそろ昼飯にくり出す時刻だが、私は一時間前に起きたばかりだった。

いきなり笑いとも悲鳴ともつかない女の声が飛び出してきた。

「ひゃあ、おっきいっ」

画面いっぱいに、ぼやけた緑色が広がっている。アップにしすぎて焦点が合っていないのだ。動いている。生き物？　カメラが引くと、植物の茎に見えた六本の脚が蠢(うごめ)いているのがわかった。虫だ。

軍手を嵌(は)めた誰かが握っている虫を女性レポーターがこわごわ覗(のぞ)きこんでいる。三角形の頭。振り上げている前脚にはノコギリ歯のついた鎌。なんだカマキリか。

「では、サイズを計ってみましょう」

レポーターの声と同時に、メジャーを持ったスタッフの手がカマキリに伸びる。

「えーと……じゅうろく……なな？……な、なんと十七センチのカマキリでーす」

名もない女性タレントらしいレポーターの、驚きを表現する演技をしているふうな顔がアップになった。

「これ、ギネス級じゃないでしょうか」

ニュース番組を探すつもりだったのだが、見るまでもないようだった。とりあえず今日もこの国は平和だ。ただちにテレビを消して空白のパソコン画面に戻る。

いつにもまして書き出せない理由はなんとなくわかっていた。これから書こうとしているものに興味が持てないからだ。何度もそうしているように、かたわらに置いた企画書をつまみあげる。出版社から送られてきたファイルをプリントアウトした紙束だ。表紙に今回私が書くべき本のタイトルが入っている。

『びっくりな動物大図鑑』

生き物の意外な生態を紹介する、最近流行りの本の何匹目かのどじょうを狙った企画だった。面白いエピソードは先行本に持っていかれてしまっているから、編集者から送られてきた資料はどれもこれもいまひとつ。監修に動物学者をつけるそうだが、人選すら決まっていない。どちらにしても書くのは全部私で、書き上げた原稿を読んでもらって箔をつけるってだけの話だ。

仕事を依頼してきた編集者は言う。「あとは藤間さんの腕に期待です」

それって丸投げってことだろう。とりあえず動物関連の資料は集めた。大半は図書館本。今回の仕事は印税払いではなく原稿料払いで経費込み。資料代に金をかけるわけにはいかない。六十以上はエピソードが必要な中身のほうは「追加で資料とネタを送りますんで」という言葉に期待して、とりあえずプロローグの最初の一行を打ってみた。

『この地球上にはまだ多くの謎が残っている。』

陳腐だな。グーグルアースで地上のあらゆる場所を覗き見ることができ、遺伝子操作で命まで創ってしまう時代だ。もう謎なんてどこにも残っちゃいないだろう。消去。

『動物たちの知られざる素顔をこんなに知ってしまっていいのでしょうか⁉』

軽すぎるか。昔は硬派な記事を専門にしていたのに、いつのまにか私はなんでも屋ライターになりつつある。消去。いちおうカルチャー本だ。もう少し重々しくいこう。

『生物の不思議を人間はどれだけ知っているだろう。』

ふむ。大げさだが、このくらい大上段からかましたほうがいいかもしれない。改行。二行目を打ち出したところで、スマホが着メロを奏(かな)でた。1DKの狭い部屋なのに、本や脱ぎ捨てた服がいくつもの山になっていて、すぐには見つからない。椅子(いす)にかけたままだったサマージャケットのポケットの中で発見した。メロディがサビに入っても電話を鳴らし続ける人間は、いまの私にはそう多くない。耳をあてたとたん、前置きなしの言葉が飛びこんできた。

「藤間さん、見ました？」

神田出版の伊沢。『びっくりな動物大図鑑』を依頼してきた編集者だ。

「え、なにを」

「さっきのテレビ。十七センチのカマキリですよ」

なんだ。てっきり企画がボツになったという連絡かと思った。つい数か月前にも第三章まで書き進めていたお手軽心理学の本の話がなくなったばかりだった。いまの悩める出版業界では珍しいことじゃない。そこで飯を食っている私のようなフリーライターには受難の時代だ。

「ああ、いまのやつ？」

「あれ、今回の本のネタになりませんかね」

ほんとうに本日も平和だ。

「……でも、虫、ですよ」

『びっくりな動物大図鑑』は哺乳類限定じゃなかったっけ。「せめて魚類までとしましょうか。できれば熱帯魚がいいな。爬虫類とか虫は受けが良くないんですよ。とくに実写だと。気持ち悪いってひかれちゃう」そう言ったのは伊沢本人だ。先行本との差別化をはかるためにイラストではなく写真を多用するそうだ。

「だけど、十七センチですから。いまネットでさくっと調べたら、ほんとうにギネス級かもしれません。カマキリってふつう大きくても十センチちょっとだそうです」

「サバ読んでなかったかな、あれ」

それこそ昼近い時間帯の視聴者である主婦層に受けが良くないと自主規制したのか、画像は終始ぼやけていた。メジャーの目盛りも。だが、伊沢は真剣だった。

「ひらめいちゃったんですよ、ボク。十七センチってちょうど小B6判の天地いっぱいのサイズじゃないですか。原寸大で載せるってのはどうかなって。インパクト半端ないっしょ。表紙にだって使えるかもしれない。こっちも調べてみますから、藤間さんもざっくりチェックしてもらえたらありがたいです——」

若手編集者の夢多き熱弁を、彼より十年は長く業界にいる私は聞き流していた。こちらから質問をしたのは、長くなりそうな話を止めるためだった。

「じつは最後まで見てなかったんだけど、場所はどこなんですか、あれ」

南のほうだと思う。国内のはずだが、背後に椰子のような樹木が映っていた。

「志手島です」

その地名を聞いたとたん、スマホを握る私の手にようやく力がこもった。

「志手島……」

「ええ、舞台設定もばっちりでしょ。あそこなら、びっくりな生き物がいてもおかしくはないって感じで」

頭のどこかでスイッチが入る音がした。伊沢とは別の思惑のスイッチだ。

「じゃあ、ちょっと取材に行ってこようかな」

「え」

電話のむこうが絶句した。大重版を夢想していた頭を、初版の見積もり書で叩かれたのかもしれない。

「あの、えーと、お話ししたと思いますが、経費は基本、原稿料込みで……」

「わかってます。自腹で行きますよ。写真も撮ってきますから、その分だけ上乗せお願いします。志手島って珍しい生き物が多いんでしょ。哺乳類限定じゃなくていいなら、ついでに新しいネタをいくつか拾ってきますから」

「あーそういうことなら。締め切りにはまだ日にちがありますしね」

本当はカマキリなどどうでもよかった。

志手島。一度行ってみようと思っていた。観光地としてではなく、私の新しい本を書くための取材先として。

十年前、二十七歳だった私はノンフィクションの原稿を書き上げ、業界の賞を取り、本を出版した。この手の本にしては話題となり、当時は『気鋭の若手ノンフィクション作家』ともてはやされた。だが、二冊目はいまだに出ていない。何年もなにも書けなかったのだ。ようやく書きはじめようとした時にはもう、世間から忘れ去られていた。

このところ、志手島の名前をよく聞く。かつては本土から遠く離れた秘境として語られるばかりだったが、ここ何年かは別の理由で。現実から遠い場所へ彷徨い始めた私の夢想を、今度は伊沢のほうが遮った。

「ご存じですよね。志手島には航空便がないって。船で行くんです。確か丸一日近くかけて」

それは知らなかった。

「船便は週に一度しかない。つまり行ったら一週間は帰ってこれないってことです」

これからの一週間、自分に何か予定があるかどうか考えてみた。

なにもない。

二週間出かけようが、一か月不在にしていようが、誰も困らない。

私はそういう人間だった。

2

さぁ、志手島へ！

本土から船で十九時間。志手島はイルカやクジラの泳ぐ蒼い海に囲まれ、緑深い森に包まれた南の楽園。日本でいちばん天国に近い島と称されています。マリンスポーツ、イルカウォッチング、手つかずの原生林の中へのトレッキング、戦跡・流人の家を訪れ

る歴史遺産散歩などなど、遊びどころ見どころが満載。山手線の内側の二・五倍の面積を持つ大きな島なのに、人口はわずか二千八百人。ここでは人より大自然とそこに暮らす生き物たちが主役です。さぁ、今年こそ志手島でロングバケーション！

旅行ガイドをぱらぱらとめくっていたら、船が揺れ出した。天候が良くないのだろうか。船室は窓のない二等の大部屋だから確かめようもない。

ガイドブックの中の志手島は、確かに美しかった。コーラルブルーの海も、亜熱帯の森も、日本の風景とは思えない。これほど自然に恵まれているのに、観光地としてメジャーではないのは、やはり週一の船便しかなく、しかもそれが丸一日近くかかるというアクセスの悪さだろう。観光地化されていないから、まだこれほどの自然に恵まれているとも言える。

ザコ寝スタイルの船室に客がまばらなのはあらかたが甲板（かんぱん）か食堂に行っているためで、ほぼ満員のようだ。子ども連れは少なく、若者か中年のグループが多い。人のことは言えないが、みんな何をしに行くのだろう。私はマットレス一枚ぶんの自分のスペースで船の揺れに身をまかせて、売店で買った志手島産のラム酒を飲んでいる。

ニューヨークやロンドンへ行くより長い旅だ。神田出版の仕事のための資料や本も持ってきてはいたが、私はここ何日か何度もそうしているように、私自身の取材のためにノートパソコンを取り出し、保存したファイルを開く。

最初は新聞のローカル版のスクラップ。日付けは二週間前、七月の初めだ。

3日午後、志手島村の涙人湖(るにんこ)で、同村川元のホテル従業員戸沢淳一さん（26）の水死体が見つかった。自殺と見られるが遺書などが残されていないため、志手島警察署は事件と事故の両面で捜査している。

次は、去年の秋のもの。ネットのデジタルニュース。

10月9日、志手島村の雫川(しずくがわ)河口付近で女性の水死体が発見された。年齢は20代から30代、身長１６０センチ前後。志手島警察は身元の確認を急いでいる。遺体に目立った損傷や争った形跡はないという。

これは去年九月の記事だ。

19日、志手島村の涙人湖で同村在原(ありはら)の公務員佐々木充(みつる)さん（34）が水死体で発見された。佐々木さんは同日、トレッキング仲間とともに涙人湖付近を訪れていた。同行者は、事故ではなく佐々木さんが自ら飛び込む姿を目撃したと証言している。志手島で自殺あるいは不審死の水死体が発見されたのは、今年で6件目。昨年と合わせて、ここ２年で

11件にのぼる。

　人が一人、自殺しても世間ではいちいちニュースにはならない。なにしろこの国の自殺者は年間二万人以上だ。私に集めることができた情報はこれだけだが、去年の九月にはもう一人が見つかっている。去年十月の身元不明の女性も自殺だとして、今年のつい二週間前のホテル従業員の死を合わせると、志手島では、この二年半で十四人が自ら命を絶っていることになる。自殺死亡率は全国平均の十倍以上だ。

　去年の秋、週刊誌でもちょっとした記事になった。『楽園の島で何が起こっているのか』という見出しで、二年間で十二人（この時点では十月に入ってからの女性の数は含まれていない）が自殺らしき遺体で発見されていること、死因は全員が水死で、しかも場所は涙人湖という離島には珍しい湖と、その周辺に限られていることを指摘していた。

　だが、その内容は、一見、自死とはイメージのほど遠い、南ののどかな島というロケーションを揶揄（やゆ）したり、未確認の自殺サイトとの関連をほのめかしたりするだけのもので、大きな話題にはならなかった。

　志手島のことは、世間では、自殺の新名所が生まれたのだ、ぐらいにしか思われていないのだと思う。

　志手島の自殺者多発について、相変わらず熱く語られているのは、おもにネットだ。辛抱強く検索を続ければ、たとえば、こんなコメントの洪水に突き当たる。

「また志手島か」

「まさに死出島だね」

「こうなると風物詩。死人が出るのは毎年夏限定なんだよな。7月から10月まで。冷し中華かよ」

「自殺したいヤツのスポットになってる？　東尋坊（とうじんぼう）みたいな」

「涙人湖、見たことがある。写真で。湖っていうより沼ですな」

「観光客じゃなくて地元の人間が多いってことは、島に問題があるんじゃね。南の楽園が泣く。。。」

「どんなに環境が良くたって死にたい奴は死ぬってことなんだな」

「多すぎる。全国の自殺率＝10万人あたり17・3人。死出島＝2800人あたり14人（÷2・5）」

「太陽がまぶしすぎたんだ（笑）」

「天国にいちばん近い島だけに」


志手島で死ぬことを誘導しているような自殺サイトがあるのではないか、という噂（うわさ）もまだ収まっていない。だが、私もさんざん調べたが、そんなものは見つからなかった。

パソコンを閉じて、マットレスの上に寝ころぶ。予断を持つのはやめよう。とにかくありのままを見ることだ。考えるより先に感じるのだ。

また船が大きく揺れた。隣のカップルの女が吐き気をこらえる声で男に訴えている。

「ねえ、豪華客船の旅みたいなもの、って言ってなかった」

「クイーンエリザベスだって揺れるってよ。乗ったことないけど」

「聞いてないよ」

私は明日歌（あすか）のことを思い出した。「会社を辞めてフリーになるなんて、聞いてないよ、私」

人が増えた船室を抜け出して甲板に出た。もう外は暗かった。月はなく、見渡すかぎりのすべてが黒い海だった。巨大な生き物が体をふるわすように波がうねっている。遮るもののない海風は痛いほど強く、Ｔシャツ一枚で出てきたことを後悔する冷たさだ。

片手にさげてきたラム酒をラッパ飲みする。７２０mlのボトルがもう半分がたなくなってしまった。明日歌が隣にいたら、眉をひそめてボトルを取り上げようとするだろう。

私が書こうとしている新しい本は、自殺に関する本だ。

人はなぜ自殺という思いに囚（とら）われるのか。

その思いは、いかにしてふくらみ、実行に至ってしまうのか。

死の瞬間、何を思うのか。安らぎか、それとも後悔か。

死の先には、何があるのだろう。

知りたかった。すべてを。

自殺をする動物は人間だけだ、という話を聞いたことがある。

自殺に関する本を漁り、何人もの遺族や未遂者に話を聞いた。

東尋坊へ行って、絶壁の真下を覗いた。

樹海にも入ってみた。

東京の名所と呼ばれる奥多摩湖や新名所だという京都のダムにも足を運んだ。

いまのところ何もわかっていない。

また船が大きく揺れた。船に酔っているのか酒に酔っているのかわからなくなってきた。

もう何年も、私は考えている。なぜ人は自ら命を絶とうとするのかを。

ずっと考え続けている。明日歌がなぜ自ら死を選んだのかを。

3

タラップを降りはじめたとたん、太陽が襲いかかってきた。波止場に吹く風は乾いていて、蒸し暑いばかりの東京より涼しく思えるぐらいだが、日射しは強烈だ。十九時間ぶりに地面に戻った私の体はまだ揺れていた。

人口の少ない島と聞いていていたが、波止場には大勢の人間が集まっていた。船はこのまま出港まで停泊し続けるそうだから、帰りの便の客というわけじゃない。宿や旅行会社のプラカードを手にした人間も多かった。

そうか、週に一度の船だから、迎えや積み荷を受け取る人々が一斉に押しかけているのだ。私が予約した宿のプラカードを探したが見当たらない。まぁ、格安だからしかたないか、と諦めかけた時、『オテル　ボーカイ』というボール紙をラップで包んだだけの小さなプラカードを見つけた。

手にしていたのはタンクトップに半パン、ビーチサンダルの若い男。観光客みたいな風体だからまるで目に入っていなかった。

私が近づくと、むこうが先に声をかけてきた。

「フジマさん？」

「ええ、トウマです」

トーストみたいに日焼けした痩身の青年だ。長い髪を後ろで結っている。

「どうします。チェックインはいつでもオーケーですけど。これから観光されるでしょ」悪天候のせいで到着は四十分遅れだったが、時刻はもう正午前だ。「荷物だけ預かりましょうか」

涙人湖に行ってみたかったが、その前にカマキリの取材をすませておかねば。単刀直入に尋ねてみた。

「先週テレビで紹介されてた、大きなカマキリのこと、ご存じですか」

「もちろん。島のことが内地のニュースになるの、めったにないですから」

「あれ、どこで見られますかね」

「マスコミの方？」

「いや、まあ、興味があって」

曖昧に言葉を濁した。「取材」と口にしたとたん聞ける話も聞けなくなることがあるからだ。逆に「取材」と言わないと聞けない話もあるのだが。そもそもマスコミの人、と言うほどの人間でもない。

「あれは鏡浦ですね。大田原農園っていうとこ」

青年が観光客用の地図を広げてみせる。ガイドブックには『志手島は長い首を伸ばしたウミガメのかたちをしている』と書かれていたが、私には頭が体よりも大きな胎児に見えた。

港があるのは、島の北東に延びた半島の、ウミガメの喩えで言えば顎の下あたり。鏡浦というのはカメの甲羅の右肩だ。

「レンタカー、予約してます？」

私が首を横に振ると、青年もしかめ面を横に振った。

「レンタカー、すぐに埋まっちゃうんですよ。入港日はとくに」

数少ないタクシーも同様で、いまごろはもうあらかじめチャーターした客を乗せて出払っているはず、だそうだ。町営バスもあるにはあるが鏡浦までは行かない。景色を見ながら歩いて行くといったら、うーん、と唸られてしまった。島だからって舐めてもらっちゃ困るというふうに。

「地図だと近く見えますけど、けっこうありますよ。歩く人、まずいないっす。住所は鏡浦でも大田原農園は山の中なんですよ。途中から登りがきついです」

確かに地図を見ると、志手島には半島部分を除いてほとんど平地はない。船から見えた島影は海から山脈が飛び出しているかのようだった。

「そうだ、フジマさん、バイク乗れますか」

「ええ」

「うちのレンタルバイク使います？　六時間二千円ですけど、満タン返しでお願いできれば、タダでいいんで」

道の右手に海が続いている。青い海、とありきたりの言葉を口にするのがはばかられる美しい色合いの海だ。群青色を薄めて透明に近づけ、ほんの少し緑を足した、そんな色。宝石を溶かして液体にしたかのようだ。

私は富谷と名乗った青年の運転する車で、港から七、八分という宿へ向かっていた。左手はねじれた赤茶色の幹に濃緑の葉を繁らせた亜熱帯の森。

「きれいだな」

そんな言葉が自然に出る。富谷青年が助手席の私にくすぐったそうな笑顔を向けてきた。

「でしょう。以前、画家のお客さんがうちに泊まったことがあって、その人が言ってました。絵の具じゃ描けないって」

「富谷さんはここのご出身ですか」

「俺？　いや、違います。生まれは新潟っす」

そうじゃないかと思った。冬でも最高気温二十度だというこの島の太陽の光が染みついたような肌の色だが、物腰や訛りのない言葉でなんとなく。自分の土地を屈託なく褒めるのがなによりの証拠だ。私は函館の生まれだが、冬の函館の風景を褒めそやす人間には、つい毒づきたくなる。だったら住んでみろよ、と。

「四年前まで東京にいたんですけど、ここが気に入っちゃって、仕事見つけて、気づいたら四年経っちゃいました」

「移住しちゃったわけだ」

「多いですよ、この島には俺みたいな人間。だから、平均年齢、けっこう若いっす、志手島は。逆に年寄りは島を離れていっちゃう。ほら、病院がないでしょ。診療所がひとつだけで。昔は知らないけど、いまどきだと、若くないと暮らせないんです」

そういえば、港に集まっていた観光関係のスタッフたちは若者ばかりだった。波止場から駐車場に歩くまでの道では、近くに保育園があるのだろうか、小さな子ども連れの女性たちの一団とすれ違った。

富谷が訊いてくる。

「ここには何をしに？　お客さん、ガタイはいいけど、ダイバーって感じでもないですよね」

　夜型の私の生っ白(ちろ)い腕に横目を走らせて言う。丸一日かけてここまで来る人間には、マリンスポーツの熱心なマニアが多いのだろう。フェリーの乗客にもすでに日に焼けて胸板の厚い連中がめだっていた。

「まぁ、いろいろ回ってみようかと。涙人湖とか」

「ルニン湖？　シブイっすね。島の人間でもあまり行かないとこだ。俺も行ったことないです。なんか地の底の沼みたいなとこだって聞きますけど」

「大田原農園から涙人湖までは遠いのかな」

「あそこは車でも行けません。歩いて行くんです。島の森の環境保全のためっす。森のたいていの場所は、許可車両しか入れないし、そもそも車道、ほとんどないし」

　知らなかった。予断は禁物、直感を大切にしたい、という言葉を言いわけにして、私は旅先のことをあまり調べないで出かけることが多い。今回もそうだった。

　ワゴン車が信号で止まった。信号を見たのは、ここへ来て初めてだった。富谷青年がドリンクホルダーからミネラルウォーターのボトルを引き抜いて、豪快に中身を減らす。私は思いきって尋ねてみた。

「戸沢さんって人、知ってる？」

「トザワ？」

「あなたと同じホテル勤めの人らしいけど」

「ああ、あの戸沢さん。サンライズホテルの」陽気な富谷青年の横顔が一瞬、硬くなる。が、すぐににまにま笑いを顔に戻して、私に横目を向けてきた。「お客さん、やっぱりマスコミの人でしょ。死出島（シデジマ）の噂（うわさ）を調べに来たんじゃないですか？　確かに多いですものね、ここ何年か」

　正直に話すことにした。

「大カマキリは出版社の仕事。涙人湖のことは個人的に調べてる。フリーライターなんだ」

「おお、かっこいい。なんかただ者じゃないオーラ、ありますもの、フジマさんって」

「ありがとう。トウマです」

　気のせいだよ。もしくは普通のサラリーマンには見えない薄髯（うすひげ）のせいだ。ファッションというより毎日剃（そ）らずに済むという不精（ぶしょう）が理由の髯だ。明日歌と暮らしていた頃は毎日剃っていた。

「もしなんだったら、戸沢さんの知り合い、探してみましょうか。狭い島だから、すぐに見つかると思いますよ」

「いいんですか？」

　初対面で、しかも会ってからまだ十五分しか経っていないのに、やけに親切だ。自分ばっかりすいません、と言いつつ、富谷がまたミネラルウォーターを手にとる。

「ターマイカシ。あ、これ、島の古い言葉で、ウエルカムって意味です。遠くから島へ来てくれた客人の面倒はきっちり見るのが、志手島の伝統なんで。内地の人は週に一度しか来ないから嬉しいんです。島に来たとたん他人じゃなくなるんです」

道の先に、濃い緑の葉を空に広げているひときわ大きな木が見えてきた。いくつもの樹木がうねって絡み合ったように見える灰色の太い幹。ガジュマルの木だ。車がスピードを落とした。

大きなガジュマルのすぐ手前に木の柵。同じ灰色の太枝を組んだだけの柵だから、まるでこの大木から延びた気根のように見える。

「ここです」

太枝の柵には車が一台ぶん通れるだけの隙間があいている。門柱がわりの丸太に木製の板を使った看板がさげられていた。

『オテル　ボーカイ』

車が柵の中に乗り入れて停まった。

左右にログハウスが並んでいる。ガジュマルを使ったわけではないだろうが、色はやはり灰褐色。その色のためか、素人が手造りしたような大雑把な木組みのせいか、やけに古びて見えた。低木に育ったハイビスカスがそこここで赤い花を咲かせている。

車の外に出ると、ぐわんと擬音が聞こえるような熱気が体を包んだ。トランクから私の荷物を取り出しながら富谷が言う。

「すいません。名前ばっかりおしゃれで。ほとんど詐欺ですよね。うちの規模だと正式にはホテルとは名乗れないそうで。だからオテル。フランス語だそうです。うちのオーナー、フランスなんて行ったこともないのに。あ、でも、ウエルカムドリンクは出しますよ。アイスコーヒーとパッションフルーツジュース、どっちにします？」

「ありがとう。でもすぐに出かけるよ」

レンタルバイクは、50ccのスクーターだった。郵便配達車みたいな赤色。

「昼飯はどこで？　ガイドブックに載ってない店のほうがおすすめです」

「行く途中で済ませるよ」

「港のほうへ戻らないと、店は一軒もないですけど」

「じゃあ、いらない」

ひゃ～かっけぇ、内地っぽい、とつぶやいて富谷がヘルメットを寄こしてきた。

「山道ですから気をつけてくださいね。まぁ、この島には毒蛇も大きな動物もいませんけど」

「カマキリ以外は」

青年は私のジョークに笑ってくれた。

「そう、カマキリ以外はね」

4

南国の太陽の真下で、さんさんと光を浴びた果実が艶(つや)やかに輝いている。そんな光景を頭に描いていた私の想像は、あっさり裏切られた。

南向きの斜面が切り拓(ひら)かれ、そこに鉄骨を組み上げたビニールハウスが並んでいる。半透明のビニール越しに緑の影が見えるばかりでどんな作物を育てているのかはわからない。下り坂の先に、ハウスより小さな民家。そのさらに向こうは宝石色の海だ。

母屋は、日本のたいていの農家のような重厚な和風の平屋ではなく、質素な二階建てだ。背景の海の色を計算に入れているのかいないのか、ペパーミントグリーンの壁が目に眩(まぶ)しい。グレーの屋根のむこうにテレビで見た椰子の木が首長竜みたいに顔を覗かせていた。

農家だから不在の可能性は低いだろう、と何の根拠もなく押しかけてきたのだが、思ったとおり、雑然と農機具が押しこまれた納屋の前に長袖Tシャツの背中があった。

「こんにちは」

私の声に振り向いたのは、六十すぎぐらいの小柄な男だった。よく日に焼けていて彫りが深い。

「大田原さんですか」

返事も相槌もなく、訝しげな視線だけを返された。経験的に、こういう時には名刺を出したほうが無難だ。

「出版社の仕事をしているライターです。例のカマキリについてお話を伺えないでしょうか」

渡した名刺は、かがみこんでいたトラクターのボンネットに捨てるように置かれてしまった。故障の修理かなにかのいまいましい作業を、いまいましく中断されたことに腹を立てているのかもしれない。

「お時間はとらせません。少しだけお話を伺って、写真を撮らせて――」

渋色の顔が私の言葉を途中で遮り、吐き捨てるように言った。

「あれはもうない」

「え」

大田原が納屋の先の軽トラックに顎をしゃくる。

「あいつが食っちまった」

軽トラがつくる日陰でキジトラの子猫が昼寝をしていた。

「……え」

せいいっぱい気を取り直して、質問を続ける。

「写真は残っていませんか」

「ああ、写真」

ポケットからスマホを取り出す。老人と言ってもいい年齢にしては手慣れた指さばきで画像データを呼び出し、ご印籠（いんろう）のように突き出してきた。

撮影された写真は三カット。撮影技術には慣れていないようだ。画像はぼやけている。なお悪いことに、大きさを比較するための対照物が何も映されていない。これでは使い物にならなかった。

「あのぉ、他には」

「こんだけ」

取材、終了。言葉を失ってしまった私に大田原が鼻を鳴らし、初めてむこうから声をかけてきた。

「だめなんだろ。何日か前にもなんとかテレビってとこから電話があった。写真しかないって言ったら、それをパソコンで送ってくれって。娘に頼んでやっとこさ送ったら、それっきり。なんの連絡も寄こしやがらねえ」

不機嫌な理由はそれか。マスコミに登場し、島の有名人になるチャンスを逃したことにご立腹のようだった。

「しょうがねえだろう。虫かごなんてないから、菓子箱に入れてたんだ。そしたら、あいつがひっくり返しやがって」いまいましそうに飼い猫を睨（にら）んでから言葉を続ける。

「気づいた時には脚しか残ってなかった」

「……そうですか」早くも私は退散するタイミングをはかりはじめた。とりあえず取り出していたカメラをショルダーバッグに戻す。大田原が見透かすように皮肉っぽく唇をひん曲げた。

「カマキリの話を伺いに来た、んじゃねえの？」

「……ぜひ、お願いします」

「森にいたんだ。コショウをとりに行ったとき」

「故障？」

何度か聞き返してようやく事情がのみこめた。この島では胡椒が森に自生している。島の言葉で「ヒハチ」と言う。農園の仕事としてではなく自家用のために大田原氏はときどき森に採りにいく。そこで例のカマキリを見つけたそうだ。

「驚いたよ。あんなでっけえの、俺は見たことない」

「実際には、どのくらいだったんですか」

実際には——疑ってかかっていることが見え見えのせりふがつい口をついてしまったが、大田原は気づかず、両手を広げてみせる。そりゃあないな。広げた幅は十七センチどころか、二十センチ以上だ。

「前から噂はあったんだ。中の森でとんでもなくでかいカマキリを見かけるって。ヘチマぐらいのを見たって人間もいる」

「ナカノモリというのは？」

「中の森は中の森さ」

一度喋りだしたら、大田原の舌はとまらなくなった。さとうきび工場の排水が原因じゃないか、島の山中に築かれた旧日本軍の要塞から毒ガスが漏れているせいではないか。あのあとすぐにほかのテレビ局が来ていれば、またあのカマキリを見せられたのに、週に一度しか船便がないのが悪い――

一度だけのテレビ取材は、どうやらたまたま別のロケで来ていた番組スタッフがついでに撮っただけのものらしい。「さんざんリハーサルさせて服も着替えたのに、たった一分だ。俺の顔もちゃんと映ってなかった」そのうちにカマキリの話はどこかへ行き、この島への愚痴がはじまった。

診療所にはろくな医者が来ない。ここに飛行場ができないのは平地が少ないからだというが、山を削ればなんとかなる。話が進まないのは自然保護やら環境保護だかの団体が反対運動をしているからだ。云々。

「そういえば」ふいに私は思い出した。「脚だけは残ったんですよね。その脚はまだありますか？」

表紙は無理でも、どこかのページに「日本一（かもしれない）大カマキリの原寸大の脚」を載せるというのはどうだろう。伊沢が喜ぶかどうかはわからないが。

「ああ、脚な……あれ、どうしたっけ」猫への怒りが再燃したらしく軽トラの方角をきっと睨んだが、キジトラはもう姿を消していた。「そうだ、秋村先生が持ってった」

「アキムラ先生？」

「内地から来てる大学の教授。秋村先生が写真を撮ってるかもしんないな。すごいカマキリを見つけたって言ったら飛んできたんだ。中の森のとば口になんとか生物研究所ってのがあってさ。そこの所長さんだよ」

5

中の森——私が広げた地図には載っていない地名だった。

「研究所はここらへん」大田原の指が大雑把に地図の上に輪を描いたのは、ウミガメの甲羅の左肩一帯。甲羅の右肩にあたるここの反対側、島の北西部だ。

「なんとか生物研究所」は、大田原の指に隠れて最初はわからなかった。大きな施設ではないらしい。小さな文字で『志手島野生生物研究センター』と記されていた。

大田原農園からは五、六キロだが、それは直線距離の話。農園の西側には千メートルを超える山が聳（そび）え立っているから、大きく迂回（うかい）しなくてはならない。

志手島は想像していたよりずっと大きな島だ。単に面積の問題だけでなく、人が行ける道が少なく、しかもそれが海岸線や山肌に沿って蛇行していたり複雑に入り組んでいたりするから、富谷の言うとおり、地図の上では近く思える場所でも、実際にはかなり遠い。

青木ヶ原（あおきがはら）樹海だって、地図上では東西と南北それぞれ八キロぐらいしかない場所だ。

この島の人の住まない地域はその倍以上広い。

大田原農園へ来た道をしばらく辿り直してから、山裾を縫う道に入る。道の両側は鬱蒼とした森だ。

最初のうちはヤシやソテツのムカデのような葉や、タコの足のように根が地表に飛び出した樹木が日立っていたが、登っていくにつれてごく普通の広葉樹の木立になった。亜熱帯から温帯に逆戻りしたように。スクーターで走っているためだけでなく、空気もひんやりしてきたように感じられた。対向車も通行人の影もない。とりあえず舗装路が続いていたが、いつまで続くだろう。

サマージャケットの胸ポケットでスマホが震えていることに気づいて、スクーターを停めた。見慣れない番号だと思ったら、さっきこちらの番号を教えたばかりの富谷からだった。

「見つかりました。戸沢さんの知り合い。俺のダイビング仲間の同じ職場の先輩の飲み友だちが、戸沢さんとは親しいってことで。サイキさんって人です。連絡先まではわからなかったですけど、夜はたいてい港の近くのバナナムーンっていう店にいるそうです。戸沢さんもその店によく通ってたらしいっす」

「ありがとう。とりあえずその店に行ってみるよ」

「ターマイカシ。昼飯食いました？　ウミガメの煮込みはやめたほうがいいっすよ」

携帯を切ったが、空耳のようにマナーモードのバイブ音が続いている。空耳じゃなかった。足もとからだ。羽音だ。カエルの死骸に蠅が群がっているのだ。やけに大きな蠅だった。まるでコガネムシ。死んだカエルもでかい。ぺちゃんこに潰れているからなおさらでウシガエルほどに見えた。島には大きな動物はいないそうだが、虫や両生類は例外らしい。

『志手島野生生物研究センター』

山の中にしては立派な、自治体が立てたと思われる看板を見つけたとたんに、車道が途切れた。看板の先にはテニスコート一面ぶんほどの駐車場。小さなワゴンが一台だけ停まっていた。スクーターを置いて周囲を見まわす。左手に木製の立て札が立っている。こちらは手書き文字で『ようこそ　やせいせいぶつけんきゅうセンターへ　こちらへどうぞ』と記されていた。その先に枕木を埋めこんだ坂道が続いている。あそこを登れということか。

両側に木立が迫り、頭上も梢で覆われた、緑のトンネルのような登り道を歩く。地下鉄の階段なら四回はホームに辿り着いているはずの曲がりくねった坂に息を切らしはじめた頃、突然、目の前がひらけた。

森にぽっかり穴が開いたような窪地だった。オレンジ色の屋根と白い壁の建物が濃緑の中に埋めこまれたように建っている。民家より少し大きい程度の平屋。研究所というより、オテル・ボーカイよりいくらかましなペンション、そんな趣だ。入り口の両脇の枝が伸び放題の低木には赤や黄色、ピンク、とりどりの花が咲いていた。

ガラス扉をくぐった先の第一印象は、小さな博物館だ。入ってすぐの正面と右手に展示物が並んでいる。標本瓶や水槽や飼育箱らしきガラス容器の並んだ棚。壁には説明用パネル。

左手には小冊子やプリントが置かれた短いカウンターがあり、その先に机がいくつか並んでいる。

「こんにちは」

カウンターのすぐ向こうにいた女性が顔を上げた。Tシャツとジーンズというラフな格好で、艶光りするほど日に焼けている。この島の女性にとってUVカットは無駄な努力なのかもしれない。

「秋村先生はいらっしゃいますか」

女性が愛想のいい笑顔を向けてくる。

「どういったご用件でしょうか」

「出版社の仕事で、大田原さんのカマキリの取材に来た者です」

「カマキリ？　大田原さんの所へはもう？」

私が頷くと、ミルクチョコレートの色の笑顔がくしゃりと歪んだ。日焼けを逃れた目尻のしわの下だけが白い。

「せっかく来ていただいたのに。残念なことをしました」

せいいっぱい痛ましげな表情をしているらしいが、目尻が下がったままなのが彼女の地顔らしく、あまり成功してはいない。

「ええ、でも、こちらでカマキリの脚を保管されていると聞いたものですから」言葉にして初めて気づいたが、かなり情けない取材理由だ。「秋村教授にお会いして、それを見せていただけないかと思いまして」

「大田原さん、何度言っても間違えるんだから。秋村は教授ではなく准（じゅん）教授です。そして秋村は私です」

え？　所長で大学教授だというから、勝手に初老の白衣の男を想像していた。目の前の女性は、三十七歳の私と年が変わらないように見えた。しかも履いているのは、島民のドレスコードでもあるのか、富谷青年のものとよく似た蛍光色のビーサン。

「中へどうぞ」

建物はまだ真新しいが、備品はなぜかみな古びている。案内された窓際の小さな黒革張りのソファーには、座部の一カ所にガムテープが貼られていた。彼女のほかに人はいなかった。秋村先生自身がどこかから麦茶のグラスを運んできてくれた。自分は手近な事務用椅子に座り、私に珍種を観察するような微笑（ほほえ）みを投げかけてくる。

「どちらから？」

「東京です」

そういえば、島に着いてからは何も飲んでいない。グラスの中の琥珀（こはく）色を見たとたん、しまう。

忘れていた渇きに喉が悲鳴をあげはじめた。不作法を承知で一気にほとんどを減らしてしまう。まず。麦茶じゃなかった。

「マテ茶です。血中から疲労物質を減少させるんですよ。冷え性にも効果的。もう一杯いかが?」

「いえ……あ、やっぱり、いただきます」

二杯目のマテ茶とともに秋村がビニールパックをテーブルに置く。あまりに無造作だったから、それにカマキリの脚が入っていることにすぐには気づかなかった。うやうやしくビニールパックを手にとって顔の前にかざした。

細い草の茎にしか見えなかった。カマキリの脚の長さについてじっくり考えたことなどないから、それがかなりの長さなのか、そうでもないのか、さっぱりわからない。

「現物はご覧になったんですか」

自分のぶんのマテ茶をすすって目を細めていた秋村が、一重の目を大きく見開く。

「見ました。ひと目見て驚きました。ありえない大きさでしたから」

こっちも驚いた。専門家に聞けば「あのくらいは珍しくない」「よくあること」そんな言葉が返ってくるのではないか、と思っていたのだ。正直なところ、ここへ来たのは、原寸大企画の夢がついえても嘆くことはない、と伊沢を慰める事実が欲しかったというのが気持ちの半分だった。

私はソファーから身を乗り出した。

「写真撮影はされましたか」そうは見えないがいちおう研究者だ。撮っただろう。決定的写真があるに違いない。

秋村がぐるりと目玉を動かす。

「私、居合わせてしまったんです。あの残念な現場に。カメラを車に取りに行ってて、戻った時にはトラジローが……あ、トラジローって大田原さんとこの猫」

ようするに、写真は、ない、ということだ。やっぱりダメだったよ、伊沢くん。

秋村が顎下（あごした）までのちりちりした茶色の髪をおっさん臭く搔（か）きむしる。

「ああ、ほんとに、私ったら、なんであの時、カメラを持っていかなかったんだろ――」

「で、先生」

髪を搔きむしる秋村の手がとまり、海藻みたいな髪の間から覗かせた目を私に据えた。

「先生はけっこうです。でも呼び捨てはかんべんしてね」

「あ、では、秋村さん、実際のところサイズはどのくらいあったんですか」

「目視のかぎりでは、145ミリはありました。その脚は中肢――つまり真ん中のいちばん短い脚のことだけど、そこから割り出した数値でも、やっぱり140から150ミリというところかな」

十四・五センチ。なんだ。伊沢のその後の調べでは、世界最大のカマキリは、マレーシアのドラゴンマンティスという種で、大きなものになると十八センチ以上。日本のカマキリは、オキナワオオカマキリが最大で、未確認情報ながら十七センチ近い記録もあるそうな。完全に負けている。

「テレビの映像は私も見たけど、あれは前脚を振り上げたとこを測ってたからね。昆虫の体長は、頭部から呼吸管を含めない腹部の端までで計測するんです」

「じゃあ、大きいことは大きいけれど、とても珍しいというほどではないと？」

「ううん、145ミリでも信じられない大きさ。なにしろ――」

「なにしろ？」

「あれはまだ成虫じゃない」

「なぜそんなことがわかるんです」

「テレビでは腹部の側の映像しか流してなかったけど、私は背中も見たから。翅がなかった。翅芽すら見られなかった。つまり終齢にも達していないってこと」

「まだ成長途中だったたってこと？」

むこうにつられて、つい、口調がくだけてしまった。

「もちろんなんらかの理由で翅が育たなかった個体なのかもしれない。でも、体型的に見てもまだ幼生だった。だから――」

「もっと大きくなったかもしれない？」

秋村は私が横取りしてしまった言葉を、目尻に白と茶色、二筋のしわをつくって訂正した。

「もっと大きな個体がこの島のどこかにいるかもしれない」

昆虫が専門なのだろうか。両目が捕虫網を抱えた少年のように輝いている。

「外来種か何かですか、その、ドラゴンマンティスとか」

生半可な知識を披露する私に、ふむふむと頷いてから、きっちり否定した。

「ドラゴンマンティス——オオカレエダカマキリね。いえ、本州で普通に見かけるオオカマキリだった。オオカマキリ自体も、昔に本土から持ちこまれたものだけど」

すべてガイドブックで得た知識だが、絶海の孤島といえる志手島は独自の生態系を持っていて、植物にも動物にも貴重な固有種が存在する。だが、そのどれもが島外から入ってきた外来種に圧(お)されて絶滅の危機に瀕(ひん)しているそうだ。

私はカマキリの片脚が入ったビニールパックを再び手に取った。

「これよりでかいのがいる、と?」

秋村に頭を寄せた私に、秋村がさらに顔を近づけてきた。

「昆虫にも遺伝的な体質要因はあるから、同じ卵嚢(らんのう)から孵化(ふか)したものなら、生育環境が同じ、あるいはそれ以上であるなら、存在する可能性はあると思う」

十七センチ以上のカマキリを捕獲できたら、伊沢は喜ぶだろうか。それとも原寸大が小B6判に入りきらなくなったことを嘆くだろうか。

「いるとしたら、どこに」

秋村が立ち上がり、展示コーナーに歩いていく。私も後を追った。コーナーの壁の中央には志手島の植物相や動物相を示す大きな地図が掲げられている。その前に立った。

「志手島のほとんどは山地と森林なの。南東部には志手連山(してれんざん)がつらなっている。北西部はなだらかだけど、そのかわりに原生林が広がっている。たぶん、その原生林。この原生林の三十七パーセントは森林生態系保護地域になっていて、一部が陸域ガイド同行を条件に一般に開放されているだけで、それ以外は人が立ち入れない。私たち研究者ですらほとんど足を踏み入れない場所もたくさんある——」

秋村が小柄な体を伸ばして、地図の上に指で円を描く。

「島の人たちは原生林を『中の森』って呼んでる」

島の三分の一近くありそうな広い一帯だった。

そしてその西端には、涙人湖がある。

6

志手島に繁華街と呼べる場所があるとしたら、港前通りと呼ばれる二車線道路の両側だけだそうだ。バナナムーンはそこから一筋はずれた一角にあるという。教えられたとおり、貨物船用埠頭のコンテナ置き場の脇を通って、水路に架かった橋を渡る。

最初は倉庫にしか見えなかった。看板もネオンサインもない。ドアにステッカーが貼られているだけだ。本物と同じぐらいの大きさのバナナをかたどったステッカーに、水平に文字が入っていた。

『ＢａｎａｎａＭｏｏｎ』

観光客相手の店ではなさそうだ。そして、店名ほど可愛らしい場所でもないようだ。

ドアを開けたとたん、大音量のヒップホップが比喩ではなく私の体を叩いた。店内は薄暗く、煙草の匂いが充満していた。

右手にカウンター席。左手にはテーブル席。非常口のようなドアに比べたら、店内は案外に広い。

先客は二組、五、六人。あの中の誰かがサイキだろうか。富谷自身にはとくに面識がないのか、私はサイキという男の年格好も知らされていなかった。いや、男とはかぎらない。性別も聞きそびれていた。

カウンターのむこうでグラスを磨いている男に声をかけた。この暑いのに、レインボーカラーのきのこみたいなニット帽をかぶっている。

「サイキさんは来ていますか」

「斉木くん？　いや、今日はまだだね」男は手を止めて山羊鬚を撫でた。場違いらしい私のサマージャケットを視線でなで斬りにしてから言葉を継ぐ。「知り合い？」

「いえ、知り合いから紹介されたので、顔がわからなくて」

「紹介？　酒、それとも――」

どういう意味だ。私が怪訝な顔をしたとたん、男が口をつぐみ、顔をグラスに戻してそっけなく言った。

「そのうちくるかもだよ」

私よりいくつか年下に見えるが、完全にタメ口。客をぞんざいに扱うのが店のポリシーのようだ。ストゥールに座れというふうに顎をしゃくった。

「なに飲む」

旅先の最初の一杯だ。強い酒が飲みたかったが、仕事で来ているのだから酔うわけにはいかない。

「ビールを」

「コロナでいいかな」

「なんでも」

くし切りのライムが刺さった小瓶が出てきた。グラスはなし。酒はもっぱら居酒屋で飲む私には、あまり居心地がいいとは言えない店だった。昼飯を抜いてしまったことを思い出して聞いてみた。

「なにか食べるものはありますか」

差し出してきたメニューブックは見開き型のレコードジャケットだった。裏側に紙が貼られ、手書き文字が並んでいる。酒がメインの店のようで、食べ物の種類は少ない。フライドポテトやチーズの盛り合わせの下に、聞いたことのない料理名を見つけた。

「この闘魚(とうぎょ)のフライっていうのは」

「うぃっす。まいど」

どんな料理か訊ねようとしただけだが、ニット帽はこのときばかりは愛想よく答え、厨房に引っこんでしまった。まあ、なんでもいいや。

コロナビールを口飲みしながら店内を見まわした。暗さに少し慣れると、客たちの様子がわかってきた。

男女二人ずつの四人連れと、男の二人客。地元の人間だろう。薄暗い照明の下でも誰もがよく日焼けしているのがわかる。なによりも足もと。二人連れのうちの一人も、四人連れのうちの二人も、蛍光色のビーチサンダルを履いている。尋ねてもいないのに秋村が教えてくれた。「このサンダルは、イソサンっていうの。磯でも滑らない、忙しいときでもすぐに履ける。だからイソサン。地元民の必須アイテム」最初は島の漁業関係者に愛用され、しだいに島民の普段履きとして広まったそうだ。

「テーブルのほうに行ってもいいかな」

虹色のきのこ帽子に声をかける。しかめ面をされたが構わずに席を立った。来るかどうかわからないサイキを待つより、客の誰かに話を聞くほうが早い気がした。狭い島だ。サイキじゃなくても、戸沢のことを知っているかもしれない。あるいはほかの自殺者のことを。

私は社交的とは言えない人間で、明日歌にはよく「達海くんは、顔も態度も無愛想だよ。そんなんでフリーライターなんてやっていけるの」と呆れられたが、仕事のためなさすがに男女のグループに近い四人がけを占拠するのは気が引けて、男二人客の隣の二人用テーブルに座った。

二人揃って煙草(たばこ)を吸い、盛大に烟(けむり)を噴き上げている。一人は短髪。もう一人は髪が長く鬚を生やしている。どちらもまだ三十代だろう。明日の天候と海の荒れ模様について話をしているから、漁師か。「不漁」という言葉が何度か聞こえた。会話に割りこむタイミングをつかめないでいるうちに、闘魚のフライが運ばれてきた。

白い大皿の上に載っているのは、尾びれや尻びれがやたらと大きな琉金(りゅうきん)みたいな魚だった。揚げられたひれはガレットのように薄く、濃い焦(こ)げ色がついている。魚自体は小ぶりで、それを誤魔化すように大量のフライドポテトが添えられていた。

ひれを手でちぎると簡単にはがれた。ぱりぱりした食感は悪くなかった。そいつをつまみに少しずつビールを飲む。隣の二人の職業がわかってきた。イルカウォッチングのガイドだ。それぞれが違う船に乗っているらしい。いまの話題は海のことではなく、昼間の女性客たちの品定めだった。「不漁」というのは彼女たちの容姿についてのようだ。

魚の身を食べようとして箸(はし)立てがないことに気づいた。隣のテーブルには、箸やフォークを突っこんだブリキ缶が置かれている。話しかけるいいきっかけになりそうだ。箸を取ってもらい、少し置いてから、地元の方ですかと問いかける――口べたな私は頭の中でシミュレーションをしてから、男たちに声をかけた。

「箸、いいですか」

短髪の男がこちらを向き、闘魚の皿に視線を落としてから面倒くさそうに答えてきた。

「それ、手づかみでいいんだよ」

会話終了。明日歌の笑い声が聞こえるようだ。元気な頃の明日歌の。

魚の身のほうは、ぱさついていて味がない。ふくらんだ腹にかぶりつくと、ぐにゃりとした感触に歯が浮いた。生臭さが鼻をつく。たぶん、食感のいいひれを焦げすぎないようにするために、抜かないままの内臓にきちんと火を通していないのだ。

生焼けの内臓を飲み下しながら隣の男たちにかける新たな言葉を思案していると、向こうから声をかけてきた。

「うまい？」

短髪のほうだ。連れの男との会話が途切れたようだった。

「あ、ええ」私はへたくそな愛想笑いをむける。「闘魚って土地の魚なんですか」

「うん、それ、ベタだよ」

「ベタ？」

「知らないかな、ベタ。内地でも観賞用のを売ってるでしょ。ボトルの中でも飼えるって少し前に人気だった。シャム闘魚とも言う」

「ああ」昔、ペットショップで見かけたことがある。猫を飼いたいという明日歌とペットショップに通っていた頃だ。暇(ひま)をもてあまして熱帯魚コーナーを眺めていた時に見たのだと思う。生まれてこなかった子どものかわりの猫は、結局飼わないままだった。

「淡水魚。ここだと川で普通に泳いでるんだよ。昔、誰かが流したのが繁殖したって話」

「へえ。川に熱帯魚が」志手島にはいくつか川があり、そこで入水(じゅすい)自殺らしき水死体が発見される例もある。「どのへんの川ですか」

男は私の質問には答えず、違う話を始めた。口調はしっかりしたふうに見えたが、酔っているらしい。彼らのテーブルのラム酒のフルボトルは、底まであと三センチだ。

「ベタって人間の言葉がわかるらしいよ。飼ってるヤツの話じゃあ、水面をぱしゃぱしゃしたりしなくても、名前を呼んだだけで近寄ってくるって。歌を歌うと、水の中でくるくる踊るんだって。ほんとの話。しかもさ――」

えんえんと続くどうでもいい蘊蓄(うんちく)に、私は貴重な話を聞いているというふうに大げさにあいづちを打ち続け、ネタ切れになった男がグラスを口に運ぶのを見はからって切り出した。

「サイキさんは今日は来られないんですかね」

「斉(さい)ちゃんの知り合い？」

「いえ、知り合いではないんですが、話を聞かせてもらおうと思って」

「話？　観光で来た人でしょ」

「ええ。戸沢さんの話が聞きたくて」

戸沢のことも知っている気がして、名前を出してみた。

「戸沢君……ああ、ねえ」短髪の表情が曇った。「戸沢くんの関係者さん？」

「いや、えー」下手にとぼけると取材対象者の心証を悪くする。正直に話したほうが良さそうだった。「フリーライターなんです。取材させて欲しくて。お二人は戸沢さんとは親しかったんですか」

「親しいってほどじゃないけど、この店は常連ばっかだから、一緒に飲むこともあるしさ――」

短髪の言葉を遮って、長髪のほうが私に眼を飛ばしてきた。

「死出島だとかって噂を調べにきたんだろ」

こちらはこちらで酔いに目が据わっている。私は居直って男たちのほうに椅子を寄せ、彼らのラム酒のグラスに勝手に乾杯した。

「大当たりです。話を聞かせてもらえませんか。本に書きます。了承をいただかないかぎり、けっしてお名前は出しませんから」

「え、本？　本に名前出ちゃう？　まいったな」短髪は自らフルネームを私に告げる。

「俺は田村。田んぼの田に、村。下の名前はね――」

間違われやすいからと漢字まで指で書いてから喋りはじめた。

「戸沢君、あの前の晩も斉ちゃんとここに来てたんだ。斉ちゃんとは飲み仲間だから俺も途中から合流してさぁ」

「なにか悩んでいたことがあったんでしょうか。それとも――」次の言葉を押し出すのには少し苦労した。「鬱(うつ)の症状があったとか」

　田村が丸顔をひねる。

「いやあ、なかったと思うよ。ねえ、久保(くぼ)さん」

　長髪が無言で頷く。

「ただね、確かに、あの一、二か月前から急に痩(や)せちゃって、体調が良くないのかな、とは思ってた」

「ほかに変わったことは？」

「ほかに？……あー、そういえば、彼、金ヅチなんだよ。外者(そともん)では珍しいよね」

「ソトモン？」

「移住者のこと。俺たちもそうだけど。彼は三年目かな。たいていは海関係の仕事や遊びがしたくて島に来るんだけど、戸沢君は山登りが好きでここへ来たって言ってた。休みの日には地元民(うちもん)でも行かない山のほうへ行ってたみたいだよ——あ、ラム飲む？　このさとうきびでつくってる島酒だよ」

「いただきます」

「でね、あの日、その戸沢君が言うのよ。『泳ぎたい』『水に入りたい』って。何度も。こっちが引いちゃうぐらい。『じゃあ、今度、海に』っててきとーにあしらおうとしても、『海じゃだめだ』とか言うのさ。『川か湖がいい』って。いま考えると、あの『水に入りたい』って言葉は、入水するってことをほのめかして止めて欲しかったのかな。でも、ぜんぜん暗い感じじゃなかったんだよ。明るぅく嬉しそうに言うんだ。『水の中は気持ちいいだろうなあー』とか」

そういう時のほうが危ないのだ。ほんとうに落ち込みが酷い時には、自殺する気力もなくなる。

「酔ってたんでしょうか」

「いや、酒はもともと強いほうじゃないし、その時もたいして飲んでなかったと思う。なんか水ばっか飲んで」

水。明日歌も毎日大量に水を飲んでいた。私たちの家の冷蔵庫にはミネラルウォーターの2ℓボトルがぎっしり詰まっていた。『水をたくさん飲むといい。水分が脳内のセロトニンの合成を促し、精神状態を良好にキープする』という言葉を信じて。

「あんた強いね。ボトル、もう一本頼もうか」

「じゃあ、私の奢りで」

田村のTシャツの裾を久保という名の長髪が引っ張る。マリンレジャーのガイドだけあって、二人とも体格がいい。田村はシャツの下からサドルのような胸筋を浮きあがらせているし、久保は細身だが前腕にワイヤーみたいな筋が何本も走っていた。

「あのさ」それまでむっつり黙りこんでいた久保がいきなりまくし立てた。「ここの自殺率が高いって言ったって、この二、三年だけだぜ。人が少ないからちょっとの数で数字が跳ね上がるだけだろ」

それは確かだ。私は全国の市町村別自殺者の毎年の統計をこまめにチェックしている。小さな村や離島の場合、自殺者が一人二人出るだけで、通常十万人当たりで換算される人口比の自殺率が飛び抜けて高くなる。だが、それはあくまでも一年かぎり、一人二人だった場合の話だ。人口二千八百人で二年連続五人以上という数字は普通はない。あるとしたら、樹海に近い市や村、あるいは奥多摩湖のある町。つまり自殺の名所をエリアの中に抱えてしまっている自治体だけだ。

「志手島といえばマリンスポーツだ。水難事故も珍しかぁない。最近は海の怖さを知らないでムチャするシロウトもよく来るからな」

いや、自殺と判断されたのには、それなりの根拠があったはずだ。遺書か目撃者か。直前の言動、入水前のリストカットや薬の服用、自らくくりつけた縄か重し、揃えた靴、助けを求めたかどうかがわかる口や鼻からの泡沫液。志手島の場合、むしろ事故で片づけられたケースを疑ったほうがよさそうだ。見分けがつきにくいとしたら、巧妙な他殺。

「ここは観光でもってる島だ。ただでさえアクセスが悪くて客が少ないのに、妙な噂を立てられたら、たまったもんじゃない」

私に煙草の烟を吹きつけてきた。もう帰れ、と言っているように。

「だとしたら、誤解を解くためにも、戸沢さんやほかの人たちが亡くなった原因を知りたいと思うんです」

田村が酔いに体を揺らしながら、ボリューム調節を失った声を張りあげた。

「流人の祟りじゃないか、なんて言うヤツもいる」

「ルニンの祟り？」

もうよせよ、と久保が囁いたが、田村の耳には入っていないようだった。

「知らないよな。志手島は昔々は流刑地だもん。涙人湖って、涙の人なぁんて字をあてるけど、もともとの字は、流れる人、流人のルニンだ。島流しにされた人間が身をはかなんで、世を呪って、あの湖に身を投げたそうだよ。何人も。あとを追うように。ルニン湖の水底には骸骨がごろごろしてるって——昔からそういう謂われがあるんだよ。湖の底から何本も青白い手が伸びてきて、覗きこんだ人間においでおいでをするんだって。写真を撮ると、写ることもあるらしいよ。ほんとの話」

オカルト系雑誌になら売りこめそうな話だ。

きのこ帽子がラム酒の新しいボトルを持ってきた。久保にそっぽを向かれた田村が、大声でがなりたてる。

「なあ聞いた？　この人、本を書いてるライターだってさ。死出島のこと調べてるって。俺、本に出ちゃうかも」

四人グループがこちらを振り返った。きのこ帽子は必要以上に荒々しい音を立ててボトルを置き、私にへらりと笑いかけてきた。

「あんまし、ここの評判を落とすようなこと、書かないでよ」

軽口めかしてはいたが、目は笑っていなかった。

7

いつのまにかひとりで歩いていた。

さっきまで明日歌と手をつないでいたのに。

砂浜だった。私は裸足で、明日歌もいつもの白いスニーカーと靴下を脱いでいた。

振り返ると、人けのない砂浜に二人分の足跡が残っていた。私は明日歌に歩調を合わせ、明日歌は私に合わせていたから、歩幅は同じ。

でも、小さい方の明日歌の足跡は、途中で消えていた。

明日歌の声も聞こえない。ついいましがたまで私の隣で笑っていたのだが。

私たちは生まれてくる子どもの性別を予想し、名前を考え、スポーツや習い事に何をさせるかを議論し、子どもの将来について勝手に期待をふくらませたり、行く末を案じたりしていた。

明日歌はよく笑っていた。「そんな名前、子どもがかわいそうだよ」「スポーツ選手よりミュージシャンがいいな」「でもクラシックはお金がかかるし。ロックは心配」

いま聞こえるのは波の音だけだ。砂浜を洗う静かな波は、誰かの囁き声に聞こえる。私に聞かせまいとする密(ひそ)やかな囁きだ。

「なんで気づかなかったんだろう」

「あなたが一緒にいながら、どうして」

「あの子に何があったの？」

「お前にも問題があるんじゃないのか」

「娘を返して」

私はまだ明日歌のぬくもりが残る右手を開く。

手のひらからさらさらと砂がこぼれ落ちて、浜辺の砂の中へ還っていった。

私は明日歌の名前を呼んだ。

海は青い宝石のように輝いている。行く手の岬は南国の濃緑の樹々に縁どられていた。ということはここは、私たちの家の近くの海岸ではなく、志手島か。

夢だとわかっても、私は明日歌を呼び続けた。

目を開けると、海辺の青空が、ログハウスの木目のめだつ天井に変わった。丸太の梁をヤモリが這っている。

カーテンを引いているのに、窓からの光が眩しい。私の頬は濡れていた。ただの汗、だと思う。確かめる前に両手でつるりと拭った。

カーテンを開けて空模様を確かめる。よく晴れていた。海が青すぎるから、青空なのに水色に見える。

窓いっぱいに空と海、二色の青だけが広がっている。オテル・ボーカイの「ボーカイ」は外国語っぽくカタカナにしただけで、意味は「望海」だそうだ。昨日の晩、ラム酒の匂いを振りまきながら戻って来た私に、富谷青年が確かそう言っていた、と思う。

あのあと、田村が酔い潰れてしまうと、私を取り巻く空気と視線はてきめんに冷たくなり、久保からはまともに話は聞けず、自分のぶんとラム酒のボトル代を払ってバナナムーンを出た。ニット帽には、飲みかけのラム酒を渡された。「すぐ帰っちゃうから、キープはないよね」もう来るな、と言われたのかもしれない。

バスはとっくに終わり、数少ないというタクシーの姿もなく、「電話をしてくれれば迎えに行く」と富谷は言ってくれていたが、呼び出すには気が引ける時間で、結局、オテル・ボーカイまでラム酒を飲みながら歩いた。二時間かかった。着く頃にはボトルが空になっていた。

酒の名残で重い頭を揉み、あくびをしながら時計を見た。

7：13。

まずい。目覚ましが鳴る前に起きたつもりが、止めてしまったらしい。慌てて身づくろいをする。昨日は風呂にも入らず寝てしまったのに、共有のシャワーを浴びる時間もなさそうだ。

部屋の外の洗面台で顔を洗い、歯を磨き、二か月近く切っていないくせ毛を撫でつけて、宿泊部屋が並んだ細長のログハウスから、フロント兼ロビー兼食堂の大屋根のログハウスへ急ぐ。

食堂のサウナ室みたいな木の壁は、大量の写真で埋まっている。客同士や客とスタッフが写ったポラロイド写真だ。余白のところにはハートマークやイラストが添えられたメッセージ。

二列しかないテーブルのひと隅には、早くから海に出かけるらしいカップル客が一組。エプロン姿の富谷青年が声をかけてきた。

「おはようっす」

返事もそこそこに昨日の晩、聞きそびれていたことを訊ねる。

「バイク、今日も使えるかな」

「ええ、だいじょうぶっす。うちのをレンタルするの、ここのお客さんだけですから。朝メシ、すぐ用意しますんで」

カウンターの向こうのキッチンでフライパンを振っている背中が見えた。背後からでも髭面(ひげづら)だとわかる熊みたいな大男だ。

「遅刻しそうなんだ。いらない」

「かっけぇ。内地っぽい。でも、志手島の観光は体力勝負っすから。体育会系の島なんで。俺が許しても、オーナーが許さないと思いますよ」

キッチンの幅広の背中が頷いたように見えた。

朝食は五分で出てきた。

パンケーキとカリカリのベーコンとじゃがいも入りのオムレツ。たっぷりのサラダとパッションフルーツジュースとコーヒー。

うまかった。ゆっくり味わいたかったが、時間がない。大急ぎで片づける。何枚食べてもオーケーだというパンケーキにマンゴージャムを塗りたくってコーヒーで流しこみ、富谷に聞いた。

「パンケーキ、少し持ってっていいかい。昼飯用に」

なにしろコンビニが一軒もない島だ。

富谷が返事をする前に、熊が頷いた。


さとうきび畑のあいだを抜ける赤茶けた道の真正面に、海が見えた。淡い青に緑の絵の具を溶けこませたような色だ。私は海に飛びこむように50ccのスクーターを走らせる。海岸の手前で左折した。右手は青というより碧(あお)の海。左手は緑というより翠(みどり)の森。サーフボードを積んだRVが全速力の私のスクーターを追い抜いていく。

海岸沿いに西へ急ぐ。野生生物研究センターへ続く道だ。オテル・ボーカイは、ウミガメの首にあたる半島の北西部にある。中心地である港が喉もとだとしたら、うなじのあたり。信号がないから、ウミガメの左肩近くの研究センターへは十二、三分で着くはずだ。

昨日、短い取材の別れぎわに秋村は、私の背中を呼びとめるように言った。

「明日、カマキリの採集に行くけど、一緒に来る？」

もちろん断る理由なんかない。

「九時にここを出発」

「了解です」ついでに聞いてみた。「涙人湖にも行きますか」

「涙人湖？　見たいの」

「ええ、取材の一環で……」

秋村は眉根を寄せて考える顔になった。

「けっこうあるよ。山道の一キロは平地の一キロとはわけが違う。明日はわりと平坦なルートを選ぶけど、虫を探しながらだから」

「中の森」の東のはずれにあるセンターから、西の端に近い涙人湖までは直線距離で十キロ以上あるそうだ。ただし「涙人湖まで行けば、林道を下って一時間で車の通る道に出る」らしい。

「がんばります」

私はがんばりたくないけど、とぼやきながら秋村が日焼けじわを目尻に刻んでにまりと笑う。

「ま、時間があればね。じゃあ、八時出発」

昨日と同様、道の行き止まりの駐車場にスクーターを停めた。まだ八時前なのに、志手島の太陽は早くも容赦ない光を浴びせかけてくる。美しい海と決別して、志手島のもうひとつの顔である原生林への誘導路みたいな緑色のトンネルを早足で登った。

研究センターには今日も秋村しかいなかった。昨日とはうって変わって、ストライプ柄のパーカーとカーゴパンツを身につけている。

私の姿を見るなり、咎める（とが）ような視線を向けてきた。

「その格好で森に入るつもり？」

私は自分のチェック柄の長袖シャツと、昨日と同じコットンパンツを眺め下ろした。カメラやパンケーキを突っこんでいるのはビジネス用のショルダーバッグ。

「すみません。このくらいしか持ち合わせがなくて」

革靴に視線を落として尋ねてくる。

「靴のサイズは？」

「二十八です」

でかっ。そう呟（つぶや）いて、中指でこめかみをとんとん叩いた。

「ちょっと待ってて」

奥のドアに姿を消した秋村は、しばらく戻ってこなかった。出てきた時には、髪を結わえ、ピンクのリボンがついた麦わら帽子をかぶっていた。派手なオレンジ色の靴を私の足もとに置く。

「これ履いてみて」

色は派手だが、登山靴と呼んだほうがよさそうな本格的なトレッキングシューズだ。

男のスタッフの靴だろうか。かなり古びたものなのによく手入れされている。持って出てきた時の秋村は、大切そうに胸で抱えていた。

「いいんですか。誰の?」

「昔の靴。いまは誰のでもない」

サイズは私でもゆるいぐらいだった。靴紐(くつひも)を結んでいると、リュックを背負った秋村が二本の捕虫網のひとつを私に寄こしてきた。え、俺もやるの?

ズボンの裾を靴下の中に入れろ、と言う。

「さもないと、裾から変なものが中に這い上がってくるよ。嫌(ヤ)でしょ」

「秋村さんは?」

「私は慣れてるから平気。カッコ悪いし」

私のカッコ悪い服装を上から下まで見おろして、秋村がふむふむと頷く。

「うん、いいね。じゃあ、行こう。レッツラ・ゴー」

私と同年配だと思っていたが、少し年上かもしれない。言葉が古い。

博物館みたいなオレンジ屋根は野生生物研究センターのほんの一部だった。裏手には、温室や保護動物の飼育舎や人工の池があり、センターより古びた簡素な建物が二棟建っていた。ひとつは研究棟で、二階建ての大きいほうは宿泊棟。研修に来る学生や研究者が滞在する時の施設だそうだ。

「でも、常駐してるのは私一人。いまいるのは仕事を手伝ってくれてる通いの地元の子だけ」

「いいんですか、センターを空けちゃって」

先に立って歩いていた背中が答える。

「うん、だって今日は日曜だからね」

そうだった。タイムスリップみたいな丸一日の船旅をしていたから、すっかり忘れてた。

「もしかして、今日は俺のために？」

秋村が立ち止まり、突然振り返った。

「お、自意識過剰虫、発見」

捕虫網を私の頭にかぶせる。

「んなわけなかろうが」

笑っているようだった。網でよく見えないが。

「でも、確かにあんたのせいだ。大オオカマキリのことが記事になって内地に知られちゃうと、ここに人が押しかけてくるかもしれない。そうなる前にカマキリを見つけちゃおうと思って。私の手柄にするために」

「あのぉ……網、もういいですか」

「ああ、ごめん」

「だいじょうぶです。俺の取材、すぐにニュースになるようなものじゃありませんから」

私は『びっくりな動物大図鑑』のことと、出版社が大カマキリをその目玉にしようともくろんでいることを手短に話した。

「え、そうなの」帰って寝ようかな、と真顔で呟いてから、その真顔を私に向けてきた。「案外たいへんなんだね、ライターって仕事」

「どんな仕事も同じです」


宿泊棟の裏手には森へ続く小径が延びていた。木々の中に足を踏み入れると、ドアを開けて違う部屋へ入ったように、背中を炙っていた陽光が柔らかくなり、まとわりついていた熱気がひんやりした空気に変わった。

捕虫網の柄はアルミ製で、輪は丈夫そうなスチール。大型のポリバケツも捕獲できそうな口径がある。秋村の空色のリュックからはなにに使うのか何本かの棒が突き出ていた。竹棒が二本。太いもう一本は麺棒に見えた。麦わら帽子をかぶり、大きなリュックを背負って特大の捕虫網を手にした秋村はますます小柄に見える。まるで夏休みの小学生だ。

南の島の森だから、もっとじめじめして蚊や羽虫が多い、ちょっとしたジャングルみたいなところを想像していたのだが、実際の中の森は清気に満ち、ひっそりしていた。

地表近くをシダが覆い、頭上では青黒い梢が空に蓋をしている。赤茶けた幹と肉厚の葉を持つ広葉樹の中に、椰子に似た葉を持つ樹木や、シダを大木にしたような木々がまじっている。

ひときわ目を引くのは、人間の腰ぐらいの高さから放射状に何本もの根を地面に伸ばしている樹木だ。

幹の下部から枝ではなく根を伸ばす姿はガジュマルやマングローブの木々のようだが、幹は細くて曲がりくねり、上部にだけ剣のかたちをした葉を伸ばしている。他の高木に比べると丈は低く、三、四メートル程度のものが多い。名前を聞いたら、呪文めいた言葉が返ってきた。

「ホコージュ？」

「歩行樹」秋村が両手を振って足踏みをするしぐさをした。「歩く木だから、歩行樹。志手島ではそう呼んでる。沖縄の海岸なんかに生えてる『アダン』の近縁種(きんえんしゅ)。小笠原(おがさわら)諸島で『タコノキ』って呼ばれてるものとほぼ同種」

「歩く？」幹を宙に押し上げているように見える根は、確かにたくさんの足を持つ生き物のようだ。

「ほんとうに歩くんだよ、その木は」

「まさか」

秋村が斜めに幹を生やす六本足のキリンみたいな歩行樹に近寄って、キリンの首根っこあたりを指さした。

「ほら、ここから新しい気根が伸びはじめているでしょ。気根ってわかる?」

「ええ。地下じゃなくて空中から伸びる根ですよね」

よくできました、と教師風に頷いてから、講義を続ける。

「そう。この気根が地面に届けば、この歩行樹に新しい足が生えたことになるでしょ。つまりこの木が三十センチぐらい前進する」

「なるほど。気の長い歩行ですけど」

「この森のいたるところで歩行樹がじわじわとほんの少しずつ歩いている。素敵でしょ。森は生きている、植物は生き物なんだ、って思えるでしょ」

「素敵というより、俺には不気味に思えますが」

「もう帰りなさい、あんた」


踏み分け道とはいえ道が続いていたのは最初のうちだけだった。空色のリュックの背中が、樹木と樹木の隙間にしか見えない場所へ入りこんでいく。

アップダウンもきつくなってきた。木々が斜めに生えた斜面を登ったかと思えば、ずるずると滑り落ちるように下る。その先にはまた登り、そして下り。どこへ向かっているのかと聞いても、「少し先にカマキリが居そうな場所がある」としか言わない。

秋村は山歩きに慣れているようで、捕虫網の柄を杖にして小猿のようにかっ飛んでいく。大学二年でラグビーをやめてから、まともに体を動かさなくなったこちらは、そうはいかなかった。捕虫網も私には短かすぎて杖がわりにはならない。姿を見失ったら二度とこの森から抜け出られない気がして、必死で後を追った。

新たな斜面の手前で、遅れている私を待っていた秋村が言う。

「遅いね。見かけだおしだったか。捕虫ネットのポールを杖にすると楽だよ」

「でも俺には短くて」

「それ伸縮タイプだから。最大一・六メートルまで伸びる。ほら、こうやって――」

「早く言ってください」

忘れてた、すまんすまん。秋村がおっさん臭く笑うと、胸もとでネックレスが揺れた。パーカーには似合わない、色とりどりのビーズを嵌めこんだ木片を細紐で吊るしただけのしろものだ。私の視線に気づいたのか、涙のかたちの木片をつまみあげて、言いわけをするような口調で説明する。

「これ、いちおう採集用のアイテム。カマキリ用。たいていの昆虫には色を見分ける能力があって、中には人間には見えない色まで識別できる虫もいるんだけど、なぜかカマキリには色覚がないの。色がわからないかわりに光には敏感で、光るものに吸い寄せられる習性がある。もし獲物（えもの）が玉虫とゴキブリ、両方だったら、まず確実に玉虫のほうが狙われる。覚えておいて損はないよ。得もしないだろうけど」

ビーズの飾りを手の中でころがしながら、「ま、おまじないだけど」と言葉をつけたした。

何度目かの斜面を登り切ると、目の前がひらけた。山の継ぎ目の小さな谷間のような場所だ。頭上を覆っていた高木の梢が消え、低木が点在するだけの草地が広がっている。背後には巨大な生き物の背びれのような荒々しい稜線を持つ志手連山が姿を現わしていた。

「まずはここで勝負しよう」

秋村がリュックを下ろした。

「どうすればいいでしょう」

捕虫網の柄を両手で握りしめて聞く。昆虫採集なんて子どもの頃以来だ。しかも夏の短い北海道で育ったから、慣れているとは言いがたい。

秋村が目つぶしを食らわそうとするように、私の両目の前にチョキにした指を突き出した。

「まずはルッキング。目視」

「目視、了解」

「見つけたら、スウィープ。すかさず」突き出していた手を、蓋のかたちにして、くいっと下ろした。「バサッ」

専門的な技術はとくにない、らしい。

「カマキリってどういう場所にいるものなんですか」

「いろいろ。樹上性（じゅじょうせい）のものもいるし、地上徘徊性（はいかいせい）のものもいる。林床性（りんしょうせい）といって森の地表を活動範囲にするタイプもいるね」

「オオカマキリは？」

「中間型っていうのかな。どのタイプにも当てはまる。ようするに――」

「ようするに？」

「どこにいるかわからない」

　秋村が身をかがめて腰丈ぐらいの草の中を歩きはじめた。私もそれにならう。南の島特有のシダ類と、日本のどこにでも生えていそうな丈のある雑草が入りまじった草地だ。虫がうじゃうじゃいそうに思えたが、草を払っても、飛び出してくるのは羽虫だけだった。

　開始から五分。

「よっ」

　秋村が捕虫網をひと振りした。柄をひねって手慣れたしぐさで網をたくしこむ。中で細い葉のような緑色が暴れているのが見えた。

「すごい。もう捕まえましたか」

　かなり大きいが、残念ながら十七センチにはほど遠そうだ。そして、秋村のピンク色の軍手がつまみ出したのは、そもそもカマキリでもなかった。バッタだ。

「クビキリギリス、ゲット」

子どもみたいに目を輝かせているから、私はカメラを取り出して聞く。

「珍しいんでしょうか」

「そうだね」

とりあえず写真を撮っておこう。が、私がレンズを向ける前に、リリースしてしまった。

「ああ〜」

「なに？」

「いえ、カマキリのついでに、志手島の珍しい生き物も取材してくるって『びっくりな動物大図鑑』の担当者に約束してまして……」

「ああ、じゃあ」

近くの草の上に逃げていた虫を、今度は素手であっさり捕まえた。

「クビキリギリスには面白い話がいろいろあるよ。話そうか」

「お願いします」

何枚かの写真を撮ってから、メモ帳を取り出す。

「クビキリギリスの成虫の体色は終齢幼虫時代にいた場所の湿度によって決定されるんだ。湿度が高いところで終齢を迎えたら、緑色。そうでないところだったら、褐色。ね、びっくりした？」

「……もう少し『びっくり』はないですか」

「もっと？　じゃあじゃあ、これは？　クビキリギリスは冬眠するんだ。ふつうバッタ目はひと夏で寿命を終えるけど、この子は成虫のまま生き延びて越冬して、翌年の春から夏にかけて交尾と産卵をする。二年ものだからこんなに大きく育つんだね。志手島で見かけるのは珍しいな。内地にはいっぱいいるんだろうけど、夏が短いから、こんなに大きく育たないでしょ。あれ、メモはもういいの？」

　腰丈の草と言っても、それは小柄な秋村の腰という意味で、私にとっては股下だ。草を覗きこむには体を九十度にかがめなくてはならない。しばらくすると背骨が痛み出した。足をとめて背筋を伸ばしていたら、叱咤が飛んできた。

「ほら、サボんない。しっかり探す。歩みはニワトリ。頭は赤べコ。目は皿」

「はいっ」

「湿り気の多そうな場所がポイント。花が咲いていたら要チェック。蜜を吸いにくる虫を狙って近くに潜んでるかもしれない」

「うぃっす」

　一時間ほどそうしていたが、カマキリは一匹も見つからなかった。蝶やカメムシ、その他いろいろを捕まえてはリリースしている秋村も同じだった。斜めに突いた捕虫網に体を預けて、金属の輪に顎を載せ、婆さんのようにぼやく。

「志手島にはカマキリ、そんなにいないからねぇ」

「え、そうなの？」

「うん、内地のほうが多いと思うよ。志手島のオオカマキリは外来種だから保護されてないし」

なんだか負け惜しみに聞こえた。

「専門家なら、すぐに見つかると思ってた」

私のため息まじりの言葉に、秋村がむきになる。

「カマキリは見つけにくいの。擬態するから」

やっぱり負け惜しみだ。

「擬態？ 意外だな。カマキリには必要ない気がするけど」

擬態は敵から逃れるための虫の知恵じゃないのか。他の虫を捕食するカマキリは、昆虫の中では食物連鎖の頂点に君臨している、獣で言えばライオンみたいな存在だと思っていた。そのことを口にすると、秋村が「ちっちっち」とひとさし指をタクトのように振り、講義が始まってしまった。

「擬態にも種類があるんだ。敵から身を隠すための隠蔽擬態だけじゃなく、獲物を待ち伏せするための攻撃擬態もある。カマキリだって鳥や大型の蜘蛛には捕食されるけど、基本、後者。攻撃擬態のほう」

秋村の講義は長かった。自分が休みたかっただけかもしれない。

東南アジアの熱帯雨林に棲むハナカマキリという種は、白やピンクの体色を持ち、花に擬態する。蜜を吸いにきた蝶や蜂を捕食するそうだ。胸や胴が茶色の葉のかたちをしていて、枯れ葉に擬態するのはカレハカマキリ。キノハダカマキリは住処（すみか）にしている木の皮そっくりで、動かないと目の前にいてもまず気づかない。昨日、私が付け焼き刃の知識を披露した世界最大のカマキリ、ドラゴンマンティスにしても、正式和名はオオカレエダカマキリと言い、枯れ枝に擬態する。脚や尻に葉っぱに見せかけるための緑の鱗（うろこ）まで生えているそうだ。

「なんでそれぞれのカマキリがそういう特徴を持ったのかは、進化の結果としかいいようがないんだ。すごいよね、生き物は」

「というか、けっこう陰湿な虫なんですね、カマキリは」

屈強なくせに自分より弱い相手を待ち伏せする。凶器を手にした格闘家の大男が物陰に潜んでいきなり襲ってくるようなものだ。勝ち目があるわけない。

「オオカマキリの場合——あ、オオカマキリには緑のも茶色のもいるって知ってる?」

「ええ、はい」

『大図鑑』のほうも、いちおうの下調べはしている。

「緑のものは、細長い木の葉や草の茎に体をぴったり張りつけて擬態する。で、知らずに近づいた獲物をカマで——ぐわっ」秋村が両手を鎌のかたちにした。「茶色のオオカマキリの場合は、枯れ草や木の細枝にいる。いま探している大オオカマキリは、緑色の可能性が高いから、この草地を探しているの」

「なぜ緑ってわかるんですか」

「オオカマキリの体色は成長段階でいろいろ変化するんだけど、最終的に、オスはほぼ褐色になる。緑になるのはたいていメス。で、オスよりメスのほうが体が大きいから、緑色のを探したほうが間違いがない」

それは知らなかった。


秋村がまた捕虫網を振る。今度は宙に向かって。網の中に入っていたのは、赤いトンボだった。壊れ物を扱う手つきでそっと羽をつまみ、宝石でも眺めるように見入っている。そうすると、日焼けじわが目立つ顔が、幼い少女のように見えた。

「ベニヒメトンボだ。かわいいねぇ」

「先生は昆虫が専門なんですか」

「秋村さん」と私の発言を訂正してから言葉を続けた。「いいえ。でも、生物学者になろうと思ったきっかけはファーブル昆虫記」

専門は「生物多様性保全」で、博士論文は『ゴリラと携帯電話』についてだと言う。

「携帯電話にレアメタルが使われていることは知ってるでしょ。レアメタルの中でも特に希少なタンタル石を採掘するために、コンゴの森が伐採されているの。おかげでマウンテンゴリラの生息域が侵(おか)されてるってわけ」

昨日、私は当たり前のように秋村の携帯電話の番号を聞き、「持っていない」という答えに驚いたものだ。二十代の頃——それが何年前かは教えてくれなかったが——しばらくアフリカのコンゴ民主共和国で暮らしていたそうだ。

草地での捕獲計画を早々に切り上げ、「次は期待できるよ」というポイントに向かうためにまた森へ入る。

今度は三十分ほどで到着した。第二ポイントは低木の繁った窪地だ。「樹上性のオオカマキリに狙いを定める」そうだ。

秋村がリュックにさした竹棒を抜き、リュックの中から折り畳んだ布を取り出した。広げた白い布はちょっとしたテーブルクロスぐらいの大きさがある。竹を十字に交差させて布の四隅のポケットに嵌めこむと、大きな角凧のようなものが出来上がった。

「さ、これ持って」

「凧上げ?」違うか。糸もしっぽもない。

秋村は麺棒を手にしていた。これにも白い布を巻く。

「ビーティングっていう採集方法」

こんなやり方だった。葉が繁った枝の下に、私が凧状の布を広げる。秋村が繁みを麺棒で叩く。きわめて簡素というか原始的だ。

だが、効果はてきめんだった。ひと叩きで何もいないと思えた繁みから、小虫や甲虫がばらばらと落ちてきた。

「ね、いるんだよ、虫って。じつはたくさん。これだけいるんだから、それを餌にするカマキリも捕まえられるだろうという作戦。酔っぱらいオヤジは新橋で探せと」

樹上性といっても、高い木に登るわけではなく、カマキリが潜んでいるとしたら、地上からせいぜい一メートル半ぐらいだそうだ。

「うわ、すげえ」

何度も繰り返しているうちに、ビーティングネットという名の布が、大量の虫で真っ黒になった。秋村は落ちた中に気になる虫がいるようで、ピンクの軍手をむずむずさせていたが、私は首を横に振って続きを促す。カマキリ以外に気を取られていたら、時間がなくなる。長い講義も始まってしまいそうだし。太陽はもう真上だ。気温も高くなってきた。私たちは二人とも夏の子どもみたいにたっぷり汗をかいていた。

午後一時を過ぎたが、見つけたのは、「コカマキリ」というオオカマキリより小型で薄茶色の種が数匹だけだ。コカマキリたちは十七センチどころか、どれも二、三センチしかない。

「コカマキリだって、成虫は五、六センチにはなるんだけど、まだ七月だからね、志手島でもたいていのカマキリは幼生だよ。これから秋までにぐんぐん大きくなる。それこそ日に日に」

「じゃあ、やっぱり、あのカマキリの大きさって、普通じゃありえないんですね」

猫に食われてしまったのがつくづく惜しまれた。

「そう。だからこうして日曜なのに働いてるわけ。まだまだこれからだよ。今日の捜索もね。ちょっとひと休みして、お昼ごはんにしようか」

野生のマンゴーだという大木の木蔭に、レジャーシートを敷く。秋村の大きなリュックにはビーティング用具以外にも専門的な道具が詰まっているのかと思っていたのだが、中をふくらませていたのは、重ねたタッパを包んだランチクロスだった。

ひとつめの容器には、俵型のお握りがぎっしり詰まっていた。ふたつめには鶏のからあげや卵焼きやアスパラのベーコン巻き、その他いろいろ。大きな携帯マグも取り出す。どう見ても二人ぶんだ。

「食べなよ」

「俺のぶんも？」

「つくり過ぎただけだよ。一人分つくってもおいしくないからね」

ということは、秋村は独身なのだろうか。それとも単身赴任か。いやいや、取材先のプライベートには立ち入りすぎないようにしなくては。

「ほら、食べて。どうせたいしたもの持ってきてないんでしょ」

「これだけです」アルミホイールに包んだパンケーキを取り出した。「泊まってる宿のです。よかったらどうぞ」

冷めて固くなっているだろうパンケーキに、秋村は煉瓦でも眺めるような冷ややかな目を向けた。

「どこに泊まってるの？」

「オテル・ボーカイ」

「おお、ボーカイのパンケーキなら歓迎だよ。あそこの料理は、この島じゃ三つ星だ。部屋はもうひとつらしいけど」

お握りを食べる。帯にした海苔（のり）が巻いてあり、赤シソのふりかけが振られていた。中身は種を抜いた梅干し。うまい。酒の飲み過ぎか、あるいは昨夜の闘魚フライが良くなかったのか、朝からずっと生焼けの内臓がまだ胃の中で暴れている感じの腹具合だったのだが、三個めからはすっかり気にならなくなった。

秋村がナイフでマンゴーを切り分けはじめた。

「え」

思わず頭上を見上げる。このマンゴーの木からもいできたのかと思って。秋村が、わははと豪快に笑った。

「まさか。こんな大木になっちゃうともう実はならない。大田原農園のマンゴー。あそこにはよく農害虫のアシビロヘリカメムシの調査に行くから、お裾分けしてもらうの」

「アシベロビリハリムシ？」

「違うよ、アシビロヘリヘロ……あれ？」

「ははは」

「あんた、ようやく笑ったね。ずうぅっとこーんな顔してるから――」秋村がパンケーキみたいによく日焼けした顔を近づけてくる。「捕虫ネットをかぶせたのを怒ってるのかと思ってた」

眉間（みけん）に大げさに縦じわを刻んだ顔を私に見せてから、くしゃりと表情を崩して、目尻に横じわをつくった。日に焼けているぶん、零（こぼ）れた歯は真っ白だ。私は朝、シャワーを浴びて来なかったことが急に気になりだした。

「よしっ、始めよう」

秋村が空を仰ぎ、両手を突き上げて伸びをする。そして声をあげた。

「あ」と言ったまま体が固まっている。

「どうしたんです」

「ちょっと、のっぽさん、お願い」

「は？」俺のこと？　のっぽと言うほどの背丈でもない。先生が小さすぎるのだ。

「あれ、取ってくれない」

秋村が指さしたのは頭上の野生マンゴーの繁りだ。指先と樹上とに何度も視線を往復させ、目をこらして、ようやく「あれ」がなんなのかがわかった。

枝先の二メートル半近い高さの場所に、茶色の塊（かたまり）がへばりついていた。

「野生のマンゴーは貴重だから、枝は切りたくないな。手づかみで、そっと」

「手づかみって……まさか、あれ、蜂の巣じゃないですよね」

「違うと思う……たぶん」

「たぶんか」

私でも背伸びをしてようやく届く高さだった。指先に、柔らかくはないが力をこめると崩れてしまいそうな感触が伝わってくる。似ているとしたら、やっぱり蜂の巣だ。おそるおそる握ってみた。

「そおっと。優しくね。ショーロンポーを握るつもりで」

なんとかもぎ取って差し出すと、秋村が声をあげた。

「うっそぉ」

「なんです、それ」

「卵鞘（らんしょう）。卵のサヤだよ。カマキリの。これは幼虫が羽化した後の脱け殻（がら）だ。こんなに大きいのは初めて見た」

「ふつうはどのくらいなんですか」

「オオカマキリでもこんなもの」

秋村が指で輪をつくる。彼女のちいさな指だから、せいぜい小ぶりなマカロンぐらい。いま私の手のひらに載っているものは、まるでクロワッサンだ。

「しかもあんな高いところまで登ってつくるなんて」

「卵のサヤが大きいということは、産まれた幼虫もでかいんですか」

宝石を鑑定するように両目を近づけ、首をひねって上下左右から眺めていた秋村が、ため息をつくように言う。

「どうだろう。持って帰って幼虫たちが脱け出た痕を調べてみるよ」

「じゃあ、それを産んだメスカマキリの大きさは——」

「異常産卵かもしれないけど、単純にサイズの比率で言えば、とてつもなく大きい」

「何センチ?」

「わかるわけないよ、そんなの。カマキリ博士じゃないし」


「あんたはむこう。私はそこ」秋村が指定した場所でそれぞれ小便を済ませて、ビーティングを再開した。マンゴーの木はとくに念入りに。「カマキリが登れるのは地上からせいぜい一メートル半」という言葉に自信がなくなったようだ。私がたたき棒を担当して、二メートルを超える高さまで探った。が、落ちてくるのは、相変わらず、大量の小虫、カメムシ、コオロギ、テントウムシ、ときどきカミキリムシ。

「先を急ごう」

「いいんですか、ここはもう」

「次はいよいよ中の森の真ん中。保護地域だ」

槍のように捕虫網を抱えて森へ分け入らんとする、ちっちゃな勇者みたいな秋村の後を追う。門番よろしく枝の両手を広げて立ち塞がっていた歩行樹の脇を抜けようとした時だ。

「秋村さん」

「なに？」

「いま、そこに」

まばたきをしてから、もう一度目をこらした。気のせいだろうか。頭上の歩行樹の葉のひとつが動いた気がしたのだ。

近寄って見上げてみた。風はない。葉はそよりとも動いてはいなかった。やっぱり見間違いか。歩行樹の細い剣のかたちの葉は、どれも三、四十センチはある。

秋村が入り込んだ木立の先には道どころか、まともな地面というものがなかった。周囲の樹木すべてが気根を持ち、中空から下へ伸びるタコ足に似た根が地表近くで絡み合い、波のようにうねっていた。秋村はその中を、身をかがめてくぐり抜けたり、大股でまたいだりしながら器用に進んでいく。スパイの侵入を防ぐレーザーセキュリティシステムのような気根の罠にじたばたしている私を振り返って、得意顔を向けてくる。

「ガジュマルの森だ。凄いだろ」

「ええ」確かに凄い。目の前の光景が凄いというだけでなく。まともに歩けない。自分の手足を使ってパズルを解いているみたいだった。

「捕虫ネットは縮めておいたほうがいいよ」

「ああ、そうですね」

「細い根は踏まないでね。あんたの体重がかかったら折れちまう」

「そんなむちゃな」

　気根に覆い尽くされたガジュマルの森をようやく抜け出すと、今度はシダの繁みに突き当たった。

　この島のシダは本土で見かけるものとはスケールが違う。大きなものは葉先が私の首もとにまで達する。頭上ではさらに巨大な、樹木の幹を持つ高さ数メートルもの木生（もくせい）シダが傘のような葉を広げていた。太古の森を歩いているかのようだ。

　前も後も、左も右も、そして上も。視界のすべてがシダの葉に覆われた。これまでの行程が可愛いものに思えてきた。

　以前、田舎暮らしのムックのライターをやっていた時に、私は『緑に包まれた心やすらぐ暮らし』『緑とともに生きる幸せ』などというフレーズを連発したものだが、ここまで緑の中に包囲されると、心が安らぐどころじゃなかった。繊毛（せんもう）みたいなシダの葉に取り込まれ、巨大な緑色の生き物の腸（はらわた）に呑み込まれていくような気分だ。しかもその生き物は悪意に満ちている。木生シダの葉の中には、棘（とげ）を隠し持っているものもあって、不用意に掻き分けると肌を刺し、服にかぎざきをつくろうと待ち構えているのだ。

　緑とともに生きる幸せ？　植物は人とともに生きることをけっして幸せとは思っていないだろう。

　前を行く秋村は繁みの中にすっぽり埋もれてしまっている。葉の波の上に浮き沈みしている麦わら帽子に問いかけた。

「ここはもう森林生態系保護地域（サンクチュアリー）ですか」

姿が見えないから、返答はシダが喋っているかのようだった。

「まだ。入り口にも来てないよ」

信じられない。いま現在ですら未踏地探検に思える。

「この先はずっとこんな感じ？」

「だいじょうぶ。心配ない――」

秋村の言葉が終わらないうちに、唐突に緑の壁が途切れ、視界が開けた。

道に出た。未舗装だが車も通れそうな砂利道が目の前に横たわっていた。

「ここから先はわりとラク」

道の向こう側にはフェンスが巡らされている。二メートルほどの高さで、ネットが張られていた。

「あそこが保護地域の入り口」

秋村が指さしたのは、道の側面に飛び出た私たちの斜め左手だ。フェンスの一部が金網扉になっている。

フェンスの先は、ごく普通の森林のようだった。ガジュマルの気根がうねっているわけでも、シダの壁が立ちはだかっているわけでもない。

「もっと凄いところかと覚悟してました。さっきみたいな」

髪にからみついたシダの葉を落としながら言うと、秋村が悪戯（いたずら）を成功させた子どものように、にかっと笑った。

「ガジュマルとシダの森は、ここへの近道ってこともあるけど、せっかく志手島に来たんだから、藤間さんにすっごいとこを堪能してもらおうと思ってわざと通ったんだ」

「それはどうも。おかげで堪能しました。じゅうぶんに」

「どういたしまして」

金網扉までフェンスに沿って歩いた。張られているのは目の粗いナイロンネットで、さほど厳重なものには見えない。

「保護地域って、何を保護しているんですか」

「希少植物と希少動物。そのネットはおもに絶滅危惧種のシテジマカラスバトや、希少種の蝶やトンボのためだね」

「カラスバト？　鳥や蝶じゃ、フェンスは意味がないのでは？」

「ううん、ネットは外部からの動物の侵入を防ぐため。シテジマカラスバトは、地面に巣をつくるんだ。なんせ昔は天敵がいなかった世間知らずの離島育ちだから。その卵や雛やぼんやり抱卵している親鳥を狙ってノネコが――野良猫のことね――入ってくるのを防ぐんだ。あとはヤギ対策。この島には野生のヤギがたくさんいるから、放っておくと、そのヤギが希少植物とか、蝶々やトンボの生息地になる草木を食べちゃう」

金網扉の前には、入場時の注意事項が書かれた立て看板と、ブラシのマットが置かれていた。そいつで靴の泥を落とし、備え付けのスプレーを靴底に吹きつける。どういう薬品なのか、酢の匂いがした。これは何のためだろう。

　訊ねる前に、秋村が教えてくれた。

「靴の底をきれいにするのは、外部から種子が持ち込まれないようにするため。あとはオカモノアラガイの保護のためだね」

「貝……ですか？」

「貝と言っても、陸生の巻き貝。ようするにカタツムリ。志手島のオカモノアラガイは固有種で、絶滅寸前なの。ほら、注意書きに『鳥の糞は必ず落とすこと』ってあるでしょ。これはロイコクロリディウムっていうカタツムリにつく寄生虫の予防」

「ああ、カタツムリ、見ました」朝、バイク置き場の丸太の柵を、とんでもなくでかいカタツムリが這っていた。「殻が子どもの握り拳ぐらいあるやつ」

「あれはアフリカマイマイ。外来種だ」

　人間って勝手だよね、と呟いてから秋村が話を続ける。アフリカマイマイは戦時中に食用として島に移入されたそうだ。実際に終戦直後には、島民の貴重なたんぱく源になったが、いまでは希少植物や農作物を荒らす、寄生虫を媒介する、見た目がグロテスク、などなどの理由で駆除の対象になっている。野生化したヤギもかつては家畜として飼われていたものだそうだ。

「数が減ったら保護。増えたら駆除。みんな人間の都合だもの」

　楽園にも国境線が必要なのだ。天国に近いと称される志手島の自然も、フェンスに囲われていなければ維持することができないらしい。楽園もいろいろ大変だ。

金網の扉を開けて保護地域へ入る。認定ガイドや研究者の同伴がないと入れないと聞いていたが、施錠されているわけではなかった。ひっそりと木々が佇む中に踏み分け道が続いている。風が梢を揺らす海鳴りに似た音が密やかに聞こえるほかは、森は静まりかえっていた。

道幅はそこそこあるから、私は秋村の隣を歩いた。秋村のカタツムリに関する講義は、まだ終わってはいなかった。

「大きい生き物を探してるなら、アフリカマイマイもおすすめだよ。ほんとに大きいのの殻は子どもの握り拳なんてものじゃない。大人の握り拳より大きい。体の長さなんて、こんなだよ」

立ち止まって、突き出した両手を広げて見せる。子どもが釣った魚の大きさを自慢するみたいに。その間隔はどう見ても二十センチ以上はあった。

「本当ですか」二十センチ超のカタツムリ？　信じられない。

「ああ、森の奥に行けば凄いのがうじゃうじゃいるよ。個体が密集していると生き物は小型化する、逆に周囲に個体が少なくて天敵もいなければ野放図に大型化するんだ。アフリカマイマイは八、九年生きるのもいるからね。寿命が長ければ長いだけ大きくなっていく。ほら、水槽に一匹だけ金魚を飼って、何年も育てれば、鯛みたいに大きくなっちゃうって話、聞いたことがあるでしょ」

せっかく熱心に勧めてもらって申しわけないが、正直に言った。

「いやあ、絵的にちょっと。写真中心の本にする予定なので」

「じゃあ、オカヤドカリはどう？　志手島のオカヤドカリも保護対象で、陸生のヤドカリなんだけど。普通はこのくらいの生き物」

歩きながら片手の指で輪をつくった。

「でもね、ときどき巨大化するのがいるんだよ。オカヤドカリは森に住んでるから、借りる『宿』は、巻き貝じゃなくてカタツムリの空き殻なんだ。オカヤドカリは長寿で殻の大きさに合わせて成長する。だから、この島でアフリカマイマイが大量に繁殖してからは、その殻を宿にした、ふつうの何倍も大きなオカヤドカリが見つかるようになった。私が見たいちばん大きいのは、このくらい。どう、〝びっくり動物園〟に」

今度は両手で輪をつくる。指と指の間を少し離した大きな輪だ。私は、〝びっくりな動物大図鑑〟ですね、と訂正してから、儀礼的に考えるそぶりをした。

「ヤドカリかぁ」私の取材を気にかけていろいろ考えてくれているようだが、ヤドカリもマニア以外には、可愛いとは言いがたい。

「その辺にもいるかもしれない。ヤシガニみたいなのが」

秋村は私が乗ってこないとわかっても、気を悪くする様子もなく、カタツムリについて楽しそうに語り続ける。カマキリのことはすっかり忘れているようだった。

「この島にいるとわかるよ。生き物って、環境に応じて柔軟に姿かたちや習性を変えていくんだ。何億年もかけてゆっくり進化したり、あえて生態を変えなかったりするのも事実だけど、変わる時には、ちょっとしたきっかけで、あっさり、驚くほど速く変わる。そうそう、さっき話したロイコクロリディウムもびっくりだよ――」

せっかくだが、話題を変えるために聞いた。

「ちゃんと道があるんですね、保護地域にも」

行く手にはあいかわらず、漂う空気までねっとりと濃くしている奥の知れない森が横たわっているが、緑系色のパッチワークを茶色い糸でジグザグ縫いしたように道が続いていた。小刻みなアップダウンはあるにせよ、地面から隆起した太い木の根が天然の枕木になっているから、いままでより歩きやすいぐらいだった。

「志手島に来る人間はたいてい海へ遊びに行っちゃうけど、原生林を見たいって人もいるからね。この道は観光用の指定ルート。でも、道を少し外れたら、さっきのシダの森みたいなとこばっかりだよ。ガイド同行じゃないとダメっていうのは、素人が迷い込んじゃうと、戻って来れない危険性がある、というのも理由のひとつ」

私はこの島の森林地帯が樹海より広いことを思い出して、秋村のちょこまかした早足に歩調を合わせた。

「置いていかないでくださいね」

「努力してみるよ」

観光用の道とはいえ、頻繁(ひんぱん)に人が通るわけでもなさそうだ。道には夏落ち葉が新雪のように降り積もっていた。いや、そうでもないか。歩きはじめて十分も経たないうちに、道からはずれた大木の幹の下に空き瓶が何本もころがっているのを見つけてしまった。酒瓶に見えた。

「ここで宴会でもやっていたのかな」

私の言葉に秋村がこともなげに頷く。

「そうかも。だとしたら七十何年か前にね」

「え」

よく見ると、緑色のその瓶はどれもかなり古びている。デザインもレトロという生やさしい言葉ではきかないほど昔風だ。

「それも保護対象のひとつ。太平洋戦争の時のものだよ。この森には、あの頃の兵士たちが残していったもののもそのまんまにしてあるんだ。あそこに長い溝があるでしょ。あれは自然に出来たものじゃない。掘られた塹壕の跡」

太平洋戦争の末期、志手島では連合軍の上陸に備えて防衛態勢が敷かれたそうだ。海岸線に砲台が建設され、上陸を許した後も抗戦を続けるために、島の深部の「中の森」には巨大な地下壕が掘られ、要塞が築かれた。それらを戦跡として残してあると秋村は言う。

「結局、空襲は受けたけれど、アメリカ軍は上陸しなかった。飛行場がつくれるような平地が少なかったのが幸いしたんじゃないかって、土地の人は言うね。『幸い』って言いながら、どことなく悔しそうに」

　アフリカマイマイが移入されたのも、もともとは陸軍の兵士たちの食料用だったそうだ。

　いつのまにか私が先に立って歩いていた。気が急いていたからだ。もう日が西に傾きはじめているのに、涙人湖はまだ遠い。

　耳もとでレーシングカーが迫り、一瞬で遠ざかるような音がした。なんだ？

　今度は反対の耳のすぐそばで低い唸りが通過していく。

　音の方向に振り向くと、目の前を大きな豆粒ほどの何かが横切った。

　蠅だ。

　羽音を頼りに、左手の木生シダの葉陰を覗く。

　蠅が群がっているものが、最初は傘に見えた。暴風に破れた黒い折り畳み傘に。

　もちろん傘じゃない。傘の柄に当たる部分には頭が生えていた。ネズミに似た頭だ。

　コウモリの死骸だった。大きい。ドブネズミほどもある大きなコウモリだった。

　しゃがみこんだ私の背中に、秋村の悲しげなため息が落ちてきた。

「オオコウモリだ」

「これも希少種ですか」

「そう。島にはもう二、三百頭しかいないのに」

コウモリには首から腹にかけて齧られた痕があった。流れた血が落ち葉を赤黒く染め、そこには蟻が群がっている。血はもう乾いているが、死骸は干からびているわけではなく、死んでからそう時間が経っていないように思えた。

「ノネコのしわざだね。木にぶら下がって寝ているところを狙われたのかな」

「猫、ですか？」

だとしたら、どんな猫だ。確かに猫は木登りをするが、下りるのは下手だ。秋村が見上げている木生のシダは、椰子のように幹がまっすぐで脇枝もない。猫が登ったはいいが、降りてこられない見本みたいな木だった。

「ノネコの数はここ一年でだいぶ減ったはずなんだけど。去年、フェンスを補修したからね。ネットを全部取り替えて、支柱も観光用に目立たない緑色に塗り替えて」

秋村がまたため息をついて、捕虫網で蠅を追い払う。絶滅危惧種を生き返らせるためのおまじないでもするふうに。

コウモリの体は妙な具合によじれていた。ネズミに似た首が百八十度回転してしまって背中に向き、折れた両脚が紐のように絡まっている。まるで頭と脚を摑まれて、雑巾のように絞り上げられたかに見える。

首は皮一枚と折れた骨を残して、かろうじて胴体とつながっていた。肉を削ぎ落とすように齧り取られているのだ。少しずつ執拗に嚙みちぎったように見えた。腹は切り裂かれ、吸い出したように内臓が消えている。

野生生物への知識と愛情に比べたら、秋村はペットになる動物にはくわしくないのかもしれない。出版界では長く猫ブームが続いていて、私もかつて猫に関する本にかかわったことがある。猫が好きだった明日歌に「猫が肉球でマッサージをするのは飼い主への愛情表現なんかじゃなくて、母猫の乳を搾り取る時の行動を思い出しているだけなんだ」「足に体を擦りつけてくるのは、猫のマーキング。犬が電柱におしっこをするのと一緒だよ」なんてよけいな蘊蓄を垂れて、何度も眉をひそめさせた。だから、にわかじこみの知識とはいえ、なんとなく違和感を覚えた。いくら野良猫でも、獲物をこんなふうに食い殺すものだろうかと。

「猫がこんなことするかな。ほかの肉食の動物では？」

「ほかのって……内地と違って、この森じゃノネコが最大の肉食獣なんだよ」

登り道が続いている。周囲からは亜熱帯特有の樹木が減り、太い幹を持つ照葉樹が増えてきた。標高が高くなってきたのだ。

道の両側には大きな岩が無造作にころがり、そのどれもが苔むして緑色に染まっている。象の足のような巨木の幹も苔や蔦に覆われているから、風景のすべてが緑のフィルターをかけたレンズを覗いているようだった。森を渡る風は冷やかで、打ちかかってくる下枝やシダの葉から身を守るために着続けていた長袖シャツがちょうどいい具合になった。

巨木の幹が柱となって並ぶ登り斜面の先、木々の梢の間に、建物が見えてきた。

薄緑色で、装飾らしきものが何もない四角形。二階家ほどの高さだが、間口は広い。家屋というより何かの施設に見えた。朝からずっと樹木と草しか見ていなかった目には、森の冷厳な秩序を乱す異物に思える。

こんな山の中に、いったい何のための建物だ。いつのまにか人里へ戻ったとも思えなかった。

近づくにつれて全容が見えてくる。廃墟だ。緑色に見えたのは、壁一面が苔に覆われていたからだった。コンクリートの壁はあちこちがひび割れ、ひび割れの一部のように蔦がからまっていた。

「あれが、日本軍の戦跡か」

「そう、昔の要塞」

ほとんど開口部がない。箱のような造りの真ん中にドアの消えた入り口があるほかは、壁のところどころに四角い穴が開いているだけだった。穴には窓ガラスが嵌まっているわけではなく、窓枠もない。いくつかの穴からは棒状の錆びた金属が突き出ていた。

「入ってみるかい」

「ええ」

内部は薄暗い空洞で、湿った空気が淀んでいた。穴だけの窓から差し込む陽が光の柱をつくっている。

分厚いコンクリートを支えるための太い柱が短い間隔で並んでいる。窓から突き出している金属の正体がわかった。機関銃だ。車輪のついた大砲も据えられている。赤錆が浮いた銃身が、永遠に来ない敵を狙い撃ちしようとしていた。壁ぎわに積まれたセメント袋は干からびて苔に覆われ、半ば建物と同化していた。壁に並んでかけられた鉄兜は、七十数年前から生え続けているきのこのようだ。

「そのまま置きっぱなしなんですね」

戦跡というから、柵で厳重に囲われていたり、石碑だけが立っていたり、といったものしか想像していなかった。

「うん、まんま。戦跡は、島のあちこちにあるけど、どこもこんな感じ。ほとんど人が来ないし、大砲をこっそり持ち帰ろうなんて考える人間もいないだろうしね」秋村がそこで口をつぐみ、怪談話みたいな間を取った。「地上戦はなくても、空襲とか無茶な工事で、ここではけっこう人が死んでるらしいよ。地下壕にはその死体がまだ……」

要塞の中は、機関銃や大砲がなければ、テナントが去った空きビルのワンフロアといった雰囲気で、高校の体育館程度の広さだ。大勢の兵士が立て籠もれる場所には見えなかった。

「ほとんどの施設は地下にあったそうだよ。ほら、あそこが地下壕の入り口」

奥の右手に、人の背丈ほどのコンクリートの衝立が二つ、突き出ている。

歩み寄って衝立の中を覗いてみた。床がそこだけ消え、地下への階段が続いている。

「地下にも入れるんですか」

秋村が首を横に振る。「やめておけ」という振り方だった。が、かりそめにもジャーナリストだ。他人にやめろと言われたものには、とりあえず首を突っこまねば。

一歩、足を踏み入れただけで、南の島にいることを忘れさせるほど、ひんやりしているのがわかった。階段は暗く、下が見通せない。五段ほど降りたところで、スマホを取り出して明かりにした。

ぴちゃっ、と小さな音が聞こえた。

スマホをかざしてさらに数段降りる。

ぴちゃん
足もとを照らして、秋村が首を振った意味がわかった。

階段は途中で消え、暗黒に呑み込まれていた。

黒いのは闇じゃない。水だ。地下へ続く階段は途中で水没していた。

「ここは涙人湖と繋(つな)がっているんだ」

いつのまにか秋村が私の一段上まで降りてきていた。

「地下壕を掘りすぎたのだか、空襲の影響だかで、いつの間にか涙人湖と同じ水源と繋がって地底湖になっちゃったって聞いた」

ぴちゃ
また水音。目が慣れてくると、闇に呑まれた地階の様子が少し見えてきた。地上から漏れるわずかな日射しに照らされて、黒々とした水面が仄かな光を宿している。光が波紋のかたちに揺らめき、その下では昏い水より黒い影が蠢いていた。

「なんかいますよ、水の中に」

「魚かな。ベタかもしれない。狭いところに留まる習性があるんだ。ベタって魚は知ってる?」

「ええ」こんなところにいたかもしれない魚を食っちまったのか。何を餌にしていることやら。収まっていた胃のむかつきが戻ってきてしまった。

「何がいてもおかしくありませんね」

そう言って、秋村を振り返る。階段一段ぶん上にいる彼女と、同じ高さで間近に顔をつき合わせる格好になった。秋村が目をふくらませて唇を内側に巻きこむ。

「うん、何がいてもおかしくない」

階段を上がりながら聞いた。

「ということはもう涙人湖の近くですか」

小柄なわりにはたくましいお尻が、少しどぎまぎした調子で答えてきた。

「えーと、もう少し。近いって言っても、ひと山越えなくちゃならないんだ……それでも行くかい?」

旧日本軍の要塞跡から先は下り道だった。十分ほど歩くと正面にフェンスが見えてきた。サンクチュアリーがここで終わるのだ。

　そういえば、いったん中に入ってからは、フェンスを見かけることはなかった。そのことを秋村に聞いてみる。

「なにしろ保護地域は広いからね。全部を囲うのは予算的に無理なんだよ」

　こういうことらしい。中の森が広がる島の北西部の海岸線はどこも切り立った崖で、車はもちろん人が通れる道すらない。だからこちら側は崖がフェンスがわり。森の南東側には志手連山が連なっているから、ここも途中からは険しい山裾がフェンスの役割を果たしている。

　ガイドなしで入ったら抜け出せないというのは、そういうことか。リタイヤドアのない巨大迷路のようなものだ。

　こちら側の金網扉の先にも、反対側から保護地域に入る人間のためのブラシマットとスプレーが置かれている。

　つまり、涙人湖は森林生態系保護地域の外。湖へは誰でも許可なく立ち入ることができるわけだ。これまでの自殺者は私たちとは反対側のルート、島の南西側から涙人湖へ向かったに違いない。

　扉のすぐ向こうに道が続いていたが、秋村は左手の斜面に顔を振り向けた。

「ショートカットしようか」

　斜面の勾配は、スキー場の中級者コースほどもある。斜めの地面に照葉樹が乱立し、あちこちで苔むした岩が剝き出しになっていた。

秋村が、だいじょうぶ？ と目で私に問いかけてくる。

もちろん、と言うかわりに私は不敵に笑ってみせた。一日中歩きづめの膝も笑っていた。

志手島の山間部の森は、平地近くの亜熱帯の森とは別の意味で凄かった。

さまざまな樹木と草木が無秩序に地面と光を奪い合っていた。

上空を支配した巨樹には苔と蔦が群がり、その苔を土壌にして別の樹木の若木が根を生やし、寄生するように幹から幹を伸ばしている。

大木や岩のない場所では、隙を狙って、大きさも種類もさまざまな植物が幹や枝や葉を絡ませ合っている。倒木も多い。生存競争に敗れた死骸に見えるそれらの倒木からも、容赦なく若い木が新しい幹を伸ばしていた。

秋村が私の靴をトレッキングシューズに履き替えさせた理由を身をもって知った。足もとはぬるぬるした苔や湿った落ち葉ばかりで、隙あらば私の靴底を滑らそうとしていた。木の幹を手がかりにしようとしても、そこもたっぷり水を含んだ苔だらけで、下手につかむとかえって身を危うくする。

本当にこのルートはショートカットなのだろうか。遠回りしているように思えた。

秋村は岩の隙間に足を差し入れたり、蔦をザイルがわりにしたり、平地を歩くように平然と登っていく。やっぱり小猿だ。

真似(まね)をして蔦にしがみついたら、ぷつりと切れて、すんでのところで転落しそうになった。気温はだいぶ下がってきたのに、私はまた汗をかきはじめていた。半分は冷や汗かもしれない。

斜面の半分まで——その先に新たな斜面がなければだが——登った時、何度も追いつくのを待ってくれていた秋村の姿が消えていることに気づいた。

見上げても、幾重にも重なる梢が連なっているばかりで、今日一日ずっと後を追い続けてきた、空色のリュックも麦わら帽子も見えなかった。

まずい。ついにはぐれたか。

急がなくては。焦(あせ)って大股で岩をまたごうとして、また足を滑らせた。細枝になんとかしがみつき、体がくるりと回転すると、十メートルほど下に、ピンクのリボンの麦わら帽子が見えた。

私が声をかけるより先に、秋村がこっちに手を振ってきた。

枝に両手でとりすがったまま聞いた。

「なにしてるんです」

木の根もとにしゃがみこんでいる。そこだけスポットライトのように木漏れ日が差し、麦わら帽子と茶色の髪を淡く光らせていた。

「見つけたよ。こんなところで」

登るよりも苦労して、秋村のいる場所まで降りる。秋村が覗きこんでいるのは、若木と蔦に寄生されている大木の下、根を縁取っている草むらだ。森の中なのに、草はところどころで小さな黄色い花を咲かせていた。

「オオカマキリ。お食事中だ」

秋村が指さす先、小さな花園で惨劇(さんげき)が繰り広げられていた。

金魚草のように長く伸びた花茎の先に、カマキリがいた。特別大きくはない薄茶色のカマキリだ。

カマキリはトンボを食らっていた。片方の鎌で頭を捕らえ、もう一方で胴体を抑えつけて、首根っこの近くに齧りついている。トンボのストライプ模様の細い胴体はねじれ、尻尾(しっぽ)は小刻みに震えていた。

トンボは翅(はね)をばたつかせて逃(のが)れようとするが、カマキリは素早く鎌を動かし、翅ごと抱えこんでしまう。その間も首をくわえこんだ口は離さない。

カマキリの口というものを初めてまじまじと見た。めだった牙(きば)が生えているわけではなく、トンボのレンチのかたちの顎(あご)のほうがよほど獰猛(どうもう)そうに見える。顔を近づけて目を凝(こ)らすと、口吻(こうふん)の上下に触角のような四本のヒゲが生えているのがわかった。それを小刻みに動かして生きたままのトンボをむさぼり食う様子は、顔の先に四本脚の別の生き物をくっつけているように見える。耳を澄ますと、カマキリが肉を咀嚼(そしゃく)する音が聞こえてきそうだった。

もがいていたトンボが動かなくなった。ねじれていた体がぴんと伸びて初めてわかったが、トンボのほうがこのカマキリより大きい。

　ふいに思いついたことを口にしてみた。

「カマキリって自分より大きな生き物でも捕食するものなんですか」

　秋村が斜め上空を見上げる。頭の中の引き出しを引っかき回している顔つきだ。

「まあ、そうだね。カエルやスズメや小さな蛇なんかも食べちゃうことがあるから。動くものに反応するのがカマキリの性（さが）なんだ。目の前で動いたものはなんであれ餌だと認識してしまう。交尾しているメスがオスを食べてしまうのもそのせい。飢えてたら見さかいない悪食（あくじき）だ」

「さっきのコウモリはどうでしょう。たとえば、その、十七センチクラスのカマキリだったら、あのコウモリを狙うってことも……」

　秋村が、はははと豪快におっさん笑いをしながら、片手を扇みたいにひらつかせて、私の言葉を宙に蹴散（けち）らす。

「いくらなんでも、それは無理。カマキリがコウモリも捕食するって話は聞くけど、それは内地のちびっこいアブラコウモリの話だ。アブラコウモリの体重はせいぜい十グラム。志手島のオオコウモリは四百グラムはあるんだよ。大型のネズミ並みだ。たとえ飛びついても、軽く跳（は）ね飛ばされちゃうよ」

　この子は、何ミリグラムだろう、と呟いた秋村が軍手をはずし、慣れた様子であっさりとカマキリをつまみあげる。

カマキリがトンボを取り落とし、くるりと体を回転させて、秋村のひとさし指を鎌ではさみこんだ。

「あ痛たたたっ」

秋村は指を振ってカマキリを手のひらに落とす。

「ちびすけなのに凄い力だ」余裕しゃくしゃくだったのに、指をはさまれてバツが悪いのか、ことさら大げさなしぐさで指に息を吹きかける。そして、トンボと花びらに隠れていたカマキリの全身を見るなり、目を見張った。「この子、この大きさでまだほんの子どもだよ。驚いたね」

こっちは大げさではなく本当に驚いているみたいだった。

「翅芽(しが)がないどころか、全身に比べて頭が大きいし、ほら、歩く時にお尻がきゅっと反(そ)り返ってる。ひよこの尻尾みたいに。あの十四・五センチが中学生だとしたら、せいぜい小学校三、四年だ」

わかったようなわからないような喩(たと)えだが、カマキリの大きさは、しがみついている秋村のひとさし指と変わらない。六、七センチといったところだ。

「成虫になるとどのくらいになりますかね」

「育ててみる？」

秋村がもう一度カマキリに右手を伸ばした。今度は慎重な手つきだった。

「カマキリは前を向いていても、目は後ろまで見えているからね。狙うとしたら、ここからだ」

カマキリの背後、斜め下から指を近づけて、頭と胴の間の細いくびれを素早くつかむ。鎌の襲撃を避けて、親猫が子猫の首をくわえるように、ぶらんとぶらさげた。

「ほいっ。捕獲成功。あ、リュックの中に虫かごが入ってるんだ。出して」

虫かごの中に、手早く、でも優しげにカマキリを収容すると、「カマキリを飼うのは小学校以来だな。三年生の時だっけ」小学三年生みたいに目をぴかぴかさせて言う。

虫かごの中のカマキリは、プラスチックの底で身を起こし、まだ子どものものだという鎌を振り上げていた。覗き込む私たちの首根っこをはさみこもうとするように。


涙人湖に到着した時には、陽はすっかり西に傾き、湖面は黄金色（こがねいろ）に輝いていた。

事前に調べてきた資料によれば、涙人湖はおよそ南北三百メートル、東西五百メートル。最大水深十五メートル。離島の湖としては日本最大級だそうだ。

照葉樹の斜面を登り切った先に開けた、輝く水を一面に湛（たた）えた光景は確かに壮観だったが、高みから見下ろしているからか、周囲を山に囲まれているためか、想像していたよりも小さく見えた。

私たちが立っているのは、湖にせり出した崖の上だ。水面ははるか下。五、六階建てのビルから覗きこんでいるほどの真下にある。

正面には志手連山の南端の刃先岳（はさきだけ）。左手の東側では、中の森の圧倒的な緑が夕日を受けて輝いている。無数の——無数としかいいようのない葉のひとつひとつが照り返している底知れない輝きだ。

　陽が隠れようとしている西側で、涙の形をしているこの湖は口をせばめる。その先には雫川（しずくがわ）があるはずだが、こちら側も海岸へ続く亜熱帯の森に包まれていて、流れは見えない。

　湖の周囲のほとんどは、切り立った崖だ。巨大なすり鉢の底に見えた。楽園と呼ばれるこの島の、楽園の底だ。

　これまでの自殺者は、どこから飛び込んだのだろう。どこであってもおかしくない気がした。

　崖の縁（ふち）に立ってみる。風に体が揺れた。眼下の湖面は透明度が低く、水の中が見通せそうになかった。とくに高所恐怖症というわけではないのだが、両足の骨が浮いてくる。

　ここから飛び降りるのには、どんな勇気が、あるいは生きる勇気のなさが必要なのだろう。明日歌は私たちの住んでいた七階建てのマンションの屋上から飛び降りた。

「あんまり近づいちゃだめだよ」

　声に振り返る。秋村をいつも笑っているように見せている、目尻の笑いじわが消えていた。子どもをたしなめる母親みたいな口調だった。

「おっこちちゃう。ここの水は冷たいよ。汚いよ。どろどろだよ」

「ああ、はい」いつのまにか私は、あと一歩踏み出したら転落する際（きわ）に立っていた。数歩下がって、言いわけをするように言った。「柵とか手すりはないんですね」

「内地の観光名所とは違うからね。第一、どこもかしこも断崖だから、手すりをつくろうとしたら、湖を一周しちゃうよ」

湖面に近づける場所はそう多くない。切り立っていない畔も、水際まで森が迫っていて、簡単には辿り着けそうもなかった。

目につくかぎりでは唯一、この崖を右手に歩いた先ならなんとかなりそうだった。急斜面だが崖というほどでもなく、斜めに生えた低木を伝っていけば、水辺まで歩けそうだ。

「あそこに降りてみてもいいですか」

秋村はいい顔をしなかった。時計を眺めてから、ゆっくり首を振る。

「あんまり時間がないんだ」

涙人湖から一時間ほど林道を下れば、島の西側の海岸に辿り着く。そこからは島を南北に半周している車道があって、研究所のスタッフが車で待ってくれているそうだ。

「すぐに戻ります」

一人で行くつもりだったのだが、秋村もついてきた。

水辺には高木が木立をつくっていた。水辺どころか、何本かは水の中に立っている。針葉樹だ。針葉樹なのに根が気根になって水の中に伸びているのだ。多くの気根で膨らんだ根周りは、さしわたしが一メートル近くありそうだ。「ラクウショウ」という名前の木だと、秋村が教えてくれた。「ヌマスギとも呼ばれている。志手島じゃ珍しい落葉樹だ」

涙人湖の水をすくってみる。南の島の湖にしては意外なほど冷たかった。ヌマスギの樹影を鏡のように映した緑色の水面には、水草や小枝があちこちに浮いていて、間近で見るといっそう濁って見えた。

背中に秋村の声が飛んできた。

「そろそろ行かなくちゃ」

この人から初めて聞く苛立った口調だった。私をここから引き離したがっているように思えた。

「残念ながら、時間切れだ。日が暮れる前に下界に戻らないと。帰り道には街灯なんてないからね」

ここへ来れば、何かがわかるかもしれない。そんな期待を抱いていたのだが、湖は湖。何もわからないままだった。

「わかりました」そう答えて振り返ると、秋村の目尻にようやく笑いじわが戻った。

「記念撮影をする時間ぐらいはあるよ。撮ってやろうか」

「いえ、結構です。仕事で来てるんで」

「カタイこと言わない。来たかったんだろ、涙人湖に。ほら、カメラ貸して」

時間がないと言っていたくせに、秋村は湖の前に立った私に、あれこれポーズを要求してくる。

「ただ立ってるだけじゃつまんないよ。腰に手を当てて、夕日を仰ぎ見る感じ？　そうそう。次、ピースサイン。横ピースのほうがいいな。顔が硬いよ。笑って笑って。楽しかった時のことを思い出すといいよ。そう、それ。人生、悪いことばかりじゃない。いいことがいっぱいあるよ」

結局、私が腕をいっぱいに伸ばした自撮りで、秋村とのツーショットまで撮ってしまった。

流人湖からの下り道は、今日一日歩いた中ではいちばんまともな道だった。蛇行する川に沿って続く、つづら折りの細い道だが、保護地域の管理のための作業車は通行可だそうで、ガードレールもある。

左手に見える、巨岩を縫って走る渓流は、雫川だ。

私が集めているローカル新聞やネットの記事では、自殺者の詳細な発見場所が特定できないことも多いのだが、わかっているだけでも、三件はこの川で死体が発見されている。

しだいに亜熱帯の森が戻ってきた川岸の風景を除けば、ごく普通の川だ。水量は天候や季節によって変わるだろうが、この辺りでは水深は浅い。岩が多いから落ちれば、頭を打って死ぬかもしれないが、飛び降り自殺に向いているとは思えなかった。湖で死に、ここへ流れてきたという可能性もありそうだ。

道を下っていくにつれ、川幅が広くなってきた。流されたとしたら、流れは速いから、このあたりでなら、溺死(できし)してもおかしくない。流されたとしたら、飛び込んだ場所と発見場所はだいぶ離れているだろう。

秋村は川ばかり眺めている私に、矢印みたいな横目を向けてくる。薄闇があたりを包みはじめていた。暗くならないうちに写真を撮っておこうか。立ち止まって、雫川にカメラを向けた。

川の中ほどを緑色の何かが流れていた。

翼を広げた鳥に見えた。

ズームしてみた。違う。

鳥じゃない。すぐにそれとわからなかったのは、そいつのサイズのせいだ。カマキリだった。信じられないサイズの。頭が混乱した。脳味噌の中の遠近法を司(つかさど)る器官が狂ったかのようだ。

「秋村さん」

声をあげたが、もうだいぶ先を歩いている背中には届かなかった。

そのあいだにもカマキリは川を流れていく。私はガードレールを飛び越えてシダで埋まった斜面を駆け降りた。

間違いない。うつ伏せの状態で翅を広げて水に浮いたその大きさは、とても昆虫のものとは思えなかった。十七センチだ、いや十四・五だ、と気色ばんでいたのが馬鹿馬鹿しく思えるほどのサイズ。倍はある。いや、もっとか。まるでつくり物に見えた。六本の脚を小刻みに痙攣(けいれん)させている。

捕虫網を伸ばしたが届かない。死骸だと思っていたが、まだ生きていた。六本の脚を小刻みに痙攣させている。


川べりを走り、先回りをして、もう一度、腕も体も網も伸ばした。

ああ、だめだ。やっぱり届かない。

川の中の岩場へ飛ぼうとして、身構えた時だ。頭上から秋村の声が降ってきた。

「なにやってるのっ」

ガードレールを乗り越え、斜面に尻餅(しりもち)をつき、自分の体を橇(そり)にして、あっという間に下まで降りてきたかと思うと、いきなり私に抱きついてきた。

「馬鹿なことはやめなさい」

秋村は私の腰にすがりついたまま離そうとしない。小さい体のどこにこんな力があるのだろう。バランスを失った私は、カマキリに捕らえられたトンボのように体を半回転させ、秋村と一緒にシダの繁みに倒れこんだ。

私の下敷きになった秋村が、背中に熱い息を吹きつけてくる。

「だめだよ。ちゃんと生きなきゃ」

「先生……秋村さん……落ち着いて。カマキリがいたんです。それを捕ろうと思って」

「……………はあ?」

「あそこ、ほら」

力の抜けた秋村から解放された私は、すぐさま身を起こし、小さな点になってしまったそれにカメラを向け、連写した。

斜面を駆け上がり、あっけに取られている秋村に説明している暇もなく、林道を下流に向かって走った。どこかの淀みにひっかかってはいないかと。

辺りは急速に光を失っている。走り、立ち止まり、また走る。何度もそうして、いくら目を凝らしても、巨大カマキリの姿はもう、どこにも見えなかった。

あきらめて道を戻ると、宵闇のむこうから、小さなシルエットが近づいてきた。私の前に立つと、握り拳で胸をつついてきた。

「もうっ。私、てっきり、あんたが身投げするつもりだと思って。涙人湖に行きたいって、やけに熱心だったたから、もしやと思ってたんだ。ずうっと、こーんな顔してたしね」

昼飯の時と同じように、似合わないしかめ面をしてみせる。でも今回は、そのあとで笑ってはくれなかった。照れているのか、まだ完全に信じてはいないのか、声も硬いままだ。

「最初は時間稼ぎをして、涙人湖には間に合わないふりをしようと思ったんだけど、ほら、そういう人って、放っておくと、もっと危ないだろ。だから途中で作戦を変更したんだ。いっそ涙人湖を見せて、怖いとこだぞって思い知らせようかって。あんた、見かけのわりにはビビリみたいだし」

どこがビビリなんだ。まあ、いいや。

「秋村さんもご存じなんですね、死出島と涙人湖のこと」

「あたり前だよ。この島で知らない人間はいない。研究センターを手伝ってくれてる子のお姉さんも、それで死んでるんだ。ああ、焦った。ほんとに違うんだね」

私は素直に頭を下げた。見当違いとはいえ、こんなにもストレートに体を張って、他人の死を止めようとしてくれたことに感謝して。

涙人湖の崖の上に立った時、ほんの一瞬だけだが、私は思っていた。もしいま突風が吹いてきてそのまま下へ落ちたとしても、自分はさほど後悔はしないだろうと。そうしたら明日歌のいないこれからの長い日々も消え去るのだから、などという感傷に酔って。

「じつは、その……黙っててすみません。涙人湖も取材対象なんです。この島の自殺多発のことも取材に来てまして」

秋村の口がぽかりと開いた。言葉を発するまで閉じなかった。

「びっくり動物園とかけもちで?」

「ええ、びっくりな動物大図鑑と」

「大変なんだね、フリーライターって」

「どんな仕事も一緒です」

「ところで、カマキリがどうしたって」

「そう、見たんです。とんでもない大きさだった」

撮った画像を拡大してみた。

写ってはいたが、ぼんやりした緑色の「何か」であることしかわからない。拡大すればするほど画像がぼやけてしまった。

「ああ、くそっ。だめだ」

「ごめんよ。私のせいだね。大きいって、どのくらいだった？　十七センチオーバー？」

とんでもない、と言うかわりに首を振り、両手を広げてみせた。

最初は間隔を三十センチぐらいにし、首をひねってから、三十五センチぐらいに変更する。いや、もっとだった気がする。さらに数センチ追加。結局、四十センチぐらいに広げた。

「子どもみたいだね、あんた。逃がした魚と虫はみんな大きいんだよ」

呆れたというふうに歩きはじめてしまった背中に、足と言葉の両方で追いすがった。

「本当です。最初はつくりものかと思った——」

そこまで言葉にしたとたん、急に冷静になった。

つくりもの？　そんなこと考えもしなかった。そうか、つくりものだったのか。精巧な玩具や冗談グッズなら、あれほど大きくても不思議はない。大カマキリのことで頭がいっぱいで、常識で考えれば当然のことに気が回らなくなっていたようだ。

でも、動いていたのは、なぜだ？　あれも気のせいか？　川の流れが錯覚させた？

黙りこんでしまった私を、隣を歩く秋村が見上げてきた。

「どうしたの」

「すみません、やっぱり見間違え、かなと」そもそもカマキリがなんで水の中で泳いでいる？　「考えてみれば、カマキリがミズスマシみたいに川に浮かんでいるのも、おかしいですよね」

私の肩のあたりにある秋村の頭が左右に揺れた。

「いや、おかしくはない。カマキリが水に飛び込むのは珍しくないんだよ。理由があるんだ。ああ、その話をするなら、ロイコクロリディウムのことを先に説明したほうがいいかな。あのね、これはほんとにびっくりするよ。ロイコクロリディウムはね――」

そこで秋村は口をつぐむ。

雫川に沿って続く曲がり道の先、木立を影法師に変えている宵闇を、赤色灯が禍々しく照らしていたからだ。

川岸の斜面で、幾筋もの懐中電灯の光が交錯していた。紺色の制服を着た男たちが長い棒で草むらを突ついている。

白いヘルメットとライフジャケットを身につけた数人がゴムボートを岸に揚げている。ダイバースーツの人間もいた。

河口近くだ。光が揺れているあたりには橋がかかっている。遠くに色を失った海が見えた。

私たちが近づく前に救急車が走り出した。サイレンは鳴らしていなかった。

秋村がガードレールから身を乗り出して、制服姿の一人に声をかける。

「どうしたの」

薄闇に消防団という黄色い文字を浮かび上がらせている背中が振り向いた。

「ああ、先生か。まただよ」

「またって、水死？　自殺ってこと」

「たぶん」

「誰ですか」私のあげた声はうわずってしまった。

お前は誰だ、という顔をされただけだった。秋村が私のかわりに重ねて聞いてくれた。

「今度は誰？　島の人？」

「うん、外者（そともん）のまだ若い子だ。名前は、えーと」

指でこめかみを叩きはじめた男に、近くにいた別の一人が助け舟を出す。

「アクティブ観光の社員だよ。斉木（さいき）さんって人」

え？

「もう暗いから、今日は店じまいだけど、まあ、自殺で間違いないね」

橋のたもとに停まっていたパトカーの脇で、警察官が無線で話すひび割れた声がここまで届いてきた。なんと言っているのかまではわからない。

「なぜ自殺だとわかったんですか」

消防団が私の問いかけに「ちゃんと靴を揃えてあったからだよ」と答えてから、言葉をつけ足した。「あんた、誰?」

引き上げていく消防団の団員たちに話を聞こうとしたのだが、差し出した名刺はことごとく無視された。言葉をかけても無言のままで、蝿を追うように片手を振られた。秋村が顔見知りに取りなしてくれて、ようやく口を開いても、「俺たちに聞かれても困る」「警察に聞いてくれ」異口同音にそればかりだった。

警察が話をしてくれるなら、こんな苦労はしない。そもそもパトカーはいつのまにか立ち去っていた。

研究センターのスタッフの迎えの車は、とっくに到着していた。騒ぎに驚いて、離れた場所に停めていたそうだ。

運転してきたのは若い女性だった。もしかしたら姉を自殺でなくしたというのは彼女かもしれない。だが、いまはそれを確かめるどころじゃなかった。

助手席に乗り込んだ秋村が、シートベルトを締めながら、こちらに顔を振り向けた。

「バイクで来たんだっけ。行き先は研究所でいいね」

「志手島の警察署はどこにあるんですか」

私は後部座席から訊ねる。

「警察署?　在原(ありはら)だ。港の近く。港前通りから……え?　本気?」

「ええ」

消防団でさえ蠅扱いだ。藪蚊みたいに追い払われるのは覚悟のうえだった。

秋村が麦わら帽子を脱ぎ、まとめていた髪をおろして、さわりと振った。

「三上さんって人がいる。私の飲み友だちなんだ。秋村の知り合いだって言ってみて。ダメもとで」


色を失った夜の島は、昼の眩しさとは裏腹に重苦しいほど闇が濃い。

車は海岸沿いの街灯も人家の灯もない曲がりくねった道を走り続ける。左手には志手連山が黒い壁となって続いている。右手の海だけが月の光を映しこんで淡く輝いていた。

助手席の秋村は、運転している女性に私を紹介し、今日一日の出来事について二、三の軽口を叩いただけで、あとは黙りこんだままだ。運転席の若い女性は、やっぱり姉が自死したというスタッフなのだろう。彼女を気づかって、いま見てきた光景をなかったことにしたいようだった。だから私もよけいな口はきかなかった。

対向車もほとんどなく、信号は皆無だったが、暗い道はどこまでも続いた。雫川の河口から港のある中心街まで、島を半周する道のりだ。私は志手島の広さをあらためて思い知る。面積は小豆島や宮古島と同程度。日本の島の中では二十番目ぐらいの広さがあるのだ。

ウミガメの右の前ひれに譬えられる半島を巡ると、ようやく港の灯が見えてきた。島で唯一の繁華街である港前通りに到着したのは、走りはじめて一時間以上経ってからだ。

繁華街というには明かりも人通りも少ない道を進み、街並みが途切れる手前で右折した。すぐ右手が警察署だった。通りの向かい側には郵便局。公共施設が集まった一角らしい。

二人に礼を言い、車を降りようとした時に気づいた。

「靴、返さないと」

大きめに思えたオレンジ色のトレッキングシューズは、歩きづめで膨らんだ足にいつのまにかぴったり馴染んでいた。

秋村が笑い顔を横に振った。

「返してくれるのはありがたいけど、やめたほうがいいよ。いくら南の島でも裸足で警察署に入ったら、話を聞くどころか、むこうから職務質問だ」

「あとで返しに行きます」

「いつでもいいよ。でも、履いたまま内地には帰らないでね」お気楽な口調でそう言うが、視線は私の足もとに泳いでいた。履き古したこのトレッキングシューズは、秋村にとって大切なものなのかもしれない。「あさってには帰るんだろ」

志手島と本土を週一で往復するフェリーは一隻しかない。港に停泊し続け、あさっての夕刻には再び東京へ向けて出港する。船中泊が往復で二日あるから、観光客のこの島での実質的な滞在期間は三泊四日だ。私も最初はその予定だった。

「わかりません」

もう少しここに残ろうかと私は考えはじめていた。自慢じゃないが、仕事と金がないかわりに、時間はたっぷりある。

志手島警察署は、二階建てのこぢんまりした建物だった。隣に立つ村民センターとよく似た装飾のない化粧箱のような造りで、違いはパトカーが停まっていることぐらいだ。川から死体が上がったばかりだからか、正面玄関は開いていた。自動ドアを抜けた先は思いのほか明るい。狭いロビーの両側にカウンターが並んでいた。

右手のカウンターの大半を『交通係』というプレートがかかったセクションが占めている。ふだんは免許更新が仕事のメインなのかもしれない。左手の奥、『警務係』というプレートの下にいた若い警官に声をかけた。

「三上さんはいらっしゃいますか」

「ご用件は？」

「取材をさせていただこうと思いまして」

観光客らしくない服にビジネス用のショルダーバッグをさげた私の風体に何を思ったのか、警官はこう言った。

「楽園タイムズの人？」

「あ、えーと」

違う、と言ったとたんに追い返される気がして、首を縦でもなく横でもなく斜めに振ってみた。

「お待ちください」

まだニキビが残る、疑うことを知らない年齢の警官が席を立って奥の部屋に消えた。

入れ替わるように、正面口から男が二人入ってきて、ロビーの中央のベンチに並んで腰を落とした。一人は『POLICE』という文字が背中に入ったジャンパー姿の大柄な男。もう一人は白髪の小柄な男で、半袖シャツに『報道』と書かれた腕章を巻いている。あれが本物の楽園タイムズだろう。

楽園タイムズはオテル・ボーカイのロビーに置かれていた唯一の新聞だ。富谷青年の話では、「島民は内地の新聞を読まない」そうだ。「取り寄せてる人もいますけど、なんせ船便で一週間ぶんがまとめて届くだけですから。テレビやネットでとっくに見た古いニュースしか載ってないもんをフツーの島民は読みませんよ」

五十すぎだろう年齢にしては白髪の襟足が長い『報道』の声が聞こえてきた。

「また外者なんでしょ。次から次へとやってきて、何年かでよそへ渡っちまうくせに、島の評判を落とすようなことばっかりしやがって。まったく迷惑だよ」

ジャンパー姿の警官が答えているが、こちらはひそめ声で、何と言っているのかまではわからなかった。私は警務係の窓口の前から離れ、カウンターに置かれた書類を手に取るふりをして、ベンチの近くへ体を移動させた。

ようやく『POLICE』のほうの声が聞き取れた。とぎれとぎれだが。

「……遺書はないけどさ……結局、自殺が無難だしね……ああ、前歴はなし……よろしくない店に出入りして……」

私がさらに一歩、男たちににじり寄った時、ロビーの奥の扉が開き、私服姿の男が現われた。髪を短く刈った小太りの中年男だ。私の前を素通りし、白髪の男に歩み寄って声をかける。白髪が首を横に振り、カウンターに戻っていた若い警官が私のほうに腕をさしのべた。

三上が私に歩み寄ってくる。垂れ気味の細い目だが、視線の切れ味は鋭い。被疑者を尋問(じんもん)する時にはきっとこんな顔になるのだろう。

「誰だい、あんたは」しごく当然の質問が飛んできた。「おかしいと思ったよ。タイムズに社員を雇う余裕があるわけないもんなぁ」

白髪に聞かせたかったせりふらしい。三上が白髪のほうを振り返ったが、あいにくジャンパーの男と話しこんでいて聞こえていないようだった。

「藤間と言います。東京の出版社の関係で島に取材に来た者です」

消防署のほう（方角）から来ました、と言って消火器を売りつける詐欺セールスまがいのせりふをくり出し、名刺を差し出す。

「で」三上は名刺に目を落としただけで受け取ろうとしない。「あんた、誰」

「志手島で起きている出来事を全国の人々にも知ってもらうためにレポートをしているんです。離島の警察のお仕事に関しても話を聞かせていただければと思いまして。たとえば、さきほど偶然居合わせたのですが、雫川で事故だか事件がありましたね。あれについて……」

早口で捲し立てたのだが、三上は耳毛の生えた耳の穴をわざとらしくほじり、夕飯に何を食ったのか、ネギの臭いのする低い声で私の言葉を遮った。

「なんで俺があんたに話をする義理があるんだい。そもそも、なぜ俺の名前を知ってる？」

「野生生物研究センターの秋村先生から紹介していただきまして。警察署で話を聞くなら三上さんがいいと」

「秋村？」ようやく私の名刺を手に取った。そこに私の素性に関する答えがあるとでもいうふうに白紙の裏まで眺めてから、初めてこちらの顔を覗きこんでくる。「秋ちゃんが俺にって？」

「はい」

「あ、そお」三上が顎を撫で、愛撫された猫みたいに目を糸にする。だが、私に戻した視線は、尋問中の被疑者へ向けるまなざしのままだった。

「あんた、アキちゃんの何？」

「別件の取材で秋村先生と中の森と森林生態系保護地域に入りまして、その帰りに事故というか事件に遭遇したんです。ご遺体はここに？　検視中ですか」

詳しいな、という顔をされた。救急車はサイレンを鳴らさずに戻っていた。救急車は死体は乗せない。ということは、すでに死亡が確認され、死体は警察車両で、この署内の安置室に運ばれたはずだ。私がそうした手順を知ったのは、明日歌が死んだ時だ。

答えではなく、詰問が返ってきた。

「中の森には先生と二人で行ったの」

「は……ええ、まあ」

垂れ目が心持ちつり上がった気がした。昼は先生の手づくり弁当を食べました、などと言おうものなら、ありもしない罪状で逮捕されそうだ。

「ふうぅん、二人きりでね」

「その時に秋村先生から伺いました。三上さんはとても頼りになる方だと。一見コワモテでも、実際は気さくな方だとも」

「ほんと？」

「ええ」嘘。

三上が頭頂近くに後退している撫でつけようもない短髪を撫でつける。

「コワモテかなぁ、俺」

「検案はどなたが？」

検案は検視の前に行なわれる、医師による診断だ。検視は警察の担当者が行なう。だが、小さな警察署で、ここは応援をおいそれとは呼べない離島だ。検視にも医師の助けが必要なはずだった。作戦変更。その医者に聞いたほうが話が早そうに思えた。

「どなたもこなたも、ここに病院はひとつしかないからね」

志手島の診療所か。診療所と言っても、人口は二千八百人で、観光客も訪れる島だ。医師は何人もいるだろう。

「外科の先生ですかね」

三上は答えず、そっぽを向いて首筋を撫でている。

「内科？　院長先生でしょうか」

院長というところで三上は、正解、というふうに首筋をぴしゃりと叩いた。院長か。

「悪いけど、おたくに話はできないよ」周囲に聞かせる大声で言う。報道の腕章の白髪頭がこちらに顔を振り向けた。「まだ事故とも自殺とも断定できないわけだし」

自殺というところだけ語気を強めた。自殺でほぼ決まり、ということだ。話はこれで終わりだ、と言うふうに、三上が二度三度、音を立てて首筋を叩く。とりあえず、これだけ聞ければ上出来だった。

「ありがとうございます。お手数おかけしました」

「アキちゃんにさぁ、たまには『源八（げんぱち）』に顔を出してって、伝えてよ」

「ゲンパチですね。必ず伝えます」請け負ってから、ドアに戻りかけた三上の背中に声をかけた。「バナナムーンで飲まれたりはしないんですか」

三上が振り返る。

「バナナムーン？　なんでその名前が出てくるの」

「いえ、なんとなく」カマをかけてみただけだ。

垂れ目が尖って見えた。

「ねえ、あんた、何のライターだか知らないけどさ、あんたらは観光案内だけ書いてればいいんだよ。ちょろちょろして邪魔をするなよ」

確かに。俺は何のライターだ？　何を調べ、何を書こうとしているのだろう。


志手島村診療所は、公共施設の並ぶ通りの奥、警察署から百メートルも離れていない場所にあった。横に広い二階建て。診療所という名前からすれば立派な施設だったが、三千人近い人口を持つ島のたった一軒の病院にしては心もとなくも思えた。

入り口は閉まっていた。夜間緊急口らしきものも見当たらない。正面に戻って『診療時間外の救急受診が必要な場合は、１１９にご連絡ください』という貼り紙に気づいた。「若くないと暮らせない」という富谷の言葉を思い出した。病院にかかる人間が少ないのだろう。健康でない人間や年寄りにとって、ここは楽園とは呼べないかもしれない。

時刻は午後九時を回っている。私は港前通りに戻り、バナナムーンに足を向けた。

看板がわりのステッカーが貼られただけのドアのノブに、店名同様、目立つことを恐れているような小さなプレートがさがっていた。『ＣＬＯＳＥＤ』。

こんなに早く店じまいをする酒場とは思えない。そもそも昨日、早々に店を出たのはいまぐらいの時間だった。定休日なのか、あるいはなんらかの理由で臨時休業したのかはわからなかった。スマホで検索しても、この店の情報はどこにも載っていないのだ。

まあ、しかたない。

タクシー会社に電話をかけ、三十分待ってようやくやってきたタクシーに行き先を告げた。野生生物研究センターの駐車場だ。

雲が去ったのか、いつのまにか夜空はたくさんの星をちりばめていた。東京ではまずお目にかかれない星の数だ。駐車場には私のスクーターと、秋村のものだろうワゴンだけが停まっていた。

ということは、秋村はまだセンターにいるのか。いや、もしかしたら、宿泊棟で暮らしているのかもしれない。センターに歩きかけた時、自殺志願者と勘違いして私を押し倒した秋村の小さくて力強い体が頭に蘇(よみがえ)った。私にすがりつき、背中に熱い息を吹きかけてきたことを思い出した。もう遅い時間だ。やめておこう。

私は踵(きびす)を返して、スクーターのエンジンをかけた。

オテル・ボーカイの灯は半分がた消えていて、大きなガジュマルの下のシルエットは気根の一部のようにひっそりとしていた。

まだ明かりのともったロビーで、モップがけをしていた富谷に声をかける。

「毎晩遅くてすまないね」

「ターマイカシ。預かりものがありますよ」

「預かりもの？」

富谷がフロントへ行き、紙袋を手にして戻ってくる。

「さっき、女の人がこれを。野生生物研究センターの人だって言ってました」

袋の中には私の革靴が入っていた。

「掃除のオバチャンかな。くるくるパーマの人」

「いや、その人、所長さんだよ。大学の先生」

「ふえ～、てっきりジモティかと思った。根っからの地元民（うちもん）の」お気楽な口調だった富谷の顔が急に曇（くも）った。「ところで、斉木さんのことなんですけど……」

「知ってる。先生から聞いたの？」

「いえ、友だちから。そいつのそのまた友だちからの情報です。場所はまた――」

日刊紙はなくても、口コミでニュースが広まるのは速いようだ。

「雫川だろ。夕方、現場を通りかかった。もう遺体が運ばれたあとだったけど」

富谷がモップの柄に細い顎を載せて、ため息をつく。

「これで何人目だろう。また死出島って評判が立っちゃうな」

「斉木さんのことは個人的に知ってたの？」

「狭い島ですから顔と名前だけは。でも話をしたことはないな」

「バナナムーンの常連だったみたいだね。斉木さんも戸沢さんも。今日もあの店に行ってみたんだ。でも、閉まってた」

「日曜は休みだと思いますよ。観光客相手の店は出港日の翌日が定休だけど、あそこは地元民相手ですから」

「富谷君は、あの店に行ったことある？」

「ええ、人に連れれて行かれて。二回ぐらいかな」

「どういう店なんだろう」

「なんか面倒くさそうな店ですよね。日曜を休みにしてるのも、観光客は来るなっていう無言のメッセージですよ、きっと。店長が元ミュージシャンだかなんだか、昔々、二、三十年前にはメジャーレーベルでCDを出してた人だそうで」

　ということはあのきのこ帽子はただの店員か。

「よくない評判があるなんてことは？」

「よくない評判？　まぁ、一見だと僕らだって入りづらいですけどね。でも、東京だったらポリシー倒れしちゃいそうだけど、観光客の来ない店ってここでは貴重だから。ぼったくりってわけじゃないし――」

　同業者の悪口は言わないのが暗黙の了解なのか、地元の店をけなされるのは島民として心外なのか、富谷からは私が期待していたような言葉は聞けなかった。とはいえ、とぼけているわけでもなさそうだった。

「料理がイマイチっていうのはありますね。俺、刺身とか焼き鳥なんかがある店のほうが好きなんで。闘魚のフライなんてのがおすすめメニューだったり」

「ああ、あれね。俺も食べた」

二人でしかめ面を見合わせて、首を横に振った。部屋へ戻るつもりで、ロビーに置かれていた楽園タイムズを指さした。

「あれ、持ってっていいかい」

「ああ、どうぞどうぞ。そういえば、雫川を通ったってことは、涙人湖は行ったんですか？」

「うん」

「どうでした」

楽園タイムズを手に取ろうとして、その先の壁に貼られている写真のひとつに気づいた。宿泊客がメッセージ付きで残していったスナップだ。ガジュマルの下、若い女性二人の真ん中でエプロン姿の男が両手でピースサインをしている。

「これ、富谷……くん？」

「ああ、そうっす。お恥ずかしい」

顔は確かに富谷だが、体型が違う。目の前の富谷は痩せすぎと思えるほど細いのに、写真の中の彼はどちらかといえば小太りだった。頬も丸いし、Tシャツの下の腹もぽっこりしている。

「俺、以前は、けっこう太ってたんです」

以前といってもそう昔じゃない。写真の日付けは今年の二月だ。

「しまったな、かっこ悪いから昔の写真は全部剝(は)がしたつもりだったんだけど。この半年で十二、三キロ減らしました」

ちょっと誇らしげな口調で、スポーツジムの成功例写真のようなポーズをとった。Tシャツの袖から覗いている腕はか細くて、力こぶはまるでない。

「とくにダイエットをしたわけじゃないんです。ちゃんと食わないとオーナーに叱られちゃいますから。自分、コーラやビールが大好きなんすけど、急に思い立ったんですよ。炭酸やめてみようって。で、そのかわりに水を飲むようになったんです。そしたら、体重が減りだして。一度やめたら、不思議と炭酸系を飲む気になれなくなって、いまは水ばっかです。毎日これを二本は飲みますね」

富谷がテーブルに置いたミネラルウォーターの2ℓボトルを手にとって、口のみであおる。砂漠を彷徨(さまよ)っていた人間がようやく水にありついた、とでもいうような、豪快というより執拗(しつよう)な飲みっぷりだった。

「だいじょうぶなの」

頰が削れ、目の下にクマが浮いている顔しか知らなかった時には、痩せた若者だとしか思わなかったのだが、以前の写真を見てしまうと、ついそう言いたくなる。むしろ数か月前のほうが健康的に見えた。

「ええ、おかげさまで快調です。食欲も前よりあるぐらいだし。志手島痩せってやつかもしれません。内地でメタボだった人間も、ここへ来てアクティブな生活をしているうちに腹が引っこむって、長く住んでる人たちはいいますから。ま、うちのオーナーは例外ですけど。このところずっと忙しかったせいもあるかもしんないっす。今度の出港日の翌日が久しぶりの休みで。自分、ダイビングやるんで、海に出ようかなって思ってるんですけど。あ、涙人湖でもいいな」

　一瞬、富谷の顔を見返してしまった。へらりと笑う顔は、悩みなど何もなさそうだった。妙なモノにはまっているようにも見えない。まさかとは思うが、念のために言っておく。

「やめといたほうがいい。潜って楽しい場所じゃないよ、あそこは」

「ですよね」

　富谷におやすみを言い、楽園タイムズを手に取った。タブロイド判、四ページの新聞だ。題字の下に隔週発行と記されている。一面のトップ記事は『航空路開設の悲願にむけて』だった。

8

　道の両側で背丈より高いさとうきびが海風に揺れている。志手島は今日もよく晴れていた。雲は白く、空は青く、海は空より蒼い。

今朝は、オテル・ボーカイのスクランブルエッグとソーセージの朝食をゆっくり取り、九時になるのを待って志手島村診療所に電話をかけた。アポイントを取りつけるのには少々手間取った。

「院長先生はいらっしゃいますか？……ああ、院長ではなく所長さん……では、その方に」

「いえ、診察ではなく、取材をさせていただけないかと……ええ、取材です」

「東京の出版社の仕事で来ているライターです。お時間はとらせません……どこ出版？……神田出版です……あ、ご存じありませんか……」

所長の長谷川医師は診察中で、応対に出た女性は何度も電話を保留にして（おそらくは診察室にお伺いを立てに行き）、本人とは言葉を交わさないまま、昼休みに多少の時間がもらえることになった。

昼休みは十二時半から。時間はまだたっぷりある。その前に野生生物研究センターへ靴を返しに行くことにしたのだ。

秋村は出かけていた。かわりにカウンターの前に座っていたのは、昨日、車を運転していた女性だった。名前は、西野さん。ストレートのロングヘアで、秋村同様よく日焼けしている。ブルーのTシャツには『RUN IN ISLAND』という文字が踊っていた。「流人島」という志手島の別称は、ここでは、特に若い人たちにとっては、マイナスイメージではないらしい。

「秋村さんは朝から農害虫の調査に出てまして。鏡浦っていうここから二十分ぐらいのところです」

たぶん大田原農園だろう。

「もしかしてアシヒロハリカメムシの件ですか」

西野さんは日に焼けた顔をほころばせてから、私の誤りを訂正した。

「ええ、アシビロヘリカメムシの件です」

カウンターに飼育ケースが置かれている。底にはオガクズが敷かれ、小枝が一本入れてあった。最初は空に見えたが、よく見ると、枝と同化するように薄茶色のカマキリが一匹だけ張りついていた。昨日、秋村が捕まえたちびすけだ。

「お借りした靴を返しに来ました。あと、これを。食べ飽きてるかもしれませんが」

港のほうまで行って、ケーキ屋か和菓子屋を探したのだが、見当たらず、しかたなく土産物屋でパッションフルーツのプリンを買ってきた。

「ありがとうございます。食べ飽きてなんかいないですよ。島のお土産物をお土産にもらうことってめったにありませんから。お待ちになりますか。あと一時間か二時間もすれば戻ってくると思いますが」

あと一時間か二時間。けっこうな待ち時間だが、西野さんの口調は、十分か二十分とでも言っているふうだった。島の時間は都会よりゆっくり流れている。昨日の朝も、待ち合わせ時間に遅刻しそうになって焦っていた私に、富谷が言っていた。「平気っすよ。志手島じゃ五分や十分は遅刻と呼びません。誤差っす。なんでも、ゆるらゆるらです」

ゆるらゆるら。志手島の言葉で「のんびりいこう」という意味だそうだ。

どうしよう。午前中の空いた時間で、斉木や戸沢が勧めていた観光会社やホテルを訪ねてみようと考えていたのだが。まあ、いいか。ゆるらゆるらでいこう。それに、ここでも取材はできることを思い出した。あまり気はすすまないのだが。

「では、待たせてもらいます。それと、少し話を聞かせてもらってもいいですか?」

「私に?」茶色の瞳を持つ目が、インスタに載せる自撮り写真みたいに大きく見開かれた。「ええ、でも、私なんかに何を」

窓際の一台しかないソファーを勧められたが、彼女にそちらを譲って、事務用椅子に腰を落ち着ける。とりあえず世間話を始める調子で言ってみた。

「昨日の雫川での騒ぎは、やはり自殺だったようです」

「でしょうね。秋村さんが何も言わないから、逆にすぐわかりました」

「私はカマキリ探しだけではなく、もうひとつの取材も兼ねてここへ来ているんです」

話しづらいことを聞くのだ。まずこちらが先に自分を晒した。何年も前から自殺についての本を書くための取材を続けていることを話す。「お話しになりたくなければ、嫌だと言ってください。でも、もし聞かせてもらえるなら、お願いします。さしつかえのない範囲で結構ですので」

西野が頷き、さりげない口調で——おそらく私にそう聞こえるように——言う。

「姉のことですね」

「ええ」

組んだ手に目を落としてから、私の顔をまっすぐ見つめてきた。

「その本で、この先の誰かの自殺を止めることはできますか」

「できればそうしたいと思っています」

じゃあ。西野は硬い表情を崩して語りはじめた。

「去年の夏です。八月の終わりの火曜日。姉は美容師をしていましたから、その日がちょうどお休みで。二十七歳でした」

「場所はやはり——」

「ええ、涙人湖です」

「涙人湖にはよく行かれてたんですか」

「私たち姉妹はここで生まれた人間ですから、遠足とか社会科の見学で行ったことはあります。島にダムができるまでは、昔の人たちの水源だった、なんて郷土の歴史の授業で習う場所なので。近くには古い集落の跡や戦跡もありますし。でも、大人がわざわざ行くところじゃありません。観光で来る人もめったに行かないんじゃないでしょうか」

「では、なぜ涙人湖に？」

長い髪をさわりと揺らして首を横に振った。

「わかりません」

「なぜ自殺だと」

「……その何か月か前から体調を崩していて……体調といっても体そのものというより、心のほうの……」

「どういう種類の病気でしょう。さしつかえなかったら」

鬱という言葉が出てくると思っていたのだが、違った。

「摂食障害、だったと思います。過食症のほう。なぜか急にすごい量を食べるようになって。それなのにどんどん痩せていくんです。トイレで吐いていたんじゃないかな。両親も私も誰も気づいてあげられなかった……病院に連れて行けばよかったんですけど。この島には精神科のお医者さんがいないから……」

落ち着いた口調に思えた彼女の言葉がしだいにとぎれとぎれになっていく。だが、ジャーナリストのはしくれとして、質問をやめるわけにはいかなかった。

「バナナムーンという店を知っていますか」

西野が指で目のふちをぬぐう。

「ええ。行ったことはありませんけど」

「お姉さんはどうでしょう。そこに行かれたかどうか知りませんか」

「たぶん行っていると思います。つきあっていたボーイフレンドが、店のオーナーと親しかったようですから。オーナーが昔やっていたバンドのファンだったとかで」

「ボーイフレンド？」

「ええ、その人にふられたのが心の病気の原因じゃないか、私はそう思っています」

「その彼は？」

「三年ほど前に島に来た人です。サーフィンのインストラクター。去年の春に内地へ戻っちゃいました。姉のことは知らないかもしれません」

電話が鳴った。西野が「ふう」と息を漏らす。話が中断したことに安堵（あんど）しているように見えた。じつのところ私も同じ気持ちだった。

西野はカウンター前のデスクに行き、電話の向こうと何度かやりとりをしたあと、受話器を握ったまま私に声をかけてきた。

「秋村からです。替わりましょうか」

私は頷いて、受話器を受け取った。

「あら？ なんでそこにいるの」

「先生の顔を見に」

「ははは。無理して冗談を言わなくてもいいよ。あんたには似合わないから。そういえば、例のやつ、見つけたよ」

すっかり頭から消し飛んでいた。そうだった。カマキリ探しもしなければ。いや、本来はそっちを優先すべきなのだ。おとといの夜、神田出版の伊沢に、十七センチのカマキリが猫に食べられてしまったことを話したら、十秒ぐらい絶句していた。「明日、原いない。

生林へ行ってもっと大きいのを見つけてくる」と豪語したきり、そういえば連絡をして

十七センチクラスなら、こっちのほうの仕事は終わったも同然だ。せめて十四、五セ

ンチなら、喜ぶかどうかはわからないが、伊沢に報告はできる。

「サイズはどれぐらいですか」

「え？　サイズ？　えーと、二十五ミリぐらいかな」

「ああ、違う。オオカマキリの話じゃないんですか」

「ロイコク……」ってなんだっけ。

「ロイコクロリディウム」

「ほら、昨日、話をした……ああ、そうか、あの騒ぎで話が途中になっちゃったんだっ

け。そっちはどうだった。三上さんとは会えた？」

「おかげさまで。ゲンパチに顔を見せてくれって言ってました」

「最近、あそこはご無沙汰だからな。よし、源八に行くのはしばらくやめよう。で、ま

だセンターにいるの？　こっちはもう少しかかるんだ。定期調査のほうはそろそろ終わ

るんだけど、トラジローがいなくなっちゃって。大田原さんのところの猫ね。一緒に探

すって約束しちゃったから」

生物学の研究センターの所長が猫探し。やっぱり島に流れる時間はゆったりしている。

「こちらも昼から用事がありまして」

「なら、そのあと見に来るかい、ロイコクロリディウム。〝びっくり動物園〟に載せるといいよ。オオカマキリも何匹か採集した。行くなら、中の森より大田原農園だったかもね。残念ながら本に載せるほどの大きさじゃないけれど」

私にやけに親切だったのは、自殺志願者だと勘違いしていたからのようだが、それだけではなく、島での仕事が案外ヒマだからかもしれない。

じゃあ、こっちも、ゆるらゆるらで行こう。

「ええ、じゃあ、午後にまた伺います」

先生の顔を見に、というのはまんざら冗談でもなかったし。

9

志手島村診療所所長の長谷川医師は、想像していたより若く、私とあまり変わらない年齢に見えた。半袖、Vネックの青い医療用ユニフォームの胸ポケットにずらりと挿さったボールペンが、多忙さを誇示しているかのようだ。

「取材って、どのような」

「志手島の自殺について調べています」

「ああ、多いですからね」

午前の診療は患者が途切れるまで続くそうで、三十分以上待たされた末に、医局に通された。医師たちの事務室兼控室といった感じの部屋だ。長谷川は事務用デスクに座り、私には隣の椅子をすすめてきた。

長谷川のデスクではノートパソコンが脇に寄せられ、湯を注いだカップ麵が置かれていた。蓋の重しにタイマーが載っている。私が部屋に入ってきた時からタイマーは作動していた。「時間がない」と言われているようなものだ。ただちに本題に入ることにする。

「検案はいつも先生がやられるのですか」

「いや、その時に手が空いている人間ですかね。手が空いてる時ってめったにないんだけど。昨日は診療時間が終わった後で、たまたま私が当直だったもので」

いきなりタイマーが鳴り出した。長谷川がそれを止め、話を続ける。

「ここには医師が三人しかいないんです。歯科医を入れて四人。だから三人で交替で当直をやってまして。当直っていっても診療所に詰めてるわけじゃなくて、自宅待機。酒をNGにするってだけだけど」

すいません、食べながらでいいですか、そう言って長谷川がカップ麵の蓋を取る。

「じゃあ、ここ何年かの自殺の三分の一ぐらいは、長谷川先生が診られているってことですね」

カップ麵の湯気で曇った眼鏡をこちらに向けて首を振った。

「いえいえ、僕、ここは去年の春からなんで。昨日のを入れてまだ三回目ですね」

「自殺した遺体を解剖されたことは?」

「解剖? いやあ、一度もないです。僕の知るかぎりでは。事件なんてまず起きない島ですから。よっぽどの時でしょ、あれは。遺族の承諾が必要でしょうし。ほら、ここに来ている人って単身者が多いから。もしも司法解剖が必要なケースがあったとしたら、この島じゃ手に負えなくて、鑑定の人を呼ぶか、ヘリコプターで内地へ運ぶんじゃないかな」

病院外で発見された死体に犯罪性があると認められた場合には、司法解剖が行なわれる。死因がはっきりしない場合、あるいは犯罪性のない異状死体の場合は、行政解剖だ。

「昨日のご遺体、斉木さんという方ですよね。何か変わったことはありませんでしたか」

「変わったこと? えーと、話をしちゃってもいいのかな。僕らは死亡の確認とその原因を判断するだけで、事件性があったかどうかは警察に聞いたほうがいいんじゃないですか」

「警察署の三上さんは、長谷川先生に聞けと」

「三上巡査部長?」

「ええ」たぶん、そう言いたかったのだと、思う。

「じゃあ、話してもいいけど」長谷川は割り箸を左右に振った。「変わった点は特にありませんでした。僕が診た時点で、もう警察のほうで自殺だろうって話になってて。自分の足を自分のズボンのベルトでくくってましたしね。外傷はなかったから、誰かと争ったってわけでもなかったし」

「薬物が検出されたりは？」

「睡眠薬ってこと？」

「あるいは、たとえば、ドラッグであるとか――」

激辛中華麵をすすっていた手が止まった。なぜフリーライターがそんなことを聞く、と言いたげな表情だった。

「それはわからないな。そこまでくわしく調べるわけじゃないので」

長谷川は机に置いた私の名刺に目を走らせ、首を傾げた。どこかで聞いたことがある名前だというふうに。ごくたまにこういう反応をされることがある。ごくたまにというのは、百人に一人ぐらいという意味だが。

「もしかして、本とか出されてる方？」

「ええ、まあ」自分名義のものはノンフィクション賞を取った一冊だけで、あとはすべてゴーストか取材・構成としてだが。

「ここの自殺者の多さを、医療体制のせいにはしないでくださいね。確かに一般内科医しか常駐していないけれど、ちゃんとケアはしてますし、年二回、専門医が内地から来てます。そもそもメンタルヘルス系の受診者はほかの地域よりむしろ少ないんですよ、志手島は」

「医療の問題だと考えて伺ったわけではありません」なるほど、医療体制の問題もあるだった。

長谷川が私に警戒する目を向けてきた。何を書かれるかが急に気になりはじめたようだった。

「三上さんとは前々からの知り合い？」

「いえ、昨日、初めてお会いしました。別件で取材させてもらっている野生生物研究センターの所長さんから紹介していただきまして」

「野生研の？　秋村さんですよね」

秋村はこの島では有名人のようだ。そして秋村の名前が出たとたん、長谷川が箸でカップのふちをぽんと叩いた。

「そうそう、変わったことっていえば、ひとつあった。そうだ、秋村先生にも見てもらえばよかったな」

「どんなことです」

「異変っていうか、ちょっとびっくりしたことがあって」

相手に歓迎されていない取材の場合、よけいに警戒心を抱かせないように、メモは取らないことにしている。私は頭の中でメモ帳を開き、長谷川の言葉を聞き漏らさないよう身を乗り出した。

「検視の時って、直腸温度を計るんですよ。ようするに肛門に体温計を差しこむんです。死亡時刻を推定するためだから、あれ、本当は警察がやるべきことだと思うんだけど、彼らは嫌がってね、医者なら平気でしょうとか言って、いつも押しつけられる」

　長谷川は残り少ない麺を箸でたぐりながら言葉を続ける。

「そしたらね、出てきたんですよ」

「出てきた?」

「ええ、肛門から。すっごいのが。にょろにょろって」

「にょろにょろ?」

「寄生虫です。あんなでかいの初めて見たな。黒くて細くて、とんでもなく長いやつ」

「寄生虫……ですか」なんだ。私は頭の中のメモ帳に×を描く。

　私が興味を示さないことが、医師の何がしかのプライドに火をつけてしまったらしい、長谷川がムキになって話を続ける。

「珍しいですよ、いまどき。昭和じゃないんだから。死体から寄生虫が出るって、昔はよくあったって聞くけど。志手島の衛生環境に関わることだから、いちおう調べておこうと思って、保管しておいてくれって、あとを頼んだ警官に話しておいたのに──」

　医者というのはたいしたもんだ。寄生虫の話をしながら、にょろにょろした麺を平然とすすっている。

「あとで聞いたら、処分しちまったって。動かないからワイヤーか何かだと思ったって。本当かなぁ。気持ち悪くて捨てちまったんだと思うけど。警察にしてみたら、寄生虫は遺体の所持品じゃないってことなんでしょうね」

ふふ、と笑って、カップ麺の残り汁を飲み干す。それが、終了の合図だった。

診療所を出た私は、港の近くの中華料理店でラーメンとチャーハンを食っている。

中華料理が食べたかったわけじゃない。バナナムーンにいちばん近い飲食店を選んだのだ。観光客で混み合う店内のカウンターに座り、迷惑顔の店主にそれとなく、バナナムーンに関する話を聞き出した。

「店が開店したのは四年ほど前」

「オーナーはいい年をして髪を金色に染めた五十男。時々、ここに飯を食いに来るが、無口で何も喋らない」

「常連は若いソトモンばっかり」

「こっちは早く店じまいをするから、夜は何をしているのか知らない（わかったもんじゃない）」

私は自殺者の多発と、バナナムーンには何らかの関係があると考えていた。だが、何らかというのが何かまでは、さっぱりわからないままだ。

志手島に来たのは、この土地を感じるためだった。風土というとおおげさな、人の気風や暮らしの空気を知るためだった。行けば、楽園と呼ばれる島のどこかにある、闇や影を見つけられると思ったのだ。

だが、いまのところ、そんなものは何も見つかっていない。

美しく、太陽が眩しく、珍しい動植物が多いというだけの、ただの南の島だ。都会より流れる時間がゆったりした、大いなる田舎だ。

東京の場末の店のものと変わらないラーメンをたぐっているうちに、さっきの長谷川の話を思い出して、すっかり食欲が失せてしまった。

俺は何をしているんだろう。

自分が見当違いのことをしている気がしてきた。

10

再び野生生物研究センターを訪れた時には、午後四時を回っていた。

中華料理店を出た後、斉木や戸沢の勤め先に行ってみたのだ。

志手島にはさまざまな企画ツアーを主催している小さな旅行会社が数多く存在している。『アクティブ観光』もそのひとつで、ガイドブックによれば、イルカウォッチングやホエールウォッチングが専門だ。

住所を頼りに訪ねてみると、普通の民家に手づくりの看板がかかっているだけの会社だった。看板には『臨時休業』と慌ただしく手書きしたと思われる紙が貼ってあった。念のためにドアチャイムを押したが誰も出なかった。

戸沢の勤務先だったサンライズホテルでは、多少の話が聞けた。だが、どれもがおとといの晩、バナナムーンで聞いたこととたいして変わりはなかった。

「悩みがあるようには見えなかった」「前日まで元気に見えた」「急激に痩せてしまったから、体調に問題はあったかもしれない」

急に富谷が心配になってきた。今日、帰ったら、ビールをおごろう。悩みを隠しているなら、聞いてやろう。バナナムーンで妙なクスリを入手していないかどうかも。


センターの展示コーナーにはトレッキング帰りといった格好の熟年の男女がいて、西野が応対をしていた。私の姿を見ると、来場者の二人に断りを入れてから、奥のドアに消え、一分と経たないうちに戻ってきた。「秋村さん、すぐに来ますので」

「よお」

私は飼育ケースの中の「ちびすけ」に挨拶をした。体をぴんと伸ばして、生意気に小枝から伸びたさらに細い枝に擬態している。狭い飼育ケースの中だからか、昨日、捕まえた時よりひとまわり大きく見えた。

奥のドアが開き、パンケーキ色の顔が飛び出てきた。私にむかって招き猫みたいにくいっと片手を動かす。化け猫にたぐり寄せられるように私はドアへ急いだ。

ドアの先は戸外だ。丈の低いシダが手入れの悪い芝のように生え、飛び石風にレンガが置かれていた。飛び石の先に、簡素なプレハブ造りの研究棟が建っている。

今日の秋村は研究者らしく白衣を着ていた。ただしその下は、イルカの柄のTシャツったた。

と半パンとイソサン。白衣がぶかぶかだから、お仕事体験にやってきた子どもみたいだった。

「猫、見つかったんですか」

ドアノブを回しながら、秋村が海藻（かいそう）みたいな髪を左右に揺らす。

「まだ五か月の子だから、夜になったら怖くなって戻ってくると思うんだけど。大田原さんは、空港建設派が嫌がらせにさらってったんじゃないか、なんて言い出して、なだめるのが大変だった」

「あれ？　大田原さんは建設賛成派じゃないんですか」環境保護団体が反対をしているから話が進まないとかぶつぶつ言っていた気がする。

「うん、だけど、自分のところにつくられるのは嫌みたい。あそこの高台の下の、鏡浦の海岸沿いは予定地のひとつなんだ。みんな同じさ。空港は欲しい、でも自分の土地につくられるのは嫌だ、ってね。予算の問題もそう。空港は欲しい、でも金を出すのは嫌だ。だから話が決まらない。土地の人が決めることだし、私自身は森や海岸を削ってまでつくって欲しくないから、どうでもいいんだけど」

研究棟の中には、図書館の書棚のように何列ものラックや棚が並んでいた。大小の水槽が置かれたラック、飼育ケースが収められたラック、薬品や機材が入っているガラスの収納棚。どんな物が——あるいは生き物が——入っているのかわからない密閉された容器の並ぶ棚もある。

冷房を抑えているのか、室内は蒸し暑く、独特の匂いがこもっていた。いい匂いとは言えないが、悪臭というわけでもない。森の腐葉土に似た匂いだ。

秋村は棚の間の狭い通路を、渓流を泳ぐ小魚みたいに進んでいく。

棚が途切れた先にスチール製の作業台があり、その真ん中に飼育ケースが据えられていた。

「この中だよ」

透明なケースの底に土が敷かれ、キャベツの葉が何枚も置かれていた。

「……カタツムリに見えますが」

ロイコクロリディウムという〝びっくりな〟生き物を見せる、と言っていたはずだ。

何匹かのカタツムリがキャベツの葉の上を這っている。見慣れているカタツムリに比べると体が扁平(へんぺい)だ。殻は円形のうずまき型ではなく、トコブシみたいな平たい巻き貝のかたちをしている。本体は小指ほどの太さで、長さは小指ほどもない。

「うん、これはオカモノアラガイだ」秋村が指先をくいっとひねった。「真上から見てみ。見せたいのは、この子だよ、ほら」

「うわ」

横から見ていたから、キャベツの葉の反対側にへばりついていたそれに気づかなかった。同じ扁平なカタツムリでも、その一匹だけ姿が違う。

異様な姿だった。片側の触角が他のオカモノアラガイの数倍も太いのだ。葉巻状に膨れあがったその触角は、緑と黄緑の縞模様になっていた。

「病気ですか」

秋村が触角を指さして言った。

「これがロイコクロリディウム」

「え？」

「カタツムリの触角の中にいるんだ。ほら、動いているだろ」

「ええ」その触角だけ異様な動きをしていた。上下に蠕動し、緑の縞模様が収縮を繰り返している。

「これがロイコクロリディウムの寄生している姿だ。正確に言うと、寄生のステージⅡ、スポロシストって呼ばれる形態」

「なんのために」

「それが、この生き物の〝びっくりな〟ところなんだよ。写真、撮らなくていいの？」

「あ、ああ」

何枚か写真に収めたが、これの本当の不気味さは動きがないと伝わらない気がして、途中からはデジカメを動画モードにした。『びっくりな動物大図鑑』には使えないのを承知で。

「ロイコクロリディウムは、吸虫の一種だ。カタツムリに寄生すると、栄養を横取りしながら成長して、触角に移動する。自分も動くし、カタツムリも体の異変に気づいて触角をもがかせる。カタツムリとは思えない、せわしない動きだろ。ロイコクに乗っ取られたこの触角、何に見える」

「……サインポール、ですかね。床屋の店頭にあるような。緑色のサインポールだ」

真上から眺めると、そのカタツムリだけがくっきりと目立つ。まるで触角が広告塔になっているかのように。だから、サインポール。ちょっと詩的に言ってみた。

秋村が眉を寄せた。

「ライターのくせに、もう少しましな表現はないのかね。もっと似てるのがあるだろ。生き物でさ、虫だよ」

よく見ると、触角の中だけでなく、蠢く緑色が頭部や胴体のほうまで伸びている。その寄生虫の細長い本体は、カタツムリの全長の半分以上ありそうだった。

「……イモムシですか」

答えを誘導されただけだが、秋村が満足げに、正解というふうに頷いた。

「まさにそのとおり。イモムシに見える。一種の擬態だね。しかもロイコクはカタツムリの脳を操って、生態も変えてしまう。見てて」

秋村が窓のカーテンを引き開けた。ちょうど西日が差し込む場所に飼育ケースが置かれていて、日光に驚いたカタツムリたちがのろのろと日陰に移動しはじめた。

だが、その寄生されたカタツムリだけは、反対方向に這ってゆく。ゆっくりだが、確かに日の差す側に。

「普通のカタツムリは日光を嫌う。日なただと乾燥しちゃうし、天敵の鳥に狙われやすいからね。でも、ロイコクロリディウムに寄生されると、逆に日光を好むようになる」

「なぜ？」

「宿主を鳥に食べさせるためだよ。鳥の大好物のイモムシに擬態して、頭も洗脳して、のこのこ日の当たる場所に行かせる。鳥を騙してカタツムリを呑みこませたら、ロイコクロリディウムは今度は鳥の消化器内で成虫に育って、体内で卵を産む。その卵は鳥の糞と一緒に地上に落ちる。鳥の糞はオカモノアラガイの好物なんだ。そしてまたカタツムリの中に侵入して——以下繰り返し」

「寄生虫がそんなことを？」カタツムリの脳を操る？　そもそもカタツムリにも脳があったのか。

「寄生虫を下等生物だなんて思っちゃいけないよ。それぞれの生態は、自分たちが生き延びて、子孫を残す戦略を、何億年もかけて練り上げてきた結果だ。必要な器官と能力だけを進化させて、不要な器官は退化させてきた、いまの状態が、彼らにとってはもっとも機能的な姿形とライフスタイルなんだよ。人間が道具や火を使うことを覚えて二足歩行になったかわりに、毛皮や牙を失ったのと、なんら変わりはない」

「脳を操るってどうやって？」

「くわしいシステムはまだ解明されていない。でも、他の生き物の脳を操る生物は、珍しくないんだ。たとえば昆虫なら、エメラルドゴキブリバチっていう蜂は、もっとえげつないよ――」

秋村が語ったのはこんな話だった。

エメラルドゴキブリバチの場合、犠牲者はゴキブリだ。

まずゴキブリの胸部を刺して前肢を麻痺させる。その隙に二度目は脳を狙い、自分の意志では動けない「寡動」と呼ばれる状態にしてしまう化学物質を注入する。なおかつゴキブリの大切な感覚器官である触角を嚙み切って、どこにもいけない体にしてから、卵を安全に孵すための巣穴を探す。その卵を産むのはゴキブリの体の中だ。

マインドコントロールされたゴキブリは、その間に、エメラルドゴキブリバチがより清潔な状態で卵を産みつけられるように（！）自分の体から菌や胞子を取り除くための身繕いをして待つ。

巣穴を見つけたエメラルドゴキブリバチは、嚙み残しておいたゴキブリの触角の根もとをつかみ、飼い犬を引っ張るように巣穴へと歩かせる。ゴキブリを完全に殺さないのは、自分より体の大きなゴキブリは「自分で歩かせないと」巣穴まで運べないからであり、卵を産んだ後の幼虫たちに「抵抗しない新鮮な肉」を食べさせるためだ。

私は空気漏れみたいなため息をつく。

「信じられない」

「信じようと信じまいと、すべて事実だよ。『寡動』はパーキンソン病の症状のひとつだから、最近じゃ、エメラルドゴキブリバチの毒液を分析して、治療に役立てられないかっていう研究も始まっている」

驚いた。伊沢には大反対されるだろうが、ぜひ、そうしたことを知らしめる本をつくってみたいとまで思ってしまった。

「アリを洗脳して胞子を増やすキノコの話もしたいけれど、そろそろ本題だ。説明すべきはなぜ水の嫌いなカマキリが、しばしば水に浮かぶか、その原因だったね。いまからそれを証明しよう」

説明ではなく、証明、秋村はそう言い、ラックの列から新しい飼育ケースを運んできた。

中には何匹かのカマキリが張りついていた。茶色も緑色もいるが、大きさはどれも十センチ足らず。一匹一匹、順番に眺めていた秋村が、大きく頷いた。

「うん、たぶん、この子にはいるね」

いる？　何がいるというのだ。

私に作業台の奥の棚を指ししめした。

「そこの水槽を取ってきて。いちばん右端のやつ」

空の水槽のことだった。

いったい何を始めるつもりなのだろう。

「そこに流しがあるでしょ。水槽に水をためて」

並んでいる中では小ぶりな、Ｂ４のファイルケースほどの水槽だ。言われるままに水を入れる。

「少しでいいよ。熱帯魚を飼うわけじゃないから」

底に数センチだけ水をためた水槽を作業台へ運んだ。

秋村が飼育ケースから一匹のカマキリを取り出した。翅のつけねの上、細いくびれの部分をつかんでいる。昨日私に伝授した、鎌の攻撃を防ぐ方法だ。水槽の縁にカマキリをとまらせると、ぶかぶかの白衣の袖をたぐって腕組みをした。お仕事体験の子どもが科学者のまねをするみたいに。

「何をするんですか」

「まあ、見てて」

縁にしがみついたカマキリは水槽の底を覗いている。獲物を狙っているかのように首を伸ばして。

見ているうちに、水槽の壁を伝って下へ降りはじめた。途中で止まって首をかしげる。逡巡しているようにも、自分の行動を訝っているようにも見える、擬人化したくなるしぐさだった。自分はここで何をしているんだろう、とでも言いたげだ。

また伝い下りをはじめた。最初は警戒するようにゆっくりだった脚の動きが、しだいに速くなっていく。途中で、脚を滑らせたのか、故意にそうしたのか、水の中に落下した。

秋村が息を詰めるのがわかった。

二匹のハリガネムシがカマキリの体から完全に抜け出た。泳いでいるようにも、どこかへ進もうとしているふうにも見えなかった。ただからみ合い、でたらめにのたくっているだけだ。

長い方は二十センチ以上、短いほうも十五センチ近くはある。オオカマキリとは言っても体長十センチにも満たない虫だ。腹の部分はその半分程度の五、六センチ、そしてそこには内臓やいろいろな器官も詰まっていたはずだ。その狭い中に、これだけの長さのモノが入って、生きていたなんて、目の前で見せられても信じられなかった。秋村によれば複数の寄生は珍しくなく、もっと多い場合もあるそうだ。

「でかい、というか長いですね。どうやって腹の中に入っていたんだろう」

「ほんとうに。レントゲンがあれば調べてみたかったよ。でも、これはまだ小型か中型のハリガネムシだ。長いのになると一メートルぐらいまで育つのがいるらしい」

「一メートル！　ですか？」

カマキリのほうは動かなくなった。すかさず秋村がすくい上げたが、六本の脚は力なく垂れ下がったままだ。ついさっきまで秋村の指に鎌の攻撃をしかけようとし、ガラスの壁を俊敏に伝い歩いていたのに。まるでハリガネムシたちがかぶっていた外殻のように見えた。

「ごめんね。よけいなことをしちゃって。もう少し寿命があっただろうに」

秋村が動かなくなったカマキリを、人間の遺体のようにテーブルに横たえてから、私に顔を振り向けた。

「先にロイコクロリディウムの話をしたのは、このハリガネムシのことを説明するためでもあったんだよ。ハリガネムシも宿主の脳をコントロールするからね」

「カマキリの脳、ってことですか」

「うん。カマキリの脳にある種のたんぱく質を送りこんで、体を操ってしまうらしい。体内から、ある指令を送るんだ」

「指令?」

私は、水の中で蠢き続ける二本の黒紐に目を落とした。からまった体がほどけないままでいる。ほどこうともしていないようだ。これに比べたらカマキリのほうがはるかに高等な生き物に見える。聞き直してしまった。

「指令を送る?」この黒紐が?

秋村がちりちりの髪を揺らして頷く。

「カマキリは普通、水には近づかない。水生昆虫と違って泳げるわけじゃないから、むしろ水辺は危険地帯だ。なのに、ハリガネムシに寄生されたカマキリはある時期がくると、川や沼、水がたっぷりある所に、吸い寄せられるみたいに、のこのこ出向いてしまうんだ。それどころか自分から水の中に飛びこんでしまったりする。なぜなら——」

ここがポイント、試験に出るよ、と学生に予告するように言葉を切ってから、続けた。

「なぜなら、その時期っていうのが、ハリガネムシの産卵期だからだよ。ハリガネムシは水の中じゃないと卵を産めない。だから宿主のカマキリを水に誘導するんだ。体の中で操縦するみたいに。それが指令」

「カマキリはどうなるんです」

「運が良ければ助かるけど、もともと栄養を吸い取られて弱っているうえに、お尻をずたずたに裂かれちゃうわけだからね。衰弱死か溺れて死ぬか、魚に食べられるか。ようするに、ハリガネムシに自死させられるわけだ」

カマキリが多いとは言っても、環境によってハリガネムシは宿主を変える。渓流の近くでは、カマドウマが狙われる。羽もなく木に登る習性もないカマドウマが、水の中に次々と飛びこんでしまうのだ。ある研究者が日本各地で調査をしたら、渓流の魚の餌の六割が、ハリガネムシに水の中へ飛びこまされたカマドウマだったそうだ。

秋村の講義を聞いているうちに、長谷川医師の言葉をまだ伝えていないことを思い出した。

「そう言えば、昼間、診療所の所長に会ってきたんです。昨日亡くなった人の検案をしたお医者さんです。そこで遺体から寄生虫が出てきたっていう話を聞きました。黒くて細くて、とんでもなく長かったそうです」

秋村先生にも見てもらえばよかった、という長谷川の言葉を伝えてから、頭の中に浮かんだ言葉をそのまま口にした。

「もしかして、その遺体から出てきた寄生虫というのは、ハリガネムシじゃありませんか」

秋村は考えこむ様子を見せたが、首を横に振った。

「いや、それは別物だね。ハリガネムシは人間には寄生しない。ごくまれにヒトの体内から出てくることはあるけれど、それはレアケース。たまたま食べ物か水に混じっていたのを飲みこんだりした場合のはずだ」

一蹴(いっしゅう)されてしまった。秋村が考えこんでいたのは、別のことのようだった。

「確かに寄生虫は問題だよ。感染経路を特定しないと、狭い島だからあっという間に広がっちゃう。なんだろうね。見てみないとわからない。で、いつ見に行けばいいのかな」

「警察署が捨ててしまったそうです。警察にはワイヤーと間違えたなんて言い訳をされたそうで」

私がそう言うと、秋村がせわしなくまばたきをした。表情の消えた顔で用具を置いたラックに行き、ピンセットとガラス容器を手にして戻ってきた。

ハリガネムシの一匹をつまみ出して、コットンにくるむ。水気を切るようなしぐさだった。再び取り出した寄生虫をガラスの広口瓶の中に入れ、蓋をしてから、ようやく口を開いた。

「ワイヤーと間違えたんだね」

「ええ、動かないから、と。そう聞きました」

瓶の中のハリガネムシは、全身が触角であるかのように、頭だか尻だかわからない尖端部分をくねらせて瓶をなで回している。

「見てて。なんでこれがハリガネムシって呼ばれているのか、そのうちわかるよ」

しばらくすると、ハリガネムシの動きが鈍くなってきた。

「水のない場所にいくと、乾燥して硬くなる。そして動かなくなるんだ」

秋村と頭をつき合わせてガラス容器を覗いていると、研究棟のドアが開いた。西野が顔だけ出して言った。

「秋村さん、お電話です。大田原さんから」

「ああ、よかった。トラジロー、見つかったんだね」

違うらしい。西野は強張った顔をゆっくり左右に振った。

「ちょっと待ってて」

私はハリガネムシとともに研究棟に取り残された。

どこかでのどかな声でヤギが鳴いた。研究棟の南側、宿泊棟に続く小道の向こうには、温室や飼育舎や人工池がある。

秋村を待つ間に、ハリガネムシはほとんど動かなくなった。その姿は確かにハリガネ。もう少し太ければ、ワイヤーだ。

戻ってきた秋村の顔からはいつもの笑いじわが消えていた。

「ごめん。出かけなくちゃならなくなった」

「どうしたんですか」

気ぜわしげに白衣を脱ぎながら答えてくる。

「トラジローが見つかった。残念ながら死体で。大田原さんは誰かに殺されたって怒ってる。酷いありさまだそうだ」

椅子にかけてあったパーカーを手に取った。

「警察を呼んだら、動物にやられたんだろうって言うだけで、すぐに帰っちゃったって。だから本当に動物のしわざかどうか見てくれって――」私に唇を「へ」の字にした顔を向けてくる。「嫌だよ。見たくない。私だって動物の死体に慣れているわけじゃないもの」

「動物だとしたら、何の？」

この島でいちばん大きな動物はヤギだ。森の最大の肉食獣はノネコだと秋村は言っていた。ヤギが猫を襲うだろうか。

「見てみないとわからない」

「俺も行きます」

「なんで？」

「もう少し話を聞きたいので」

スクーターは駐車場に置き、秋村の車の助手席に乗りこんだ。オフロード用の４ＷＤ

のようだが、オレンジ色の車体は小さい。

「ハイブリッドにしたいんだけど、ここには充電スタンドが港にしかなくてね」

私にというより、駐車場を取り巻く緑や、出口の先、坂の下で光る海に言い訳するようにそう言ってから、車を発進させる。

志手連山の端を縫う山道を走る。対向車が来たら、すれ違うのには譲り合いが必要だろう狭い道だ。夏の遅い日も西に傾きはじめ、左手に続く森の木々が黄金色に輝いていた。

蛇行する道の先に次々と現われるカーブを、慣れたハンドルさばきでやり過ごしていた秋村が先に声をかけてきた。

「で、何が聞きたいの」

「寄生虫が生き物の脳を支配することがある。それはよくわかりました」

「うん、他にもまだまだいるよ」

「じゃあ、人間の脳を支配することもあるんですか」

「……人間」

答えは、急カーブを曲がり終えてから返ってきた。

「たとえば、アフリカの貧しい地域にはギニア虫(ちゅう)っていうのがいる。これの幼虫はミジンコの体の中にいてね、アフリカには水道のないところがまだ多いから、ミジンコまじりの水を飲んでしまうことがある。そこでギニア虫はまんまと、彼らの目的地である人間の体内に入りこむ。胃酸でミジンコは死んじゃうけど、ギニア虫の幼虫は平気なんだ。で、胃から腸へ、腸から腹筋に移動する——」

「腹筋？」思わず自分の腹を押さえてしまった。

「うん、内側のところ。内臓とのすき間あたり。そこで成虫に育って、出会ったオスとメスが交尾する。人間の腹筋の内側が出逢いの場ってこと」

「うわ」遅い昼飯のまだ消化しきっていないラーメンが腹の中で暴れ出した。

「オスは交尾後に死んじゃうけど、メスは成長を続ける。一度だけ現物を見たことがある。でかいよ、ギニア虫。私が見たのは、七、八十センチはあった。ハリガネムシみたいに細くて、色は白でうねうねしてて——だいじょうぶ？　車酔いするタイプ？　もう少しゆっくり走ろうか」

「いえ」スープに浮かんだちぢれ麺を思い出しただけだ。

「身ごもったメスは成長するにしたがって、人間の足のほうに移動する。ふくらはぎや足の甲のほうまで。そして酸を吐き出して人間の皮膚を腫らし、酷い激痛と痒みを感じさせる。それがギニア虫の戦略なんだ。そうすると、アフリカの最貧地域の人々はどうするか——」

「どうするんですか」

「池や貯水池に浸して腫れを引かせようとするんだ。なにしろ、ギニア虫が生息しているのは、医者も薬もろくにない地域だから。そういう社会的環境に適応して繁殖していともいえる」

道が険しくなってきた。カーブが多いうえに、登り坂が続く。志手連山の尾根を越える辺りに差しかかっているのだと思う。簡易舗装の道路は凹凸が激しく、車体が上下に揺れる。だが、乗り心地がどうあれ、フロントガラスの向こうの風景は美しかった。

右手では、島には不釣り合いなほど高い山々が、緑というより蒼色のシルエットに薄霧をまとっている。左手は、黄緑から濃緑まで、あらゆる種類の緑の絵の具を、無秩序に塗りたくったような原生林。この島のたいていの場所から望める海が、ここからは見えない。

秋村はしばらく無言で運転に専念した。揺れる道に、かつて暮らしていたアフリカを思い出しているのかもしれない。

道が下り勾配になってから、再び口を開いた。

「どこまで話したっけ」

「ギニア虫に冒された人間は、水に足を浸して腫れを引かせようとする」

「ああ、そうだった。そうしたら、彼らの思うツボさ。ギニア虫のメスは、水を感じ取ると、皮膚を食い破って、幼虫を吐き出す。何百、何千という数のね。あれ、顔色が良くないよ。少しスピード落とそうか」

「……だいじょうぶです」

「まあこれは脳そのものを支配するというより、生理を利用していると言ったほうが近いのかもしれない。いまはアフリカの衛生環境もだいぶ改善されたから、ギニア虫の生息域も減っているはずだけどね」

　道の先に海が見えてきた。西陽に照り映えて、黄金に輝く海だ。

「寄生虫だけじゃない。ウイルスも宿主をコントロールする。たとえば、狂犬病にかかった動物がなぜ凶暴になるのかわかる？」

「いえ」

「あれはウイルスの戦略のひとつなんだ。狂犬病ウイルスは大脳の攻撃を司る神経中枢に侵入する。おそらく意図的に。いまの宿主が他の生物に嚙みつけば、そこから感染して、新たな宿主を増やせる、自分たちを拡散できるからだ。人から人へは感染しないし、人間の場合、錯乱状態にはなっても誰かに嚙みついたりってことはあまりないだろうけど、洗脳には無縁じゃない。狂犬病は別名、『恐水病』とも呼ばれている。水を極端に恐れるようになって、水が飲めなくなるんだ。あれは患者というより、ウイルスが水を恐れているからなんだ。狂犬病のウイルスは自分たちが水に弱い。だから感染者に水を飲めなくさせてしまう――」

　驚いた。動物や人間の頭や体は、そんなにも簡単に、小さな生物に乗っ取られてしまうものなのか。

　下り勾配が続いている。もうすぐ大田原農園に着いてしまう。私はそろそろ本題に入ることにした。

「さっきのハリガネムシ。ほとんど動かなくなりました。確かにハリガネみたいです。もう少し太ければ、まるでワイヤーだ」

「あんたの言いたいことは、想像がついてるよ」

ハンドルを切りながら秋村が言う。私は黙って言葉の続きを待った。

「この島の自殺多発のことだろ。みんながみんな湖か川に身を投げて水死。まるでハリガネムシに操られたカマキリみたいだ」

自分でも馬鹿なことを考えているとわかっていた。

これまで私は『死出島』の原因について、いくつかの仮説を立ててきた。

人間を特殊な精神状態に追いこんでしまうドラッグが蔓延しているのではないか。あるいは、カルト宗教による時間差のある集団自殺なのではないか。どちらにしても、その元凶となっているのは、バナナムーンという店ではないのか。

どれもが憶測だ。本に書くとしたら面白いが、調べれば調べるほど、真相が遠のいていく気もしていた。だが、昼間の長谷川の言葉と、いましがたカマキリの自殺とも言うべき行為を目の当たりにした時、すべての辻褄が合ってしまった。

「似ていませんか」

答えを待ったが、秋村は前を見つめたままだ。口をつぐんでカーブを曲がってから、小さく呟いた。

「ありえない」

いくらなんでも、飛躍しすぎか。だが、秋村の言葉には続きがあった。

「でも、この世の中はありえないことばっかりだからね。学者の世界でもそうだ。人間の頭脳っていうよりテクノロジーの進歩のために、わからなかったことが、わかるようになってきた。いままでの定説がどんどんひっくり返されてる。誰も想像すらしていなかった新説が生まれてくる。だから、ありえないことだとしても、ありえるかもしれない」

「どっちなんですか」禅問答みたいだ。

道が平坦になり、カーブも緩やかになった。ずっと前だけを見続けていた秋村が、私の顔を覗きこんできた。

「この目で見えるものが真実だよ」

道の先に背の高い椰子の木が見えてきた。その手前に並んだビニールハウスが西日を照り返して淡く光っている。大田原農園だ。

坂道を降り、車を停めたとたん、到着を待っていたらしい大田原が母屋から飛び出してきた。

「こっちだ」

私たちが車から降りるなり、背中を向けて歩き出す。挨拶も、訪問への礼もなしだが、秋村は慣れっこなのか、気に留める様子もなくあとを追う。私はそのまたあとを追った。ハウスの裏手のシダに覆われた斜面を登っていく。左手に海が広がった。鏡浦という地名どおりの美しく澄んだ海だ。仕事以外の撮影には興味のない私でも、カメラを車に置いてきたことを後悔する眺めだが、地元民の大田原も、ここへ来て三年経つという秋村も見向きもしない。

急斜面をしばらく登ると、地面が平坦になった。志手連山が従える低山の中腹といった場所だ。平地と言っても起伏が多く、シダの繁みはさらに深い。頭上のあちこちで木生のシダがパラソルのように葉を広げていた。

「トラジローがこんなところまで？」

秋村が訝り声をあげた。ここまでの道のりでもう息があがっていた私も同じことを考えていた。家猫の子猫が来るような場所とは思えない。

「ああ、あいつはふだん、こんなとこまでは来ない。誰かに連れて来られたって証拠だよ」

シダの繁みは私の腰まである。背の低い秋村は胸もと近くまで埋まっていた。

大田原が再び歩きだす。トラジローの死体をそのままにしてあるという場所は、蝿が教えてくれた。志手島の巨大な蝿たちが、少し先の繁みで旋回飛行を繰り返している。おそらく大田原もそれで見つけたのだと思う。近づくと腐臭が鼻をついた。

大田原が立つ場所に先に辿り着いた秋村が口を押さえ、声を出さずに悲鳴をあげた。

続いてシダの繁みの下を覗きこんだ私も、喉もとまでせり上がった声を押しとどめた。

確かに酷いありさまだった。

首がねじれ、子猫の顔はありえない方向を向いている。その顔も、眼球をほじり出され、肉をこそげ取られて、あちこちで骨が露出していた。

特に酷いのは首筋だ。折れた骨が飛び出しているのがひと目でわかるのは、周囲の肉がごっそりなくなっているからだ。四肢は原形をとどめているが、死んでまる一日も経っていないのに、やけに干からびて見えた。まるで毛皮から肉だけこそげとったような具合だった。

秋村が怒った顔で言った。

「大田原さん、人間じゃないよ」

「なぜわかる？　野犬が出たなんて話は聞いてないぞ」

「だから、人間じゃない。こんな酷いことをするのは、たとえ人間だって、人間じゃない。人でなしだ」

「やっぱり、誰かのしわざか？　鏡浦に空港を造ろうって奴らの」

顔をしかめてトラジローの死体にかがみこんでいた秋村が、大きく首を振る。

「食われてるよ。かわいそうに。どっちにしても、人間ってことはなさそうだ。野ヤギに蹴られたか突かれたのかも、って話を聞いたときには思ったけど、それはないね」

「野犬なんてもう何年も出てないぞ」

「うん、それもわかってる。猫同士の共食い？　猫も生まれたての子猫を食べちゃうことはあるけど、五か月まで育った猫を食べるなんて聞いたことがない——」

秋村が独り（ひと）で呟き、茶色の髪をがりがりと掻く。大田原は、ヒントだと言わんばかりに、猫の前足と背中を指さした。

「ほら、ここ、切られてるんだ。ここも。刃物の跡だろ、どうみても。ナイフか、そうでなけりゃあノコギリだ。酷（ひで）えことしやがる」

「刃物……かなぁ。噛まれた跡みたいに見えるけど、哺乳類の歯型じゃないな。鳥？　カラスならありえなくないけれど。嘴（くちばし）が大きくて硬いからね」

「カラスバトですか」

私も話に参加したが、大田原に鼻先で笑われただけだった。秋村が答える。

「違う。カラスバトは、ハトだよ。『ポッポッポ』のハト。色黒だから名前に『カラス』が入っているだけ。肉食をするとしてもせいぜいミミズだ。ありえるのは、『カァ』って鳴くほうの本当のカラスだ。実際、子猫はよく狙われるし、カラスはまず獲物の目を潰すっていうし。でも、それも可能性はないと思う」

「なぜです」

「志手島にカラスはいないんだよ」

外来種が飛んできたのなら話は別だけど、カラスがここまで渡ってくることはまずない。秋村はそう言い、またひとしきり頭を掻く。

孤島の志手島では、世界中のあらゆる動植物が外来種だ。しかも孤島であるがゆえに、さまざまな場所から外来種が入ってくる。

「海鳥かなぁ。でも、海にたっぷり魚がいるのに、わざわざ内陸に来て、猫を狙うなんて……」

しばらくぶつぶつ呟いていたが、やがてぽつりと言った。

「わからない。まったくわからない」

「大学教授だろ、あんた」

「いや、准教授だから。わかんないことばっかりだよ。わかるのは、いつまでもこのままにしといても、トラジローが浮かばれないってことだ」

秋村にたしなめられて、大田原がスコップと遺体を収めるものを取りに、家へ戻った。

秋村はそれを手伝うつもりらしく、中腹に残った。腐臭をものともせず、トラジローの首を元の位置に戻してやっている。

私は考え続けていた。秋村の言う、ありえないことだとしても、ありえるかもしれないことを。

静寂を破ったのは、背後の草むらを騒がせる音だった。

葉擦れに続いて、鈍い羽ばたきが聞こえた。

秋村は子猫にかがみこんだままだ。振り返ったのは私だけだった。

シダの草むらの中から、鳥が飛び立った。薄茶色の大きな鳥だった。

背後の森に向かって上下に揺れながら低空を飛んでいく。

いや、鳥じゃない。

そいつには脚が六本あった。

叫ぶなり私は走り出した。シダを蹴散らし、そいつが消えた森に突進する。

照葉樹の森は薄闇に包まれていた。ただでさえ頭上が梢に覆われているうえに、光が失われつつある時刻だ。黒いシルエットになりつつある木立に目を凝らし、シダの繁みを掻き分ける。

「秋村さんっ」

走りながら、ずっとそれの姿を追っていた。器用な飛び方じゃなかった。飛翔するというより滑空(かっくう)する感じで、森のとば口のこの辺(あた)りに着地したはずだった。

緑色ではなかったから、木々や下生えの葉に紛れることがなく、探しやすいはずだ。そう考えていたのだが、外から見るのと違って、森の中の半分以上は茶色で出来ていることをいまさらながら思い知った。木の幹、枝、枯れ草、剝き出しの地面とそのうえに積もった枯れ葉。どこにいてもおかしくはない。

どこだ。どこに消えた。

秋村の声がした。

「どうしたの、いきなり」

息を弾(はず)ませている。私は前方の木立に目を向けたまま、背中で答えた。

「カマキリを見たんです。鳥みたいな大きさだった」

「鳥って？」

「ハト……いや、もっとだ」体長だけならカラス並だった。

秋村に振り返る。そして、目を瞠(みは)った。

秋村の真後ろ、木生シダの幹のところだ。

「先生、後ろ。振り向いて」

「何度も言うけど先生はやめ——」

首を後ろにねじったまま秋村の体が動かなくなった。

そいつは脚を折り畳み、体をまっすぐ伸ばして、幹と同化していた。さっき確かめたはずの場所だった。幹と同じ色あいで、質感まで似ているからまるで気づかなかった。

これが擬態か。

目の前のものが現実の存在であることが信じられなかった。自分の視覚のほうに問題があるように思えて、私はまばたきを繰り返した。

何度まばたきをしても、どう見てもカマキリだった。秋村の顔の倍以上の体長を持つ六本脚の生き物をそう呼ぶとしたら。

立ちすくんでいる秋村の横をかすめて、私はゆっくりと近づいた。

足音を立てないようにしていたつもりだったが、あと数歩のところで、そいつが直角の蛇のように首をもたげた。

薄茶色の三角形の頭部はヒキガエルの頭ほどもあった。頭の両側から飛び出した目だけが濁った緑色で、グリンピースに似ていた。うずら豆大のグリンピースがあるとしたらだ。拡大写真のように口吻の四本のヒゲがはっきり見て取れた。まるで牙のようだった。その一本に灰色の毛が張りついているのがわかった。猫を食った犯人は、こいつだ。

秋村の教えに従って、腹の上の細いくびれに手を伸ばす。細いと言っても、こいつのそれは木刀ぐらいある。体長は、私の肘から伸ばした指先までより長かった。四十センチははるかに超えている。伸ばした脚も入れれば、その一・五倍。

あと三十センチまで指が近づいた時、カマキリが上体だけこちらに向けた。折り畳んだ鎌は棘に覆われている。毛蟹の足より大きく太い。

カマキリの体を捕まえた。つまむのではなく握った。

想像以上に硬かった。金属に近い。伊勢海老を摑んだような感触だった。

鎌を振り上げてくる。折り畳みナイフを開くように。

秋村が叫んだ。

「もっと下」

それがカマキリを摑む位置のことだと気づいた時には、私の腕に鎌が伸びていた。

通常サイズのカマキリが摑まれた人間の指に攻撃を加えるように、私は前腕を狙われた。

前腕に痛みが走り、指の力が抜けた。

その瞬間、振りまわしていたバットがすっぽ抜けた時に似た衝撃とともに、カマキリが私の手の中から抜け出した。

地面に着地したカマキリが、腰を落とし、こちらに向けて鎌を構える。その姿はボクサーのファイティングポーズにそっくりだった。

背後に回りこもうとすると、蟹のように足を蠢かせて体の位置をずらし、私と真正面から対峙する間合いを保とうとする。前からは私が手を出せないことを理解しているとしか思えなかった。

一歩、距離を詰めると、威嚇するように翅を広げた。

最初に鳥と間違えたのは、その翅のせいだ。透明だが、鷹の羽根のような複雑な紋様が入っている。

私が次の一歩を踏み出せずにいると、
ぶん
昆虫にはありえない空気音を立てて、森の外へ飛んでいった。

再びあとを追ったが、薄暮の空のどこかに紛れて、今度こそ行方を見失ってしまった。

後ろから声がした。

「血」

秋村はまだ目を丸くしたままだった。

「血」

「え？」

まるで気づかなかった。私の前腕には十センチほどの切り傷ができていて、血が零れ出ていた。

「貸して」

言葉を半ば失っている秋村の短すぎるせりふは、私の傷ついた腕を貸せ、見せろ、ということだった。異国の民芸品風のポーチからハンカチを取り出して、私の腕を縛ろうとした。だが、包帯がわりにするには、ハンカチは小さすぎた。

血で汚してしまうのを謝罪する余裕などなかった。ハンカチで傷口を押さえながら聞いた。

「秋村さん、あれは？」

「カマキリ」

「それはわかってます」

秋村が顎下までの髪を両手で掻きあげた。歩行樹の葉のように頭の上で髪を広げて、私になのか、独り言なのか、誰になのかわからない声をあげる。

「ああ……これ以上私に悩みを増やさないで」

「………そう、カマキリ…………とんでもなく大きいんだ…………いや、笑いごとじゃないから。酔ってないって」

停めた4WDの運転席で、私の携帯電話を使って秋村が話をしているのは、三上だ。

「いいや、猫だけじゃない。放っておいたら、人間だって……小さな子どもとかそれこそ……あのね、虫刺されとかそういう問題じゃなくてね……」

あの後も、私と秋村はカマキリの捜索を続けた。「カマキリは飛ぶのが下手だから、そう長い距離は移動していないはず」という秋村の言葉を頼りに、飛び去った方向の草原を探し、発見できず、戻ってきた大田原に事情を説明し、再び森に戻って探し続けたが、そのうちに日は完全に落ち、辺りは真っ暗になってしまった。

秋村が切れた携帯を私に返して、髪を左右に振った。

「だめだ。まるで信じてない。捕まえて現物を見せるしかないね」

トラジローをやったのはカマキリかもしれない、と秋村が話しても大田原は信じなかったが、巨大なカマキリに関しては、たいして驚きはしなかった。

「ああ、先生も見たんだね。とんでもなくでかいカマキリの噂はよく聞くよ。ヘチマぐらいのを見たっていう人間もいる。高畑んとこの婆さんは、犬ぐらいあるのが襲ってきたって——まあ、あの婆さんは認知症だから話半分にしても。だから、この辺の人間は言ってたんだ。『外来種だろう』って。東南アジアあたりの馬鹿でかいのが入ってきたんだなって」

「そんな外来種はいないよ。なんで私に話してくれなかったの」

「いやあ、悪かった。大学教授に話すようなこっちゃないから」

「准教授だってば」

「この辺は果樹やってる家が多いからさ。外来種が出たってんで、駆除だのなんだのって騒ぎになったら、売れるもんも売れなくなっちまう。それが害虫で、感染作物を廃棄しろなんてお達しが来ても困るし。テレビ局が来たときには、もっとでかいのもいるって、つい喋っちまったけど、放送しやがらなかった。カットってやつだな」

まあ、普通はホラか、大げさに言っているだけだと思うだろう。私だってあの放送を見た時には、いまでは「たったの」に思える「十七センチのカマキリ」だって、サバを読んでいるんじゃないかと疑ったぐらいだ。

秋村は興奮していたが、それは大発見に浮かれているという類のものではなかった。赤ん坊や幼児に被害が及ぶことを心底恐れているのだ。トラジローの次の犠牲者が出てしまうのを。むしろ、野生生物研究センターの所長である自分が、あんなものの存在に気づいていなかったことに、自責の念にかられているようだった。大田原の家の救急箱を借りて、私の腕の手当てをしているあいだも自分に言い聞かせるように捲し立て続けていた。

「シテジマカラスバトの数が減ってるのを、ノネコのせいにしてたけど、考えてみたら、ノネコの数も減ってる。オカヤドカリの数も。オオコウモリの死骸を見た時に気づくべきだった。あんたが正解だったんだ。川に浮いてたっていうカマキリのことを笑ったのも謝らなくちゃ。とんでもなくでかいのは、たぶんあの一匹だけじゃない――」

　真っ暗な山道をヘッドライトで照らしながら走りはじめたいまも、口をついて出てくるのは、昂揚の言葉というより、ため息だった。

「信じられないよ、まったく。私が学んできたことはなんだったんだろう」

　私は聞いた。

「いつ捕まえに行きます？」

「もちろん明日」当たり前のことを聞くな、という口調だった。「捕獲できないまでも、証拠写真さえあれば、警察も消防も青年団も動いてくれるはずだ」

「俺も行きます」

　私のほうは昂っていた。『びっくりな動物大図鑑』どころじゃない。大発見なのだ。功名心というよりなにより、あの未知の生き物をもう一度見てみたかった。できれば最初に捕獲する人間になりたかった。

　明日歌がこの世から消えた日に、私も半分死んだ。この九年間、本心から喜んだり、楽しんだり、何かに心を奪われることは一度もなかった。本気で怒ることも、明日歌の死以外の物事を悲しむことも。

　自分でもわかっていた。本が書けないのもそのためだった。私はひさしぶりに、おそらく九年ぶりに、子どものように胸を躍らせていた。

「一日仕事になるよ。明日、帰るんだろ」

「残ります」もう決めていたことだが、口に出してそう言った。

「残るって……明日を逃したら、あさって帰りますってわけにはいかないんだよ」

週に一度の船便しかないこの島は、船が出てしまうと文字どおり孤島になる。何が起きようが、一週間は島から出ることができない。

「わかってます」

ヘッドライトの明かりが、山道と森の底だけを照らしている。光の輪の外は圧倒的な闇だ。人間が立ち入ることのできない世界に思える涯(はて)の知れない闇。秋村が前を向いたまま、ライトの光に話しかけるように言う。

「正直、あんたがいてくれると心強い。さっきも、私なんて体がすくんで動けなくなっちゃったから。こっちからお願いしたいぐらいだ――でも、泊まる所はだいじょうぶなの？」

「あ」

オテル・ボーカイを宿に選んだのは、どこも満室で、選択肢がなかったからだ。「本格的な夏休みシーズンに入ったら、この島の宿泊施設は、ぼったくり料金のホテルだろうが雨漏りのする民宿だろうが、予約で埋まってしまう」富谷からはそう聞いていた。世紀の大発見が待っているというのに、その前に私は、瑣末(さまつ)な現実に悩まなければならなかった。

「ボーカイで聞いてみます。部屋が空いているかどうか」

ハンドルを切り、戻すついでみたいに、秋村が小さく呟いた。

「いざとなったら、研究センターに泊まりなよ」

11

巨大カマキリを目撃した興奮が、オテル・ボーカイの灯を見たとたんにしぼんでしまった。この島で起こっている、もうひとつの未知の出来事を思い出したからだ。秋村が肯定はしていない――でも否定もしていない――私の妄想が、もし間違っていなかったとしたら、富谷が危ない。

ロビーに富谷の姿はなかった。ミニバーのカウンターのようなフロントの中にいた、もう一人の女性スタッフに尋ねた。

「富谷君はいませんか」

丸顔にきっちりメイクをした三十前後の女性だ。見かけは派手だがいつも愛想がいい。

「今日は早あがりで。毎日、遅くまでがんばってくれてたから」

毎晩遅く帰ってくるお前のせいだ、と言われている気がした。

「オーナーは？」

杏色（あんず）の髪を揺らしてキッチンを振り返る。

「あれ、さっきまでキッチンにいたんだけど……どこ行っちゃったんだろう。私でよければ話を聞いておきますけど」

「じゃあ、お願いします。明日以降もここに泊まりたいんですが、部屋は空いてますか？」

「連泊ですね。ちょっと待ってくださいね」

この島では、滞在中には宿を変えないのがむしろ普通で、『連泊』というのは、船便を一度スルーして泊まり続けることを意味するらしい。女性がカウンターの中のパソコンの電源を入れる。立ち上がるのを待つあいだに話しかけてきた。

「ここ、気に入ってもらえたんですね」

丸顔をまんまるにして笑いかけてくる。

「え、ええ」

「あーっと……明日から来週の日曜まではだいじょうぶなんですけど、月曜日だけもう満室になっちゃってて。次の出港日の前日」

たぶん、キャンプに来るお客さんが最後の日ぐらいお風呂に入りたい、屋根の下で寝たいって考えて、そうなっちゃったんだと思いますけど、と女性はなぐさめる口調で言ったが、もちろん何のなぐさめにもならない。

「何？」

背後から声がかかった。Tシャツにエプロン姿のオーナーが立っていた。

厨房に立つ背中しか見ていなかったが、正面から見ても大きな男だった。目線は私と同じほどだが、肩幅が冷蔵庫のようだ。ラグビーで言えば、フォワードの最前列タイプ。学生時代の私はバックスで、体格もスピードも突出していなかったから、主にセンター。地味なポジションだった。

「ああ、あんた、このお客さんなんだけど——」

その言葉で初めて、この二人が夫婦であることに気づいた。二人の年齢差はひと回り以上ありそうだが、女性はオテル・ボーカイの女将(おかみ)さんだった。

オーナーが顎鬚(あごひげ)をむしるように撫(な)ぜながらパソコンを覗きこむ。

「よそ、紹介しようか。当たってみるよ」

「ありがたい。お願いします。それともうひとつ——」

オーナー夫妻が、揃って丸い顔の中の眉を「何?」というふうに一緒につり上げた。

「富谷君のことなんですけど、一度、健康診断を受けたほうがいいかもしれない」ただの宿泊客の私が言うだけでは聞く耳を持たないだろう。彼らからも言ってもらったほうがいい気がした。「内臓のレントゲンを撮るとか」

今度は二人揃って眉根を寄せて、なぜお前がうちの従業員の健康を心配する、という顔をした。

「俺、取材でこの島に来てまして」

知っている、というふうにオーナーが頷いた。

「カマキリの取材だろ」

「ええ。で、野生生物研究センターや志手島村診療所の先生にも取材させてもらったんです。そうしたら――」どこまで話せばいいのか。嘘をついてでも、とにかく説得しないと。「いまこの島に寄生虫が発生しているって話を聞きまして。命にかかわる危険な寄生虫だとか。急に瘦せてしまうのが典型的な症状だそうです」

フリーライターには向かないと笑われていた、話し下手な口を懸命に動かした。明日歌、俺はもう身近な人間が死ぬのを誰一人、見たくないんだよ。

「水に近づくのもよくないそうです。海はだいじょうぶだと思うけど、川や湖は危険だ。彼に涙人湖には行かないように言ってください」

「涙人湖限定？　なんで？」女将さんが招き猫みたいに片手を振った。「いくらこんな島だからって、寄生虫？　で死ぬ？　信じられない」

だが、オーナーは太い顎で頷いた。

「わかった。言っておく」

少し安心した。明日、本人にも釘を刺しておこう。キッチンへ戻りかけたオーナーが声をかけてきた。

「でかいカマキリを探してるんだろ」

連泊の手続きをしていた私は振り返る。

「ええ」

「俺は見たことがあるよ」

「え？」

「誰も信じなかったけど」

女将さんが私にだけ見えるように顔をしかめて、その顔の前で片手を振った。

「この人、近眼でおまけに最近は老眼だから。なのに眼鏡をかけるの嫌がって」

「どこで見たんですか」

「中の森。戦跡の近く」

言葉の少ないオーナーのかわりに、女将さんが説明をつけ加えた。オーナーは自然ガイドの資格を持っていて、ごくたまに宿泊客からの求めに応じて、森林生態系保護地域を案内することがある。その時に見たのだそうだ。

「このあいだも富谷君と間違えて、お客さんに『掃除は終わったのか』って」

女将さんの茶々を気にする様子もなく、定位置のキッチンに戻ったオーナーは言った。

「このくらいあった」

ゴーヤを片手にかざす。三十センチはありそうなゴーヤだ。へちまサイズがいる、という大田原の言葉を思い出した。が、オーナーの言葉には続きがあった。

「腹のふくらんだところだけでこのくらいだ」

部屋へ戻り、ノートパソコンを開いてメールをチェックした。

もしや、新しい仕事が入っているのではないかと危惧していたのだが、悲しいほど何の心配もいらなかった。

ときおり仕事を貰っていた雑誌が休刊になることを担当者が知らせてきたものが一件。もう一件は、神田出版の伊沢からで、原生林での探索の首尾を問う、短い文面。

伊沢には、志手島に滞在し続けることを連絡しておく。

『あと一週間、志手島に滞在して、取材を続けます。この島にとんでもなく大きなカマキリが存在することは間違いありません。推定四十五センチ――』

そこまで打ってから、文章にすると、大ボラにしか思えないことに気づいた。なにしろ写真も証拠もないのだ。

『推定四十五センチ』を消し、『十七センチを超えるものも多数存在する可能性あり』に変えた。

送信ボタンをクリックした右手は、この三日間でずいぶん日焼けして、秋村が巻いてくれた包帯だけが白い。巨大カマキリを摑んだ時の、衝撃と恐怖と少しの歓喜を思い出して、手のひらを何度も開いたり閉じたりした。

モニターの向こうの壁を、ヤモリが這っている。北海道では見かけない生き物だから、最初はぎょっとしたが、この三日ですっかり慣れた。ここのヤモリは、鳥のように囀る。しかもメス単体で子どもを産むそうだ。

もしかしたら推定四十五センチどころじゃない、もっとでかいカマキリがいるかもしれない。人を操り、死に追いやる寄生虫も。この島なら何があってもおかしくない気がした。

12

志手島に来て初めて雨が降った。

私は朝早く、雨の中を、いまや私の専用車となったスクーターを走らせた。行き先は港近くのこの島唯一のホームセンターだ。「いろいろ準備が必要だから、出発は十時にしたい」秋村はそう言った。それまでに私も私なりに準備をするつもりだった。

さとうきび畑を抜け、研究センターに行く時とは反対の右手に曲がる。左に海を見ながら橋を渡ると、山側に植栽が設けられているぶんだけ道幅が広くなる。植栽はブーゲンビリア。咲き誇る赤色が雨に濡れて、いまにも滴(したた)り落ちそうだった。

島には生活用品の店が少なく、島民は手に入らないものはネットで購入し、船便で取り寄せるらしい。ホームセンターと言っても平屋で、スーパーマーケットの雑貨フロアといった規模だった。

まず、トレッキングシューズを手に入れた。着たきりを洗濯して穿(は)いているコットンパンツには似合わないが、いちばんごついタイプにする。秋村に言えばまた貸してくれるだろうが、あのオレンジ色の靴は、私などが履き潰してはいけないものである気がした。

めあてのものは観光客相手のレジャー用品コーナーに置いてあった。

軍手。アウトドア用の厚手で手首の下まで隠れるもの。

タモ網。フィッシング用の、店の中でいちばん大きなサイズを選ぶ。

双眼鏡。残念ながら『イルカウォッチングに最適!!』という折り畳み式のオペラグラスしかなかったが、まあ、贅沢は言えない。

安物のリュック。そしてレインウエア。オテル・ボーカイが貸してくれた簡易レインコートでは心もとない。こちらは登山用の本格的なものを買った。ただし予算の関係で上着だけ。ここを出たら、私はＡＴＭで乏しい預金から金を引き出さねばならない。ビジネス客に見えるらしい私は、レジで領収書が必要か尋ねられたが、片手を横に振った。そんなものはどうでもいい。これは仕事じゃない。

決戦だ。


野生生物研究センターに着いたのは、十時少し前だ。

秋村は研究棟で待っていた。水滴がつたう窓を眺めていた顔を振り向けるなり、私に言った。

「雨男?」

「どちらかと言えば」

目尻にはいつもの笑いじわを浮かべているが、引き結んだ唇の下には梅干しができている。

「あいにくの天気だね」

「雨の日はだめですか？」

「そうだね、虫は雨宿りして動かなくなるから」

「やってみなければわかりませんよ」

見せびらかすためにタモ網を振ってみせた。秋村は私の買ったばかりのトレッキングシューズとリュックに目をくりくりさせた。

「お。気合い入ってるね」

入ってる。私は生まれて初めて昆虫採集に出かける少年のように気持ちを昂らせていた。なにしろ獲物は、びっくりな動物大図鑑どころか、ギネスブックの表紙を飾るかも知れない大物だ。

「リュックからなんか飛び出してるよ」

「曲尺です」L字型で、長い辺は六十センチある。「写真を撮る時に必要かと思いまして」

昨日、カメラを車に置きっぱなしにしたことを私は悔やんでいた。スマホで写真を撮っておかなかったことも。あの時は捕まえることしか頭になかったのだ。

もっとも秋村はこう言っている。「あの状況でカマキリだけを撮ったとしても、信じてもらえないと思うよ。写真じゃサイズが伝わらないもの」

だから、比較対象になる曲尺を用意した。その場で計測もできる。今日はカメラにストラップをつけて首からぶら下げていた。

「手袋も、ほら、こんなのを」

秋村の顔の前で長軍手を嵌めた両手を広げてみせる。先生に誉めてもらいたい子どもみたいな顔をしていたのだと思う。秋村が、よくできました、というふうに頷いてから、にんまりと笑った。

「うん、いい手袋だね。だけど、あれを手で捕まえようっていうなら、こっちにしなよ。フリーサイズだし、二つあるし」

秋村が自分のリュックから引っ張り出したのは、肘近くまで隠れる厚いゴム手袋だ。私は右腕にまだ大判の絆創膏を三枚貼っている。

「野生獣の捕獲作業用。アライグマとかハクビシンとかの。この島じゃ必要ないと思ってたんだけど」

「そうそう、これも」もうひとつ取り出したのは、短い槍のようなしろものだ。懐刀みたいに大切に胸に抱えたそれを、私に差し出してくる。「藤間さんに持ってもらったほうがよさそうだね。アフリカ土産。お守りだ」

長さは三十センチほど。全体の半分は刃だ。木製のようだが両刃とも鋭く研ぎ澄まされていた。柄の尖端にはアフリカ人の横顔が彫り込まれている。

「これ、ナイフじゃないですか」

「木製だけどね。昔は実際に狩りにも使ってたって言うから、切れ味はなかなかだと思うよ」

私はお守りというより武器に見えるそれを、リュックの脇ポケットに差し込んだ。

「まるで猛獣狩りに出かけるみたいですね」

「あくまでもお守りだから。使うことはない……と思いたいね」

今日の秋村の服は赤いレインウエアの上下。帽子は麦わらではなく、まるで女性兵士のようなワークキャップだった。束ねた毛先が、帽子の後ろから尻尾のように飛び出ている。

「よし、行こうか」

本館では西野さんがホットコーヒーの入った紙コップを用意してくれていた。カウンターに置かれた飼育ケースの中のちびすけは、たった二日で、気のせいではなく、あきらかに大きくなっていた。体を伸ばして擬態をしている小枝が早くも窮屈(きゅうくつ)そうだ。

「こいつ、大きくなってませんか」

「昨日、脱皮したからね。オオカマキリは、成虫になるまでに七~八回脱皮して、二か月で体長が一センチ弱から十センチ、十倍以上になるんだ」

いまは八センチぐらい。成虫並みだが、大人のカマキリに比べると、頭と体のバランスが幼いことが、いまの私にはわかる。

「どこまででかくなるんだろう。こいつはやっぱり、巨大カマキリの幼生ですか」

「うーん、たぶん」コーヒーを口に運んでいた秋村が、そう言ってから首をかしげた。

「たぶんとしか言えない。今日出港する船で内地に送って調べてもらおうと思ってたんだ。中の森で見つけた大きな卵鞘(らんしょう)も。うちの大学で〝昆虫ハンター〟って呼ばれてる、虫関係じゃいちばん頼りになる子に。だけどコスタリカにフィールドワークに行ったきり、まだ戻ってないらしくて。戻りしだい連絡をもらうようにはしてる」

私は熱いコーヒーを三口で飲み干して、「よしっ」と手の中の紙コップを握り潰す。のんびりとカップを口に運んでいた秋村が、すでに私が捕獲用のゴム手袋を嵌めているのを見て笑った。

「暑くない?」

額(ひたい)の汗をぬぐって答えた。

「いえ、まったく」暑い。雨の志手島は、気温はいくぶん低いが、そのかわり蒸し暑い。長袖シャツの上にレインウエアを羽織っているからなおさらだ。

どこまで話を聞いているのだろう。西野さんが心なし緊張した面持ちで声をかけてくる。

「いってらっしゃい。気をつけて」

秋村が私の入りすぎた気合いをなだめすかすように、のどかな口調で答えていた。

「うん、冷蔵庫に入ってるマンゴー、食べちゃっていいからね」

ワゴン車が向かったのは、大田原農園のある鏡浦方面。昨日の発見場所の近くから捜索を始めると言う。

秋村が車の中で話しはじめたのは、カマキリのことじゃなかった。

「昨日の夜、長谷川さんに電話をしたよ。ご遺体から出てきた寄生虫のことを聞いてみた」

「どうでした」

ハンドルを握る秋村の横顔から、下唇が突き出ていた。

「サナダムシ、もしくは大型のカイチュウだったんだろうって言ってた」

「似てるんですか」

秋村がぶるりと首を振った。

「ぜんぜん違う。サナダムシは、平べったくて、色も白っぽい。麺にたとえるなら——」

「いいです、たとえなくて」

サナダムシなら知っている。とんでもない長さになるという話もよく聞く。

「検案の時に出てきたのは、一メートル以上あったそうだよ。色は焦げ茶。長さ的にはサナダムシが近いけれど、形状が違う。カイチュウのほうがまだ似ているにしても、カイチュウの大きさはせいぜい三十センチだ。色もたいていが薄い黄土色だし。まぁ、いまの日本に存在する大型の寄生虫は、そのくらいしかいないから、他に考えようもなか

のは、猫を食べちゃうほどのでかぶつカマキリがいるということ」

そう言って、雨に煙った森に目を戻した。

「とりあえずハリガネムシのことは忘れよう。今日はカマキリの日だ」


ワゴンは大田原農園に向かう下り坂を通りすぎ、そのまま山道を登る。道の両側は、照葉樹の間から椰子や歩行樹の剣型の梢が飛び出している、温帯と亜熱帯の植物がせめぎ合っているような森だ。


簡易舗装路が赤土の道に変わったところで、車を停めた。

「この辺から始めてみようか。昨日のあのでかぶつがいた場所の少し奥だよ。あいつは茶色だっただろ。ということは樹木の枝や枯れ葉に擬態するタイプ。活動エリアは草原というより森林のはずだ」

「確か大田原さんも、最初の十七センチのカマキリは森にいた、って言ってました。胡椒の自生地で見つけたって。島の言葉でなんて言ったっけ――」

「ヒハチだろ」

「ああ、それです」

「ヒハチの自生地っていうのは、まさにこの近くだ。とりあえずそこをめざそう」

秋村がワゴンのハッチバックを開けて、釣り竿を二本取り出した。リール付きの竿の先にぶらさがっているのは、ぬいぐるみだった。不格好な雪だるまに見えた。ソフトボールに野球のボールを載っけたような大きさだ。

「なんですか、これは」

「こいつででかぶつカマキリをおびき出す。カマキリは動く餌しか食べないからね。ほら、前に、カマキリはキラキラ物に飛びつくって言っただろ」

ぬいぐるみはスパンコールがちりばめられた銀色の生地でできている。秋村の手づくりのようだ。

「中には魚肉ソーセージが仕込んである。ちびすけも魚肉ソーセージはよく食べるんだ」

「カマキリって匂いがわかるんですか」

「もちろん。鼻はないけど触角で匂いを嗅ぎ取るんだ」

「目玉が描いてあるのは、なぜ?」

どちらのぬいぐるみにも、「の」の字の目玉と、「ん」の字の口が描かれている。小動物の顔を描こうとしたのだとしたら、へたくそだ。

「可愛いから」

私が一本を手に取ろうとしたら、秋村が声をあげた。

「ああ、違う。藤間さんが使うのはキータくん。竿の長いほう」

「名前もあるんですか」

「うん、こっちは、ミーコちゃん。よろしくね」

私は右手にタモ網を握り、左手にキータくんをつり下げた竿を持つ。秋村はミーコちゃんと、タモ網より直径がありそうな捕虫網。降り続く雨が、頭上の木々の葉をぱたぱたと騒がせていた。

「よしっ、幸運を祈ろう。お互いの」

「おお」


幸運はなかなかやってこなかった。

ヒハチの自生地で二時間粘ったが成果はなく、午後からはさらに奥、志手連山の麓に広がる原生林に分け入った。雨に煙った森は暗く、ともすれば前を行く秋村を見失いそうになる。レインウエアが赤のおかげでなんとかついていけた。秋村は、私のような初心の同伴者のために、雨の日のウエアの色を赤にしているのかもしれない。

原生林でも結果は同じ。キータやミーコをいくら繁みの中につっこんでも、カマキリと一緒に戻ってくることはなかった。

小さなカマキリは二匹見つけた。体長は五センチと三センチ。一匹はオオカマキリ、もう一匹はハラビロカマキリという種だそうだ。秋村の見立てではどちらも成長途中のもので、その段階ではごく普通のサイズだという。

「昨日のあのカマキリだけが特別に大きかったんでしょうか。突然変異的に」

「いや、そうじゃない。ゴジラじゃないんだから。突然変異で一匹だけ巨大に、なんて考えられないよ。へっぽこ生物学者の私が不覚にも気づかなかっただけで、ある種の親を持つ子どもたちが、何代もかけてあの大きさになったんだと思う。だって、藤間さんは、雫川でも見たんだろ。そうとうでかいのを」

「ええ」だが、丸一日かけて影もかたちも見えないと、なんだか幻覚を見ただけのように思えてくる。昨日のカマキリも、秋村と二人で見た薄暮の中の幻影――

ぱたぱたぱた。空を埋めつくしている梢が甲高い音を立てはじめる。昼にいったん止んだ雨が、また降りはじめた。

「日が悪いね」

さほど残念そうな口調でもなく秋村が言う。

「こうなるとわかっていたんですか」

「まあ、雨の日だから。あんたが、あんまりはしゃいでるから、中止とも言えなくて」

「はしゃいじゃいませんよ」

「小さな雨粒だって昆虫には拳大のヒョウみたいなもんだから、止むまでじっと耐えているのが普通なんだ」

確かに蝶やトンボの姿もない。羽虫すら頭上に梢が広がって自然の屋根になっているような場所でしか飛んでいなかった。

「カマキリだって同じだ。そもそも餌になる虫が出てこなければ、彼らも動く理由がなくなる。あのカマキリは普通の大きさじゃないから、雨なんかへっちゃらかもしれない、って淡い期待をしてたんだけど……習性は変わらないんだね」

「どうします」

「しかたない、今日は撤退だ。私はほかの用事を済ますことにするよ」

「明日は晴れますかね」

「天気予報ではね。明日はさらなる秘密兵器を用意するよ。一晩じゃ手に入らなかったものが手に入る予定なんだ」

「秘密兵器？　どんな？」

「ふっふっふ。秘密兵器だから、秘密だ」

濡れた服と徒労の重さがさらにのしかかってくるようなせりふだったが、その子どもみたいな笑顔が、私の心の雨雲を少し吹き払ってくれた。

13

オテル・ボーカイは静まり返っていた。雨の日の虫たちのように。

週に一度の連絡船は夕方に出港した。宿泊客はもう私一人だろう。

明かりを落とした食堂の椅子に人影を見つけて私は安堵する。富谷だった。ただし、キッチンの照明を背に受けたそのシルエットは、また一段と細くなっている気がした。

「ただいま」

サボっているのを見咎（みとが）められたとでも思ったのか、富谷が慌てて立ち上がる。

「ども」

　硬い表情のまま、小さく顎を振って、かたちばかりの挨拶を寄こしてきた。

　今朝は食堂に行っても、挨拶以外の言葉を私にはかけてこなかった。いつも饒舌なこの青年には珍しいことだった。目も合わせてこなかった。私の言葉が伝わっているのは間違いないようだ。好意的とは言えない受け止められ方で。

「あのさ……」富谷に言うべきことはいろいろあるのだが、何から口にすればいいのか、言葉が見つからなかった。口火を切ったのは、富谷のほうだった。

「なんか、俺のこと心配してくれてるそうで」

　なぜ、ただの客のこいつが、自分のプライベートに首をつっこんでくるのか、という顔だった。

「ああ、よけいなことを言ってしまったかもしれないけど、本当なんだ。野生生物研究センターの所長から聞いた話で――」

　思わず富谷の体を眺めまわしてしまった。この細い体のどこかに、水槽の中で見たものの何倍もの長さの不気味な寄生虫が潜んでいるのではないかと透かし見るように。それがよけいに誤解を招いたようだった。富谷が私から身を遠ざけるようにキッチンのカウンターに寄りかかり、私の言葉を途中で遮った。

「聞きました」頭蓋骨の形が透けて見える頰をするりと撫ぜる。顔は笑っているが、目は笑っていなかった。「俺、そんなにやつれてますかね。体力もテンションもぜんぜん落ちてないんすけど。体重が落ちる前よりずっと元気だと思うけどな」

そうかな。さっき椅子に座っていた姿は、まるで糸の切れた操り人形だった。サボっていたというより、動けなくなってヘタりこんでいるように見えた。

「気を悪くしたなら謝る」

「いや、ありがたいっすよ。赤の他人のことをそんなに心配してくれて」

赤の他人というところだけ語気が強まった。

「本当に気をつけたほうがいい」どこまで説明すればいい。まだ私の妄想かもしれないことを。「明日、休みだって言ってたけど、できれば——」

「だいじょうぶですよ。涙人湖には行きませんから。仲間と海でバーベキューっす」

海なら安心だ。ハリガネムシが戻ろうとするのは、淡水、のはずだ。

「涙人湖って言ったのは、わけがあるんだ。信じられないだろうけど、聞いてくれ。その寄生虫に感染すると、自殺願望が芽生えるらしい。宿主を水に飛び込ませようとするそうだ」

「俺が自殺するとでも？」あんたのほうが危ないと言いたそうだった。「考えたこともないです。いまリア充ですもの。俺、ガキの頃は肥満児で、運動会でもいつもビリッケツで、みんなに笑われてばっかで……ダイビングをやるようになってからは、少しマシになったんすけど、それでも腹を隠すために浜でもウエットスーツは脱がなかった。いままではね。やっと人前で裸になれるんです、今年の夏は。もうそれが嬉しくて、気分はハイっす――」

確かにハイだ。躁状態とも思える富谷の饒舌を、今度は私が遮った。

「俺は、じつは身内をなくしてるんだ。その……自殺で……だから、そういうことに、すごく過敏というか、心配性で……」

私の顔に何が浮かんでいたんだろう。不審と警戒に満ちていた富谷の表情に、困惑の色が浮かんだ。

「身内？」

「うん、大切な身内」

「……そうっすか……そりゃあ、なんつーか……」うつむかせていた顔を上げた時には、富谷の表情が柔らかくなっていた。「行きますよ、病院。オーナーに言われちゃいましたから。あさっての午前中まで休んでいいから、そのあいだに行ってこいって」

「そうしてくれ」

富谷が笑う。港で初めて会った時と同じ、屈託のない笑顔だった。

「連泊されるんですよね。オーナーが休みを取るんで、金曜の朝飯は俺が担当です。お客さん一人だから手抜きしてるわけじゃなく、最近はときどき任されてるんで。何にしますか。アスパラのポーチドエッグ載せがわりと評判いいんですけど」

「じゃあ、それを頼む」

おやすみと言い、歩きはじめた私に富谷が声をかけてきた。

「カマキリ、見つかるといいっすね。十五センチオーバーでしたっけ。俺も明日、探してみますよ。海の近くにいるかどうかわかんないけど」

この島に来た当初のめあては、十五センチじゃなくて十七センチで、いまやそれどころじゃない四十五センチオーバーのものを探しているのだが、私は「ありがとう」と言って部屋を出た。

14

「捜索場所を間違えていたのかもしれない」

秋村が言った。私たちは研究棟の作業台の上に志手島の地図を広げている。

「ボーカイのオーナーは、中の森で、でかいのを見たんだよね」

「ええ」

「大田原さんが言ってた、高畑さんのお婆ちゃんのとこにも電話をかけたんだよ。本人とはうまく話せなかったけど、娘さんの話じゃ、『犬ぐらいあるカマキリを見た』ってお婆ちゃんが言い出したのは、中の森に出かけた日からだったらしい」

「じゃあ今日は、中の森ですか」

「うーん、それじゃあまだ範囲が広すぎる。餌を考えてみよう」

「餌？」

「うん、どこにいるのかは、どこにあのカマキリの餌があるか、だ。翁山の麓じゃ、小動物に出会わなかっただろ。まぁ、雨だったってこともあるけど。あそこにいるのはヤギぐらいだ」

翁山。志手連山の北端にある、昨日私たちが麓を探索した山だ。

「あれだけの図体だ。食べているのは、昆虫だけじゃないはずだ。おとといのあいつだって、トラジローを狙ったんだから。動物も捕食している。いや、主食はきっと動物だ」

秋村は喋り続ける。喋りながら考えているようだった。

「最近、中の森の動物が減っているんだ。とくにシテジマカラスバトは絶滅寸前。死骸もよく見つかる。あれがノネコのせいじゃないとしたら、あいつらがいるのは、ここだ」

地図の一点を指でさし、ぐるりと輪を描いた。

森林生態系保護地域。サンクチュアリーだ。


研究センターの駐車場から坂道を降りた。途中で鏡浦方面に行くときとは逆に左折する。道の先は海だ。秋村は行き止まりになる手前でワゴンを停めた。

左手に脇道がある。入り口の両端にカラーコーンが置かれ、カラーコーンに渡された黒と黄色のツートーンのバーには『関係車両以外進入禁止』という札が下げられていた。

秋村が車を降り、両端が輪になったバーをはずして戻ってきた。保護地域の整備や保全のための車両が通る道だそうだ。そういえば、サンクチュアリーの入り口前には砂利道が延びていたっけ。

「そうか、秋村さんは関係者ですものね」

「うん、事前に使用許可が必要だけどね」

「いつのまに許可を」

サンクチュアリーに行くと決めたのはついさっきだ。秋村がどこかに電話をかけていた様子もなかった。秋村は答えずに、車を少しだけ前進させ、バーを戻すためにまた車から出ていった。


今日の志手島は青空を取り戻していた。道の右手に広がった海が、どんな絵の具でも描けないと謳われる〝ルニン・ブルー〟に輝いている。

とはいえ海が見えていたのは最初のうちだけで、すぐに道は鬱蒼とした原生林の中に入った。さしかかる枝や蔓やガジュマルの気根がフロントガラスを叩くほど狭いうえに、酷く揺れるでこぼこ道が続く。ハンドルにしがみつきながら秋村がかけてくる言葉も揺れていた。

「三上さんにまた電話をしてみたけど、だめだね。話した私が馬鹿だった。どう説明しても、『警察は虫の駆除なんかしない』とか『アキちゃんの話はいつもおおげさ』とか。警察は証拠がないと動かないってのは本当だよ。村役場に話を持っていったほうが早そうだ。長谷川さんとは、昨日の夜、じかに会って話をしてきた」

昨日言っていた「ほかの用事」というのは、自分の仕事のことじゃなかったのか。秋村の目の下にはクマが浮いていた。

「とにかく寄生虫が出たことは確かなんだから、保健所も交えて一度、対策を練ろうってことになった。内地から人も呼んで」

私は舌をかまないように注意して、走行音に負けない声を張り上げる。

「ありえないんじゃなかったんですか」

「うん、ありえない。ありえないはずだけど、万一のことを考えてね。考えたくもないけれど、もしも、そんなことが実際にあったとしたら、でかぶつカマキリより大事だ」

「急激に痩せるのが兆候みたいです。だから、該当する人には健康診断を勧めたほうがいい」

「健康診断なんて、受けないからね、この島の住人は。平均年齢、東京より若いし、男も女も健康優良児っぽいのばっかりだから。しかも大きく成長していないかぎり、レントゲンでわかるかどうか……居場所も不明だ。カマキリと同じように消化器官の中にいるっていうのが人間に当てはまるとはかぎらない。ギニア虫みたいに妙なところに潜んでいるかもしれないし。トキソプラズマなんかは脳内に侵入するからね。そうそう、トキソプラズマの話をしなくちゃ」

「トキソプラズマ?」

ワゴン車で移動中の恒例になった秋村の講義が、今日も始まった。

「うん、トキソプラズマは原虫――寄生虫の中でも、肉眼では見えないほど小さなタイプなんだけど、ハリガネムシにちょっと似てるんだ。最終宿主は猫だけど、ネズミにも感染する。どちらも人間の近くで暮らしていて、ネズミが猫の糞に触れたり、付着したものを食べる機会は多いからね。感染したネズミは異常に活発になって、恐れを知らなくなるそうだ。普通のネズミは天敵の猫を避けて行動している。でも、トキソプラズマに感染したネズミは、猫から逃げようとはせず、わざわざ近づいたりする異常行動に走る――」

「それも寄生虫の洗脳ですか。猫に狙われやすくなるように？」

「そう。トキソプラズマの戦略だと言われているらしい。中間宿主のネズミが猫に咬(か)まれたり食べられたりすれば、最終目的地の猫の体内に戻れるからね。感染したオスのネズミの脳内を調べたら、ニューロンの経路が、猫の臭いへの反応がメスネズミの匂いを嗅いだ時のものと混線させられていたそうだよ」

今日の講義は一段と詳細だ。関係者に働きかけただけではなく、秋村は昨日のうちに、私の妄想を本気で考えて、いろいろ調べてくれたんじゃないだろうか。私のほうは、富谷と話をしたせいで、明日歌の事が頭から離れなくなって、ただ飲んだくれていたのに。

「さらに言えば」

「さらに言えば？」

「トキソプラズマは人間にも感染する。猫とのスキンシップが楽しいのは、ネズミじゃなくて人間だものね。人間が感染した場合、妊娠中の胎児に健康被害が出る危険性はあるけれど、たいていは気づかない。表向きは、ね」

車が大きく揺れた。荒れた道が収まってから、また話が続いた。

「ここからは仮説だ。でも、世界のあちこちでいろんな学者が研究と調査を続けている仮説だそうだ。私も知らなかったんだけど、統計的にわかっているのは、トキソプラズマに感染した人間は、そうじゃない人間に比べて、交通事故を起こす確率が四倍から六倍になること。そして統合失調症を引き起こす原因となっている可能性があること」

「心の病気を寄生虫が引き起こすってこと？　ですか」

「うん。心の病気って、ようするに脳の変調だからね。ネズミほどうまく操れなくても、人間の脳も誤作動させているかもしれないんだ。もうひとつ言えば、感染者は自殺する確率が高いとも言われている」

自分が本を書こうとまで考えていることなのに、「自殺」という言葉に私は身を硬くした。心もだ。もし志手島の連続自殺が、本当に寄生虫のせいだとしたら、そしてこの世の自殺の中のいくらかにも自殺者当人の心の問題とは別の原因が含まれているのなら、私がいままでに考えて、考えて、自問自答を繰り返し、自分を責めて、苦悩し続けてきたことはなんだったんだろう。

正直に言った。

「自分で言い出したことですが……あまり信じたくはないですね」

「私もだよ。でも、あくまでも仮説。まだ謎は謎のままだ。いちばんの謎はね――」

「なんですか」

「巨大カマキリだけでも驚きなのに、なぜ、こんな前代未聞の異変が立て続けに二つも起こったのかってことだよ。よりによってこの志手島で。私みたいなへっぽこ生物学者しかいない小さな島で。神さまもお悪戯が過ぎる」

なんの根拠もなく私は言ってみた。前から考えていたことだ。

「二つは一つなのでは。つまり同じ原因から発しているということですが」

秋村が大きく頷いたように見えた。いや、車が揺れただけかも知れない。

「私もそんな気がする。神さまだって二つも異変を起こすほど暇じゃないだろうし。でも、気がするだけで、二つが繫がっているとしたら、どう繫がっているのかがまったくわからない」

なぜ、カマキリが巨大化すると、人間の体からハリガネムシが出てくるのか。

生物学にも医学にも疎い私には、もちろんなおさら訳がわからない。

だが、なにはともあれ、事態は少しずつ動きはじめている。ここへ来た時には、思いもよらなかった方向にだが。

繁みの中にキータくんを投げ入れ、二十かぞえてから、リールで釣り糸を巻き上げる。それを延々と繰り返した。秋村はミーコちゃんで同じことを続けている。が、この仕掛けにひっかかってくれるのは、木の葉と樹液とときおり小さな甲虫、それだけだった。

「いないねえ」

「ええ」

二つのぬいぐるみの銀色がすっかり黒ずんだ頃に、昼になった。

昼飯はワゴン車を停めた場所へ戻って、昨日と同様、秋村の手づくりの弁当を食べる。昨日はいちおう自分のぶんは用意していたのだが、今日は最初から甘えるつもりで何も持ってきていなかった。私を自殺志願者と勘違いしてもてなしてくれた時の豪華なピクニックランチと違って、メニューは昨日も今日も質素そのもの。今日はお握りと、おかずが一品だけ。

「明日は俺が用意しますよ」

「気に入らない？　魚肉ソーセージとピーマンの炒めもの」

「いえ」豆板醬を使った味はなかなかだ。「秋村さんはいろいろ忙しそうだし、なんだか申しわけなくて」

秋村がご飯つぶがついたひとさし指を、ちっちっちと振った。

「別に忙しくはない。いままでが暇だっただけ。そして、明日はない。きっちり今日、勝負を決めよう」

レジャーシートのかたわらに転がった薄汚れたキータくんの「の」の字の目が、恨めしげにこっちを睨んでいる。きっちり決まるのだろうか、こんなことを繰り返していて。

「うぃっす」

「返事に気合い足りない」

「イエッサー」


シダの繁みの中に釣り糸を垂らしていた時だった。秋村が肘で私の脇腹をつついた。

「あそこ」

指をさしたのは、赤茶色の幹に厚ぼったい濃緑の葉を繁らせた高木。そのいちばん下の枝だった。

目をこらしたが、カマキリの姿がどこにあるのかわからない。擬態しているのか。タモ網を構えながら聞いた。

「どこです？」

「ほら、あそこ」

「え？」

とんでもない大きさだった。ただし、秋村が見つけたのはカマキリではなく、カマキリの卵。卵鞘だ。三日前のものはクロワッサンに見えたが、今度のはまるで籐籠(とうろう)だ。人の頭ぐらいありそうだった。

産みつけられた場所も、私の手がなんとか届いた前の時よりも高い。私が秋村を肩車することになった。秋村の体は想像以上に軽くて柔らかかった。

「驚いたね」

私の肩に載った秋村が悲鳴みたいなため息をつく。

「これ、今年のだよ。産んでから時間が経っていない。普通、カマキリが卵を産むのは、夏の終わりか秋頃なのに」

「ということは中に？」

「うん、子どもがいる。枝ごと折って、持って帰ろう」

手では折りきれずに、秋村はアフリカのお守りを使った。途中まで折れていたとはいえ、驚いたことに木のナイフは、同じ木をすっぱり断ち斬（き）った。

「どんなのが出てくるんだろう。楽しみ——じゃないね。恐ろしいな」

木々の梢の西側ばかりが光を宿しはじめた。葉のひとつひとつが発光しているのではないかと思うような真昼の強烈な輝きではなく、太陽が店じまいをはじめたことを教える淡い光だ。

巨大な卵鞘だけを収穫に、今日も日が暮れようとしている。

この一日でミーコの操り方が熟練の域に達している秋村が、私を振り返った。

「まあ、こんなもんかね。捜し物は見つけようとすると、見つからなくなる」

まったくだ。捜してもいない時には突然現われるのに。そういう法則でもあるのだろうか。秋村が葉っぱまみれになったミーコをたぐり寄せて言葉を続ける。

「人生と同じだ」

「同じですか」

私の問いには答えず、薄汚れたミーコをねぎらうみたいに抱きしめて微笑んだ。

私はリールを巻き上げてため息をつく。「今日も空振りか」

ミーコの顔から葉っぱを払っていた秋村が、きっぱりと言う。

「いや、今日はこれからだよ」


サンクチュアリーの入り口に停めたワゴンまで戻る。荷台には昨日まではなかったものがあれこれと積まれていた。

秋村がアルミポールを引っぱり出しながら、荷台の隅を顎で指す。

「そこにあるの、持ってくれる？」

取っ手がついている黒い箱型。見るからに重そうな機材だった。

「なんですか、これ」

「発電機」

秋村に言われるままに、サンクチュアリーの中に運び込む。

入り口から続く踏み分け道をしばらく歩くと、先に立っていた秋村が左に逸れた。道などない木生シダと下生えのシダ、両方が立ちはだかる繁みの中に分け入っていく。顔に降りかかる葉を払いながら後を追っていると、いきなり目の前が開けた。

テニスコート二面ぶんほどもある草地だ。地表のすべてが樹木に覆われているようなサンクチュアリーの中では珍しい場所だった。地面からごつごつした岩が飛び出しているせいか、生えているのはせいぜい膝下(ひざした)ぐらいまでの雑草で、樹木も丈の高い草もない。

「ここに置いて」

もう一度車に戻り、今度は三脚とランプを運ぶ。秋村は洗濯物を取り込む主婦みたいに束ねたシーツを抱えた。角形のランプは二つだ。

「これは?」

「LED投光機」

草地で秋村がアルミポールを組み立てはじめた。

「物干しみたいですね」

「うん、みたいじゃなくて、物干し。昆虫専門ってわけじゃないから、機材がなくてね。投光機も土建屋の社長に頼んで、夜間工事用のを借りてきたんだ」

秋村の指示に従って、三脚にランプを据えつけ、コードを発電機に繋ぐ。森の空は急速に色を失いはじめている。島の夜は唐突で、照明を落としたようにたちまち闇がやってくることを、この五日間で私は知った。その暗黒はすぐそこに迫っていた。

ポールをめいっぱい伸ばして、私の背より高くした物干しに二人で二枚のシーツをかけた。

「これは宿泊棟のシーツだけど、いまはスクリーンだ」

シーツのスクリーンから少し離れた場所にランプを据えた三脚を置き、電源をオンにした。

「おお」

まばゆい光がスクリーンを照らす。暗い森の中が、この草地だけ光の世界になった。

両手を腰にあてた秋村が、小鼻をひくつかせる。

「ライトトラップだ。あとは待つだけ。昆虫は夜の明かりが大好きなんだ。酒飲みと一緒だね」

明かりに誘われて虫がやってくるという訳か。そう言っているそばから、ライトに羽虫が群がってきた。シーツにも張りついて、黒いドット模様を増やしている。

「カマキリも誘い出せるんですか」

「ああ、カマキリは夜も活動するからね。なにより虫が集まるところには、カマキリありだ。あの図体じゃたいして腹の足しにもならないだろうけれど、この明かりで森ヤモリも来るだろうし。カマキリレストランの開店だ」

どこからか飛んできた蛾がスクリーンにとまって扇のように羽を広げた。なるほど、光で誘うだけじゃない、集まってくる虫や小動物が撒き餌にもなるというわけだ。

「さて、私はここに残って監視を続ける。藤間さんはどうする。帰るなら駐車場まで送って行くよ」

投光機でつくった明るさが忘れさせていたが、いつのまにか空からは光が消え、星が瞬き（またた）はじめていた。

「もちろん残ります」

ライトの光が秋村の笑いじわをくっきり浮かびあがらせる。

「よかった。本当は一人じゃちょっと怖い」

空き地の隅の倒木に並んで腰かけて、ライトトラップを見守り続けた。一時間もしないうちにスクリーンはとんでもないことになった。色とりどり大小さまざまな蛾が張りついて、怪しい柄模様を織りなしている。

ときどきスクリーンの前まで行き、定期点検をする。少し離れた倒木からは蛾ばかりが目立つが、近づくと、いろんな種類の虫たちが集まっているのがわかった。コガネムシやバッタ、コオロギ、その他名前のわからない昆虫。近くの岩場ではヤモリが這っていた。

二時間が経った。カマキリはまだ現われない。普通サイズのものすら。私と秋村は、釣り餌の残りの魚肉ソーセージを半分に分けて食べていた。

監視に飽きたらしい秋村が話しかけてくる。

「一週間も予定を延ばしてだいじょうぶなの」

「ええ。悲しいぐらい平気です。あんまり仕事があるほうじゃないので」

「奥さんは？　怒ってるんじゃないの」

秋村のほうに顔を振り向けたが、横顔のままだった。

「奥さん、いないです」

「指輪してるのに？」

「ああ」私は薬指を握りしめた。いまでも結婚指輪は嵌めたままだ。もう九年も経っているのに。

「バツイチ……じゃないよね」

「ええ、先立たれました」

「……そうか」

頭上には星が満ちていた。東京ではどんなに晴れていてもお目にかかれない星空だ。夜空が重みに耐えかねて落ちてきそうだった。とびきり輝いている星を眺めながら聞いた。

「秋村さんは？」

「うん？　結婚？」

「はい」

なぜか私は試験の結果を聞く気分で答えを待っていた。

「してた。昔」

自分で尋ねたのに、どう反応していいのかわからなくて、どうでもいいことを聞いてしまう。

「大学関係の方ですか」

「うん、まぁ、研究者だね」秋村が今日も胸から下げているネックレスを握りしめたのがわかった。「コンゴの人」

私は三日前に借りた靴と、私より大きな足の持ち主のことを考えた。

「さて、と」話はおしまいだ、というふうに秋村が立ち上がる。「トイレ、行ってこよ」

秋村と交替で小便をすませて戻ると、秋村は突っ立ったままで、スクリーンに目をこらしていた。

「ちゃんと手、洗った？　水筒の水で」

「ええ」嘘。

「あれ、なんだろう」

私もスクリーンに目を走らせる。左側のやや上方に、柄模様に見える虫たちとはあきらかに異質のシルエットが浮かんでいた。

私はリュックを背負い、野生獣捕獲用の長手袋を嵌め、タモ網を握った。秋村は捕虫網を手に取る。合図をしたわけでもないのに、二人揃って歩きだした。

近づくにつれて、シルエットの正体がわかってきた。薄茶色の細長い体。三角形の頭。広げられた六本の脚の、頭に近い二本はいちだんと太く、スクリーンを抱えるように折り曲げられている。

カマキリだ。しかも、すぐ近くで羽を広げた大きな蛾が、シジミ蝶に見えるほど巨大な。

ゆっくりとそいつに近づく。手にしていたタモ網をいったん地面に置き、リュックから曲尺を抜き取った。

左手に曲尺を握り、右手ではカメラを構えた。

カマキリは動かない。

あと一、二歩の距離から腕を伸ばして、ほぼ垂直のその体に曲尺を近づける。

三十二センチ。

息を呑む。大田原農園の近くで見たやつには及ばないが、とんでもない大きさであることに変わりはなかった。

動画モードで撮ったあと、曲尺と三十二センチの体の両方が写るアングルでシャッターを押した。

フラッシュに驚いて、そいつはもそもそと上方に歩きだした。今度は手のひらを近づけて、同じアングルに収める。私の手、二つ分の大きさだ。

「信じられない」

秋村のかすれ声がした。私のすぐ脇にいた。腰をかがめて下からカマキリを覗きこんで言った。

「しかも、これはオスだ」

私はカマキリに視線を向けたまま後ずさりして、タモ網を手さぐりした。今度は秋村がビデオカメラを構えた。ファインダーを覗きながら言う。

「そうか、巨大化の秘密が少しわかったよ」

「なんです」

「ほら、ここ」

巨大カマキリの薄茶の翅（はね）の先あたりを指さした。

「緑色になってるだろ。これはペンキの痕（あと）だ」

「どういうことです」

「あとで説明する。写真より実物がなによりの証拠。次は捕獲だ。

確かに。とにかくいまは――」

「じゃあ、いきますよ。もし俺が逃がしたら、フォローしてください」

秋村もビデオカメラを置き、特大捕虫網を手に取った。私はタモ網の柄ではなく、輪のほうを両手で握った。ぎりぎりまで近づいて上から網をかぶせたほうが、より確実に思えた。

すり足でゆっくり前進し、スクリーンまであと一歩の距離に接近した。

その時だ。

突風が吹いたようにスクリーンが大きくたわんだ。

最初は何が起きたかわからなかった。

スクリーンの向こうに大きな影が浮かんでいた。

影は、蠢(うごめ)いていた。

それが動くたびに白いスクリーンが、ゆわんゆわんと揺れる。

「……！」

秋村が言葉にならない声をあげる。

あまりにスケールが違いすぎて、頭がついていかなかった。

影は六本の脚を蠢かせて、スクリーンの上部に這い上がっていく。どの脚もランプを据えつけた三脚並みの太さがあった。胴体は六十センチの曲尺の長さをはるかに超えていた。

目の前の三十二センチの存在が頭から吹き飛んだ。

タモ網を捨て、再びカメラを構えて裏手に回ろうとする前に、スクリーンの上部から前脚が現われた。折り畳みノコギリのようだった。鎌に生えた刃のひとつひとつは、どう見てもノコギリの刃より大きい。

顔が現われた。

秋村の握り拳ぐらいありそうな大きさだった。ライトに照らされた緑色の皮膚がぬらぬらと光っている。逆三角形のその顔は、昆虫というより爬虫類(はちゅうるい)だ。カマキリの目の色は体色と同じはずだが、どういう加減か、うずらの卵ほどありそうなそいつの両目はサングラスをかけているように黒かった。

カメラを構えることを忘れていた。というより、体が動かなかった。それは秋村も同じようだった。

ようやくレンズを向けた時には、体の半分がスクリーンのこちら側に乗り出していた。氷壁にピッケルを打ち込むように、鎌の刃をスクリーンに食い込ませている。ポールに紐で括りつけてあるスクリーンが重みに耐えきれずにずり落ちてきそうだった。

ズームをしたわけでもないのに顔の細部までが拡大画像のように見てとれた。大きな両目の内側、触角の上にも三つの小さな目があった。狼のように尖った口吻には三本の縦皺が刻まれていた。

シャッターを切ったとたん、こちらに首を振り向けてきた。昆虫とは思えないゆっくりとした動きで。緑の顔の中の黒い目が私を睨んでいるように思えた。

カメラを手放しタモ網を握った。口径四十センチはある釣り用の網だが、包みこむのはどう考えても無理だ。頭部にかぶせてからめ捕るつもりだった。

「秋村さん、撮影を」

背後に声をかけたとたん、上下さかさまになったそいつが、ぬっ、と鎌首をもたげた。それだけでスクリーンが揺れた。

こいつには人間の声が聴こえるのか?

折り畳みノコギリかと思う前脚を首の側面に揃えた様子は、まるでファイティングポーズを取ったボクサーだ。

片手を伸ばして、手のひらをひらつかせてみた。

やつの首がそちらを向く。

いまだ。

右手一本で網を振り下ろす。

網が頭部を捕らえ、すっぽりと覆う。だが、次の瞬間、タモ網が弾き飛ばされた。七十センチを超える緑色の体が宙に舞ったのだ。

「うわ」

広がった翅が私の顔を打つ。秋村の声が飛んできた。

「藤間さんっ」

「……だいじょうぶ」

鉄板で殴られたかと思った。顎を上下させて、はずれていないことを確かめ、体勢を立て直す。

七十数センチの巨大カマキリは飛び逃げたわけじゃなかった。着地したのはスクリーンの左手。三十二センチの真下だった。今度は頭を上にして、口吻に生えた四本のヒゲを震わせている。

「こっちを使って」

秋村が捕虫網を差し出してくる。タモ網より口径が大きい。私は両手でそのポールを握った。

口吻の動きはまるで舌なめずりをしているように見えた。スクリーンにじっと張りついたままだった三十センチ級が、じりっと動いた瞬間だった。

七十センチ級がいきなり飛びかかる。自分の半分もない相手の体の首根っこと翅の付け根を二本の鎌で押さえつけたかと思うと、締め上げた鎌のあいだの肉に食らいついた。三十センチ級が脚をめちゃくちゃにばたつかせる。スクリーンから蛾や羽虫が一斉に飛び立った。

「何をするっ」

思わず人間に対するように叫んでいた。網を振り下ろす。捕らえた手応えではなく、木の幹を打ち据えてしまったような感触とともに、二匹がもつれ合って下に落ちた。捕虫網の伸縮ポールはぐにゃりと曲がっていた。

七十センチ級はスクリーンのいちばん下にしがみついている。同族の獲物をくわえこんだまま離さない。投光機の光に二匹の緑と薄茶の体が金属のように光って見えた。三十センチ級の体は紙細工のようにねじれ、首が逆を向いている。昆虫が苦痛を感じるのかどうかは知らないが、その首を左右に振り立てている様子は苦しみもがいているとしか思えない。

網など役に立ちそうもなかった。私は長手袋をはめた両手を組み合わせて骨を鳴らす。腰を落として、同族を貪り食っている七十センチ級に左手を伸ばした。狙うべき場所は首と腹とのあいだの胸部。翅の付け根あたりだ。

カマキリの体のいちばん細いこの部分でも、大田原農園の裏山で見た四十センチ級が可愛らしく思えるほどの太さだ。おとといのやつのそれを木刀並みだと思ったが、いま目の前にあるのは、ギターのネックだ。エレキギターではなく、ガットギターの。

ギターコードを押さえる幅まで指を広げて、胴を握り締める。生き物というより金属を摑んだように思えた。

七十センチ級がこちらに首を振り向けた。

光の量で変わるのか、黒かった目玉が緑色に変わっていた。

昆虫もこれだけの大きさになると、表情めいたものがわかる。カマキリの目玉の中にある瞳孔のような黒い点がこちらを睨みつけているように見えた。口からは犠牲者の緑色の粘液が滴り落ちていた。

大田原農園の時よりはこちらに分があった。獲物を抱え込んでいるこいつは鎌を使えない。私は右手でスクリーンを括りつけていた紐を探ってほどいた。端がたっぷりと余っているそれをカマキリに巻きつけるつもりだった。

ギッ。

カマキリが声をあげた——いや鳴くはずがない——翅がこすれた摩擦音に違いないのだが、私にはそう聞こえた。

ほどいた紐を巻くために左手の力を緩めたとたん、七十センチ級が地面に向かって跳ねた。手の中からするりと胴体が抜けてしまった。私が再び掴んだのは、後ろ脚だ。巨大カマキリが暴れ出した。凄い力だ。指先で捕らえた昆虫の意外な力強さに驚くことがよくあるが、それを何十倍にも増幅したような力だった。

左手に右手も添えて後ろ脚を握る。

ぼき
木の枝が折れるような乾いた音がした。

カマキリが消えた。私の両手に脚を残したまま。

地面に降りたカマキリが這うように走っていく。

後ろ脚を一本失った歪な動きには似合わない素早さだった。同族をくわえこんだまま逃げていくその姿は、さながら三本足の餓鬼だ。急いで後を追ったが、あっという間に投光機の光の外に消え、闇に紛れてしまった。

尻ポケットに挿していた懐中電灯を抜き出して、草地の周囲の木立に光を乱射した。

森の闇は圧倒的だった。あんなにでかいのにどこにも姿が見えない。

「くそっ。どこだ」

突然、目の前に大きな光の輪ができた。秋村が三脚からはずしたLEDランプをこちらに向けたのだ。

「そのへん。そのへんで消えた」

ビデオカメラを構えた秋村がこっちへ走ってくる。私は握っていた巨大カマキリの脚を無言で差し出す。

「ふわあ」

　秋村が感嘆の声をあげた。あらためて見ると、後ろ脚は伸ばせば四、五十センチはありそうだった。間近で見たことはないが、鶴の脚というのはこんなだろう。

森の中に分け入ろうとした私を秋村が呼び止めた。

「待って」

唇にひとさし指を押しあてて私の言葉を制してから、片手を耳にあてがった。

耳を澄ますと音が聞こえた。

しゃり
　　しゃり
ランプの光の輪からわずかにはずれた薄闇の中からだった。

しゃり　　しゃりしゃり
咀嚼音（そしゃくおん）。カマキリがカマキリを食らっている音だ。

音のする方向にしのび足で近づいた。

闇よりも濃い木立のシルエットの下、胸もとまでありそうなシダの繁みがかすかに揺れているのがわかった。

もう無傷で捕らえることにこだわる意味はない。いったん消した懐中電灯を振ってみた。プラスチック製のそれがいい武器になるとは思えなかったが、ないよりはましだ。

繁みの中を覗きこむ。

しゃく　しゃく　しゃく

二匹のカマキリの黒い影だけが見えた。小さなほうの──といっても三十センチを超える──体はもう原形をとどめていない。もげかけた首が筋一本で繋がった胴体にぶら下がっていた。

懐中電灯を点灯する。

七十センチ級が振り向いた。触角から口にかけて走っている三本の溝が、不機嫌そうに唸(うな)る獣(けもの)の鼻の皺に見えた。「またお前か」と言っているかのようだ。

その顔に向かって懐中電灯を振り上げた。

巨大であるために並みの昆虫より動きが緩慢に見えるが、人間の動作などスローモーションにしか見えないのかもしれない。振り下ろした時には、瞬間移動のように、三十センチも離れたところに位置を変えていた。しかも体をこちらに向き直らせて。シダの葉が揺れるのがその動きより遅れて見えた。

うずらの卵大の黒い目玉はあきらかにこちらを睨んでいた。

その頭を狙って懐中電灯を横なぎにする。

今度は手応えがあった。

体重そのものはさほどないのか、軽い手応えだった。懐中電灯の光で姿を追う。カマキリは繁みの奥の木の幹まで吹き飛んでいた。

とはいえ、たいしてダメージを与えたわけではないようだった。鎌で獲物を抱えたま
まだ。二本の中脚と残った後ろ脚だけで木の幹を登っていこうとしている。
シダを掻き分けて私が幹にたどり着いた時にはもう、手の届かない高みに達していた。
繁り葉が揺れる頭上を見上げたとたん、
ぽと
何かが落ちてきた。小石のような何か。
石じゃない。三十センチのオスカマキリの頭だった。
光を向けると、繁り葉のあいだから、幹を登っていく動く枝のような後ろ脚が見えた。
逃がすものか。手の届きそうな枝を探した。懐中電灯を口にくわえようとして、とて
も無理であることに気づいた。
背後から光が放たれた。秋村がまたランプの向きを変えたのだ。懐中電灯よりはるか
に強力な光が、頭上のカマキリを照らしだす。あらためて見ると、とんでもない大きさ
だった。照葉樹の幹が飼育箱に入れる小枝に見える。悪い夢の中のような光景だった。
一番下の枝になんとか飛びつくと、下から声がした。
「これ使って」
いつのまに持ち出してきたのだろう。秋村が背伸びをして差し出しているのは、アフ
リカの木製ナイフだった。
「おう」

柄のほうを私に向けていたから、その小さな手ごと指にくるんで受け取った。

獲物を抱えた三本脚では機敏には動けないようだ。カマキリは地上五メートルあたりにとどまったままだ。私は二つ目の枝に攀じ登り、そこを足場にして立った。あともう少しで手が届きそうだ。

ただし次の枝は、伸ばした指先のかなり上にあって、しかも細い。ここからジャンプして届くだろうか。届いたとしてもあの細枝が私の体重を支えてくれる保証はない。躊躇している暇はなかった。

もそり
こちらの気配を察したかのように、カマキリが動き出した。私が飛ぼうとしているその枝に向かって。飛ぶしかなかった。

なんとか両手の指がひっかかった。枝が揺れ、大きくたわんだ。ゴム手袋越しではうまく掴めない。握り直そうとした手の甲を何かが通過していった。

ゴム手袋の上から手鉤を刺され、それを抜き取られたような触感。カマキリの脚先だ。頭上からオスカマキリの残骸がいくつも、ぶつ切り肉のように落ちてくる。

片手だけで枝にぶら下がり、ベルトに挿していた木製ナイフを抜き出した。思い切り腕を伸ばして頭上から消えようとしている尻にナイフを突き立てた。

生肉より柔らかく乾いた感触とともに刃がめりこむ。ひと呼吸遅れて体液が滴り落ち、顔に降りかかる。

カマキリが翅を広げた。木の葉が騒ぐ。

布地が裂けるような音とともに腹部がナイフから引き剝がされた。

ぶん
耳を刺す羽音がしたかと思うと七十センチを超える体が宙に躍りあがった。

飛んだ。

翅は四枚ある。宙を掻くように鎌を頭の前にかかげ、他の脚を左右に開いていた。

投光機の明かりに一瞬だけ照らされたその姿は、昆虫とは思えなかった。といって他のどんな生き物とも違う。

強いていえば、人間が飛んでいるみたいに見えた。


「すみません。もう少しだったのに」

懐中電灯で照らした木立の中を歩きながら背後に声をかけた。

私と秋村は七十センチ級のカマキリが飛んで行った先の真っ暗な森で捜索を続けている。すぐ後ろで森にもうひとつの光の輪をつくっている秋村が答えた。

「私こそ、ごめん。知識ばっかりで肝心な時には役立たずだ」

「しかたないです。誰もあんなものがこの世にいるなんて思いもしませんもの」

逃がした魚は大きいというが、今回逃がした獲物の大きさは、常識も想像も越えていた。

もともと飛ぶのが下手なのか、体が大きすぎて長くは飛べないのか、巨大カマキリは飛ぶというより短く滑空しただけで、草地の反対側の木立に着地した。手負いのぶん、動きも鈍っていると思っていたのが、姿どころか体液が零れ落ちた痕跡すら見つからない。

「昆虫っていうのは、あんなに大きくなるものなんですか」

「ならない」秋村は即座に断言してから、ため息まじりに言葉を続ける。「と思ってた」

「いちおう調べてきたんです、俺。世界最大の虫は五十六センチであるとか」

志手島に取材に来る前に、巨大な昆虫に関する資料はあれこれあたっている。

世界最大の昆虫は、ナナフシの一種のチャンズ・メガスティック。全長五十六・七センチ。ただしこれは、伸ばした脚も含めた長さで、体長そのものは三十五センチ程度。細い棒のような体は、写真を見るかぎり、大きいというよりひたすら長い生き物という感じだ。

最大の蛾は翅を広げた幅が三十センチ。最も重いカブトムシは二百グラム。昆虫ではないが、蜘蛛は最大級で脚を広げた全長が三十センチ。ムカデも四十センチが知られている最高だ。

「昆虫のサイズには限界があるっていう話も――」

昆虫のサイズに限界があるのは、ひとつには外骨格の問題だという。昆虫は皮膚部分の体の外側が骨格の役目を果たしている。断面積の少ないこの構造が重力に耐えられないという理屈だ。

巨大カマキリは木の幹や太い枝に擬態して、むこうもこちらの様子を窺っているかもしれない。懐中電灯を握っていないほうの手には、ナイフを握りしめていた。周囲や頭上を照らし、目を凝らしながら、私はにわか知識を秋村に披露し続けた。黙っていると、森の圧倒的な闇と静けさに押し潰されてしまいそうだった。

「でも、大昔には、とんでもないサイズの虫が存在したわけですよね」

古代のトンボ、メガネウラは翅を広げた長さが七十センチ。

アースロプレウラはムカデやヤスデに近い節足動物で、体長三メートル、幅四十五センチ、体重は五百キロにも達したそうだ。まるでキャタピラー。水陸両方に棲んでいたといわれるウミサソリも同じく二〜三メートルあったという。

「アプロ……なんだっけ……」

「アプソロブラッティナじゃない？　ゴキブリの祖先だ」

「ああ、それです」

アプソロブラッティナは、全長五十センチ。そんなゴキブリがマンションの壁を這いずっていたら大変だ。明日歌なら間違いなく気絶するだろう。

ただし、これらの古代の虫たちは、現代では生きられないだろうと言われている。

古代の虫の体が巨大だったのは、酸素濃度がいまの地球上より高かったからだそうだ。

人間や他の脊椎動物の呼吸器が肺であるのに対し、昆虫は気管と呼ばれるチューブ状の器官で呼吸している。このシステムは肺に比べると酸素を取り込む効率が悪く、器官が体に占める割合も大きい。だから酸素濃度の高い時代には機能しても、いまの酸素濃度では活動ができない――

「くわしいね、さすがはライターさんだ」私の話を黙って聞いていた秋村が、笑いを含んだ声で言う。揶揄(やゆ)するわけでも感心しているわけでもない、よく勉強してきたね、とでも言いたそうな口調だ。「確かにそう言われていたね」

「過去形ですか？」

「うん。まず外骨格の限界っていうのは、実際には証明する手立てがないんだ。あくまでもいま現在の普通サイズがそのままの構造で大きくなったらっていう仮定にすぎない。藤間さんが言ったとおり、大昔には二、三メートルの外骨格の生き物が存在していたわけだし。タカアシガニだって外骨格だ。生き物は人間の計算通りに生きてるわけじゃないんだよ。計算通りにいくなら、ほんの短期間で薬剤への耐性を身につけたウイルスや害虫に、裏をかかれたりはしない」

今度は秋村が喋りだした。喋りだしたら止まらなかった。森に慣れている秋村だって、分厚い壁のようなこの闇は薄気味悪いのだと思う。光の輪の外は、数センチ先で何かが蠢いていても気づかないだろう暗黒だ。

「次に酸素濃度の問題。これは確かに言えてる。巨大な昆虫たちの最盛期は地球の酸素濃度が三十パーセント以上、いまの一・五倍はあった時代だから。でも、これもあくまでも理論上の話なんだ。それだけじゃ説明がつかない。現に、その後のジュラ紀なんか、いまと変わらない酸素濃度なのに、まだまだ昆虫は、とくに飛翔昆虫は、いまの二、三倍の大きさだったたんだ。その連中もいなくなったのは、酸素濃度の問題じゃない」

「じゃあ、何の問題です」

秋村を振り向く。私にくっつくようにすぐ後ろにいた。危うく胸と頭がぶつかるところだった。秋村の背後には、投光機の明るさがかすかに届いていて、木立のシルエットがぼんやりと浮かび上がっていた。

「鳥の出現だって言われている――」

秋村の講義がひとしきり続いたが、私はうわの空だった。秋村の斜め右手に見える木が妙なのだ。照葉樹なのに幹の中ほどにだけ、椰子のような大きな葉が伸びている。

秋村に無言で片手を差し出して、その木に近づいた。葉の長さは七、八十センチ。二枚、いや三枚。何かが羽を広げているように見えた。

ナイフを右手に持ちかえて懐中電灯で照らす。

艶々した緑色が浮かび上がる。椰子の葉に似たその何かは動かない。

「ああ、それはオオタニワタリだよ」

秋村が言う。私はためこんでいた息を吐く。植物の葉だった。照葉樹の幹から別の植物が生えているのだ。一メートル近い細長の大きな葉を持つ植物が。裏に回ってみたら、葉は二、三枚どころではなく放射状に十数枚あった。

「他の樹木の幹に着生するシダの仲間だ」

「植物も寄生する？」

「これは寄生じゃなくて着生だけどね。寄生植物というのも多いよ。生き物って、ほかの生物を利用して生きているんだ」

「お騒がせしました」

「いえいえ。どこまで話したっけ」

「鳥の出現がどうしたこうした」

「えー、そこ話したでしょ。聞いてなかったね」

　私たちは再び森の奥へ進んだ。

「古代の大型昆虫が消えた最大の原因は、鳥の出現だって言われてる。始祖鳥(しそちょう)とか初期の鳥たち。でか過ぎてのろかったらしい翼竜(よくりゅう)の時代にはまだよかったけれど、そのあとに、自分たちよりすばやく空を飛ぶ天敵が登場しちゃったんだ。最近では、大型のものが滅んで昆虫が小型化したのは、鳥との餌の奪い合いに敗れたり、鳥に捕食されたためじゃないかって言われている。昆虫は小さい体に進化したってことだね」

　そういえばこの島の陸には大型で肉食の鳥がいない。肉食獣も猫が最大。ある程度の大きさまで成長すれば、天敵がいなくなる。

「なるほど。定説ってあてにならないものなんですね」

「このあいだも言ったでしょ。学説っていうのは常にアップデートされているって。さつき藤間さんが言ってた、チャンズ・メガスティックにしたって、発見されたのは二〇〇八年。それまではそんな大きな昆虫の存在は知られていなかった。しかもチャンズくんの記録はもう破られている。ナナフシにまた新種が発見されたんだ。何年か前に中国で見つかった新種は、全長六十センチを超えているそうだよ」

どっちにしてもさっきのやつが世界最大だ。

いったん草地に戻る。投光機の明かりが、いまの私たちには、オアシスだった。スクリーンにまたあいつが――あるいは新たなカマキリが張りついていることを期待していたのだが、蛾と羽虫の柄が増えているだけだった。

どちらからともなく草地に腰を下ろした。

「そういえば、巨大化の秘密がわかったって言ってましたよね」

「うん、あくまでも仮説だけどね」

「聞かせてください」

「ひとつわかったのは、あの食べられちゃった小さいほうのオスは、二年物だってこと」

「二年物?」

「ああ、翅のところにペンキがついていたのを見ただろ」

「ええ」でも、あんなシミで何がわかるのだろう。

「あれは、この森林生態系保護地域のフェンスを補修した時についたものだと思う。支柱を目立たないように緑色に塗り替えたって話をしたでしょ」

「そういえば」カマキリに付着していたのも緑色だった。支柱と同じライトグリーン。

「補修作業をしたのは、去年の六月なんだ」

「……ということは」

「そう、あのオスは、去年からずっと生き続けているってことだ。たぶん翅芽の時期に隠れていた翅にペンキが付いて、その痕が翅の成長と一緒に大きく広がって、最終脱皮後も残った……いや、成虫になったあとも翅以外を脱皮させて成長し続けているのかもしれない。紙魚（シミ）なんかと同じように」

自分の仮説に首をひねっている秋村に尋ねる。

「カマキリって、どのくらい生きるものなんですか」

秋村は、そこからか、という顔をした。

「カマキリの寿命は半年ちょっとだ。四月か五月に孵化（ふか）して、夏に成虫になる。そして交尾をして、十月か十一月、遅くても十二月初め、冬が来る頃には寿命が尽きる。一年中夏みたいなこの島でもそれは同じ。サツマヒメカマキリみたいなライフサイクルが後ろ倒しにずれている例を除けば、冬は越せない。越せたとしても春までは持たない。でもあいつはずっと生き延びていた。さっき食べられちゃったけど」

「そのあいだ、成長し続けていたってことですか」

秋村が頷いた。

「おそらくは。人間は人生の四分の一か五分の一の段階で成長が止まってしまうけれど、たとえば魚類や爬虫類は生きているあいだじゅう成長し続ける。金魚が長生きをすれば三十センチぐらいに育っちゃうって話、前にもしただろ。昆虫でもシロアリの女王アリは十年を越えるほどの長寿で、その間、際限なく大きくなっていく。あのカマキリたちも、なにかが原因で成長や寿命の限界のタガがはずれちまったんだね」

「なにかの原因とは？」

秋村がワークキャップを脱いで、がしがしと髪を掻きむしる。

「それがわからない。だからあくまでも仮説」


再び森の中へ潜り込んだが、結果は同じだった。

真っ暗闇の中を彷徨しているうちに、うっすらと木立の輪郭がわかるようになってきた。夜が明けようとしているのだ。

空の色と梢の色が濃淡に塗り分けた墨絵のように見えはじめた頃、秋村が呟いた。

「ここまでかな」

「えーっ。ここからでしょ。明るくなれば見つけやすくなるだろうし」

「ひと晩中探して見つからないってことは、もうこの一帯にはいないんだと思う。まだここにいるとしたら……」

秋村が立てた指をまっすぐ伸ばす。

「上だ」

私は頭上を振り仰いだ。中の森には、針葉樹林にあるような巨樹は少ないが、それでも私たちを取り囲んでいる木立は、中層階マンションかそれ以上の高さがある。確かに上に登られたら手が出ない。文字どおり。

「なぜあれだけのサイズのカマキリがいままで人目につかなかったのか、理由がわかったよ。もちろん中の森に、ましてサンクチュアリーには人があまり近づかないことがいちばんの原因だけど、もうひとつの理由は、ふだんは木の上にいるからだと思う」

見上げて目を凝らしてみたが、確かに鬱蒼(うっそう)とした繁り葉に遮られて、樹上どころか数メートル先ですら見通せない。

「さっきのカマキリは何度も飛んだだろ。下手くそだったにしろ。よく飛ぶのは樹上性カマキリの特徴だ。いや、地上徘徊タイプにしたって草から草に飛ぶことはある。この辺の木なんて、あの連中には草みたいなものだろう。ほとんどが常緑樹だから、冬も樹上で越せる。そしてオスに比べて体の大きなメスはめったに飛ばない。だからよけい人目につきにくい。大きいのに見つからなかったんじゃない。大きいから見つからなかったんだ。でかぶつのカマキリほど樹木の上のほうにいる」

「じゃあ、せめて映像を……せっかく明るくなったんだし」

撮った写真と動画を再生してみたが、夜間の撮影の悲しさで、どれも鮮明とは言いがたかった。とくに私の撮ったものはほとんど使い物にならない。捕獲用の手袋ごしにシャッターを押していたからだ。秋村が収めた動画も、カマキリの動きが速すぎてブレているものが多かった。

秋村が首を横に振り、駄々っ子をなだめるように言った。

「いつまでも二人で探すより、大人数で、装備もちゃんと用意して捕獲したほうが効率がいいと思う。それよりさっきのどでかいのに食い散らされちゃったオスの体の残りを探そう。胴体が残っているかもしれない。とにかくいまある証拠を、朝一で持ちこむの。時間がない。次の船が来る前に対策を立てなくちゃ」

七十センチ級のカマキリが登った樹木の下へ戻って、辺り一帯を歩き回った。

見つけたのは、翅の切れ端と、ただの肉塊になってしまった胴や腹の一部。そして頭。秋村は手袋を嵌め、鑑識職員のように、カマキリの破片をひとつひとつファスナー付きのビニール袋に収めている。

「共食いするんですね……交尾の時にメスがオスを食うとは聞いてましたけど」

「交尾の時だけじゃない。複数のカマキリを飼育箱に入れて餌を与えないでおくと、何匹入れても、最後は一匹になるらしいよ。たぶん彼らにはあの大きな体を維持する餌が足りないんだ。共食いしているうちはまだいい——」

頭部を入れたビニール袋のファスナーを閉めてから言葉を続けた。

「何匹いるかわからないけど、もし森から出てきちまったら……」秋村が二の腕をさする。島の朝の空気は意外なほど冷たいが、たぶんそのせいだけでなく。「さあ、帰ろう」

私は採集袋には入らないカマキリの後ろ脚を手に取った。弾力を失いつつあるそれはただの細枝にしか見えない。

　また脚だけ。サイズは格段に大きくなったものの、この島での初日と同じだ。振り出しに戻った気分だった。

　秋村は、脚とオスカマキリの残骸と、孵化する可能性がある巨大卵鞘を、次の船便で大学の研究所に送ると言う。次の船便。まだ入港もしていない次の船が内地へ戻るのは一週間後だ。

「発表はしないんですか」

「いまの材料じゃ無理だね。そんなことより、人に被害が出ないうちになんとかしないと。藤間さんが記事にしたいなら、かまわない。書いちゃっていいよ」

「いえ、いまはまだいいです」記事にするとしたら、生きたままあの七十センチ級を捕らえてからだ。ハリガネムシのこともまだ何もわかっちゃいないし。


　車が走り出した。空はもう茜色に染まっている。ひと晩中緊張し続けていた体がシートの中に吸いこまれそうだった。

「なにか喋って。寝ちゃいそう」

「あ、ああ……じゃあ……さっきのあれが最大でしょうか」

「え？」

「三十二センチが二年物なら、倍以上大きかったあれは三年物かもしれませんよね。四年物がいる可能性は？　昆虫の巨大化の限界には定説がないんでしょ。だとしたら、あれ以上のが、どこかに居る可能性だってありますよね」

半年で十倍以上も大きくなるカマキリの成長が止まらなかったら？　何年も生き続け、餌のなくなったカマキリたちが、最後は一匹になるのなら、その最後の一匹はどんなやつなんだ？

秋村がふるっと身を震わせた。

「恐ろしいこと言わないでよ」

15

とりあえず三上に会うと秋村は言う。私も同行したかったのだが、首を横に振られた。

「よそ者にきびしいからね、あの人は。『観光客さえいなけりゃこの島の犯罪発生率はかぎりなく〝0〟だ』って言ってるぐらいだ。観光客が来なけりゃ、この島には誰も住まないのに」

秋村はひとしきりぼやいてから、言いにくそうにつけ加えた。

「それとね……あのね、どうも藤間さんのことを良く思ってないみたいなんだよ。会った時、何かあったの」

「いいえ、とくには」たぶん私が〝アキちゃん〟と行動をともにしているのが気に食わないのだ。

　とりあえずオテル・ボーカイに戻って連絡を待つことにした。秋村もいったん自宅に帰るという。「自宅」というのは「めったに人が来ないから修繕費も出ない、建て付けが悪くて雨漏りもする」と零（こぼ）している研究センターの宿泊棟のことだ。

　朝の六時すぎだが、ボーカイのドアは開いていて、右手の食堂には、女将さんの姿があった。

「おはようございます」

「あれ？」丸顔の中の目が満月みたいに見開かれ、それから三日月になった。「ふふ、朝帰り？」

「取材です」ずっと気になっていたことを真っ先に聞いた。「富谷君は？」

「あ、今日はまだ。病院で検診をしてから来るはず。ほら、お客さんが心配してたから、うちのが言ってきかせて。やっぱり病院に行くことにしたみたい。昨日の夜、電話があった」

「そうですか。よかった」

　胸をなでおろす。無事だったか。富谷が検査を受ければ、体の中からハリガネムシが見つかるかもしれない。それを秋村と大学の専門家に調べてもらえば、真相に近づけるはずだ。

「朝ごはん、用意しますね」

「おかまいなく。飯はだいじょうぶです。少し寝ます」

客は私一人だ。申しわけなかった。

部屋に戻る。時刻は6：18。秋村から連絡が入るまで、富谷の検診が終わるまで、まだ時間がある。私は着替えもせずにベッドに倒れ込んだ。

手の中には七十センチ超えのカマキリの感触が残っている。目を閉じると、フラッシュバックの多い映画のように、その姿が次々と浮かんできたが、それもつかのまだった。すぐに私は眠りに落ちた。


遠くでサイレンの音が聞こえる。

私は自宅のマンションの前庭にできた人の輪へ走っている。

遠巻きの輪のまん中に、明日歌がいた。うつ伏せに倒れていた。扇形に開いた長い髪の先に血だまりができていた。血だまりはすでに乾いていて、やけに黒々として見えた。

私は自分でも意味不明の叫び声をあげて明日歌に駆け寄る。足がもつれて倒れて最後は四つん這いになって。

携帯電話を握りしめた男が明日歌のかたわらにしゃがみこんでいた。私と目が合うと、ゆっくり首を横に振った。

私は手を伸ばす。眠っている明日歌を起こすために。動かしちゃだめだよ、という声が背中に飛んできた。続いてこんな声も。いや、もう一緒でしょ。

明日歌はよそゆきの服を着ていた。初めての結婚記念日にちょっといい店に行くのだからと新調したブルーのワンピースだ。

その肩に私の指先が触れたとたん、目が覚めた。

何度も見ている夢だ。ここで覚めてしまうのもいつものこと。いつもと違っていたのは、確かに目覚めているのに、サイレンの音が続いていることだった。

エントランスの方角から車の慌ただしい発進音が聞こえた。女将さんが何か叫んでいる。私はベッドから跳ね起きた。

ロビーのドアを開けると、入り口に立っていた女将さんが振り返った。いつも愛想のいい顔が硬く強張(こわば)っていた。

「どうしたんですか」

「富谷くんが……」

唇は開いているのに言葉が出てこない。しゃっくりをするように息を吸い、吐き出した息がようやく声になった。

「溺れたって」

今度は私の唇から言葉が消えた。ようやくこれだけ絞(しぼ)り出した。

「どこで?」

「川」

「だって……」病院に行ったんじゃないのか。雫川に行ってしまったのか?

「そこの川……ああ、どうしよう」

港へ行く道の途中にある橋を思い出した。橋の下には、両側をコンクリートで固められた河川というより用水路のような流れ——あそこも川だ。

「容体は？」

女将さんが何度も首を横に振った。

「見つけて救急車を呼んだ人がうちに電話をかけてきて。うちの人はすっとんでっちゃった。お客さんがいるからおまえは残れって……」

「行きましょう。車は？」

「あ、ええ、私の軽が……」

女将さんがエプロンのポケットからキーを取り出す。その手は震えていた。

「よかったら、俺が運転します」


片側にブーゲンビリアが植えられた道の手前、短い橋のたもとに何台もの車が停まっていた。港の方向の側に停められているのは救急車だ。担架(たんか)が運びこまれるところだった。富谷の後ろで結んだ長い髪だけが見えた。担架と並んで歩いている大きな背中はオテル・ボーカイのオーナーだった。

私たちに気づくと、いつもの無愛想な顔のまま言った。

「意識がない。俺は一緒に病院に行く」

「私も」女将さんがそう言ったが、オーナーは濃い眉をしかめて首を振った。

「富谷の実家の連絡先は知ってるか？」

今度は女将さんが無言で首を横に振る。オーナーが二人お揃いのエプロンから、財布とキーホルダーとスマホを摑みだして、女将さんの手に握らせた。

「あいつのだ。川岸に靴と畳んだベストが置いてあったそうだ。ベストのポケットに入ってたのを預かった」

靴を置いていた？　自殺しようとしていた？　違う。自殺させられようとしたのだ。

「スマホにはそれらしい番号がなかった。富谷の家に行って、実家の連絡先がわかるものを探してくれ。それと、病院でのあいつの着替えも」

私はオーナーの前に歩み出た。

「じゃあ俺も病院へ行きます」

オーナーは首を横に振り、女将さんに聞かせないための小声で私に囁いた。

「心肺停止だ」

お前が行ったところで、できることは何もない、そう言っているのだ。救急車の中では蘇生処置が施されているらしかった。

「あんた二輪免許は？」

太い首が左手を向いた。川沿いに続いている細い道に黒と銀のオフロードバイクが停められていた。富谷のものだろう。ホルダーにはきちんとヘルメットが掛けてある。

「普通二輪を持ってます」

「じゃあ、申しわけない。あれをうちに運んでもらえますか」オーナーが丁寧語で私に言う。ふだんは客に敬語を使わず、それを不自然に感じさせない雰囲気を持つ男だが、その声が上ずっていた。「あいつが戻った時に、バイクがないと不便だろうから。キーは挿したままになっていた。それと……」

救急車が再びサイレンを鳴らしはじめた。自分の車に太い体を急がせながら言葉を続けた。

「あんたに渡したいものがあったらしい。たぶん病院に行く前にうちに寄ってくつもりだったんだろう。荷台に積んであった」

「俺に？」


救急車が去っていく。行き先はひとつしかない。志手島村診療所だ。だいじょうぶなのか、あんな小さな病院で。いや、ここでは水難事故が多いだろうから、助ける方法は熟知しているはずだ。だいじょうぶ。

遠ざかっていくサイレンを聞きながら、私は心の中で同じ言葉を繰り返した。だいじょうぶ。だいじょうぶ。

富谷のバイクの荷台にはクーラーボックスが括りつけられていた。これを俺に？　蓋のところに大きな付箋が貼ってある。

『フジマさんに渡してください』

オテル・ボーカイと港との中間にある富谷の家に女将さんが向かい、ただの宿泊客である私が留守を預かることになった。

クーラーボックスを抱えて部屋に運ぶ。ロビーを抜けたところでスマホが鳴りはじめた。表示されているのは市内局番が一桁のこの島独特の番号だった。秋村が公衆電話からかけているのだ。

いきなり捲（まく）し立ててきた声は怒っていた。

「やっぱりだめだ。あの石頭は。証拠があっても、だめ。写真も映像も見せたのに『よくできてる』とか『あのよそ者に騙（だま）されてないか』とか。何を言ってるんだろうね。他の人にも見てもらったけど、三上さん、古株だから、遠慮して同じことしか言わない。これから村役場に行く。村長に直接かけあってみるよ」

俺も行きます、と言いたいところだが、いまは動けない。そして、できればまず病院に駆けつけたかった。

「……どうしたの？」

まともに返事をしない私に気づいて秋村が言う。

「また起きてしまいました」

手短に説明した。そして今回はいままでと違う、犠牲者じゃない。ちゃんと生きている、とつけ加えた。自分に言い聞かせるように。

公衆電話から時間切れを告げるブザー音が聞こえた。

「わかった。どうしよう。また電話してもいい？」

「お願いします」

クーラーボックスを部屋に運びこむ。青色で蓋の部分だけ白い、大きくも小さくもないごく普通のハードボックスだ。

運んでいる時からわかっていたが、軽かった。ほとんど本体の重さだけのように思えた。

床に置いて開けてみた。

ん？

空だった。入れ忘れ？　富谷は何を入れようとしたんだろう。

蓋を握っていた手に、ざわりと何かが触れた。

「うわ」

蓋を全開にする。

クーラーボックスの蓋の裏いっぱいに脚を広げたカマキリが張りついていた。

16

迷ったが、結局、秋村と落ち合うことにした。オーナーからボーカイのフロントの電話に連絡が入ったからだ。

「うちのはまだ戻ってませんか？」

「ええ」

どうやら取り乱していた女将さんは携帯電話を持たずに出て行ったらしい。私は問いかけた。

「富谷君は？」

「とにかく家族を呼んでくれと」

答えになっていない。同じせりふを口にした。

「それで、富谷君は」

長い沈黙の後に短い答えがあった。

「脳死状態だそうです」


村役場の番号を調べてかけ、秋村を呼び出してもらった。すぐに電話がかかってきた。アポなしの訪問は少々無謀だったようで、まだ村長には会えず、待たされているところだと言う。

「そっちに行きます。見せたいものがある」

志手島村役場は島の公共施設が集中しているエリアのど真ん中にあった。斜め向かいに見える診療所から顔をそむけて、入り口に続くタイル貼りのスロープを登り、小さな学校の校舎のような建物のドアをくぐった。

秋村は入ってすぐの申請窓口の待合ベンチに座っていた。帽子はなく束ねた髪はおろしていたが、服は森に入った時のままだ。

「どうしたの、顔が怖いよ」

「教えてください」

「いきなりなに?」

「なぜカマキリが巨大化すると、ハリガネムシが人を殺すのか」

周囲にいた人間が振り返るのがわかったが、声を抑えることができなかった。

「早く教えてください」

「落ち着いて……溺れた人って、知ってる人なの?」

「知ってる人間でも、そうでない人間でも、自殺はだめなんです」

秋村が立ち上がり、両手を差し出して、私の手を握った。

私の顎の下にある秋村の髪からは、昨日ひと晩流し続けた汗と、しみついた木の葉と草の匂いがした。たぶん私も同じような匂いをさせているだろう。

「とにかく、ひとつずつ片づけよう、問題を」

私は言葉で答えず、子どものようにただ頷いた。

秋村の指示に従って、カマキリは呼吸ができるように、空気穴を空けた段ボール箱に移し替えてある。クーラーボックスの蓋の裏側にはカマキリだけでなく、大判の付箋も貼りついていた。小学生みたいな字でこう書いてあった。

『フジマさん　ゲットです　パねえ！』

カマキリの全長は二十八・七センチあった。


村長室で待っていたのは、つるりと禿げ上がったずんぐりした体格の男だった。六十代半ばだろうか。眉が濃く、目も鼻も口も大きい、選挙ポスター映えしそうな顔だちだ。

「お久しぶりです。先生。まあまあよく日焼けして。どこから見ても地元民ですねぇ」

秋村は「先生」という言葉を訂正することもなく、陽気な挨拶を軽く受け流して、勧められた応接ソファーに腰を落とす。私も隣に座った。

「こちらは」

村長が名刺を出そうとしたが、その間すら惜しいとばかりに、秋村が口頭で私を紹介する。多少の脚色をほどこして。

「藤間さん。トウマ……」

「達海(たつみ)です」

「東京から来た出版社の記者さん。いまは私の研究のパートナーです」

おそらく事情が呑み込めていないだろうに、村長は、なるほどなるほどと呟いて満足げに頷く。「マスコミの方ですな」

「さっそくですけど、見て欲しいものがあるんです」

秋村が言い、私は抱えてきた段ボール箱を応接テーブルに置いた。ガムテープで留めていた蓋を開ける。

開けたとたん、中から二本の鎌が飛び出して、箱のふちを摑んだ。続いて緑色の顔が飛び出す。村長のもともと大きな目がさらにふくらんだ。

外へ這い出ようとするカマキリの頭を、秋村が「まだ早い」とばかりに手のひらで押さえつけて箱の中へ戻す。

「……いまのは？」

「ご覧のとおりカマキリです。いま志手島に大量に繁殖していると思われます」

段ボール箱の中をおそるおそる覗きこんで村長が言う。

「これはまた、ずいぶん大きいですね」言葉ほど驚いているようには見えない。そして、意外なことを口にした。「なるほどこれか」

私と秋村は声を揃えてしまった。

「え？」「え？」

「あれ？　ご存じなかったんですか」向かいの椅子に尻を戻した村長も、え？　と言う顔をしていた。「いやね、朝からうちや観光協会に内地から問い合わせが来てるんです。何件も。『大きなカマキリはどこで見られるんですか』とか『島のカマキリを採集して持ち帰ることはできるのか』とかね」

　私は秋村と顔を見合わせる。私の問いかけ顔に、秋村が首を横に振り、秋村の問いかけ顔に、私も首を振った。

「なんでだろうと不思議に思った職員の一人がこれを見つけましてね」

　村長がデスクに行き、ノートパソコンを年齢と太い指に似合わない器用さで操作すると、それを抱えて戻ってきた。

　再び顔を出したカマキリを押し戻して箱の蓋を閉め、画面を覗く。

　動画だ。パソコンの画面いっぱいにカマキリが映っていた。

　テーブルに固定されたメジャーの上を這っている。三十センチ近く。色は緑色。おそらくこのカマキリだ。

　パソコンから音声が聞こえてきた。

『こちらは日本のガラパゴス、志手島でーす』

　富谷の声だった。

　画面が切り替わり、カマキリの顔がアップになる。背後にカーテンが映っているから、撮影場所は富谷の家だろう。

『このカマキリを発見したのは、志手島の石浜海岸近くの森の中でーす。すげえっしょ。森の奥には、もっとでっかいのもいるっていう噂ですよ。ぜひ志手島に来て、自分の目で確かめてくださいませ』

細い腕がカマキリのすぐ脇に伸びて、手のひらを広げた。手の長さの倍近くあるのがわかる。メジャーだけでは作り物の映像だと思われると考えたのか。確かに、こうすると、本物であることがよくわかる。

能天気なインストゥルメンタルが流れ、また富谷の声がした。

『〝トミーの志手島ターマイカシ〟でした。ではまた次回〜っ』

富谷はユーチューブをやっていたのだ。

また次回。自殺する気なんてなかったんだ。これっぽっちも。やっぱり、富谷を水に飛び込ませたのは、本人じゃない。

富谷のユーチューブ動画が終わると、村長が口を開いた。

「私、志手島生まれですけど、こんなのは初めて見ました。つくりものだと思っていたのですが。いやいや本物とは」

二十九センチのカマキリがかさこそと音を立てている段ボールに目を走らせたが、虫が苦手なのか中を見ようとはしなかった。

「ねえ、先生」選挙ポスターのような笑顔の中で、大きな目が抜けめなく細まった。

「これ、うちの観光資源になりませんかね」

秋村がぶるんとかぶりを振る。

「そういう問題じゃないんです」

「でも、こんなの内地にはいないでしょ。世界的にはどうなんです？　そうとう大きな部類に入りますか？」

小さな島の村長は、いまの私たちには小型にすら見えるこのカマキリが、常識ではありえないサイズであることには考えが及ばないようだ。

「大きいなんてものじゃない。大きすぎます。しかも、これはまだ序の口です。これを見てください」

今度は秋村のほうが足もとのトートバッグからノートパソコンを抜き出した。村長にも私にも見える位置に据える。モニターに映し出されたのは、昨日私たちが撮った映像と写真だ。

ライトトラップのスクリーンに張りついた三十二センチのオスカマキリ。

それが小型の昆虫に見える、あらためて見るととんでもない大きさの七十センチ級。

三十センチ級をむさぼり食う七十センチ級。

七十センチ級を捕らえた私の映像もあった。闇に紛れて不鮮明とはいえ、木の上に登っていく姿も捉えられている。

「……………驚いたな」

口ではそう言うが、村長は驚くというよりあきらかに訝(いぶか)っていた。

この映像を見た警察署の人間たちがどんな反応を見せたのか、私にはおおよその見当がついた。おそらくいまの村長と同じ。半信半疑、いやそれ以下だ。

人間は自分の常識の外にあるものと遭遇すると拒絶反応を起こす。否定するための事実や反証を探そうとする。長年常識を疑わずに生きてきた人間であるほど。理解できないことが、不安や恐怖を呼び起こすからだ。私だって巨大カマキリを初めて見た時にはまず、自分の視覚や頭の異常を疑った。

「これは、あれですよね、編集っていうんですか……」

秋村ではなく私一人がこれを見せたとしたら、一笑に付されていただろう。怒り出したかもしれない。画像加工の技術が進んで、世の中に精巧なニセモノがあふれ返っているからだ。この島に取材に来る前に私が下調べをしてきた巨大生物や未確認生物のネット情報は、ほとんどが眉唾のフェイクだった。

「ちょっと大げさにしてありますよね」

秋村が首を横に振る。ゆっくりと、でもきっぱりと。

「じゃあ、これはどうです」

細長い透明な袋を取り出す。中には巨大カマキリの後ろ脚が折り畳まれて入っていた。袋から中身を出し、まっすぐに伸ばして、村長の顔の前に突き出した。

「うわっ。なんですこれ？　蟹の脚？」

「さっきのカマキリの脚です」

「いやいや、ご冗談を。いくらなんでも」

おそるおそるカマキリの脚に触れ、フィンガーボウルから指を抜き取る素早さで引っ込めた。

私は段ボールの蓋を開け、カマキリを摑みあげた。鎌の攻撃を避けて摑む場所はもうすっかり熟知している。脚をもがかせているカマキリを村長のほうへかかげて、サイズは違うが同じ形であることを見せつける。村長がしかめた顔をのけぞらせた。

「まさか」

「そのまさかがここで起きているんです。ただ大きいだけじゃない。危険生物です。藤間さん、右手の傷を見せてあげて」

箱にカマキリを戻していた私が返事をする前に、秋村が私の腕を取って差し上げた。

三日前、大田原農園の近くで四十センチ級にやられた傷だ。

「こんな図体の人でも襲われるんですよ」

もう治りかけて、包帯ではなく絆創膏が貼ってあるだけなのが秋村には不満そうだった。

「もっと凄かったよね。血、いっぱい出たよね」

「え……ああ、ええ」

「観光資源どころじゃない。何か起きてしまったら、誰も志手島には来なくなる」

「でも虫でしょ。ここの海にはサメだっていますからね」

秋村が身を乗り出して、村長の顔を睨め上げた。

「村長、お孫さんはいらっしゃる」

「はい、二人。四歳と二歳です。上が女の子で……」

「もしその子たちが島のどこかで、こんなサイズの」そこまで言って七十センチ級の脚を鎌みたいに振り上げた。「カマキリに出会ったら？」

村長が遠くを見つめる目を壁に向け、何かを思い浮かべる表情になる。そして呟いた。

「大変だ」


早急に対策を練る。村長からその言葉を引き出したところで時間切れになった。次の来客を待たせているそうだ。

廊下を歩きながら秋村が私を見上げてきた。

「私はもう少しここに残るよ。お役所の早急っていうのが本当に早急かどうか確かめて、もう一度念押ししなくちゃ。そのカマキリ、預からせてもらっていいかな」

「ええ、じゃあ俺は病院へ行きます」


人工呼吸器がなければ、富谷は仕事をサボって居眠りをしているだけのように見えた。呼吸に合わせて胸が上下しているし、頬にもちゃんと血色がある。

集中治療室のような部屋にいるのかと思っていたが、寝ていたのは、志手島村診療所の二階、入院病棟の個室だった。集中治療室などもともとここにはないのかもしれない。

「カマキリ、受け取ったよ。大変だっただろ、捕まえるの」

顔にはどこにも損傷のない富谷の右手には赤い引っ掻き傷が走っている。たぶん鎌でやられた痕だ。

「あんなものを探している暇があったのなら、その前に病院へ行けばよかったのに」

悔しかった。もっと早く、強引にでも検査を受けさせていれば、病院へ行くのがあと一日早ければ、カマキリなど届けに来なければ、富谷は無事だったかもしれないと思うと。富谷の脳死状態に自分の責任がなかったかと考えてしまう。明日歌の時にそればかり考えていたように。いまでも考え続けているように。

いまはもう顔を見る以外にできることは何もなかった。重篤な患者はヘリで内地に運ばれるそうだが、それは治る見込みのある人間だけだという。つまり、富谷はすでに見限られているのだ。

部屋を出ると、すぐかたわらのベンチシートに、オテル・ボーカイのオーナー、工藤の大きな体が沈んでいた。病室の中にいたのだが、私に気をきかせて外へ出ていたのだ。

隣に腰を落として私は言う。

「生きていますね、まだ。寝ているだけに見えた」

「脳死状態っていうのはそういうものだそうだ」

「ご家族に連絡はつきましたか」

工藤が太い首を横に振る。

「うちのがあいつの家の中を探した。家族からのハガキ一枚見つからなかったそうだ。島でつきあいのある人間は、あいつの実家がどこかなんて誰も知らない」

いま女将さんが、富谷のスマホの中にあった内地の番号に、かたっぱしからかけているそうだ。

「生まれは新潟だって本人から聞きましたけど」

「俺もそれしか知らないんだ。湯沢だったかな。山の方だ。でもそこにはもう家族はいないらしい」

工藤は口数が多い人間ではないし、それは私も同じだったから、しばらく沈黙が続いた。先に口を開いたのはむこうだった。

「あいつはあまり身の上話をしなかった。したがらなかった感じだったな。うちのにはぽつぽつ話をしていたようだ。母親は小さい頃に亡くなっているとか、父親とは不仲で長く会っていないとか、そういう話は間接的に聞いてはいた」

「家族とは音信不通ってことですか」

「この島に来る人間には、故郷ってものがないか、帰りたくない理由があるやつが多いんだよ」

「どうしたらいいんでしょう。このままにしておくわけにも……」

「医者にも言われてる。もう呼吸器をはずしたほうがいいってね。でもそれには、家族の同意が必要だと」

留守番を頼めないか、いつものくせで開けっ放しになってるはずだから。工藤に鍵を渡されて私はオテル・ボーカイに戻った。口数の少ない彼が本当に言いたかったのは、ここにいても何もすることはない、部外者のお前は帰れ、ということだったのだと思う。

ボーカイに戻ったとたん、スマホが鳴った。神田出版の伊沢からだった。

「見ましたよぉ、志手島の大カマキリ」

富谷のユーチューブ動画のことだ。

「本当にいたんですねぇ」

自分で企画を持ちこんだくせに、半信半疑だったことを白状しているも同然の口ぶりだった。

「内地では騒ぎになっているんですか」

島の人間のような私の問いかけに、あっさりこう言った。

「いえ、あのユーチューブはアクセスが少ないですから、まだ気づいてる人はそう多くないし、信じている人間となるとごく少数だと思います。ネットにはフェイクニュースがあふれてますからね」

自分は志手島のことを気にかけて、しょっちゅう情報をチェックしているから気づいたのだと、自慢げに話す。

「だから、だからこそ、いまのうちなんですよ、藤間さん。ネットの情報ってあっという間に駆けめぐりますから。どこかのマスコミが嗅ぎつけたら、みんなが志手島に押しかけようとするんじゃないかな。うちでもね、ムックをつくって緊急出版しようかって話になってまして……」

神田出版は雑誌を発行していない。そのかわりに急遽（きゅうきょ）、雑誌風（ムック）の単行本をつくるという。

「取材してくれませんか。あれの持ち主に。証拠写真もばっちりお願いします」

「ああ、ええ」

持ち主はいま脳死状態で、カマキリがすでに手に入っていることは黙っていた。いまはそれどころじゃない。

「あと、とりあえずいままでのところで何か書いてもらえませんか。さわりだけざっくりとでいいんで。取材のメモ程度でかまいません。記事をまとめるのはこっちでやりますから」

メモはあるが、それは志手島の連続自殺に関するものばかりだ。整理するのに少し時間が欲しい。そう答えて通話を切った。

仕事をもらっている義理がある。気は進まないが、他にすべきことも思い当たらない。私はライティングデスクでパソコンを開いた。

だが、開いてみたものの、何を書けばいいのかまるでわからなかった。そもそもどこまで書けばいいのだろう。富谷の見つけた二十九センチのカマキリなどほんの小物であることを白状したり、撮った写真を送ったりしたら、取り返しがつかなくなる気がした。学者としての功名心を捨てて、人的被害を防ごうとしている秋村を裏切ることになる。

文章をまるで思いつけないかわりに、頭の中にはベッドに横たわっている富谷が浮かんだ。その光景に少し前までの痩せてはいるが元気な姿がオーバーラップする。「ターマイカシ。ウエルカムっすよ」富谷の姿を打ち消すと、今度は巨大カマキリが立ち現れて、脳裏に脚を広げて張りついた。七十センチを超えるカマキリが背中を這い登ってくる妄想に囚われて、私は思わずうなじを撫ぜる。


椅子に座ったままいつのまにか眠っていた。人が死にかけているというのに。人間の体は薄情だ。明日歌が死んだ日も、自分はこの先一生眠ることなどできないのではないか、とまで思ったのに、明け方には居眠りをしていた。翌日の昼には飯も食った。何の味もしなかったが。

午後三時半をすぎていた。人の気配に気づいて部屋の外へ出てみると、廊下に洗い立てのシーツを抱えた女将さんがいた。

「ああ、お客さん、いろいろ巻きこんじゃって、ごめんなさいね」

丸顔に浮かんだ笑顔はいつもどおりに見えるが、きっちりとしたメイクが今日はなく、マスカラのない小さな目が赤かった。

富谷は何も変わらない。家族もまだ見つからない。数少ない内地の番号の一人とは連絡がついて、友人だというその女性に心当たりを探してもらっているところだそうだ。

「うちの人は仕込みの食材を買いに港に行ってる」

次のお客さんのために、そろそろ準備を始めなければ、と女将さんは言うが、船が着くのはあさってだ。富谷がいなくなって忙しさが増したことは確かだろうが、それよりも、何かしていないといたたまれないのだろう。

「何かお手伝いすることはありませんか」

そう言うと、思いっきり背中を叩かれた。

「なに言ってんの。お客さんでしょ。ターマイカシ。気持ちだけもらっとく」

村役場に電話をかけて秋村を探してもらった。しばらく待たされた末に「もう帰ったようだ」という返事を聞かされた。

野生生物研究センターに電話をしてみる。西野さんが出た。

「秋村さん、まだ帰ってないんですよ。どこ行っちゃったのか。携帯を持たない人だから、一度出てしまうと、わからなくなっちゃう」

病院に行こうかとも思ったが、やめておく。確かに私は部外者で、富谷とはホテルの客と従業員という関係でしかない。すべきことは見舞いではなく、次の犠牲者を出さないことだ、そう思い直して。正直に言えば、富谷の姿を見るのがつらかっただけだ。

再びパソコンに向かったが、辛抱は三十分も持たなかった。他に行くあてもなく、私は野生生物研究センターに足を運んだ。

秋村は、いた。

研究棟の作業テーブルで頬杖をつき、目の前に置かれた飼育ケースを眺めていた。私が入ってきたとわかると、片手を差し出してひらひらと振った。

「お疲れさま」

ケースの中では二十九センチのカマキリがのそのそと這いまわっている。昆虫用ではなく小動物や爬虫類用らしい大きなガラスケースだが、それでもこのカマキリにはまだまだ狭いように思える。ちゃんととまり木の枝が斜めに渡され、隅の餌箱には水をふくませた脱脂綿が置かれていた。

「とりあえず入れておいた。持って帰るなら、そうして。あなたのカマキリなんだから」

「いや、俺ではなく富谷君のものです。ここに置いといてもらったほうがいいと思う。俺が持っててもしょうがない。たぶん死なせちまう」

秋村が飼育ケースの隅の蓋を開けて、中に糸を垂らす。糸の先には手羽先の生肉がぶら下がっている。

「連絡をもらったみたいだね。さっきの村長の件なら、あの後もう一度会った。保健所の人が調査に行くことになったよ。『数日のうちに行く』っていう言葉を『明日行く』に変えてもらって」

「調査、ですか」

「まあ、いきなり信じろと言っても無理だからね。私だってほんの何日か前だったら信じなかったと思うよ。ゆるらゆるらだけど、なにはともあれ、一歩前進だ」

　私は別の心配をしていた。

　秋村が手羽先をゆらゆら揺らすと、カマキリが鎌首をもたげた。

「俺たちは何をすればいいんでしょう」

「顔色がよくないね。ご飯ちゃんと食べた？」

「……いや」そういえば朝から何も食っていない。

「なにをすればいいか？　そうだね、とりあえず食事でもしようか。私も朝からご飯食べてなかったよ。どう、港のほうに出かけて一杯やるっていうのは？」

「申しわけない。そんな気分じゃないので」

「藤間さんがお酒を断てば、脳死の人が回復するの？」

「そんな言い方はないでしょう」

　語気を荒らげた私を秋村は見ちゃあいなかった。手羽先のついた糸を揺らし続けている。カマキリは鎌を振り上げたかと思うと、あっという間に手羽先を押さえ込んだ。まるで小さな猛獣だ。昆虫用とは思えない大きさの餌だが、それが物足りないサイズに見える。

　生肉をむさぼるカマキリを表情の消えた顔で眺めていた秋村が、ようやく私を振り向いた。

「どこでもいいよ。行きたい店はある？」

「わかりました。じゃあ、バナナムーンはどうですか」

もう一度あの店に行って何か摑まなければ。そう考えているうちに、事態は私の予想とはまるで違う方向にころがってしまった。もはやあの店に行く意味はなさそうだったが。

タクシーを呼び、バナナムーンに着いた時には、夕陽が落ちかけていた。「お支度をしなくちゃ」そう言って秋村が私を三十分以上待たせたからだ。そのわりには昨日からの服装がTシャツと短パンと、ここでは少々厚着に思える長袖のパーカーに変わっただけだった。


車を降りて秋村のパーカーの理由に気づいた。海風の強い志手島の夜は案外に涼しい。風上に立った秋村の髪からは、朝、村役場で会ったときとはうって変わって、柑橘(かんきつ)系のシャンプーの香りがした。


ステッカーが貼られただけのバナナムーンのドアを物珍しげに眺めて秋村が言う。

「島のたいていの店には行ってるけど、ここは初めてだよ。いつも居酒屋みたいなところしか行かないからね」

「焼酎か日本酒の店のほうがよかったですか」

秋村は首を横に振り、顎を撫でられた猫みたいな顔で笑った。

「なんでもオーケー」

バナナムーンの店内にはすでに何組かの客がいた。観光客相手の仕事の人間たちだろう。彼らにとっては港から船が消えているあいだが休日なのだ。

このあいだのきのこ帽子の店員の姿はなく、オーダーを取りに来たのは若い娘だった。

秋村が声をあげる。「あ、ミユちゃん」

「おひさしぶりです。櫟(くぬぎ)さん」

ミユちゃんは去年まで高校生で、秋村の課外授業を受けたことがあるそうだ。

「料理は何がおすすめ？」

「なんだろ。闘魚(とうぎょ)のフライ？　ですかねぇ」

私はこっそりと片手を振って止めたが、間に合わなかった。

「じゃあ、それ、お願い。藤間さんも何か好きなの頼みなよ」

「それ以外ならなんでも」

オーダーを終えると、秋村が私に向き直った。

「まだ怖い顔してるよ」

「そうですか」

富谷のことは役所で待たされているあいだに話をした。ここへ来る車の中では、家族とまだ連絡が取れないことも話している。だが、肝心のことを私は言えずにいた。

富谷を解剖する、あるいはＡ・ｉ(オートプシーイメージング)をする可能性についてだ。Ａ・ｉ――死亡時画像診断というシステムがあることは知識として知っていた。

　富谷が救助されたのは、入水してからほんの三、四分後。スキニージーンズにライダーブーツという姿で発見された。ハリガネムシには脱け出す時間がなかったに違いない。

　解剖かAｉを行なえばきっと事実が明らかになるはずだが、それはとりもなおさず富谷の死を認めるということに他ならない。まだ呼吸を続け、血色も変わらない富谷の姿を見てしまったいまは、口に出してはいけないことのように思えていた。

　ボトルで頼んだラム酒が運ばれてきた。

「とりあえずお酒飲もう」

　じつは秋村も同じことを考えていて、私の手前、言い出せずにいるのかもしれなかった。秋村がボトルに手を伸ばすのを制して、たぶん年下だろう私が二人分のロックをつくっていると、奥の席から声が飛んできた。

「秋村さ〜ん」

　薄暗い店内でも日に焼けていることがわかる若い男だ。秋村が気やすげな口調で答える。

「おう、元気だった？」

「珍しいっすね、この店で会うのは」

「ここ、初めてだもん」

　初めて入った時のバナナムーンは、怪しげで胡散臭い店だった。何か裏があるに違いない、と身構えていた私に対する敵意すら感じさせた。だが、秋村が一緒だと、店の印象はまるで違ったものになる。

結局、富谷の解剖の話は口に出さず、秋村に違うことを聞いた。

「いいんですか。保健所に任せて」

「任せきりにはしない。私もできるかぎり同行するつもり」

「危険生物だってさんざん脅したから、保健所が乗り出してきたら、駆除されてしまうかもしれない」

何年か前、アライグマやハクビシンの駆除の取材をしたことがある。捕らえられたアライグマは愛すべきラスカルとして動物園に寄贈されるわけじゃない。殺処分だ。

秋村は黙ってラム酒のロックをすすっていた。

「もっと危険なヒグマやサメだって保護されている。共存を前提にしなくてもいいんですか。それこそ村長が言ったように志手島が世界中に注目されるチャンスかもしれないのに」

秋村は生き物が大好きなはずだ。小さな虫だって殺そうとはしない。彼女が最初に考えていたのは「人々を森へ立入らせないこと」だけだったはずだ。役所より先に警察に話を持ちかけたのは、そのほうが抑止力がある、と考えたからだと思う。

ロックグラスから私に視線を戻して口を開いた。

「私も悩んだけど、あの七十センチ超えを見てしまうとね。さっき村長に話したことは脅(おど)しでもなんでもない。あれは危険だ。ヒグマやサメなら生息域に近づかなければいいわけだけど、あのカマキリはいまのところ島のどこに、どれだけいるかもわからないからね」

「でも、今回のカマキリは貴重な発見では？」

グラスを両手で握った秋村が首を横に振る。

「人の命より大切な研究なんてないよ」

きっぱりそう言ってから、猫の顔で笑って言葉をつけ足す。

「だいじょうぶ。生け捕りか死骸かにかかわらず、全部、研究センターが引き取ることにしてあるから。サンプルがいっぱい集まるよ」

「ならいいんですけど」

「人より大切なカマキリもいないよ」

そう言ってまた酒をあおる。ラム酒の強さになのかどうか、せつなげに顔をしかめた。その顔を見ているうちに、ふいに思った。

「秋村さんのダンナさんだった人って、もしかして亡くなったのでは……」

ちょうど今度は秋村が二人分のロックをつくっているところだった。答えは、つくり終えた酒をひとくちでだいぶ減らしてから返ってきた。

「あの人はね、キタシロサイの生存を調べに行ったんだ。十何年も前。その頃はまだ、キタシロサイの野生絶滅が確認されていなかったから。そして帰って来なかった。国境近くだったからね。ゲリラに撃たれちゃったんだ」

命より大切な研究なんてないのにね、と呟いてから、フライドポテトを口に運び、その言葉をなかったことにするように「おいしい」と声をあげた。

「藤間さんのほうは？」

「ああ、俺のほうは出版社に記事をせっつかれてますけど、まだ何も教えていないし、書いてもいません」

「仕事のことじゃなくて、結婚していた人は？　病気だったの？」

私が首を横に振ると、秋村は今度は確かに酒のせいではなく顔をしかめた。

「よけいなこと聞いちゃったね」

「いえ、病気といえば病気だった。鬱病でした。それを知ってて結婚した。俺が治してみせる、なんて偉そうなことを考えて」

「じゃあ、あんたのせいじゃないよ。癌で亡くなるのが夫婦のどちらかの責任じゃないのと同じ。私のダンナが撃たれた銃を私が持っていたわけじゃないのと一緒だ」

それからしばらくは、お互い黙って酒を飲んだ。だがそれは気まずい沈黙ではなく、お互いの心が取るべき休息のような静けさだった。

秋村が再び口を開いたのは、闘魚のフライが運ばれてきた時だ。

「闘魚はね、最初は観賞用として島に持ちこまれたんだ。それを誰かが川に捨てて、いつのまにか繁殖しちゃった。数を減らすのと、地産地消の一石二鳥を狙って、役所が食用にするのを奨励しているんだけど、あんまり浸透してないみたいだね」

　喋りながら身をほぐし、ひとくち頬張ったとたんに、唇をひん曲げた。

「うわ、生焼けだ」

　私は声をひそめて言った。

「だからこっそり合図したのに。それ、ひれを食わせるための料理で、わざと火を通してないんだと思う。俺、着いた日にここに来て、そいつを食ってますから」

「うげげ」

　いくら食べ物がまずくても吐き出さないのが秋村のルールのようだ。眉をへの字にして飲み下している顔がおかしくて、つい笑ってしまった。

「じつは最初はこの店を疑っていたんです。自殺者にここに出入りしていた人間が多いのがひっかかって。妙なドラッグを売ってるんじゃないかとか、集団自殺を幇助（ほうじょ）している人間がいるのではとか、ある種の宗教の――」

　ラム酒で口直しをしていた秋村が、私の軽口をさえぎった。

「もしかして」

「もしかして？」

　また闘魚に箸を伸ばして、紫色の内臓をつまみ上げた。それを顔の前に持っていく。研究者の懲（こ）りない探究心でもうひと口食べようとしているのかと思ったら、ただ眺めているだけだった。

「自殺者はこの店に出入りしていた？」

「ええ、四日前の斉木さんも、その前に亡くなった人も、西野さんのお姉さんも。富谷君もここに来たことがあるって言ってた」

内臓を近づけすぎて、秋村は寄り目になっていた。

「……これかもしれない」

「これとは？」

「感染源だよ」

え？

秋村が内臓を皿に戻した。グラスは手に取らず、両手を膝の上に置いて身を乗り出してきた。

「ハリガネムシがなぜ宿主のカマキリやカマドウマを水に飛び込ませるのかは、説明したよね」

「ええ」水の中でしか産卵できないからだ。

「その後、卵がどうなるかは知っている？」

「いちおう調べました」

ハリガネムシの卵から生まれた半透明のごく小さなイモムシの形の幼生は、水生昆虫に呑み込まれて、体内に侵入する。カゲロウやヤゴ、トビケラ、多くは羽を持つ昆虫の幼虫である水生昆虫が、羽化して陸に上がると、今度はカマキリなどに食べられ、終宿主であるそちらの体内に侵入する。そこで成虫に育ち、カマキリを水に飛び込ませて産卵する。そしてまた——以下、同じことを繰り返してハリガネムシは生き続けてきた。

「うん、そう。ただし中間宿主である水生昆虫に取り込まれるのは、ごく一部の幸運な幼生だ。実際にはほとんどの幼生が、魚やカエル、もっと大きな生き物に呑み込まれてしまう。その場合、そこでハリガネムシのライフサイクルが終わってしまうから、かえりみられないだけで」

私はラム酒を飲み干した。やけに苦い味がした。

「中間宿主の体の中では、幼生から今度は、厚くて固い膜をまとった姿に変身して休眠状態に入る。サナギみたいに。この状態はシストって呼ばれている。ハリガネムシのシストはちょっとやそっとじゃ死なない。零下三十度の環境にも耐えられる。熱にはそこまでは強くないと思うけど、こんな状態だったら——」

また箸で生焼けの内臓を持ち上げた。

「生きている可能性は高い」

「魚から人間の体の中に？」

「うん、むしろそれが寄生虫の王道だよ。人間が感染するのはたいてい生やよく火の通っていない肉や魚からだ。ハリガネムシが人の体内に入り込んでいるのだとしたら、理由はまだわからないけれど、ルートとして考えられるのは、まず第一に淡水魚の肉だ」

秋村が女性スタッフを手招きした。

「ミユちゃん、これ、お持ち帰りしてもいい？」

「気に入ってもらえました？　あたしは食べたことないんだけど」

「いや、食べない方がいいよ。本当に」

「お持ち帰りはダメかも……ショクヒンエーセーなんとかがうるさいんで」

「そこをなんとか。うちのワンちゃんの夕飯だよ」

「くぬぎさん、犬なんて飼ってましたっけ」

「なんなら猫でもいいけど」

ふふふと笑ってミユちゃんがテーブルから離れるのを待って、秋村が顔を寄せてきた。

「とにかく調べてみる」

私は頷いた。私の最初の推測はあながち間違っていなかったってことだ。

「俺もほかの自殺した人たちもここの客だったかどうか、もう一度調べてみます」

秋村が頷き返し、戻しかけた顔を、また近づけてきた。

「ところで藤間さん、これを食べたってことは――」

「はい？」

「人の心配をしている場合じゃないよ。あんたこそ検査が必要かもしれない」

17

富谷が亡くなったのは、朝だった。

診療所に様子を見に行くというオーナーに、自分も同行すると私が言い張り、うるさがられている時に、診療所から連絡が入った。だから富谷は誰にも看取られることなくこの世を去った。

工藤夫妻と私、三人揃って病室に入った。富谷は相変わらずただ眠っているだけのように見えたが、頬の血色はすでに消えていた。握った手は冷たくなりかけていた。

私たちに死亡時の状況の説明をしたのは、所長の長谷川だった。

きわめて事務的な短い言葉を口にしただけで立ち去った長谷川を追って、私も部屋を出る。廊下の途中で呼び止めた。

「解剖をしてください」

工藤夫妻と一緒に私がいること自体を訝っていた長谷川の表情に、さらに不審の色が濃くなる。

「解剖？」

昨日、バナナムーンを出る間ぎわに秋村が言っていた。「仮の話だけれど」と申しわけなさそうに前置きをして。

「もしそのトミヤ君が亡くなったとしても、警察は司法解剖も行政解剖もする気はないそうだよ。自殺って断定しているみたいだから……その、いちおう、三上さんに聞いておいたんだ。死因も——まだ死因って言うのもなんだけど、水死であることは特定されているから、確かに彼の言うことは間違っちゃあいない。こちらからはそれ以上口出しできない」

秋村の言葉に私は間髪をいれずに言った。

「病理解剖はどうです？」

するりとその専門用語が出たのは、口では何を言おうが、富谷の死を予測していて、事前に調べていたからだ。病理解剖は警察の判断とは関係なく、死因の解明や研究のために医療機関が行なう解剖だ。

言葉を選びながら秋村が答えた。

「それも診療所の判断だけど。可能性はあるかもしれない。その時にはすぐに——あ、えーと、もしもの時には、私に連絡をして。担当のお医者さんを説得してみるから」

いま目の前にいる長谷川医師は、私たちの想像以上にそっけなかった。

「なんのために解剖を？　死因はさきほど説明しましたが」

歩きはじめようとする長谷川に私は言葉でとりすがる。

「このあいだ取材をさせてもらった時に、先生はおっしゃってましたよね。遺体から大きな寄生虫が出たと」

「ええ、それが何か?」

「富谷君の中にもそいつがいる可能性がある。いや、いるはずだ」

長谷川が私を見る目は完全に、精神科の患者を眺めるそれだった。

「なぜです?」

なぜって、いると言ったらいるのだ。でも医者を相手にどう説明したらいい?

「その寄生虫が彼を自殺に追い込んだかもしれないんだ――」

私の言葉を長谷川が苛立たしげにさえぎる。

「まず第一に――」私の顔の前にこれみよがしにひとさし指を突き立てる。「私には解剖の必要があるとはとても思えません。うちの病院で亡くなった患者さんではありませんし。それに――」

二本目の指を立てた。素人を論破したVサインのように。

「万々が一、必要性があったとしても、病理解剖には、ご家族の同意が必要です」

富谷の家族? 連絡もつかない家族のことか? 工藤夫妻じゃだめなのか。

背中を向けた長谷川の腕を摑んで引き戻した。

「秋村さんと話をしてみてください」

「野生研の秋村さんに? なぜ?」

「話せばわかっていただけます――」

秋村の名前を出したのは逆効果だったようだ。長谷川の顔がいままで以上に強張った。仲がいいわけじゃなかったのか。

「有名な学者さんだそうですね。なんでこんな島にいるんだろうって、みんな不思議がってる。僕とは大違いだ。でもね、秋村准教授は――」准、という言葉にことさら語気を強めてから言葉を続けた。

「医者じゃない。ここの所長は私です」

野生生物研究センターに電話をかけたが、秋村は出かけていた。保健所の調査に同行して中の森に行っているそうだ。レアメタルの採掘に反対するのは勝手だが、今日ばかりは携帯を持たない秋村のポリシーが腹立たしかった。

工藤夫妻はもうすっかり自分たちが喪主を務める覚悟を決めているようで、葬儀社に電話をかけていた。この島では、葬儀社も斎場も火葬場もひとつしかなく、そこと火葬場のスケジュールをやり取りしていることが言葉の断片だけでわかった。

富谷の父親と連絡がついたのは、それからまもなく、葬儀社の人間が駆けつける前だった。だが、それは私や工藤夫妻が期待していたものとは違っていた。

話を聞いた私は、オーナーを問い詰めてもしかたがないのに、語気を荒らげてしまった。

「こっちに来れないってどういうことです?」

オーナーも憤った声を返してくる。

「父親は東京にいた。再婚して新しい家族と暮らしているそうだ」

「東京ならいまから出れば間に合うでしょうに」

志手島行きの船は今日の夕方に東京から出港する。夏休みシーズンに入ったいまは、確かに数の限られたフェリーの船室は埋まっているだろうが、キャンセル待ちでもなんでも尽くす手はあるはずだ。それもせずに、「来られない」などと父親がなぜ言う。

「ようするに、そういうことだ。富谷だって、そんな親に来て欲しくもないだろう」

それならそれでいい。病理解剖の同意を取りつけられれば。

「その人の電話番号を教えてください」

オーナーが首を横に振る。

「通話は向こうから切った。もう一度かけたら、着信拒否されちまってた」そこまで言ってからオーナーが私の顔を不思議そうに眺めた。「俺たちは富谷とは四年のつきあいだ。こっちだってそう長いとは言えないが、なんであんたが、そんなにあいつのことを気にかける?」

「富谷君を殺した犯人を見つけるためです」

「犯人?」

「彼の体には寄生虫がいるんです。それが彼を死に追い込んだ――」

話している途中で気づいた。オーナーが私を見る目は、長谷川のまなざしに似ていた。おかしな男を見る目。でないとしたら、滞在したホテルの従業員に岡惚れをした同性愛者を見るような目。

私は、どう説明しても理解されないだろう言葉の続きを呑み込んだ。

もうどうでもいいか。

自分でもわかっていた。富谷の死に、この島の自殺多発にこだわっているのは、明日歌を救えなかった代償を探しているだけだ。どうでもいい。俺が何をしようが、明日歌が戻ってくるわけじゃない。

明日歌のことだけを考えよう、そう思って、顔を思い浮かべた瞬間、ふいに頭の中に一通の封筒が差し入れられた。

送り主は誰だろう。その封筒の中には、私がどうすべきかが書かれていた。

そうか。その手があったか。

私は診療所の外に出て、携帯電話を取り出した。そしていましがた調べたばかりの番号を押した。

18

腕まくりをし、コットンパンツを膝までめくり上げた私に、工藤が「何を始める気だ」という視線を向けてきた。

　ろくに説明をしないまま立ち会わせているのだから無理もない。私と一緒に秋村がいるのも腑に落ちない様子だった。秋村と工藤は、顔見知りといった程度で、親しいわけではないようだ。

　私は保健所に電話をして、中の森の調査に出かけた職員の携帯電話の番号を聞き出した。そして秋村を呼び出してもらった。いましがた駆けつけたばかりの秋村は、長袖シャツにカーゴパンツのトレッキング用の服を着たままだ。

　私たち三人は志手島村診療所の浴室にいる。入院患者のための設備だ。八畳ほどのスペースに設けられた介護用のバスタブは横長で、大人がほぼまっすぐに横たわれる大きさがある。

　浴槽には全裸の富谷が横たわっている。

　ひどく痩せていた。写真の中の小太りだった頃に比べて、十二、三キロ減ったと本人は言っていたが、そんなものじゃきかないだろう。

　これから始めるのは「湯灌」だ。

「診療所の中で湯灌をさせて欲しい」と長谷川に持ちかけたのだ。私の正体不明の熱意が薄気味悪かったのだろう。しぶしぶという調子だったが承諾した。

「では、湯灌の儀を執り行ないます」

　葬儀社の人間のようにそう言った。故人を入浴させる儀式だ。最近では病院内で看護師が、あるいは葬儀社の人間が、体を簡単に拭き清めるだけですませることが多く、入浴までさせることは少なくなったようだが、私は初めてではなかった。

明日歌の時に湯灌というものを初めて知り、そして実際に自分の手で明日歌の髪と体を風呂の中で洗ったからだ。

七階建ての屋上から飛び降りたにもかかわらず、損傷は少なく、頭の傷を除けば、外から見たかぎりは、生きている時と変わりがないように思えた。その肌に触れるまでは。冷たかった。その冷たさが私に、受け入れることを拒否し続けていた明日歌の死を思い知らせた。

私はたんねんに明日歌の体を拭き清め、冷たい体を抱きしめて、そして泣いた。

蛇口(じゃぐち)をひねり、浴槽に水を張った。湯ではなくいまの季節の水温と同じぐらいの温度に設定した。

工藤が尋ねてくる。

「これで何がわかるんだ」

彼には湯灌の目的を「富谷の本当の死因をつきとめるため」としか説明していない。

私は少しずつ溜まっていく水を眺めながら答えた。

「見ていてください。もうすぐわかります」

急激に痩せたせいなのか、富谷の皮膚は老人のようにたるんでいる。それなのに腹だけが丸く膨らんでいた。あれが中にいるからに違いなかった。

富谷を裸にして風呂に入れる、と聞いた時点で、女将さんは同席を辞退した。秋村は全裸の男を前にしても臆する様子はまるでない。さきほど富谷を浴槽に横たえる時も、実験用のサンプルを見つめるまなざしで私に指示を送ってきた。

「頭は浴槽の縁に」「両足を開きぎみに」

背中に介護用の浴槽内椅子をあてがって腰を浮かせた体勢にしたのは、あれが出てくるはずの肛門を観察するためだろう。秋村が手を伸ばして邪魔なペニスの位置を変えようとした時は、工藤の眉の間の皺がさらに深くなった。

いまはカマキリの調査のためのビデオカメラを三脚に据えて、富谷の体にレンズを向けている。股間をズームしているようだった。

気持ちだけでも本当に湯灌をしようと、スポンジを握った腕を伸ばそうとした私に、秋村が「触るな」と言うふうにファインダーを覗いたまま首を横に振った。

五分経ったが、なんの変化もない。工藤がさっきと同じせりふを繰り返す。

「これで何がわかる?」

「もうすぐわかります」

私も同じせりふで答えたが、さっきほどの威勢はなかったかもしれない。もう水は富谷の下半身を覆い、傾けた上体の腹まで浸している。だんだん自分が大きな間違いをしでかしている気分になってきた。ハリガネムシが人間の体に侵入してマインドコントロールする――そんなことが本当にありえるのか？　すべてが南の孤島に見させられている幻想だったんじゃないのか。

六分経過。

秋村に視線を向けた。何かを間違えてはいないかと問いかける目を。秋村もビデオカメラから顔を引き剝がして、私を見つめ返してきた。

その時だった。

「が」

声がした。

その場の三人の誰の声でもない。それは富谷のものだった。私たちは再び富谷に視線を戻す。

びくん。

死んだはずの富谷の腹が波打っていた。妊婦の腹を胎児が蹴っているかのように。閉じていた口がいつのまにか薄く開いている。そしてもう一度声を――正確に言えば空気音を漏らした。

「が、　が」

工藤が私の顔を見つめてくる。「何が起きているんだ」という顔だった。私にもわからなかった。富谷の色を失った唇がゆっくりと開いていく。呼吸を止めたはずの喉が上下していた。秋村が慌ててビデオカメラを三脚からはずしている。

「が、がが」

富谷の口が叫び声をあげるように大きく開いた。

ぬるり。

肛門からじゃなかった。

そいつは富谷の口の中から現われた。

富谷の舌のふりをしているようにへらへらと動いている。先細りの先端が外界を窺うように右へ左へ頭を——それが頭だったとしたら——振り立てていたと思うと、ずるり。口の外に体を伸ばしてきた。

黒褐色のチューブに見えた。うねうねと蠢くチューブだ。太さは秋村の小指と変わらないぐらいある。

「うわ」

誰もが忘れていた声を最初にあげたのは工藤だった。私は声を発するのを忘れたままだった。ビデオカメラを構えた秋村の手は上下にブレていた。

口から飛び出した紐状の体を弓なりに反らせて、先端が鼻の穴を探りはじめる。そこがめざす場所ではないと知ったのか、半開きの目玉を舐めるように這い、顔の上でとぐろを巻いてから、今度は下へ向かう。

頬から喉へ、喉から胸へ、身をくねらせながら這い降りていく。水に向かっているのだ。そのあいだにも富谷の口からは細い胴体の続きが出てくる。
先端が水を捉えると、体の動きが速くなった。水圧を上げすぎたホースが暴れ出すような動きだ。円錐形の先端が水面を叩く。

ぴちゃ。

　　ぴちゃ。

何度か水音を立ててから、すいっと水の中に潜りこみ、泳ぐように体をうねらせはじめた。口から露出している部分はもう一メートルを超えているはずだが、まだ吐き出され続けている。

「長谷川さんに見せなくちゃ」視線が囚(とら)われたままの私のかたわらで秋村の声がした。

「所長を呼んできて」

工藤が出ていく足音が聞こえた。逃げ去るような駆け足だった。

「が」

富谷の断末魔の叫びのような空気音とともに、尻尾と呼べるのか、末端が口から抜け切った。

ひとしきり富谷の上半身を鞭打(むちう)つようにのたくってから、先端の後を追って、細長い黒褐色のすべてが水の中に潜っていく。

秋村が大きく息を吐き、それから言った。

「いたね」

私は詰まった喉から声を絞り出した。

「ええ」

考えていたとおりだったのに、目の前の光景がまだ信じられずにいた。

「あんたの言ったとおりだった」

ようやく秋村の顔を見た。目尻にはいつものしわがあったが、とても笑い顔には見えなかった。

ハリガネムシは浴槽の中で蠢き続けている。目的地である水に到着したというのに、まるでもがいているようにしか見えなかった。富谷の腕や足にからみついたかと思うと、ぴちゃっ。

かすかな水音を立てて再び水面に鎌首をもたげ、蛇口にからみつきはじめた。

「うわわっ」

すぐ後ろで声が聞こえた。長谷川の悲鳴だった。

19

ハリガネムシの全長は一・八メートルあった。直径は一センチ。いまは水を満たしたガラス容器の中に入れられている。ホルマリン標本に使うような大型の容器だが、それでもこのハリガネムシには狭いようで、束ねたコードのように複雑に体をからませて水に浮かんでいる。

浴槽の中で見せた激しい動きはもうない。末端をゆらゆらと蠢かせているだけだ。秋村によれば、尖った方が頭部で、尻尾はメスの場合は円く、オスは二股に分かれているそうだが、メスだというこれは、どっちが頭でもおかしくないように見える。野生生物研究センターで目の当たりにした小さな――というより通常サイズのハリガネムシは、黒紐にしか見えなかったが、この大きさになると、黒褐色の細い胴体に黄土色のまだら模様が入っているのがわかる。まるで頭のない蛇だ。

ガラス容器は細長い簡易テーブルに載せられている。かたわらには秋村が立っていた。

ここは診療所の二階にあるリハビリテーションルームだ。十数名の人間が集まっている。小さな病院の一施設にしては部屋は広い。機材が隅に片づけられ、所内のあちこちから持ち込まれた椅子とテーブルが並べられているが、誰もがハリガネムシの容器を取り巻いたまま立ちつくしている。それぞれの見開いた目には驚きの色が、ひそめた眉には嫌悪が浮かんでいた。

秋村が声をあげる。

「座りましょうか」

人々が手近な席に腰掛ける。部外者の私は部屋の隅の丸椅子に腰を落とした。場が落ち着くのを待ってから、秋村が切り出した。

「では、説明します。これが今日亡くなったご遺体から出てきた、ハリガネムシと思われる寄生虫です」

　秋村はガラス容器に群がった人々にすでに質問攻めにあっていたが、改まった口調でまず「ハリガネムシとは何か」から話しはじめた。

「――そしてサイズは、通常十センチから三、四十センチほど。長いものでも一メートルと言われています。これほど大きな個体が報告された例はないと思います。これが本当にハリガネムシであるのかどうかは、いま大学でこちらの送った画像を検討してもらっているところです。このサンプルも次の船便で送るつもりです」

　集まっているのは、診療所の医師、看護師が長谷川を含めて四人。保健所からも四人。村役場からは三人。村長は来なかったが、副村長だという五十代の男が顔を見せていた。警察署からは捜査セクションの三上。消防団の団長と副団長の二人は、工藤が呼んだ。工藤は消防団の地区班長だそうだ。その工藤と奥さんも同席している。

「とはいえ特定の結果を待っている時間はない。同種、あるいはきわめて同種に近い存在であることは間違いないと思います。以降、ハリガネムシであるとして話を進めます。いいですか」

　誰からも声がないまま、秋村が話を続けた。時刻は午後七時半をまわったところだ。窓の外はもう闇に包まれている。

「いままでハリガネムシは人には感染しないとされてきました。しかし、そうでないことが先ほどわかりました」

保健所の職員の一人が質問した。

「亡くなった方の死因と寄生虫とは関わりがあるのですか」

秋村とともに人々と向かい合わせに座っていた診療所所長の長谷川に向けられた質問のようだったが、長谷川は答えない。浴室でハリガネムシを眺めていた時と同じように顔をしかめてみせただけだ。結局、長谷川に横目を走らせてから、秋村が口を開いた。

「おそらく、というよりかなり」

短くそう言って、部屋の隅にいる私に視線を向けてきた。

「そこにいる、東京からいらしたフリーライターさん、藤間さんが志手島の調査をしているうちに、関連性に気づいてくれたんです」

人々が一斉に私を振り向く。工藤夫妻が揃って驚きの表情を浮かべていた。誰かが呟(つぶや)いた。「調査？」

秋村が私の目を捉えて小さく頷く。「お前から話せ」ということらしい。

「自殺率の高さについての取材です」

私は志手島のこの数年間の自殺率の異常な高さと、死因が例外なく水死であることを――いまにして思えば、海へ流されたと思われるケース以外は、すべて淡水だ――説明した。ごく手短に。人々の胡乱(うろん)なものを見る視線からすると、私はあまり出しゃばらないほうがいい気がした。

秋村が手もとのノートパソコンを操作してから立ち上がり、簡易テーブルの脇に置かれていたキャスターを押して、人々のほうへ近づける。キャスターにはパソコンと接続したテレビが載っている。入院患者のための小さなテレビに映像が浮かんだ。

カマキリの尻からハリガネムシが姿を現わす光景だ。秋村はいくつかの短い記録映像を織りまぜて、カマキリやコオロギなどに寄生したハリガネムシが、宿主を水に飛び込ませる戦略について説明していく。

誰かが喉を詰まらせたような声をあげた。

「つまり寄生虫が人を自殺させるってこと？」

それにつられてもう一人。

「いやあ、信じられないな」

秋村は大きく頷いた。

「私だっていまだに信じられないよ。でも、その可能性は否定できない」

「ちょっと待ってください」眼鏡をかけた半白の髪の男が、よく通る声で言った。確か保健所の所長だ。「一例だけで判断するのは早計では？」

年長の彼の冷静な口調に、何人かが同意の声をあげる。よそ者のフリーライターの口車に乗せられているだけでは、と言いたげに。

「あの……」何か言うべきだと思って私は口を開く。何を言うべきかわからないまま。

が、喋りだす前に、長谷川が片手を上げて場を制した。ガラス容器の中のハリガネムシにまたしかめ面(つら)を向けてから、こう言った。

「いえ、二例目です。日曜日に私が検案した水死体からも、同じものが出てきています。水死体は結局、自殺と判断されました。その時の寄生虫は警察に捨てられてしまいましたが」

みんなの視線に気づいた三上が顔を上げ、俺は知らない、というふうに胸の前で両手を振った。

宿主がカマドウマに切り替わっていた映像を消して、秋村が言う。

「どちらにしても、体内にこれだけのサイズの寄生虫がいて、人体に影響がないわけがありません」

長谷川が言葉を継いだ。

「病理解剖をしようと思います」浴槽の中で動き回るハリガネムシを目撃している長谷川は、他の面々よりずっと事の重大さに気づいているようだった。「ご遺族の同意を得てからと考えていますが、連絡がつかなければ、保健所の許可だけで行ないます。それでかまいませんね」

保健所長が半白の頭を上下に揺らす。

「急激に痩せるのが症状のようです。病院からも注意を促しますが、保健所のほうからも検査を受けるように徹底した広報活動をお願いします。治療法は不明ですが、通常の寄生虫と同様の処置ならここでも可能です。東京から専門医も呼ぼうと思います」

案外いい医者じゃないか、長谷川。秋村が畳みかける。

「感染源として考えられるのは、いまのところ淡水魚です。淡水魚を生、もしくは生焼けで食べないように島民に注意を促して欲しいんです。もちろん飲食店で出すことも禁止。お願いできますか」

やんわりとではあるが、有無を言わせない口調だった。保健所長が隣にいる副村長とひそめ声を交わしてから答えた。

「早急に検討します」

「早急っていつです」

また頭を突き合わせはじめた二人に、秋村が言葉を投げかける。

「明日の昼には船が着いて、観光客がやって来ます。それまでには」

返答するかわりに、副村長が渋い声を出す。

「これは本当にウチの島のものなんですかね。私はここの生まれだけど、見たことも聞いたこともない。どこかよそから持ち込まれたものじゃないんですか」

秋村はにこやかに首をかしげる。

「だとしたら？」

目は笑っていない。

「いや、どうなのかなぁと」どこかに責任をたらい回しする相手がいはしまいか、と考えているらしい。

「ここで生まれたものにせよ、どこかから来たにせよ、こういうタイプの寄生虫が発見されたという報告はどこにもないんです。そんな未知の寄生虫がもし島の外に出てしまったら？　パンデミックになるかもしれない。そうしたら、責任を取れます？」

　副村長が声を裏返した。

「村長と相談の上、明日の昼までに対処を……」

　消防団長の坊主頭が声をあげた。

「いままで昆虫にだけ寄生していたものが、なぜ人間に？」

　坊主頭と顔見知りらしい秋村は、口調を砕けたものに変えた。

「それがわからないんだな。ただ寄生虫やウイルスが宿主を変える、あるいは範囲を広げるのは珍しいことじゃない。ＨＩＶ、ヒト免疫不全ウイルスだって、もともとはアフリカ大陸のサルだけが自然宿主だったのが、突然変異して人への感染力を獲得してしまったんだ。いまわかっていることを整理するために、もうひとつ見てもらいたいものがあります」

　秋村の手の中でパソコンのマウスがひとしきり踊る。テレビ画面に新しい映像が映った。

　夜の森で撮影した巨大カマキリの映像だ。まず三十センチ級。

「もう知っている人もいると思うけれど、いまこの島では、とんでもなく大きなカマキリが発生しています」

女性看護師が言った。

「ネットで見ました。二十九センチもあるんですって」

「いや、あれはまだ可愛いもん」

七十センチ級が画面に現われる。手前に私の後ろ姿が映っていた。

「ほら、これを見て」

七十センチ級の胴を握った私の手が映った。秋村がそこで映像を静止させる。ほんの短い時間だから動画だと見逃されてしまうのだ。

「これは、あそこのあの人の手だ。藤間さん、立ってみて、手を見せて」

人々が再び私を振り返る。私は静止画像と同じポーズを取ることにした。背中を向け、腰をかがめて、わし摑みのかたちにした手を伸ばす。

「残念ながら捕獲はできなかったけれど、こっちのは七十センチ以上あった。逃がした魚だから大げさに言っているわけではなく」

あちこちで驚愕の声やため息が漏れた。だが背中を向けているからかえってわかる。心の底からの驚きじゃない。目に届いた映像が、常識に遮断(しゃだん)されて、頭の中まで届いていないのだ。誰かが口にした「信じられない」は文字どおりの意味だろう。

「あれを、お願い」

秋村の声に私は向き直る。

声をかけたのは、保健所の若い男性職員にだった。彼が部屋を出て行くと、映像が再開されたが、暗闇の中でブレたシルエットが蠢いている映像は残念ながら不鮮明で、実際に見た人間でなければ、「言われてみればカマキリ」という程度にしか見えない。

沈黙してしまった場に、副村長の声が響く。

「えーと、その大きなカマキリと、ハリガネムシだかとに、何か関係があると？」

「うん、あるとしか思えない」

保健所の若手職員が戻ってきた。台車を押している。台車の上には動物用の檻が載っていた。

「まずはこれを見て。どうぞ近くで」

ケージが簡易テーブルの近くに置かれ、秋村がみんなを手招きする。

全員がまた立ち上がり、ケージを取り囲んだ。

口々に声をあげるのが聞こえた。今度は正真正銘の驚愕の声だった。

保健所の女性職員が短い悲鳴をあげて飛びのいた。

人垣に加わるのが遅れた私は、人々の頭越しにケージを覗く。

保護動物全般に使うケージだろうか。中型犬まで入りそうな大きさだが、柵の目は細かい。その天井部分に脚を広げてぶら下がっているのはカマキリだった。

富谷の見つけたものじゃない。それよりずっと大きかった。四十センチ近くあるだろう。色は薄い茶色。

保健所長が顔をのけ反らせて秋村に聞いている。

「なんですか、これ」

「今日、中の森での調査中に捕獲したものです」

空振りだったわけじゃないのか。同行していたらしい保健所の青年が胸を張っていた。所長の目は「なぜ報告をしない」と言っている。

三上が声をあげた。「本当にいたのか……作りもんじゃないよな」

触ってみる？　秋村に言われてぶるりと首を振った。

消防団の団長が太い指でカマキリを突っつく。カマキリが柵の間から鎌を突き出すと、あわてて指を引っ込めた。

「噂じゃ聞いてた。昔からじゃない。ここ一、二年の噂だ。なんでこんなに大きくなっちまったんだろう」

団長の言葉に、みんなが秋村を振り返った。答えを聞くために。だが、秋村は眉根をよせただけだった。

「それも、わからないとしか言いようがない。ただ似たような例はある。それもつい最近の例だ。みんな、スーパーラットって知ってる？」

ほぼ全員が首を横に振る。私もだ。保健所の女性職員だけが答えていた。

「イギリスで問題になっているものですね。日本にもすでに存在しているって言われている」

「そう。ロンドンやリバプール、イギリスの都市部でとんでもない大きさのネズミが見つかっているんだ」

秋村がパソコンから写真を選び出してテレビ画面に映した。

罠にかかったネズミを吊るした写真だった。

「最大級のものは体長五十センチ以上、しっぽを含めた全長は一メートル、体重十二キロ」

すぐ脇に立つ男と比較すると、ネズミというよりちょっとした犬に見えた。

「特別な種が野生化したわけじゃない。普通のクマネズミ属だ。もともとは志手島でも普通に見かける、猫に食べられちゃうような小さなネズミだったんだ」

秋村の話は、こんな内容だった。

ネズミは害獣として、昔から人間に毒や罠で殺されてきた。だが、長年それを繰り返しているうちに、ネズミの中から殺鼠剤に対して抵抗力を持つ個体が現われるようになった。抵抗力だけでなく毒や罠を察知する知能と機敏性も兼ね備えている。「スーパーラット」のもともとの意味は「巨大ネズミ」ではなく、そうした能力を手にしたネズミのことだそうだ。

スーパーラットは、毒に対する耐性を持つ者同士が交尾を重ねて誕生した変異型。より大型の個体のほうが毒への耐性が強いため、生き延びた大きく成長する遺伝子を持つもの同士の交配でどんどん大型化している。しかも寿命が延びた分だけ体が肥大し続ける。このままでいけば、そのうちに体重六十キロのネズミも出現するだろうとさえ言われている——

「同様のことが、いえ、さらに顕著なことがこの島のカマキリに起きたんじゃないか、私はそう考えています。突然変異というより、急激な進化。驚くほど急激なね」

診療所の若い医師がかしげた首を戻して言った。

「ネズミは哺乳類ですからまだ理解できます。昆虫って、ある一定以上には大きくなれないって聞いたことがありますけど」

「私もそう聞いていた。でも、これは?」秋村がケージの中のカマキリに目を走らせる。

「真実は教科書の中には書かれてないってことだね」

「島の気候が良すぎて、育ちすぎたのかもしれないな」

消防団の団長のやけくそ気味の軽口に、何人かが力なく笑った。秋村は否定しなかった。

「それもあるかもしれない。内地の気候だったら、こうはならなかったと思う」

「いやいや熱帯じゃないんですから」

「ううん、昆虫が越冬するのにちょうどいい気候という意味で。ひとつわかったのは、普通のカマキリは春に孵化(ふか)して秋には寿命が尽きるのに、この巨大なカマキリの場合、そのサイクルが崩れているかもしれないってこと。さっき映像に映った小さいほう——小さいと言っても三十二センチあったんだけど」

それが少なくとも去年からずっと生きていると思われることを説明する。

「カマキリは最終脱皮で羽化して、その後は大きくならないはずなのに、翅が生えた後も、成長し続けている可能性すらある」

さっきの保健所の青年の姿が見えないと思ったら、今度は水槽を抱えて部屋に戻ってきた。両手には野生獣捕獲用のゴム手袋を嵌めている。

「もうひとつ見て欲しいものがある。話の続きはそれから」

水槽が簡易テーブルの片端、ハリガネムシのガラス容器の反対側に据えられる。秋村が青年に声をかけた。

「お願いします」

青年がケージの横の扉を開けて、中に腕を伸ばす。四十センチ級のカマキリが暴れはじめた。それまで天井にじっと張りついたままだったのに、後ろ四本の脚をじたばたさせて、ケージの側面に逃げ、そこに手が伸びると、今度は床に這う。慌てているとしか思えない、やけに人間じみた動きだ。

片隅に追い込まれると、体を捩じって鎌を振り立て、ゴム手袋の拳を挟み込んだ。

「うわっ」反撃に驚いた青年があわてて腕を抜き出すが、カマキリは離れない。腕と一緒にケージの外へ出てきた。薄茶色の胴体は大柄な青年の前腕より長い。周囲にいた人々が絶句して後ずさる。

「藤間さん、お願い」

秋村の声を聞くより先に、私は青年に近づいていた。

「じっとしていて」

そう声をかけ、二の腕から肩口に這い登ろうとしていたカマキリの胸部の下方を掴む。七十センチ級のギターネック並みの胴体に比べれば、たいした手応えじゃない。いまの私にはあっけないほど細く思えた。

「どうします」

秋村が何をしようとしているのかはわかっていたが、いちおう聞いてみた。

「水に浸けてみて」

水槽の底に五センチほど溜めてある水にカマキリの尻を浸した。カマキリは激しく脚をもがかせ、虚空を鎌で掻いた。

秋村が確信のこもった声で一同に言う。

「しばらく待ってて」

さほど待つ必要はなかった。ものの数十秒でカマキリの尻から黒褐色の蠢く紐が出てきた。

「うわ「おおう「わわっ」

さっき映像で見たばかりなのに、目の前の実物に何人もが声をあげる。誰もの顔が引き攣っていた。富谷の体から出てきたものとは比べるまでもないが、これもかなりでかい。しかも太い。スマホの充電ケーブルのコードほど。いつか私が研究センターで見たものの倍はある。

尻から脱けきると、全長がわかった。四十センチはある水槽の横幅いっぱいにUの字になってうねっている。九十センチかそれ以上だ。

摑んでいた手の中のカマキリはすっかりおとなしくなった。だが、脚はでたらめに動き続けている。

「まだ生きてるぞ」三上が呟いた。事態にまだ納得がいかず、なんでもいいから秋村の言葉の不備をつこうとするように。「水死するんじゃなかったのか」

「これはお尻を水に浸けただけだから。水に飛び込んでしまうと、カマキリは泳げないから死んじゃうんだ。かわいそうだけど、どっちにしてもこの子も長くはないはずだ。ハリガネムシは出てくる時にお腹に穴を開けるし、内臓をずたずたにしちゃうから」

一人が尋ねた。「ハリガネムシはその後、どうなるんです」

「宿主を首尾よく水に飛び込ませたら、いま見てるこの姿で、水の中を回遊する。流れの少ない川や池や沼を好んで棲息地にしているから、そういうところに集まってオスとメスが交尾する。卵から孵(かえ)った幼生が水生昆虫に――」

あとは昨日、私がバナナムーンで聞いた話だった。

「この島に水生昆虫を食べる習慣はないよね。だから危ないのは淡水魚」

私はすっかり力を失ったカマキリをケージに戻す。秋村は両手を合わせてカマキリに謝り、再び席に着くよう人々を促した。

「ここからは私の仮説だ。聞き流してもらってかまわない」

そう言って水槽のほうのハリガネムシに視線を落とす。ハリガネムシは浅い水の中でのたうち続けている。人間界の法則を無視するような奇妙な動きで。

「もともと大きなサイズの新種なのか、変異種なのか、どちらにせよ、通常より巨大な、あるいは巨大化する資質を備えたハリガネムシが出現した。スーパーラットと同じだ。体を大型化させることは生物の生き残り戦略のひとつだからね」

自分の右手にある水槽の縁を指で叩いた。

「見ての通りだ。このサイズじゃいままでの宿主であるカマキリやバッタの体には入りきらない。そこで宿主の体を変化させることにした。つまり、自分たちが暮らせるサイズにしてしまうこと。カマキリはもともと短期間で急激に大型化する生き物だ。オオカマキリの場合、一センチ弱で孵化した幼虫が、たった二か月で十センチ以上に成長する。それを狂わせる。成長限界点を引き上げる——」

「どうやって？」誰かの呟きは、他のみんなの気持ちの代弁だった。どうやって？

「戦略はひとつじゃないかもしれない。寄生虫が宿主の脳をコントロールするっていう話はさっきしたよね。宿主と自分自身の栄養をより大量に確保するために、あくなき食欲を植えつけるとか。私は、まず第一に、寿命を操っているんじゃないかと考えている」

「寿命を操る？」

「寿命を操る寄生生物というのも存在するんだ。例えば、カワシンジュガイの幼生。今度はこれを見て」

テレビに映し出されたのは、カラス貝に似た黒い二枚貝だ。

画像が切り替わる。米粒のような半透明の物体だ。生き物だとしたら多くの数が群れている。

「これがカワシンジュガイの幼生、グロキジウム。グロキジウムはサケやマスの鰓の中に寄生して暮らす。なぜか寄生された魚は寿命が延びるんだ。病気に対する抵抗力が強まり、傷の治りも早くなる」

誰かが言った。「いい寄生虫じゃないですか」

「俺も欲しいな、それ」

「でもそれは、自分が生き延びるための戦略なんだ。グロキジウムが成熟するまで宿主が生き続ければ、それだけ自分が生き延びる確率も高くなる。長寿にさせるくわしいメカニズムは解明されてはいないけれど、遊離基を取り除くペプチドを注入しているんじゃないかって言われている」

「ユーリキ？」

「遊離基っていうのは、不対電子を持つ原子や分子。生物の老化に関わっていると言われている。カワシンジュガイはこの遊離基を制御する能力を持っているらしいんだ。なにしろカワシンジュガイの成熟個体は二百年ぐらい生きる例もあるそうだから」

人類は万物の霊長。人間は自分たちを地球上で最も優れた生物だと信じて疑わないが、本当にそうだろうか。大きな脳を得たために、さまざまな他の能力を失ってしまっているのかもしれない。

「このハリガネムシはまず、カワシンジュガイの幼生と似たような手段を使って、本来は数か月程度のカマキリの寿命を延ばしているんじゃないだろうか。二か月で十倍の大きさになる生き物の寿命を何倍にも引き延ばして、成長させ続ける。自分たちがその体内で成長し続けるために。ハリガネムシの寿命は一年ほどだと言われているけれど、グロキジウムのように宿主を長生きさせることで自分たちの寿命も延ばしているのかもしれない。でも、カマキリじゃ限界がある。いくらあれだけのサイズのカマキリでも——」

そこで秋村は言葉を切ってケージの中の動かなくなったカマキリに目を走らせる。それから左手に置かれたガラス容器を指で弾いた。

「ここまでの大きさになると、カマキリじゃ無理だ。だから、宿主にするべき生き物を乗り換えた——」

一人が声をあげた。

「それが?」

わかりきっている答えを確かめるための言葉だ。秋村が頷く。

「うん、人間だ。人間なら寿命をコントロールする必要もない」

ぴちゃ。

まるで相槌を打つように、水槽の浅い水の中のハリガネムシが水音を立てた。

「あくまでも仮説だ。でも、証明している時間はない。わかっているのは、とにかく人間への感染を絶対に防ぐこと。そしてカマキリのほうもこのままほうってはおけないということ」

副村長が喉に詰めものをした声を出す。

「カマキリのほうは、どうすれば？」

教えを乞う口調になっていた。

「これだけのサイズになると、もはや危険生物です。しかも日に日に——文字どおり一日ごとに大きくなっている。いまこうしているあいだにも。森林地帯への、とくに中の森への立ち入りは全面的に禁止したほうがいいと思います」

「いやあ、でもそれは……夏場はトレッキングがめあての客もいるから。観光協会ともマリンスポーツ以外の観光需要を増やそうって話が進んでて……そうそう、看板をつくりましょう。それで注意を促すってことでどうです」

観光客相手の仕事を生業にしているのだろう。消防団の副団長が頷いていた。

秋村が新しい映像を映す。それが答えの代わりだった。

どこから探してきたのか、カマキリがハチドリを捕獲している映像だった。

続いて蛇と格闘しているカマキリ。

「カマキリは通常サイズのものでも、自分より大きな蛇やトカゲ、カエルなんかを捕食することがあるんです。ましてハリガネムシが体内にいて、常に飢えさせられているとしたら——」

三上が言う。

「そういったって、たかが虫だろ。いくらなんでも大げさすぎないかい、秋(あき)ちゃ——先生」

さっき保健所の青年の腕にカマキリが這っていた時は、あわてて跳び逃げていたくせに。

「すでに鏡浦の農園で、猫が捕食された事実があります」

ボーカイの女将(おかみ)さんが胸を掻き抱いた。

「子どもも危険ですよね」

「そう。抵抗のできない乳幼児などは標的になる可能性がある」

保健所長が言った。「では、駆除の方向で動いていいのでしょうか。固有種保護のために」

秋村に聞いたことがある。志手島では島の固有種の動植物は保護されるが、外来種や保護指定されていないものには容赦がない、と。

「ちょっと待てよ」そう言ったのは、副団長だった。「ねえ、秋村先生。これだけでかいのってビッグニュースだよね」

「ええ、世界的にも類を見ないサイズですね」

「じゃあ、保護してもらわなくちゃ。ヤモリやらカタツムリやらを保護して、迷惑だっつーのに野放図に数を増やすより、よっぽど客が呼べる」

何人もが頷いた。

「そうそう、二十九センチのだってギネス級だそうじゃないですか」

「おお。日本だけじゃない。世界中から客が来る」

「空港も一気に開設だ」

騒がしくなった場に、秋村が静かな声を投げかける。

「保護と言っても実態がまったく摑めていないのです。どこが、どこまでが、生息域なのか。そして、たかが虫なのかどうかも。さきほどの映像の七十センチを超えるカマキリは捕獲に失敗しましたが、脚だけは採取しました。あとで見てください。驚くべき大きさです。子どもたちが危ないと言いましたが、大人だって安全とは言えない。あのカマキリにしても――」

そう言ってケージの中の四十センチ級を指し示す。

「まだ幼虫です」

「え」

「成虫にあるはずの翅が生えていない。さっきお話しした、十倍以上に育つ成長過程のどの段階にあるのか私にはわかりません。しかも、おそらくメスより大きくならないオスです」

私も気づいていた。翅がなく全長のわりに胴も腹もまだ細い。だから手応えがなかったのだ。

「山狩りしよう」三上が言い出した。「ようするにまとめて捕まえちまえばいいんだろ」

消防団の団長がつるりと頭を撫(な)ぜて、身を乗り出した。

「いつから始める？」

「もちろん明日から」

副村長があわてた様子で言う。「ちょ、ちょっと待ってください。そんな物騒なことをいまやらなくても……島のイメージにかかわります。せめて次の休港日になってからにしませんか」

「なに悠長なことを言ってるの。善は急げだよ。一斉検挙――じゃない、一斉捕獲だ。でかいのを捕まえて公開すれば、次の次の便でマスコミが押し寄せるぞ」

こういう時には警察が主導権を握れるらしい。三上が一転、前向きになった。そして、それは三上だけではなかった。島民の悲願だという「空港開設」という呪文が効いたのかもしれない。

「志手島カマキリ園なんていうレジャー施設をつくる手もあるのでは」

「ハリガネムシの展示もしますか」

「それはやめたほうが……」

「空港が開港すれば、外国人観光客も増えますよね。表示板も何カ国語かを併記したりして。東京みたいに」

「それより空港ができれば、ちゃんとした病院にも行ける」

「僕も行きたいな、カマキリ捜し」長谷川が言い、看護師にたしなめられていた。「だめです」

流れが一気に傾いた。だが、これは秋村が望んだことなのだろうか。ぼんやり天井を眺めている秋村の表情からは窺えなかった。

私は言った。

「俺も連れていってください」

「あん？」三上が振り向いた。眉根に皺を刻んだ顔で吐き捨てる。「よそもんは引っこんでろ」

「マスコミの人がいたほうが宣伝になるんじゃないの」と言う声の主にも、無言で睨みを利かせる。警察というよりヤクザだ。

秋村が口を開いた。

「こっちから頼みたい。さっきも見たでしょう。巨大カマキリの捕獲方法を熟知しているのは藤間さんだけだ」

熟知は大げさだが、おかげで三上はそれ以上なにも言わなくなった。とはいえ秋村の話には続きがあった。

「ただし、取材が目的なら、当面、発表も他言もしないで欲しい。興味本位で島に来る人間が増えたら混乱が起きる」

「明日の船で来る観光客にはどこまで伝えればいいんでしょう」

役場の人間が秋村に聞く。本来、副村長に相談すべきことだと思うが。

「そこはうまくやってください。島には野生動物が多いから、子どもは一人で外で遊ばせないように、とかなんとか。ですよね」

副村長に同意を求める。いちおう顔を立てているふうだが、断定口調で。

「うん、ああ、えーと、村長と相談して、そのへんはまあなんとか」

三上が声をあげる。

「よし、じゃあ明日の朝から山狩りだ。八時集合」

消防団の団長が訂正する。「六時」

「お、おう」

窓の外では木立の影がざわざわと揺れている。風が強くなってきたのだ。

20

目が覚めたのはまだ暗いうちだった。スマホの表示は4：11。長い一日になりそうだからもう少し寝ておこうと思ったのだが、すぐに諦めた。頭はすっかり冴えている。体がわさわさ騒いでじっとしてはいられない。

部屋の外の洗面台で顔を洗っている時に、食堂のあるログハウスにもう明かりが灯っていることに気づいた。

ロビーのドアを開ける。キッチンだけが明るかった。スパイスの香りが鼻をくすぐる。鍋の前に立つ工藤の背中が見えた。いつもたいてい富谷がいた食堂は闇に包まれていて、零れた光が椅子とテーブルのシルエットを浮かびあがらせている。片隅には富谷が使っていた長モップが代役みたいに立てかけられていた。

「おはようございます」

「だいじょうぶです」

「だいじょうぶなんですか」

工藤も今日の山狩りに参加する。

志手島には消防署がなく、島民有志からなる消防団がその代わりを担っている。消防ポンプ車も持っているが、工藤に言わせれば「まあ火事なんて年に一回あるかどうかだ。消防出動するのは、台風か海難事故の時」だそうだ。

「ああ。お客さんが来るのは夕飯前だ。仕込みさえしとけば、うちのやつがなんとかしてくれる」

振り向いた髭面の中の目が赤い。あまり寝てはいないだろう。私が診療所から出るときにも消防団の面々はあちこちに連絡を取ったり、翌日の準備のための相談をしていた。

「待っててくれ。いまコーヒー淹れるから」

「俺がやりますよ」

志手島の消防団員は四十数名。だが観光客相手の仕事をしている人間が多く、入港日の今日、参加できるのはたったの十七、八人だと工藤は言う。「たった」どころか、秋村と二人で森を彷徨(さまよ)っていたことを思えば、すごい人数だ。

鍋をかき回す手を休め、私の淹れたコーヒーを手に取って、工藤が呟いた。

「これで富谷の仇(かたき)を討てるかな」

「カタキ？」

「ほら、何て言ったっけ、時代劇によく出てくるだろ。弔(とむら)い……」

「弔い合戦、ですか」

「そう。いや、カマキリは関係ないんだっけ。あいつらも被害者か」

自分の言葉に一人で頷いてから、またぽつりと言った。

「十五年だ」

「十五年？」

「この島に来て十五年経つ。古株とは言えないけど、俺たちもこの島の人間だ。虫なんかにめちゃくちゃにされてたまるか」

五時半に再びロビーへ行くと、工藤は消防団の活動服に着替えていた。濃紺の暑苦しそうな上下の上着は長袖で、ズボンの裾をごついブーツに突っ込んでいる。これでも夏服で、難燃素材の活動服に半袖はない、と大きな頭に窮屈(きゅうくつ)そうに帽子をかぶった姿で言う。尻ポケットに突っ込んだ軍手も難燃タイプだそうだ。

「くれぐれも腕を防護しろって、秋村さんからお達しがあってね。あんたの腕の傷もカマキリにやられたんだって？

「がんばってね。グッド・ラック」女将さんが火打ち石を叩き合わせる真似(まね)をして言った。夫婦揃って時代劇マニアなのかもしれない。「私も行きたいよ」

女将さんも消防団員だそうで、今日、どちらが行くかは、じゃんけんで決めたそうだ。

「いっぱい獲(と)ってきてね」

釣果(ちょうか)を期待するみたいな口ぶりに私は笑ったが、工藤は大まじめに「おう」と答えていた。

工藤の運転する車が海岸沿いの道を走る。私にはもうおなじみになった野生生物研究センターへ続く道だ。集合場所は、森林生態系保護地域(サンクチュアリー)に伸びる作業用道路の入り口。前回、秋村と進入禁止を無許可で突破したところだ。

海側に並んだ街路樹の椰子が、箒(ほうき)のように葉をなびかせている。風が強い。カーラジオの早朝のニュースは台風が接近していることを告げていた。東京からのニュースだ。週明けには本州に上陸するという予想は、本土から八百キロ離れたここでどれだけ役に立つのだろう。

いったん内陸へ入った道を海岸の方向に右折すると、道の片側にはもう何台もの車両が連なっていた。パトカーの姿も見える。

列の最後尾に車を停め、外へ出た。普段は車が通らない行き止まりの道に人があふれている。

「俺はあっちに行ってくる」

工藤が顎で指したのは、消防車のように赤く塗られたキャンピングカーだ。ボディには『志手島村消防団』という白抜き文字。車の周囲には濃紺の人の輪ができていた。

私は秋村の姿を探した。

消防団のキャンピングカーの先には、2トントラックが停められている。荷台にはひと抱えはあるコンテナが山積みされていた。秋村はトラックのさらにひとつ先のワンボックス車のところで、保健所の職員と話をしていた。

「できれば一匹ずつ入れて。共食いしちゃうから。足りなくなった時には、なるべくサイズが同じぐらいのもの同士を」

秋村が覗き込んでいるワンボックスの荷台には大小さまざまなケージや鳥籠が積み込まれていた。

「トラックが持ってきた養鶏場のコンテナは使えると思う。ペットショップの犬用はちょっとすき間が広すぎる……いや、万が一のこともあるからいちおう持っていこうか」

声をかけられる雰囲気ではなく、私はとりあえずフリーライターのはしくれとして、おそらく前代未聞だろうカマキリの山狩りの出発風景を写真撮影しておくことにした。

出発の時間になった。戻ってきた工藤は、ここからは他の車に便乗して現地に向かうと言う。私は消防団員たちのワゴン車に乗り込んだ。

パトカーを先頭に、車が次々と森へ入っていく。キャンピングカーがやっと通れる狭い道に連なる車は、数えたかぎり、八台。消防団と警察、保健所、村役場の担当者、私と秋村で、人数はおよそ三十人だ。

七人乗りのワゴンの荷台に積まれたタモ網や投網(とあみ)は漁協から借りてきたものだそうで、車内は生臭い。団員たちに満ちているのは、やる気ではなく眠気のようだった。あくびまじりの世間話を聞くかぎり、今日の出動は歓迎されていない。「入港日に虫捜しかよ」「かき入れ時なのに」


サンクチュアリーの入り口前で隊列が停まり、再び外に出る。消防団員たちが二列に並ぶ。ぼんやり突っ立っていたら、工藤に言われた。「ついでだから、あんたも並べ」

人々の列の前に、三上と消防団長と保健所長が立つ。メガホンを手にした三上が訓示を始めた。メガホンがなくても声が届く距離だから、やたらうるさいばかりの、時候の挨拶から始まるどうでもいい内容だった。秋村の姿はない。

消防団の副団長が、団員に担当地域を振り分ける。

「二人一組？　単独のほうが効率いいんじゃないですか」

不満の声に副団長が答えている。

「研究センターの先生からのお達しだ。万一の危険防止のためだそうだ」

「この森で迷うようなやつは消防団にはいませんよ」

「いや、そうじゃない。カマキリに襲われた時の用心だってさ」

団員たちの間から失笑が漏(も)れた。

「まあまあ、心配性なんだよ。内地の人だから。虫相手だ。童心に返って気楽にやってくれ」

工藤は私と組もうとしてくれたが、捜索には参加しないらしい団長と副団長を除くと、残りは十六人。私はあぶれてしまった。

団員たちがケージや生鶏運搬用だというコンテナを携(たずさ)えて散っていく。工藤は自身が巨大カマキリを目撃したという戦跡近くの捜索を志願していた。

「がんばってきてください」

手を振って工藤を送り出したものの、どうすればいいんだろう、俺。三上以下三人の警察官たちにはもちろん、七人の職員のうち四人が来ているという保健所のチームにも加われない。

勝手に一人で行動しようか。いや、二人一組というルールをつくった秋村の顔を潰してはならない。みんなに失笑されているならなおのこと。

迷子のように秋村の姿を探す。

「おーい」

秋村の声がした。

赤いキャンピングカーの後部の窓から手を振っていた。

キャンピングカーの内部は、当然ながらレジャー用とは別物だった。両側にシートが並び、真ん中にテーブルがある後部の居室部分には、リビング用品の代わりに雑多な機材が詰め込まれている。名称は『災害多目的車兼用指揮車両』だそうだ。居室は『司令室』。

司令室には、秋村のほかに消防団長と保健所長がいた。副団長は運転席で待機——手っとり早く言えば、寝ていた。

「俺も捕獲に参加したいんですけど」

「私もだ。なんだか心配だよ。まあ、でも、二人じゃできないことなんだから、とりあえず任せよう。でかぶつカマキリと格闘した経験があるのは藤間さんだけだ。何かあったらみんなを指導して欲しい」

テーブルの上には黒いボックス型の機材が置かれ、そこから延びたコードがマイクと繋がっている。トランシーバーの基地局無線機だ。

「それと、朝靄が晴れたらこれを使うし。見たいでしょ」

「なにを?」

秋村がタブレットを取り出した。

「ここにドローンの映像が送られてくる」

無線機の箱型マイクのモニターが光り、目覚まし時計みたいな着信音を鳴らした。午前七時すぎ。捜索開始からまだ二十分も経っていない。

団長がマイクを握り、音声をスピーカーにする。

「北東地区。捕獲しました。二匹です」

秋村が団長に言う。

「サイズはどのくらいか聞いて」

北東地区から、ノイズ混じりの答えが返ってくる。

「……えー、一匹は……七、八センチ」

秋村の肩がすとんと落ちた。私の肩もだ。

「もう一匹はけっこうでかいです。十……いや、煙草の縦の長さにプラス一ぐらいだから、九・五かなあ」

秋村がマイクを受け取って辛抱強く訊ねる。

「翅（はね）は生えてる？」

「ハネ？　ええ。どっちも」

「じゃあ逃がしてあげて」

秋村がマイクを置いてため息をつく。

「どうも情報がちゃんと行き渡ってないようだね」

団長が坊主頭を叩いた。木魚みたいに。団長は志手島唯一の寺の住職だそうだ。

「申しわけない。昨日見たカマキリの話はしたんだけど。見ていない人間に信じろって言ってもねえ」

団長と保健所長が話し込んでいる時に、秋村に声をかけた。

「浮かない顔してますよ」唇の下に梅干しができている。

「え、私？」

「ほんとうはこんな方法でカマキリを捕まえたくなかったのでは？」

両手を頭の後ろにまわして、ため息をつくように答える。

「うーん……正直に言えば、そっとしておきたい、じっくり調査したいっていう気持ちもある。でも、ここは無人島じゃないから。人の住む島だからね。これでいいんだ、って思う。こうしているあいだにも、カマキリは成長を続けてる。凄い速さで。じっくりなんて言ってたら、何が起きるかわからないもの」

それから私に顔を振り向けて、にまりと笑った。

「藤間さんは楽しそうだね」

「そんなことないです」

「でも、顔に書いてある」

「まあ、少しぐらいいじゃない。自分も捜しに行きたくて、さっきから体がむずむずしていた。「子どもの頃の昆虫採集を思い出します」

秋村がふっと息を吐く。笑うでもため息をつくでもない、力のない息の吐き方だった。

「とんでもない昆虫採集だ」


朝靄が薄くなるのを待って、災害救助に使われるドローンが飛ばされた。秋村が画像受信用のタブレットを無線機のバッテリーに立てかける。

飛行しているのは、サンクチュアリーの入り口近く。私たちが朝まで七十センチ級を追いかけた、樹高十数メートルの木々が密集した一帯だ。

ドローンは木々の真上をかすめる高さで飛んでいる。朝日を照り返す葉が眩しい。風は依然強く、ヘリコプターで接近したかのように梢が揺れている。

映るのは、緑、緑、また緑。

秋村が操縦者に指示を送る。

「横からの映像、撮れないかな。なるべく近づいて……難しい？　だよね。でもやってみて」

ドローンが高度を落として樹木と樹木の間に入り込む。

画像が樹冠を横から眺めるアングルに変わった。

でも、映るのはやっぱり、緑、緑、緑。

木の葉模様の壁紙を眺め続けている気分になってくる。最初は秋村の両側に頭を寄せて覗いていた団長と所長はすぐに興味を失い、おかげで私は空いたスペースに頭をねじ込むことができた。

　あれだけの大きなカマキリがいままで人目につかなかったのは、ふだんは樹上に潜んでいるから。秋村の予測に従えば、地上での人海戦術より、このドローンのほうが期待できる。

「お」秋村が短く叫んだ。

「いましたか」

「シマメジロだ」

　午前九時近くなって、トランシーバーではなく団長のスマートホンに捕獲の連絡が入った。

　画像付きだ。

　緑色のカマキリが片手で押さえつけられ、すぐ脇にサイズを比較するためのもう一方の開いた手が添えられている。覗き込んだ秋村が言う。

「これ、たぶん、ハラビロカマキリだ。オオカマキリだけじゃないんだね」

　団長が聞いてくる。「どうする」

「二十四、五センチってとこか。よし、捕獲だ」

　十七センチのカマキリをギネス級だと騒いでいたのが、遠い昔のようだ。

　十五分後。今度はサンクチュアリーの西側を担当していた保健所の人間から、連絡。

興奮した口調だった。

「死体なんですけど、すごくでかいんです」

「死体？」

「白っぽくて、からからに干からびてます」

「ああ、それはたぶん脱け殻だ。大きさは？」

「ちょっと待ってください。丸まってるんで、伸ばして巻き尺で測ってみます」

消防団より保健所のほうが準備がしっかりしているようだ。ほどなくひびわれ声が聞こえてきた。

「うわ。うわわ」

「どうしたの」

「これほんとに虫ですか……五十……五、いや、五十六センチあります」

「脚も入れて？」

「いえ、頭から胴体だけで」

「ちゃんと確かめろ。蛇の脱け殻じゃないのか」所長が横から口をはさむが、蛇とカマキリをどう間違えるというのだ。所員がいらだった声を返してくる。

「鎌を持った蛇なんていませんよ」

「驚いたな……いや、驚いた」団長が念仏を唱えるように繰り返す。

やっぱりいるのだ。七十センチ級に匹敵するような大物が。

「それ、いただきます。採集をお願いします」

秋村の声も心なしか興奮している。

「そろそろ俺も行っていいですか」

怖い顔をされてしまった。

「一人じゃだめ」


午前十時半を回ったが、はかばかしい成果はなかった。基地局無線機に入る連絡は、「まだ見つからない」という経過報告か「休憩をしていいか」という問い合わせ。あとは三上の愚痴だ。「本当にいるんだろうな」「あの一匹が特別だったんじゃねえの」

十時四十七分。ドローンの映像を眺め続けていた秋村が、操縦者に声をあげる。

「いまのところに戻って、もう少し近づける？」

中の森には珍しい太い幹を持つ老木のことだ。周囲の木々より頭ひとつ高い。

「あれ、なんだと思う」

私に聞いてくる。所長は外に出て行き、団長は携帯でどこかと話をしている。

「え」

「右側に突き出た枝のところ」

「鳥がいますね」

「その左」

左？

確かに妙だった。老木の側枝が途中から異様に太くなっているのだ。

目を凝らすと、側枝から伸びた細枝に見えたものが動いているのがわかった。

枝じゃない。カマキリの脚だ。秋村がまた操縦者に指示を送った。

「いったん遠ざかってみて。真横に。そう」

タブレットに目をすがめてから、私に言う。

「あの鳥はシテジマカラスバトだよ。成鳥だから、全長は四十センチ近くある」

「ということは」

見ている間にも、カマキリはじりじりと鳥との間合いを詰めている。すぐに気づけなかったのは、枝の下に上下逆さまにぶらさがっていたからだ。そしてサイズがあまりにも――

「あのカマキリの大きさは……」

秋村が信じられないというふうに首を横に振った。

「一メートルを超えている」

とてつもない大きさなのに、カマキリの姿ははっきり捉えられない。薄茶の体色が、太い側枝の色とそっくりだからだ。静止とわずかな移動を繰り返しているからなおさらだった。

一メートル超のカマキリの動きは緩慢だった。鎌を胸元で構え、逆さまにぶらさがった枝から脚を一本ずつ引き剝がし、慎重に足場を確保してから、また別の脚を動かしている。四本の腕を持つロッククライマーのようだった。そのサイズのせいか、悠然としているふうにも見えた。

斜めに傾げた首は発射角を定めたミサイルさながらに獲物に向けられている。四十センチ近いというシテジマカラスバトは、映像の中ではまるで小さな蝶だった。

「誰か近くにいる?」

秋村がドローンの操縦者に問いかけた。

「いません。我々も百メートルほど離れた場所にいます」

「これはどこですか」私は秋村に聞く。目は画面に釘付けになったままだが、腰は半分浮いていた。

「サンクチュアリーの南側。ウドの大木ってあだ名のウドノキの老木だ」

秋村は視線を映像に向けたまま、立ち上がりかけた私のシャツの袖をつかんで引き戻す。

「やめときな。ここからだと三十分以上かかる」

森林生態系保護地域の面積は中の森全体の四割弱だが、それでも東西六キロ、南北は最大で七キロはある。私に釘を刺してから、秋村が消防団長に声をかけた。

「南東担当の人たちに連絡して。ウドの大木のところに行ってくれって」

まだ話し中の団長が片手をあげた。

カマキリが枝の上方へじりじりと攀じ登りはじめた。枝と体が十字に交差する体勢でまた動きを止めた。カラスバトとの距離はもう体半分ほど、およそ五、六十センチ。カラスバトのほうはカマキリにはまったく気づいていない。

カマキリが鋭い刃が並んだ前脚を、ゆっくりと持ち上げる。両手に凶器を構えた静かな暗殺者のように。

「ウドの大木に至急集合って連絡したよ。何かあったの」

団長がタブレットを覗き込もうとしたとたんだった。カマキリがカラスバトに飛びかかった。それまでの緩慢さからは想像できない素早さで。危機を察したカラスバトが広げた羽根に一方の鎌を引っかける。が、もう一方の鎌は空振りをし、体勢を崩したカマキリは枝から落下した。難を逃れたカラスバトが飛び逃げていく。カメラのフレームから外れたカマキリがどこまで落ちたのかはわからない。

「ドローン、高度を下げて」

秋村が矢継ぎ早に指示を送る。

「真下の地面は映せる？」

「幹の裏側に回ってみて」

地面にカマキリの姿はない。老木を上から下まで真横から舐めた映像の中にも見当たらなかった。枝を覆う繁り葉が濃すぎるのだ。

「まだ近くにいると思うんだけど」秋村が唇の下に指を押し当てて考えこむ。「幹にもっと近づける？　枝の間に突撃させる感じ」

「これ以上無理です。ドローンの専門家ってわけじゃないんで」

「そこをなんとか。だいじょうぶ。あなたならできる」

「村民の税金で購入した機材を壊すわけには……」

秋村と操縦者が押し問答をしているあいだに、私は団長にささやきかけた。

「ウドの大木っていうのはどのあたりですか」

「ああ、ええっと」僧侶の団長は森にはさほど詳しくないらしい。指揮車両の窓一面に貼られたサンクチュアリーの地図に指を向けたが、指先はくるくると輪を描くだけだ。

「どこだっけ」

聞こえていないと思っていた秋村の背中が答えた。

「遊歩道の最初の別れ道を左。百メートルぐらい行くと、右手に昇り勾配の踏み分け道がある。そこから先は神居岳（かみいだけ）の方向にまっすぐ。しばらくは上にドローンを飛ばしているから、目印にして」

神居岳は志手連山の中央の最も高い山だ。その麓（ふもと）の近くらしい。私は地図でおおまかな場所を確かめた。ここからは一キロ半か、せいぜい二キロぐらいだろう。

「あ、でも、あの辺は部外者は許可なく立入禁止の場所じゃ……」

団長の言葉を秋村が遮った。

「許可します」

ようやくお許しが出た。

「そのかわり、お願いがある。ウドの大木の手前に竹林があるから、そこでできるだけ長い竹を三本持ってって」

団長が言う。「四人向かわせた」

「じゃ、五本」

下から木を突っつけってことか。でも、「いいんですか、保護地域の植物を勝手に伐(き)っちゃって」

「だいじょうぶ。外来種のリュウキュウチクだから。お祭りの時にも使ってる。ねえ、団長」

「そうだっけ」首をかしげてから、団長が仏像みたいな笑みを浮かべた。「何か言われたら、仏事に使うって言いなさい。あ、鉈(なた)持っていく？　いいのがあるよ」

「葉の繁ったところより、幹とか太い枝を突ついてみて。木肌に擬態して隠れている気がする。それと、みんなにはくれぐれも無茶しないようにって言ってね」

団長の愛用品だという漆(うるし)塗りのホルダーに入った鉈をベルトに突っ込んで、外へ飛び出した。

遊歩道というのはサンクチュアリーの観光用の指定ルートのことだ。歩きやすいここを走って時間を稼いだのだが、遊歩道から外(はず)れたとたん、道らしい道はなくなった。踏み分け道というより、獣道（けものみち）だ。おまけに昇り勾配が続いた。

ようやく少し下り、まともな道にたどり着いた先に、秋村が言ったとおり、竹林があった。

竹の高さは四、五メートル、太さもせいぜい物干し竿ほど。銘が入った団長の鉈の切れ味が秀逸だったおかげであっさり五本が手に入ったが、運ぶのに苦労した。道が広くなったとはいえ、縦に持てば頭上の枝に邪魔をされるし、余分な小枝は払っておいたのに、水平に持てば曲がりくねった道の木立に引っかかる。秋村の予言通り、三十分過ぎても目的地にはたどり着かなかった。道を間違えたか？

焦燥に駆られて足ばかりが空回りした。道に迷ったかもしれないという焦り（あせり）ではなく、一メートル超の巨大カマキリを捕獲する瞬間に立ち会えない焦燥だ。いや、立ち会うというより、できれば自分の手で捕獲してみたかった。

来た道を戻って別の方向へ進むために踵（きびす）を返した時、人の話し声が聞こえてきた。声の方向へ歩くと、頭上で交錯する木々の枝のすき間から、ドローンとさっきの老木のものらしき梢が見えた。

映像ではある程度の空き地に見えたが、実際には背の高い樹木が多いために樹間が広いだけの森の中だった。ただ、頭上を覆う大木の繁りが深いぶん、地表を覆う下草はそう多くなく、丈も低い。

ウドの大木の下には四人の男が集まっていた。まだ捕獲には成功していないようだ。

全員が樹上を見上げている。少し離れた場所にいる二人組はドローンの操縦班だ。一人がコントローラーを抱えている。

「いましたか」

私の問いかけに一人が振り返る。

「俺たちも来たばっかりなんだよ」

もう一人が言う。

「一メートルのカマキリって……だいじょうぶか、秋村先生」

信じていないらしい。私に向けてくるのは、妄想コンビのかたわれが来た、とでもいうふうなまなざしだ。目の隅が笑っている。

私が来ることを聞いていたらしいドローン班の操縦者じゃないほうが駆け寄ってきた。

「何もいないようですが」

「え？　でも、見たでしょ、あなたたちも」

「いや……何かが動いているのはわかったけど、何だったのかまでは……先生に言われて私はすぐに木の真下に行きましたけど、何も見えませんでした」

抱えてきたリュウキュウチクを放り出して言った。

「映像には確かに映ってました。シテジマカラスバトが小さく見えるほどのカマキリが。色は茶色です。木肌に擬態して張りついているかもしれない」

消防団員の一人が露骨に肩をすくめた。

「ああ、それは先生にも聞いたけど、いないものはいない」

私もウドノキを見上げる。ウドと言っても「独活(ウド)」とはまったく別種の大きな広葉樹だ。樹上に目を凝らしたまま円形テーブルほどありそうな根周りを一周した。確かに、姿はどこにも見えない。

団員の一人が誰に言うともなく言った。

「登ってみましょうか」小柄で機敏そうな男だ。「俺、ボルダリングやってるんで」

「おお。それがいい。いや、待て、いちおう許可を得っか……」四十半ばのリーダー格らしき男がトランシーバーで司令室に連絡を取る。手間取っているとわかると、小男は返事を待たずに木の幹に歩み寄った。

「これを持って行ったほうがいい」私は団長の鉈を男に渡した。

「え？　なんで？」

「万一の護身用です」

カマキリから護身？　男は笑いを含んだ鼻息を漏らしたが、「ありがとう」と言い、鉈をベルトに挿(さ)す。

確かに身軽だった。背の低い彼には手が届く枝はなかったが、幹の小さな瘤(こぶ)に両手で取りすがり、体を振り子にして最初の枝に片足をからませる。斜め上の次の枝には片手懸垂(けんすい)で取りつく。トランシーバーで話していたリーダーも、通話の相手——おそらく秋村——に請け合っていた。

「……いや、もう登っちゃいました……ご心配なく。だいじょうぶですよ、サワマツなら」

サワマツはものの一分で地上から五メートルの高さまで登った。私は下から声をかける。

「幹と太い枝をよく見てください。体の色は木肌とそっくりなんです」

カマキリは擬態する――初めて中の森に入った時に、秋村から教わった。その後、自分でも調べてみた。木の幹に擬態するキノハダカマキリという種は、ネットの写真を見ても、どこにいるのか、画像を拡大するまでさっぱりわからなかった。

樹上から答えが返ってくる。

「異常ありませーん」

「幹の反対側はどうですか」

結局ドローンが裏側に入れず、カメラには映せなかった場所だ。真下のここからでも鬱蒼(うっそう)とした葉が邪魔をして見通せない。私は「気をつけて」と言い添えた。老木の幹は差し渡しが一メートル以上ある。大人の男が張りついていても、反対側からでは気づかないだろう。

「異常なーし」

十メートル。サワマツはカマキリが這っていた太い側枝のすぐ下まで達していた。さすがに心配になったのか、団員たちが声をかける。

「おーい、そろそろ戻ってこーい」

「命綱なしじゃ危ないぞ」

しばらくして裏返った声が聞こえてきた。

「うわ」

「どうしました」私の声も裏返ってしまった。

「なんか妙なものが枝に……落としますよ」

何かが落下してきた。白っぽくて半透明の薄い布のようなもの。最初は簡易レインコートかと思った。

「なんだ……これ？」団員たちが絶句した。

捩じれてくしゃくしゃになったレインコートには細い脚がついていた。

「宇宙人のミイラか？」

私が拾って両手で掲げてみた。コートを体にあてがうように。

くの字に折れた脚を伸ばすと、私の腕より長かった。前脚とおぼしき部分にはノコギリのようなぎざぎざがついている。飴細工のようによじれていたが、これも伸ばせば六十センチはあるだろう。頭の部分がちぎれていたが、初めて見るそれが何なのか、私にはすぐわかった。

「カマキリの脱け殻だと思います」

並んだ顔が揃って目を丸くした。一人がおそるおそる手を伸ばしてくる。

「カマキリって脱皮するのか」

「にしても、でかすぎない？」

リーダーが片手を振った。「いやいやいや、そんなわけないだろ。蟹だよ、脱皮した蟹の脱け殻」

「いやでもヨシオカさん。蟹ったって、こんなでかい蟹、島にはいないでしょ」

「タカアシガニの脱け殻がときどき漁船の網にかかるんだよ」

「でもなんで木の上に？」

「ほら、この風だ。漁港から飛んできたってとこだな」

年長者の言葉に若い他の面々が頷こうとしている。私はコートの皺を伸ばすように捩じれて丸まっていた胴体部分を伸ばしてみた。細長い流線型を二つ繋げたような形をしていた。

「こんな蟹の甲羅がありますか？」

前脚を持って肩からさげた。皺くちゃに縮れているのに、それでもその末端は私の太ももにまで達している。

リーダーは私の言葉と正体不明の物体にそっぽを向き、瑣末な現実にすがるように言う。

「えーと、竹で木の上を探せっていうお達しだ。ちゃちゃっと済ませよう」

誰かがぼやいた。

「そろそろ港に船が着く頃っすよね。俺、夕方までには仕事に戻らないと」

もう手がかり(ホールド)がない。ロープがあれば、まだ行ける自信があるんだけど。不本意な結果に終わったスポーツ選手みたいなせりふとともにサワマツが降りてきた。

ウドノキはたっぷり葉を繁らせた枝を四方に伸ばしている。その枝先は周囲の木々の枝と交錯していた。他の木に移ったのだろうか。普通サイズのカマキリが草の葉から別の葉へ移動するように。

しばらく五人で周囲の木立を竹で突ついた。とはいえ、竹の長さはせいぜい五メートル。この辺りの高木の上方にはまるで届かない。団員たちが黙々と作業をしているのは、たぶん団長からの指示があったからだろう。とても熱意があるふうには見えなかった。

頭上ではドローンも飛び続けているが、トランシーバーに新しい発見を知らせる連絡は入ってこなかった。

ウドノキの隣の木々、そのさらに周囲の木々と捜索範囲を広げたが、一メートル超のカマキリの姿は、どこにもなかった。

一時間後。見上げ続けていた首を揉みながらリーダーがトランシーバーで訴える。

「何もいませんね」

団長の読経(どきょう)で鍛えたのどかな大声が離れたここまで届いてきた。

「あー、じゃあ、昼飯休憩にしてくれ」

私はトランシーバーを借りて秋村と話をした。

「まだ見つかりません。でも、確かにいたはずです。脱け殻を見つけました。脚の長さからすると、このあいだの七十センチ級の一・五倍はある。さっきのやつのだと思います。もう少し捜せば……」

「でも、みんなは昼休みなんでしょ。ゆるらゆるらの島だからね」

「俺一人で捜します」

「まあまあ。どうどう。それより、その脱け殻を持って戻ってきて。昼休みには役場や保健所の人たちがいったん帰ってくるらしいから、脱け殻だけでも見せよう。私たちが最初にすべきことは、みんなに信じてもらうことみたいだ」

確かにそうだ。秋村もあちこちからの連絡の声の裏側に、今日の捜索の空気の冷やかさを感じ取ったのだろう。団員たちの多くは昨日捕獲された四十センチ級さえ見てはいない。副団長は「各自のスマホに昨日の映像を送って情報を共有した」と言うが、どんな映像を送ったことやら。それすらろくに見ちゃあいないと思う。いきなり一メートルを超えるカマキリがいる、などと言っても信じはしないだろう。

「わかりました」

「無理もないけど。私だっていまだに信じられないんだから」

「俺だって同じです。幻でも見た気分だ」

トランシーバーが震わせている秋村の声は心細げに聞こえた。

「ほんとうに幻だったらいいのに」

サワマツの班が持っていた大きなケージを借りたいというと、もてあましていたらしい彼らは快(こころよ)く譲ってくれた。ひそかな嘲笑(ちょうしょう)を浴びながら、その中に慎重に折り曲げた脱け殻を収めて指揮車両に戻る。

来た道を辿(たど)り、遊歩道に入った。二、三分歩いた先で、消防団員二人がのんびりと持参した弁当を食っていた。かたわらのケージは空っぽだ。

「お、記者さん、司令室に戻るの？」

一人に声をかけられた。

「ええ」

「じゃあ、見てほしいものがあるんだ。カマキリとは関係ないんだけど、役場か保健所に報告しておいたほうがいいかもって思って」

「なんでしょう」

もう一人が言う。

「ちょっと待って、飯を食い終えてからでいいかい。あんまり見て気持ちいいもんじゃないんだよ」

握り飯の最後のひと口を放り込むと、男たちが立ち上がった。遊歩道の脇の繁みに入っていく。低木の下に丈の低いシダが生えているだけの、サンクチュアリーの中では植物の密度が濃くはない、初心者向けの原生林みたいな一帯だった。

彼らが何を見せようとしているのかは、臭いと蠅の羽音でわかった。

シダの繁みの中に動物の死体が埋もれていた。

シダの葉を掻き分け、巨大な蠅を手で払いながら、私に声をかけてきた男が言う。

「ノヤギだよ。どこかのフェンスの保護ネットが破れちまったんだと思う」

死臭が鼻を突く。もう一人が言った。

「まだ子ヤギだ。ちょっとのすき間で入り込めちゃうからね」

子ヤギといっても、中型犬ぐらいのサイズがある。首から胸にかけての肉が消え、頸椎と肋骨が剝き出しになっていた。黒と白のまだらの毛皮が包装を剝いたように押し広げられている。

「保護ネットの破損だけならいいんだけど、あとさ、これ食われてるだろ」

「ええ、あきらかに」

食い残した肉はまだ干からびてはいない。かすかに赤味が残っている。古い死骸ではないはずだ。ただし、周囲に血の痕は少ない。

「ノネコが食い荒らしたにしちゃあ、食いっぷりが凄すぎるし、ほら、そこに糞が落ちてるだろ」

男が指さした先、シダの葉の上に糞がへばりついていた。白と黒が混じった鳥の糞のような色合いだが、人糞と言ってもいいぐらいの大きさがある。

「ヤギのものじゃない。カラスバトにしちゃあ大きすぎる」

もう一人が言葉を継いだ。

「犬のだよね、大きさからして。野良犬が出たなんて話はここんとこ聞かないけど、もし保護地域に野犬が入っちゃったとしたら、問題だよね」

まだ真新しい糞だった。鼻を寄せると死臭とは別の臭いがした。肉食の生き物の排泄物を思わせる強烈な臭いだ。大きさは違うがよく似たものを見たことがある。研究センターのカマキリの飼育箱の中で。

「わかりました。伝えておきます」

「こんな時によけいなことかもしれないけれど」

「いえ、関係なくはないと思います」

それだけ言った。何がヤギを襲い、貪り食ったのか、私には想像がついたが、いまのところそれを信じるのは秋村だけだろう。


サンクチュアリーの入り口にたどり着いて、金網フェンスを抜けると、女の声がした。今日の捜索隊には秋村を含めて女性は三人しか参加していない。誰だろう。よく通る声だった。

「――が志手島の森林生態系保護地域、サンクチュアリーと呼ばれる場所の入り口です。この島のジャングルに未知の巨大生物がいるとの情報を入手した我々取材班は」

三上の怒鳴り声がした。

「おい、何やってる」

フェンス沿いに並んだ車の列の最後尾に、捜索隊のものではない軽のワゴン車が停まっている。そのさらに先、サンクチュアリーのフェンスを背にして女が立っていた。片手にマイクを握っている。女の向かい側には業務用のビデオカメラを構えた男。三上が二人の間に分け入り、カメラのレンズに蓋をするように手を広げていた。

「だめだよ、勝手に入ってきちゃあ」

女がさっきまでとは別物の金切り声をあげた。

「ここはまだ一般道でしょ。文句を言われる筋合いはありません」

男女の両脇に二人の制服警官が立った。命令を待つ番犬のように。女は迷彩柄のトレッキングウエア。夏場の南の島で身につけるには大げさな、いかにも着慣れていない新品だ。対照的にカメラを担いだ男のほうは、Tシャツとダメージジーンズという軽装で、もじゃもじゃした鳥の巣のような長髪。

「一般道じゃない。そもそもいまは森全体が立ち入り禁止だ。港に警告文が貼ってあったろうが」

「知りませんよ、そんなもの」女がウェーブのかかったセミロングを揺らしてかぶりを振る。「こっちはサンクチュアリーの中に入るためにガイドさんも予約してたんですよ。それが港に着いたら、いきなりトレッキングツアーは禁止って——なぜですか」

騒ぎがあれば首を突っ込むのが私の仕事だ。私が歩み寄ったことに気づいた三上が、あっちへ行ってろ、というふうに片手を振ったが、私につられて近くにいた人間たちも集まってきて、たちまち周囲に人の輪ができた。

「安全確保のためだ」

鳥の巣頭は、周囲の視線に身を縮めて、カメラのレンズも下に萎えさせていたが、女のほうは気にも留めない様子で、小柄な体を反り返らせて、三上に敢然と立ち向かっていた。

「なんのための安全ですか」

「答える必要はない」

「巨大カマキリに関係があるんですか」

「ノーコメント」

伊沢は、内地ではまだ大きなニュースになっていないと言っていたが、嗅ぎつけてやってきた連中がいたのだ。今度の船便で。

役場の環境課の人間と保健所の所長が駆けつけてきた。ふて腐れて黙りこんでしまった女にかわって、男のほうが二人と話しはじめる。ぼそぼそした声で、加わった二人もひそめ声だったから、何を喋っているのかがとたんにわからなくなった。

「まずいね」

声に振り向くと、すぐ下に秋村の顔があった。

「ゆるらゆるらとは行かなくなったみたいだ」

女は「わ」ナンバーの軽自動車の前に戻り、スマホでどこかと話しはじめた。番犬の役目を終えた三上も、吠え疲れた顔で会話からはずれ、こっちへ歩いてきた。

「どこの人たちですか」

私の問いかけには答えない。眉間に警棒が挟まりそうな縦じわをつくっただけだ。

「どこの人たち?」

秋村が聞くと、眉間がつるつるの平坦になり、笑みさえ浮かべた。

「ああ、アキちゃん。あのね、テレビ局の取材なんだって。NINJA=TVだっけか。知ってる?」

私も秋村も首を横に振る。三上が秋村にだけ教えるというふうに囁き声を出す。

「ネットのテレビ局とやらだそうだよ」

納得したのかどうか、男も軽自動車に戻り、抗議がわりの荒々しいエンジン音を立てて切り返し、立ち去った。

私はケージの中の脱け殻を見せ、ヤギの死骸のことを伝えた。曇り顔で秋村が呟く。

「急がないと。良くないことが起こらないうちに」

工藤に持たされたスモークサーモンサンドの昼飯を食い終えた私は、再び出動の機会を窺っていたが、午後になってもはかばかしい成果はなかった。

「取り逃がしたが、三十センチ以上のものを目撃した」という情報が一件。

午後三時過ぎに、サンクチュアリーの東の端のフェンスに張りついていたという二十センチ弱が捕獲された。捕まえたメンバーは意気揚々と引き上げてきて、他の面々も驚きの声をあげていたが、私や秋村には、逆に焦りさえ誘う小物だった。

しかも一時は収まっていた風がまた強くなっていた。台風は、本土を逸れて、志手島の方角へ向かっているそうだ。

私が持ち帰った脱け殻――きちんと皺を伸ばして測ったら、前脚から上が欠けているにもかかわらず九十一センチあった――と、保健所の職員が見つけた五十六センチの脱け殻を見て、漁協の職員だという団員は断言した。

「タカアシガニの脱け殻のわけがない。そんなことを言うのはど素人だ」

ただしカマキリの脱け殻だと話すと、こう言った。

「特大のニシキエビの可能性はある。とにかくでかいんだよ、ニシキエビは。伊勢海老の倍はある」

ウドノキ周辺では午後も捜索が続けられているが、一メートル超のカマキリは依然姿を現わさない。澤松が救助用のロープを手に入れて、目ぼしい木に登っているそうだ。

私は秋村にぼやく。

「これだけの人数でも見つからないんですね」

「ここの森の広さからすれば、たいした人数じゃないよ」

地図上ではサンクチュアリーのほんのとば口に思える近さだった、ウドノキの老木までの道のりですら私は迷いかけた。サンクチュアリーだけでも富士山の樹海とそう大差ない面積があるのだ。言われてみれば、十一組の人間が歩いても、牧場を二十二匹の蟻が這っているようなものだ。

「人海戦術が逆効果だった可能性もある。今日は風も強いし。カマキリたちはどこかに隠れてしまったのかもしれない。野生の生き物は臆病だから」

「あれだけのサイズがあっても？」

「大きさは関係ない。マウンテンゴリラだってとっても臆病だよ。ちょっとした物音にも怯えて隠れちゃう」

トランシーバーからの連絡も、報告ではなく、捜索の終了時間の問い合わせや、そろそろ帰りたいという要求ばかりになってきた。

「夕方から店を開けなくちゃならない」

「明日はイルカウォッチングの予約が入っている。船の点検をしておかないと」

「保育園に子どもを迎えに行く時間だ」

午後四時には、十八人いた消防団員は十三人に減った。

入港日の今日は、本来なら街や港で忙しく働いていなくてはならない人間が多いのだ。団長が応対しているそうした会話を聞くたびに、秋村は「ありがとね」「ごめんね」と呟いている。これが仕事のタネになるかもしれない私はともかく、研究や功名を捨てて何日もろくに寝ていない赤い目をしている秋村にも、誰かが「ありがとう」と言うべきである気がした。

人間に寄生するハリガネムシや巨大カマキリがこのまま放置され続ければ、今日の夜や明日の仕事どころじゃない。観光で生きるこの島は破滅する。天国にいちばん近い島ではなく、地獄の島になってしまう。

日射しが薄くなっていく窓の外に目を凝らしていた秋村がぽつりと言った。

「あとはライトトラップに期待だ」

「どこに仕掛けるんです。ウドノキのところですか?」

秋村が下唇にひとさし指を押し当てた。

「考え中。いちばん効果的な場所——っていまのとこ見当たらないんだけど」

午後四時二十分。基地局無線機がひさしぶりに着信音を鳴らした。聞き慣れた声が流れてくる。

「見つけた。しかも何匹もいる」

工藤からだった。

「画像を送った。それを見てくれ」

スマホの画面を開いた団長が絶句していた。

緑色のカマキリが水に浮いている。フラッシュを焚いて撮影されたものだ。周囲は暗い。団長の旧式の小さなスマホの画面でも、その大きさは歴然としていた。サイズを比較するために広げられた手が写っているのだが、手は水のかなり手前にあるはずなのに、カマキリはその数倍もの体長があった。

「場所は？」

秋村の問いかけは確認のためだったと思う。工藤の担当地域からして、こんな場所はひとつしかない。

「戦跡だ。要塞の中。昨日の先生の話を思い出して入ってみたんだ」

確かに大量の水がある場所はサンクチュアリーの中では、あそこだけだ。

「サイズは？」

工藤が簡潔に答える。

「化け物だ」

それから言葉を続けた。

「少し離れた場所で水に浮いている。引き揚げていいか。俺たちだけで動かしてもいいなら、正確なサイズが測れると思う」

こっちに来い、自分たちの目で確かめろ、と言いたいのだと思う。来て欲しいのだ。自分の見ているものが幻覚ではないことを、他人の目で確かめたくて。

私は立ち上がった。

「行ってもいいですよね」

秋村が頷いた。

「私も行くよ」

　サンクチュアリーの中に車は乗り入れられない。たとえ許可されたとしてもそもそも走行できる道は少ない。歩くしかなかった。できるかぎりの早足で。

　年齢と肥満を理由に団長たちは同行を断念し、私と秋村と一緒に出発したのは、保健所長と、持ち場から戻っていた役場の環境課職員、消防団の若い団員二人だ。

　戦跡に着いた時には、日が落ちかかっていた。時刻はまもなく午後六時。志手島の日没は東京より少し早い。苔むした日本軍の要塞跡は、夕日に照らされて、緑色というよりオレンジ色に見えた。

　内部は前回入った時よりさらに暗く、ひんやりとしている。四角い廃墟の奥、地下へ続く階段から工藤が顔を出し、手招きをしてきた。

　階段には周囲の担当地域から集まってきた人間たちが影法師となって立ち尽くしていた。階段の奥は闇に包まれていて、こちらを振り向いた顔が見て取れるのは手前に立つ何人かだけだったが、その全員がいつからそうしているのか、驚きの表情を張りつけたままだった。

　所長と秋村のために懐中電灯が灯され、狭い階段に道が開けられる。私も二人の背後にぴったりつき従って、列の前にまぎれ込む。

七段降りた先は一面の水だ。水面は昏い。このあいだより水位が上がっていた。七段目に立った工藤と、同じ班のもう一人が懐中電灯の光を水面に投げかけた。

水際から一メートル半ほど先に、カマキリが浮いていた。六本の脚を広げたその姿は、昆虫というより深海の未知の甲殻類のようだ。体長は一メートル近い。微動だにしないが、いまにも脚が動きそうに見えるのは、緑の体色がまだ艶々と光っているからだ。おそらく死骸になってからそう時間は経っていないだろう。

「驚いたな、本当にいたんだ」

所長が常識の外から突きつけられた刃にうめき声をあげた。

一匹だけじゃなかった。そのすぐ脇には、三十センチ余りのカマキリ。少し向こうの流木と見間違えそうな茶色のカマキリは四十センチ近くあるだろう。どちらもやはりまだ新しい死骸だ。

秋村と役場の職員が写真と動画を撮影する。他の面々もスマホのフラッシュを焚いた。神田出版への義理で私もシャッターを切る。

「引き揚げよう」

工藤がタモ網の柄で一メートル級のカマキリを水際まで引き寄せる。相棒の男が腕を伸ばして水から揚げた。

「うわ、けっこう重いぞ」釣った魚のように両手で抱えて言う。

「どれ。私も」

男から受け取った秋村がよろけたから、すぐに私が引き受けた。確かに昆虫としては桁外(けたはず)れの重量だが、一メートルの体長からすれば、私にはむしろ軽く思えた。

カマキリが手渡しで地上に運ばれていく。あわてて手袋を嵌(は)める者も、気味悪がって触れようとしない人間もいた。

秋村が誰にともなく聞く。

「ここの深さはどのくらい?」

階段の後方にいた団員が言った。

「いまは二メートル以上あると思います。俺、森林ガイドをやっていて、ここにはよく来るんですけど、いちばん水が引いてる時には階段があと七、八段下まで水面から出ているんです。それでも水底が見えないぐらいだから」

「涙人湖に繫がってるんだよね」

「ええ」と誰かが答えた時、
ぴちゃ
水音がした。

工藤が音の方向に懐中電灯を向ける。

黒い穴のような水面に光の輪が浮かぶ。何の影も見えない。だが、確かに何かがいる証拠に、水面に波紋が浮いていた。

秋村の声が低くなった。

「ここには魚は？　ベタとか？」

　工藤が答える。

「聞いたことがないな。涙人湖に通じているっていっても、ここのコンクリートと岩盤のすき間から水が漏れている程度のはずだ」

　秋村が頷き、独り言のように呟いた。

「〇・〇四ミリのすき間さえあれば、十分だ」

〇・〇四ミリ。ハリガネムシが水中に産みつける卵の大きさだ。意味不明の言葉に首をかしげる一同を置いてきぼりにして秋村が言葉を続けた。

「ライトを用意できる？　それとダイバーも」

　工藤が即答した。

「志手島だ。ダイバーはいくらでもいるよ」

「潜って確かめたいことがあるんだ。ライトはすぐに使えるかな？　できるだけ強力なの」

　消防団員が答えた。

「本部に戻れば投光機があります」

「何時間で持って来られる？」

　役場の職員が呆れ声を出す。

「すぐって……いまからって意味ですか」

「うん、だめ？」

何かにとり憑かれたような秋村の無茶な要求に、さすがの工藤も首を縦には振らなかった。

「明日にしたほうがいい。ダイビング道具だって運ばなくちゃならないし、いくらこの中が暗くても、外が明るいほうがまともに作業ができる」

秋村の肩が落ちた。

「だよね。じゃあ、明日からお願いします。あとは何人か残って手伝ってくれる？　ここにちょっとした仕掛けをつくっておきたいから」

ちょっとした仕掛け。ライトトラップだ。秋村はここをその場所に決めて、私と消防団員二人にバッテリーやスクリーンを運ばせていた。


今日の捜索はここで解散になった。

私と秋村と消防団員の二人が残り、要塞の手前にライトトラップの設置を始めた。

「この後はどうするんです」スクリーンを広げながら秋村に聞いた。「徹夜で見張りますか」それならつきあうつもりだった。

秋村が顔をしかめて首を横に振る。

「地底湖は一刻も早く調査したかったんだけど。明日も忙しくなりそうだからね、こっちのほうはゆるらゆるらで。ふっふっふ、今回はハイテク機器を持ってきたんだ」

ハイテク！　久しぶりに聞いた。秋村が背負ってきたリュックの中を探りはじめた。やけに重そうだと思っていたのだ。出てきたのは初めて見る機材だった。全部で三台。

「なんですか、それ」

カメラに見えるが、普通のデジカメより大きい。ハガキ大で、厚みは六、七センチほどある。表面は迷彩柄。

「トレイルカメラ。野生生物の観察用カメラだよ。しばらく使ってないから、ちゃんと動くかどうか。まさかカマキリに使うとは思わなかったよ」

生き物が近づくと、センサーが反応して撮影を開始するカメラだそうだ。夜間撮影も可能。ただし三台中二台は野生生物研究センターの前任者が置いていった古いタイプで、ちゃんと作動するかどうかは使ってみないと、わからない。

秋村はその中の一台を愛おしそうに撫ぜた。「これだけは新型」と言うが、形も色も他の二台とよく似ていて、どこが違うのかわからない。

「シテジマオオコウモリの生態を調べるために、大学に申請してようやく手に入れたヤツ。動体センサーだけど、虫みたいな小さな生き物は無視する優れモノだ。他のは現場に戻って直接モニターで映像を確認しなくちゃならないんだけど、これだけは映像を飛ばして端末で見ることもできるんだ」

手に入れるのに苦労したのか、やけに嬉しそうだった。

「端末ってたとえば？」

「えーと、スマホ、とか？」

「スマホ？」思わず聞き返した。「秋村さん、持ってないでしょ」

「うん、もちろんパソコンにも送信できるから、私はそっちでチェックするよ」

三台のトレイルカメラのうち、旧式の二台は要塞の左右の戸外に設置し、侵入者を監視する。映像を送ることができるという新型は要塞の内部に置き、入り口をカバーするアングルに固定した。

「意地を張らないで使ったらどうです、スマホ」パソコンやデジタルカメラは普通に使っているんだから。「一晩中パソコンを抱えているつもりですか」

「考えとくよ」おそらく考えていないだろう口ぶりで答える。「とりあえずいまはないんだから。同時に複数の場所に送れるから、携帯への映像は信頼できる助手に送信するようにセッティングしとく」

「助手って？」

秋村が周囲をぐるりと見まわしてから、にんまり笑った。

「あんたしかいないでしょ」

消防団員の一人に送ってもらってオテル・ボーカイに帰り着いたのは、午後九時を回った時刻だったが、食堂は喧騒に満ちていた。新しい客たちの夕食が酒宴となって続いているのだ。

「おかえりなさーい」

女将さんの声が私を出迎える。疲れを溶かすようないつもの声だった。食堂では見知らぬ女性が客たちの相手をしている。丸顔で化粧が濃くて愛想のいい、女将さんの背を数センチ縮めて、数キロ太らせたような人だ。

「あれ、私の姉。仕事を休んで手伝いに来てくれたの。かわりに……」

客の前での満面の笑みが一瞬崩れそうになったが、すぐに顔に張り直す。富谷の葬儀は宿泊客が帰る出港日の翌日に行なわれることになった。

私より何十分か早く帰っただけなのに、工藤はもうキッチンにいた。勝手に中に入って挨拶をする。

「お疲れさまでした」

「お互いさまだよ」

タコ糸で縛(しば)った牛肉の塊に丁寧な手つきで塩を振っている。そのタフさに私が驚きの目を向けると、照れたように呟いた。

「明日の仕込みだけやっておこうと思ってね。ダイビング道具はいつも車に積んであるから。空気の充塡ももう頼んである」

「え？　工藤さんが潜るんですか」

胡椒挽(こしょうひ)きに持ち替えた手を止めて、当たり前だろ、という顔を向けてくる。

「俺が見つけたんだ。俺がやる。ダイビング歴は長いんだよ。森林ガイドをやってるのは仕事で、遊ぶのは海だから。だいじょうぶ。相棒はインストラクターをやってるやつに頼んであるから」

いつ寝ているんだろう。工藤も秋村も。そういう私もこの二日間、ろくに寝ていないことを、眼球の裏側のかすかな痛みで思い出した。

「手伝いましょうか」

どうせ拒否されると思って言ってみたのだが、工藤が頷いたから、驚いた。

「じゃあ、そこらへんの野菜を適当に切ってくれ」

「え？　だいじょうぶなんですか、俺がやっちゃって」

「ああ、どうせローストビーフの下に敷くやつだから」

夕飯は港近くに出かけて、まだ開いている店を探すつもりだったのだが、工藤は用意してあるから食べろという。メイン料理はブイヤベース。工藤の料理だ。まずいはずはなかったが、丸ごと入った海老に、いまは野生生物研究センターに運びこまれたはずのカマキリの脱け殻を思い出してしまった。

食堂で夕食をとっているあいだも、部屋へ戻っても、私はかたわらに置いたスマホを睨み続けている。共同シャワーを浴びに行った時も、ドアのすぐ向こうの脱衣所の床に置いていた。そうして、トレイルカメラからの映像を待っていた。

酒が飲みたかったが、明日のために控えることにして、十一時にはベッドに潜り込んだ。昼間の光景がまぶたにちらついてなかなか眠気は訪れない。明かりをつけてかたわらに置いたスマホを手に取った。そうしたところで鳴り出すわけでもないのに。

何度かそれを繰り返しているうちに、いつのまにかスマホを放り出して寝ていた。


着信音に起こされたのは、四時半にセットしたアラームが鳴る前だった。

飛び起きてスマホを手に取る。

動画が送られていた。

モニターに要塞の中から入り口を捉えた映像が浮かびあがる。屋内と入り口のほんの少し先までは明るく映し出されているが、その向こうに見えるのは濃い闇だ。

だが、センサーが反応したということは、ついいましがたまでレンズの先に何らかの生き物がいたはずなのだ。私は寝ぼけ眼(まなこ)を見開いた。いまにもレンズの向こうに巨大なカマキリが大写しになるのではないかと身構えて。

センサーが反応しなくなったら、六十秒で映像が終わると秋村は言っていた。

あと三十秒ぐらいか。

出てこい。

さあ、早く。

入り口の向こうを左から右へ何かが横切った。

カマキリ?　　　じゃない。

動物？

見ていると、今度は右から左へ。

人間の足だった。

要塞の外の闇と赤外線のつくる明るさがせめぎ合っているような場所だから、下半身しか見えない。穿(は)いているのはトレッキングパンツのようだ。ものの数秒でまた視界から消えてしまった。

初めて時刻を確かめた。午前二時三十九分。

誰だ？　こんな時間に。

足どりと小づくりな靴からして、女であるような気がした。

六十秒が過ぎ、映像が途切れた。しばらく待ったが、再び映像が送られてくることはなかった。

秋村がライトトラップを見に行ったのだろうか。いや、それ以上に彼女は階段の下の地底湖の様子を知りたがっていた。一刻を争う事態として。もう一度確かめたくて行ったのか。

私は今日の帰り道の暗い森を思った。空に星ひとつない夜の森の闇は、懐中電灯の光も押し潰してしまいそうなほど濃く、深かった。

真夜中のあんな森の奥深くに一人で？

彼女ならありえないことじゃなかった。

野生生物研究センターに電話をかけてみた。コール音を二十回まで聞いたが、誰も出ない。秋村が寝泊まりしている宿泊棟は、年に数えるほどしか使われない施設だから、固定電話はないそうだ。こっちにかけるしかなかった。

三回かけ直したが、やっぱり出なかった。

いくら森に慣れているといっても、一人でだいじょうぶだろうか。俺も行くべきか。ベッドに寝そべったまま考えた。

だが、考えただけだった。正直に言えば、私には真っ暗な夜の森を一人で歩く勇気も気力もなかった。激しい睡魔の攻撃にも晒されていた。

どうしよう——頭の中ではそう考えながら、体はいっこうに動かない。

意を決して、ベッドから起き上がり、服を着替えはじめた。だが、それは夢の中でだった。

21

闇の中で着信音が鳴っている。

トレイルカメラがまた映像を送ってきたのだと思って、スマホを手さぐりしているうちに気づいた。着信音はメールではなく通話のものだ。時刻は四時二十五分。

「もしもし」

秋村の声だった。私は朝の挨拶も抜きで声を荒らげる。

「無茶ですよ。まだ森ですか？」

「え？　なんで？」

そうだった。考えてみれば、携帯を持たない秋村が森の中から電話をかけられるわけがない。

「もう森林生態系保護地域（サンクチュアリー）から戻ったんですか」

「もしかして寝ぼけてる？　ごめん。早すぎたか。六時集合だから、もう起きてるかと思って――」

「いや……そうじゃなくて」

「それより、そっちにも映像が行ったでしょ。真夜中。二時半すぎ」

秋村じゃなかったのだ。秋村もあの映像を見たと言う。

「藤間さんも人の足に見えた？」

「ええ。女性じゃないかと」

「私は性別まではわからなかった。一瞬、藤間さんかとも思ったけど、ビビリなあんたがあんな夜中に一人で森に行けるわけがないし」

悔しいが正解だ。

「誰でしょう？」

「とにかく集合場所で会おう」

昨日と同様、作業用道路の入り口が集合場所だった。今日はレンタルバイクに乗って一人で出かけた。工藤は、仲間のダイバーと島を半周して戦跡に近い涙人湖側の入り口からサンクチュアリーに入る。

役場からは二人が増員され、保健所からはほぼ全員の六人が来るというが、消防団の参加者は大幅に減って十人。法事があるという団長も今日はいない。

昨日より寂しい人数の中に、ここに来るはずのない人間が一人いた。昨日のネットテレビのカメラマンだ。

今日はカメラを持っていない。人を探しているのか落ち着きなく歩き回っている。

集合時間ぎりぎりにパトカーが到着し、三上が降りてくると、鳥の巣を揺らして駆け寄った。

秋村のいる指揮車両に歩きかけた私は、踵を返し、彼らの会話に首を突っ込むことにした。

「またお前か。何しに来た。帰れ」

三上の恫喝（どうかつ）に続いて、男が訴えている声が聞こえてきた。

「戻って来ないんです」

「誰が」

三上の眉がつり上がっているのが二十歩手前でもわかった。取調室で自白するような沈痛さでカメラマンが声をあげる。

「うちのレポーターです」

「レポーターぁ？　昨日のあのキャンキャンうるさい女か。心配ないよ。狭い島だ。どこへも行きゃあしない。酔っぱらいの保護の問い合わせなら、署のほうに行け」

「違うんです。夜……そのぉ……取材に行きまして」

「どこへ」

男はなかなか答えない。三上のつり上がった眉の間に、さらに縦じわが刻まれると、ようやくか細い声を絞り出した。

「施錠されてなかったので」

「あん？」

言葉で答えるかわりに、おずおずとフェンスへ首を振り向けた。

「保護地域かっ」

「すいません。すいません」

人が集まってきた。男はますます萎縮し、三上の口調は威光を見せつけるようにさらに居丈高になる。

「置いて帰ってきちまったのか、お前」

「……いえ、途中ではぐれて……てっきり先に宿に戻ったのかと」

「女一人でどうやって森から帰れる」

「レンタルバイクで行ったので」

「馬鹿野郎！　保護地域にバイクで入ったのかっ」

「すいません……ほんとうに……」

トレイルカメラに映っていたのが誰なのか、ようやくわかった。

私はカメラマンに声をかけた。

「もしかして戦跡に行きましたか？」

「センセキ？」

「旧日本軍の要塞跡です」

カメラマンが首をかしげる。戦跡の存在すら知らないようだった。

三上が矢印のような横目で私を睨んできた。

「なに言ってんだ、お前。よけいな口出しすんな」

私は秋村と設置したトレイルカメラのことと、送られてきた映像に女性と思われる人影が映っていたことを説明する。スマホを取り出して映像も見せた。カメラマンは「確かにこういうタイプの靴を履いていた」と答えたが、三上は納得しなかった。

「こんなに薄ぼんやりしてちゃわかんねえよ。そもそも、なんでアキちゃんがお前のアドレスを知ってるんだ」妙なところに嚙みついてから、指揮車に顎を振った。「まあい い。アキちゃ――秋村先生の話を聞こう」

女性とはぐれた場所を問われたカメラマンは、指揮車の窓に張られた地図を見て髪を掻き、頭をさらにもじゃもじゃにして、か細く唸った。

「……どのへんだろう。サンクチュアリーの入り口から伸びてる道をまっすぐ走りました。バイクだと脇道には入っていけそうもないので……時間、ですか？……走れないところは押して歩いたり、時々ライト使って撮影をしながらでしたから、そこまでには三十分？……四十？……いや……」

乗っていたのは港近くで借りたオフロードタイプのバイクだったそうだ。

「登り坂はなかった？　岩場の多い百メートルぐらいの長い登り」

秋村が尋ねる。戦跡の手前の斜面のことだ。

「そんなに長い登りはありませんでした」

「じゃあ」秋村が小さな体を伸ばして地図の上で手刀をつくり、右に振る。「こっちより手前だ」

「珍しい木がたくさん生えている場所でした。奇妙っていうか不気味っていうか、足が生えているような木です。フンイキいいじゃん、押さえとこうかってことになってバイクを降りて……」

「歩行樹の森だ。じゃあ、ここだね」

秋村が指でさし示したのは、サンクチュアリーの西側、戦跡の二百メートルほど手前だ。

「なんではぐれた」

三上の尋問口調にカメラマンが首をちぢめる。

「サコタさんがトイレに行きたいって言って……その辺ですませばって言ったんだけど、嫌だって……」

迫田（さこた）というのが女性の名前だった。元民放のアナウンサーで、ネットテレビの『突撃珍現象（まつ）』というオリジナルコンテンツの人気レポーターだそうだ。カメラマンの名は松本（もと）。

三上に付き従っている二人の若い制服警官のうちの、ひょろりと背の高いほうが車内に入ってきて、三上に耳打ちをする。三上がいっそう渋い顔になった。うなじの藪蚊（やぶか）を音を立てて叩き、誰にともなく言う。

「警察に保護された人間はいない。民宿にも戻っていないそうだ。やっぱり森の中か……」手のひらの蚊をつまみ捨ててから、松本を睨み据（す）えた。「どっちの方向に行った？」

「さあ、僕も小便をしておこうと思って、繁みの中に入って……そのあいだに……」

「保護地域で小便ばっかりしやがって」

「……酒が入っていたもので」

最初は早朝にこっそり森へ入るためにバイクを借りた。港近くの店で夕食をとっている時に、明日も山狩りが朝早くから始まることを聞きつけ、夜のうちに行くことに決めた。酒を飲んでいて気も大きくなっていた――三上の形相で、自分が喋りすぎたことを悟った松本が口を閉ざしたが、もう遅かった。

「馬っ鹿野郎。飲酒運転じゃねえか」三上が四角くした口から唾を飛ばした。「逮捕だ。島を舐めてんのか。内地と法律が違うとでも思ってるのかっ」

すいませんすいません、ほんの少しだけです。松本が鳥の巣頭をさげ続ける。手錠持ってこい、三上が背後の警官にわめいているのを無視して、私は言ってみた。

「奥へ進んだ時に、ライトトラップの明かりが見えたんじゃないでしょうか」

秋村が頷く。

「うん、たぶん。遠目に見えてきた要塞をレストルームか何かと勘違いしたのかもね」

すっかり怯えている松本に、特別恩赦だというふうに三上が言う。

「お前らは運がいい。今日も大々的に山狩りをする。まだ中にいるならついでに捜してやるよ。まあ、志手島じゃ遭難しても凍死する心配はない」

「ありがとうございます。えーと、この山狩りは、やっぱりカマキリに関係が?」

「そんなことより、連れの心配をしろ」

カマキリの捜索は、事実上、女性の捜索になった。昨日と同様、二人一組で捕獲道具とケージを手にして持ち場に散ったが、迫田の名前を呼び、草むらを掻き分けるのが主な仕事だ。ドローンが捜すのもカマキリではなく、迷彩柄のトレッキングウエア。

消防団の副団長がぼやいていた。「なんでわざわざ迷彩色着るかなあ」探検の雰囲気を演出するための服だった、と無駄な言いわけする松本に、三上がまた吠えた。「ここはジャングルじゃねえ！」

私と秋村は戦跡に向かった。三上と制服警官二人、松本も一緒だ。森のあちこちからスピーカーの声が聞こえていた。

「迫田さーん」

「迫田美雪(みゆき)さーん、いますかぁ〜」

サンクチュアリーで唯一の道らしい道である遊歩道は、中の森の他の場所に比べたら道幅が広く、下草も少ない。確かにバイクで走れなくはないが、相当苦労したようだ。道のところどころに苦闘を示す爪痕(つめあと)のような轍(わだち)が残っていた。それを見つけるたびに三上が怒り、踏みにじられた下草に秋村が悲しそうな顔をした。

入り口から歩いて一時間余り、遊歩道の片側に並木のように歩行樹が続いている場所が見えてきた。

「あそこです」

松本が指さすと、秋村の隣にぴったり寄り添っていた三上がさっそく問い詰める。

「で、お前が立ちションをしたのはどこだ。バイクを置いていた場所は？」

「それよりカメラの映像は確かめなくていいの？　きっと他のカメラにも映ってるよ」

秋村が先を急ごうとしたが、三上はここで松本に事情を聞くと言う。

「まずは実況見分だ。警察は消防団みてえに無駄に動くわけにゃいかないからな。あ、その映像って俺の携帯にも送れるの？　もしあれだったら、それで頼むわ。アドレスはね——」

三上のアドレスと番号を聞き、秋村と二人だけで戦跡へ急ぐことになった。

「信じてないね、あの石頭」

たぶん、そうだ。トレイルカメラの映像も松本の証言も。警察官の判断としては間違っていないかもしれないが、つきあってはいられない。私たちは自然と早足になった。

「秋村さんに電話番号とアドレスを知ってもらいたかっただけかもしれませんよ」

地面を眺めて歩いた。バイクのタイヤの痕がないかと。昨夜の映像は何度も見返したが、迫田が映っていたのは一度だけ。ということは結局、要塞の中には入っていない。タイヤ痕が二筋あれば、戦跡からこちら側に戻ったことがわかるのだが、このあたりまで来ると道はごつごつした岩だらけで、往路の轍さえ見当たらなくなった。

しだいに登り勾配になってきた。前方の斜面には照葉樹が柱のように聳えている。遊歩道はここで途切れ、樹木の下のシダの繁みや、苔をまとった緑色の岩の間に、踏み分け道だけが続いていた。戦跡が近いのだ。

「あ」

私は道の先を指さした。

「なに？」

「タイヤの痕です」

斜めの森のとば口の腐葉土が剝き出しになった場所にくっきりと、オフロードバイク特有のタイヤ痕が刻まれていた。

バイクはその少し先で見つけた。倒れた状態で乗り捨てられ、下草の中に埋もれていた。

「やっぱり、戻ってない」

「度胸があるコだね。懐中電灯を持っていたにしても、こんな森の中を一人で歩くなんて」

ライトトラップの光が見えたからだろう。それに誘われて上を目指せば、要塞も見えてくる。初めてサンクチュアリーに入った私がそうだったように、この島のことを何も知らなければ、人けのある場所だと勘違いしてもおかしくなかった。

スマホを取り出して、さっき聞いたばかりの三上の番号を呼び出す。

「あれ？」

「どうしたの」

「通じない」

志手島は宅地のある場所を離れると、とたんに電波状況が悪くなる。中の森ではとくに。昨日も通信にはトランシーバーが使われることが多かった。

「私がやってみようか」

つ言ってる。とにかく私たちだけで上に行ってみよう」

「ね。私に携帯を持てってみんな言うけど、森の中じゃあんまり役に立たないから。センターの宿泊棟だって外に出なくちゃ使えないって、研修に来る人たちはみんなぶつぶ

秋村が顎をあげて目尻にしわをつくる。なんだか得意気に小鼻をふくらませていた。

「そういう問題じゃないと思います」

要塞のドアのない入り口の前に、人がいた。

ダイビングチームのサポートの消防団員だ。投光機と三脚を抱えて、中に運びこもうとしているところだった。

「おはようっす」

「女の人を見かけませんでしたか？」

「女の人？　朱音さんですか？　今日もホテルの仕事で来れないって聞いてますけど」

朱音は消防団員でもある、オテル・ボーカイの女将さんの名前。事情を説明したが、首を横に振られただけだった。彼らは島の西側から雫川沿いの道を辿ってここへ来たが、途中で誰かと会うことも見かけることもなかったそうだ。

要塞の奥から人の声が聞こえてきた。秋村が中を覗く。

「どう？」

「工藤さんたち、投光機を全部設置し終えるのが待ちきれなかったみたいで、もう潜り

はじめてます」

　地下への階段の手前に酸素ボンベやバッテリーが置かれていた。すでに点灯されている投光機の光が漏れている。昨日からそうだったように、秋村は地底湖のことが気になるらしく、中に足を踏み入れかけたが、ぶるりと首を振って後ずさった。

「だめだめ。まずは行方不明者の捜索だ。あっちのトレイルカメラを確かめてみよう」

　屋外の二台のトレイルカメラのひとつは、要塞の入り口から見て右手に設置した。ライトトラップのスクリーンを監視するためのものだが、同時に入り口も捉えられるアングルにしてある。

　要塞の周囲は木立に囲まれていて、空き地が少ない。ライトトラップを仕掛けたのは、砲台跡だという直径二メートル、深さ三十センチほどのコンクリートで固められた円形の溝の中だ。要塞との距離は十五メートルほど。そちらに足を向けたとたんに気づいた。ライトトラップは倒壊していた。アルミポールの支柱のうちの一本が倒れ、破れたスクリーンが風にはためいている。

「風ですかね」

　台風は太平洋上を北東に進み、少しずつ志手島に近づいている。強風にも耐えられるように、支柱の脚には大きな石を重しとして載せていたのだが。

「昨日の夜はそんなに風が強くならなかったんだけどねえ」

　近づくと、ＬＥＤライトを載せた三脚も横倒しになっているのがわかった。溝の縁(へり)に三脚が引っかかったおかげで破損を免れたライトがあらぬ方向に弱々しい光を投げかけている。破れたスクリーンには、シミに見える羽虫たちが張りついているだけだった。

「風じゃないね、どう見ても」

トレイルカメラは近くの木の幹にストラップでくくりつけてある。秋村がカメラを下ろし、蓋を開ける。昔のフィルムカメラのような分厚いボディが二つに分かれた。ボディの内部の片側には乾電池が詰まっていて、もう片側にはモニターと操作盤がある。

秋村があまり慣れていない様子で操作盤に指を走らせた。

小さなモニター画面に目を凝らした。

映像が現われた。通常サイズの昆虫なら作動しないというセンサーが反応したのだ。とはいえ、すぐにそれがヤモリを映したものだとわかって、二人揃って息を吐く。

志手島のヤモリは大きなものだと十五センチを超えるのだ。被写体が消えると六十秒で録画が終わる。次の映像を再生した。またヤモリ。その次も。同じヤモリがうろちょろしていたらしい。

「キリがないね」

映像の一覧表示や特定の時刻のデータだけ呼び出す機能はないようだ。不要な映像をやり過ごすにはひたすら早送りを続けなくてはならない。午後十一時から断続的に続くヤモリの映像をすっ飛ばして、午前二時過ぎの録画を確かめる。

02:34。昨夜、人影が映っていたのとほぼ同時刻だ。

「これかな？」

少なくともこの時点ではまだライトトラップは倒れていない。スクリーンには大小の蛾がまだら模様をつくっている。その右手、暗い穴に見える要塞の入り口近くに何かのシルエットが見えた。

縦長の大きな影には違いないが、人影かどうかははっきりしない。動体センサーが感知したのだから生き物のはずだが、入り口の脇にたたずんでいるというより、私には壁に張りついているように見えた。

ほとんどの映像を早送りしたとはいえ、いまのところ巨大なカマキリの姿はどこにも捉えられていない。いつ、どうしてライトトラップが倒れたのかも不明のまま。だが、いまはカマキリより迫田の行方だ。秋村も同じことを考えていたようだ。

「とりあえず次、いってみようか」

一台目のカメラはひとまず置いて、もうひとつのトレイルカメラを確かめることにした。これは要塞から見て斜め左手に設置してある。誰かが入り口に近づいたら、はっきり映っている可能性はこちらのほうが高い。

設置場所の樹木まで歩き、木の枝からカメラを外していると、要塞の方から声がした。

「先生、来てください」

入り口からさっきの消防団員が顔を出していた。

「どうしたの」

団員は口を開いたが、開いただけで言葉が出てこない。どう説明したらいいのかわからないといった様子だ。顔が引き攣っているのが答えのかわりだった。秋村がトレイルカメラを私に握らせた。

「これの再生をお願い」

「え……どうやって……俺も行きます」

地下壕に伸びる階段には三基の投光機が据えつけられていた。

人工の光に照らされた階段は、闇に包まれていたこれまでと違って、拍子抜けするほど短く思えた。

光は水面に向けられているが、仄かに壁や天井も浮かび上がらせている。おかげで、この地下の様相を初めて見て取ることができた。

間口は地上部分とほぼ同じだ。バスケットコートのある体育館の短辺ほど。壁と天井はコンクリートに覆われ、すっかり錆びついた鉄の柱に支えられているが、それは手前側だけで、物資が足りなくなったのか、完成前に終戦になったのか、途中からは力尽きたように剝き出しの岩盤になっている。四角い構造も、岩盤になったとたん歪な半円形になり、横幅も急に狭くなる。廃墟の奥に岩の洞窟が続いているような感じだ。

とはいえ、光がとば口にしか届いていない洞窟の奥行きがどのくらいあるのかはまったくわからない。地底湖という言葉は少しも大げさではなかった。

三筋の投光機の光を呑み込んでいる暗い水面には、あちこちに虫の死骸が浮いていた。その多くはカマキリだ。緑の体色のものは、光を反射して、太陽の下より色鮮やかに見える。闇に紛れて見えにくい褐色のカマキリは実際にはもっと数が多いかもしれない。遠目に見てもごく普通サイズのものもあれば、あきらかに異常に大きい、三十センチ以上ありそうな死骸もある。

水際に男が立っていた。後ろ姿だったが、冷蔵庫にウエットスーツを着せたような体格で、工藤であることがすぐにわかる。

私たちの靴音を聞くと、水中眼鏡の顔を振り向かせて、片手を差し上げた。

「これ、どうすればいい」

工藤の右手から垂れ下がっている細長いそれは最初、蛇に見えた。

薄茶色の紐状の体を緩慢にくねらせているが、蛇と違うのは、何らかの意志を持って動いているようには見えないことだ。形状記憶合金が元に戻るべき姿を忘れてしまったかのような動きだった。蛇のほうがまだ可愛げがある。

「富谷から出てきたのと同じヤツだよな」

肩より高く突き上げている手から下がったそれの先端は、工藤の脛（すね）にからみつこうとしていた。長さは一メートル半ほどありそうだ。

工藤のかたわらには保健所の職員がいた。秋村と中の森で四十センチのカマキリを捕獲した青年だ。秋村が彼に尋ねる。

「ポリタンクは持ってきてくれた？」

「ええ、秋村さんの指示どおり、透明で大容量のものを。使いますか？」

「お願い」

青年が階段を駆け上がっていくと、今度は工藤に声をかけた。

「他にもいる？」

工藤が水中眼鏡(マスク)を引き剝がして、しかめっ面(つら)をしてみせる。

「うじゃうじゃ」

「やっぱりね」

「ここが？」

述語抜きで私は問いかける。答えの予想はついていた。昨日の秋村が、ここの探索をあれほど急いでいた理由も。

秋村が二重顎になるほど深く頷いた。

「うん、ハリガネムシの交尾と産卵の場所」

私は月夜の海に似た仄かな光を湛(たた)えている地底の湖を眺める。楽園と謳(うた)われる島に隠された暗い穴の底のような場所だ。

ここがハリガネムシたちのライフサイクルの終着点だったのだ。そして出発点でもある。オスとメスが出逢い、交尾を終えて死に、産まれた卵から新たな幼生が誕生する。

彼らにとっては、ここが楽園なのだ。ここへ来るために宿主を洗脳し、誘い出し、水に飛び込ませているのだ。
「山の中のダムと同じで、簡単には近づけない場所だから、人間は涙人湖や川に行ってしまってたんだ。だけど、森に棲んでいるカマキリたちを水の中に誘導するとしたら、確かにここしかない」
工藤が足にからみついたハリガネムシを忌ま忌ましげに引き剝がそうとしている。だ
が、彼の力でも簡単には離れない。まさにハリガネで縛りつけられたように。
「もしかしたら、ハリガネムシたちは、ここが安全で確実な場所だってことを本能的に
理解しているのかもしれない。湖より狭いから交尾相手を捜しやすいし、魚もいない。
成虫は――これまでどおりのライフサイクルだったら、幼生も――魚に食べられたらお
しまいだからね」

ポリタンクが運ばれてきた。平たい円盤状に畳まれていたが、引き伸ばすとひと抱え
はあるサイズになった。
「タンクの中に水は入れなくていいから。水分がなくなればハリガネムシは動けなくな
る。動かなくなってもすぐに死にはしないんだけど」

工藤が狭い開口部にハリガネムシを押し込む。タンクの底でとぐろを巻きながら、先
端部分が外へ這い出ようとするのを押さえつけてキャップを閉めた。

ぱし　ぱし　　ぱし

ハリガネムシがタンクの内壁を叩く音が、沈黙した地下空間に甲高く響いた。

奥で水音が上がり、もう一人のダイバーが顔を出した。片手に水中用のライトを持ち、突き出したもう一方の手では、四、五十センチから一メートルぐらいのハリガネムシを束にして握っている。

「ポリタンクはいくつあるの？」

　秋村の問いに保健所の青年が答える。

「三つ用意しました」

「足りないかもね」奥の知れない水面を眺めながら秋村が呟く。しだいに弱々しくなってはいるが、ハリガネムシがタンクを叩く音はまだ続いている。「あと吸水剤を底にばらまいておくといいかも。おとなしくさせるために」

「用意します。吸水ポリマーでよければ、紙オムツをばらせば取り出せますから」

　青年はいつのまにか秋村の有能な助手になっているようだ。再び水中に戻った工藤と入れ替わりに上がってきた男に、ポリタンクを差し出した。「あ、ここに入れてください」

　工藤の相棒（バディ）は釣果（ちょうか）をビクに入れるように無造作にハリガネムシを放り込む。

　ぱし　ぱしぱし

　　ぴしゃ　ぴちゃっ

　またタンクを叩く音が始まった。今度のは大小の複数が奏でる激しい連打だ。

「投網（とあみ）を使ったほうがいいかもだ。手づかみじゃいつまで経っても終わらないよ。ウナギじゃないんだから」

「用意します——あ、でも普通の投網じゃ目が粗すぎて無理ですよね」

青年が教えを乞うために秋村を振り返る。ダイバーも秋村に気づくと、マスクを取って「よっ」と片手を差し上げた。顔見知りらしい。クルーカットに白髪が混じっているが、よく日に焼けた贅肉のない顔は意外に若い。

「秋村さん、これって寄生虫なんだろ。俺たち潜っちゃってだいじょうぶなの？　伝染ったりしない？」

「平気。ここに幼生がいたとしても第一期で、まだシストになる前だから——」そこまで言ってから秋村が自分の言葉に首をひねった。「いや、予断は禁物だ。何があるかわからない。水は絶対に呑まないで」

「え？　やっぱ危ないってこと？」

「ううん。ほぼ平気ってこと。全部獲れ、なんて無茶は言わないから安心して。とりあえずここにいるハリガネムシの状況と生態を確かめたら、次の手を考える。それまではあなたたちが頼りだから。もう少しがんばって。よろしくね、ダイちゃん」

私からは見えなかったが、たぶん秋村が目尻にしわをつくって笑いかけたのだと思う。ダイちゃんと呼ばれたダイバーが、頭を撫でられた犬のような表情になった。

「お、おう」

くすぐったそうな顔に再びマスクを装着して水に戻った。

秋村が保健所青年と消防団員にふた言、三言、指示を送ると、すべきことはなくなった。階段を昇りながら秋村に聞く。

「次の手ってどうするんですか？」

「これから考える。みんなとも相談しなくちゃ。ここだけがハリガネムシの出逢いの場ってわけじゃないだろうけれど、この場所さえなんとかすれば、解決に近づくはずだ。で、どう？」

「え」

「映像のほう」

秋村が笑いじわを刻んだ顔を向けてくる。

「あ、ああ」いつのまにか私も、秋村の助手の一人になっていた。「いま早送りをしている途中です」

こちらのカメラも、コウモリがひらひらと横切るたびにセンサーが反応してしまった無駄な映像が多く、しかもトレイルカメラの倍速機能はあまり速くない。まだ午前二時には辿り着けていなかった。

戸外に出る。今日も風が強い。サンクチュアリーの数知れない梢という梢が揺れ、潮騒(しおさい)に似た囁(ささや)きを交わし合っていた。映像がようやく午前二時台のものになる。

02：23。

これか。赤外線が薄闇に見せている夜の風景しか映っていない。センサーは何に反応したんだろう。よく見ると、真っ暗な画面の隅に二つの点が映っていた。目だ。風に煽られる前髪を掻き上げていた秋村に見せると、首を伸ばして一瞥するなり断言した。

「ノネコだね」

早送り。

02：39。

いきなり女の後ろ姿が現われた。要塞の入り口前をうろうろしている。セミロングの髪、大げさなトレッキングウエアがぶかぶかのオーバーサイズに見えるほっそりした小柄な体。間違いない。昨日の女性レポーター、迫田だ。

「映ってました」

カメラを秋村の目線まで下げた。

要塞をトイレか何かだと思って覗いているように見えた。中が暗闇であることに失望したのか、うつむきかげんで画面の右手に消える。そして映像はそのまま六十秒後に途切れた。

「うん、間違いない。あのコは今日午前二時半には、ここにいたんだ。三上さんに来てもらおう。ここは携帯、通じるんだっけ？」

秋村が私の胸ポケットのスマホをまさぐる。私はモニターを見つめ続けていた。すぐに次の映像が現われたからだ。

02：44。

「秋村さん、続きがあります」

最初は何が映っているのかわからなかった。入り口にはもう迫田の姿はない。

映像が始まって十秒ほど経ってから、気づいた。

左手に見える木の幹だ。

何かが樹上から降りてこようとしている。

枝に見えていたものは、前脚だった。

木の瘤（こぶ）だと思っていたものは、三角形の頭部だった。

鎌になった前脚をピッケルのようにゆっくりと交互に幹へ突き立てて、頭から先に這い降りてくる。続いて、くの字に折れた残りの脚が現われた。

小さな被写体を接写したような映像だが、このトレイルカメラを仕掛けたあたりの樹木は、どれも直径二十センチはあったはずだ。最後に現われた胴体は、どう見てもその幹より太い。

モニターを見つめる秋村の息が荒くなった。カメラを握る私の手に吹きかかるほど。

木から降りたカマキリが要塞のほうに這っていく。膝丈以上あるはずのシダの葉を軽々と掻き分けて。長い胴体が楕円（だえん）にしか見えない真後ろから見ると、脚の動きは蜘蛛（くも）のようだ。タカアシガニのサイズの蜘蛛がいるとすれば。

カマキリが繁みを揺らして画面から消えた。

私と秋村は顔を見合わせた。見合わせただけで、お互いに言葉を失っていた。

六十秒が過ぎる直前、風の音以外無音だった映像に音声が入った。

女の悲鳴だった。

秋村が目をふくらませ、両手で口を押さえた。指の間から声が漏れる。

「大変」


三上はすぐにやってきた。斜面の下、バイクを置き捨てた場所で、再び実況見分をしていたそうだ。いまは秋村の再生しているトレイルカメラを、顔と顔がくっつきそうなほど身を寄せて眺めている。

私は迫田の姿が消えた画面の右手、要塞側から見れば入り口の左側に広がる木立の中を歩いている。そして、迫田が踏み入れた痕跡がないか捜していた。

観光客が訪れることもある戦跡の周囲は定期的に草が刈られているようだが、少し離れたここは手つかずの原生林だ。照葉樹が林立し、そのすき間には腰の高さまでシダや野草が繁っている。

足跡ひとつ見つからなかった。シダの繁りが深すぎるからだ。これだけ草丈が高いと踏み分け道はできないし、足跡も隠してしまう。そもそも小柄な彼女では乾いた地面に足跡はつかないかもしれない。

三上の声が聞こえた。何と言っているのかまではわからなかったが、秋村に異を唱えているのか、散歩コースに不服な犬の吠え声のようだった。

もう少し奥まで行ってみよう。人声の届かないところまで。

トレイルカメラに残っていた悲鳴は、間違いなく巨大カマキリに驚いたものだ。私はドローンの映像に映った一メートル超級のカマキリのことを思い出していた。もともとカマキリという虫がそういうものなのか、大きくなりすぎた体をうまく御しきれないのか、巨大カマキリの動きは鈍い。全力で逃げる迫田には追いつけないはずだ。迫田はとんでもなく遠くまで逃げて、恐ろしくて動けなくなり、出てこれなくなったのではないか、私はそう考えていた。人の声が聞こえれば、姿を現すはずだ。

「迫田さーん、いますかー」

森の奥に向けて声を張り上げ、さらに足を踏み入れようとした時だ。

羽音が聞こえた。

蠅が飛んでいるのだ。

鼻をすすりあげる。強風の風上にいたから気づかなかった。異臭が漂っていた。錆びた鉄とブルーチーズをミックスしたような臭いだ。

見まわすと、右手の電柱ほどの太さの樹木の周りで、志手島特有の大きな蠅が乱舞しているのがわかった。

嫌な予感がした。

重い息を肺に溜め込んだまま、腰をかがめて木の下を覆っているシダの葉を掻き分ける。

息を吐き出す。誰もいなかった。

蠅がたかっていたのは、雑草にこびりついた嘔吐(おうと)の跡らしき白い塊だ。

迫田が吐いたものだろうか。だとしたらここからどこへ行ったのだろう。とにかく彼女がある時点にはここにいた証拠だ。

「迫田さーん、もうだいじょうぶですよー」

もう一度、声を張ったが、どこからも応(こた)えはない。とりあえず三上を呼ぼうと考えて、ろくに正視をしていなかった嘔吐物にもう一度目を走らせた。

嘔吐物にしては妙だった。

よく見ると、咀嚼(そしゃく)や消化をした様子がない。何かの生白い皮が、よじれた布のようにひと繋がりになっている。しかも髪の毛が混じっていた。いや、混じっているんじゃない。皮から生えていた。

羽音に比べて集まっている蠅の数が少ないことに気づいた瞬間に、頭上を見上げた。

羽音が一気に高まった。異臭の源は下ではなく、むしろ上であることに遅ればせながら気づいた。

私の背丈の数十センチ上、太枝が二股に分かれたところに、髪を真下に垂らした女の顔があった。

正確に言うと、私を見下ろしている女には顔がなかった。

顔だったところの皮膚が剝がれ、赤黒い肉と白い骨が剝き出しになっていた。

私は声をあげた。

自分がなんと叫んだのかもわからなかった。


「ひでえな」

口ではそう言うが、慣れているのだろうか、迫田の死体を見上げる三上の表情は変わらない。顔を引き攣らせて突っ立っている制服警官たちを鼓舞するように威勢よく指示を送っている。

「鑑識を呼べ。搬送の準備も。あと診療所から誰か……いや、内地から鑑定人を呼んだほうがいいか」

どちらも二十代に見える若い制服警官のうち、短軀で小太りのほうが、死体から顔を背けたまま尋ねる。

「どっちです」

「あー、えーと、とりあえず診療所だ。それと、松本を呼んでこい」

言い終えたとたん、磁石の極が変わったように死体から顔を引き剝がす。背けた顔はこれ以上はないほどのしかめ面だった。やはり慣れているわけではないらしい。

私が葬式や病院以外で人の死体を見たのは、明日歌の時が最初で最後だが、すでに死んでいるとあとから知った明日歌の死に顔は、七階建ての屋上から飛び降りたのに、奇跡のようにきれいなままだった。

だが、いま、そこにある死体は、人間の尊厳などという概念の外側の存在に、モノとして破壊されていた。ただの食物として食い散らかされていた。

私に発見した時の状況を手短に話させると、三上は胸を撫でさすっていた手を、蠅を追うように振った。

「もういい。下がってろ。吐くなら現場から離れろ」

頰を膨らませて私に言う。鼻の孔がすぼんでいた。そっちこそ。

秋村は死体をひと目見るなり、固く目を閉じて合掌した。それっきり目を開けていない。

「ねえ、どこをやられてる」

目を閉じたまま私に聞いてくる。

「どこって……」

私ももう見たくはなかったが、学者として知っておくべきことなのだろう。しかたなく顔を背けたままの横目をさらに薄目にし、胃からせり上がってくる苦い空気を必死に抑えつけながら、見たままを伝えた。

「顔の皮膚が剝かれて、中の肉を食われてます……眼球は片方だけしか残っていない。首は損傷が少なくて、皮膚も残っていますが、左の肩はやっぱり皮膚が服ごと消えていて、骨が見えている……まだ続けますか」

秋村の顔からは日焼けの色が消えているように見えた。紙をまるめたみたいに顔をくしゃくしゃにして固くまぶたを閉じている。

「お願い」

「あと……胸も左側は服が剝がされてて……うわ……」

「がんばって」

「肋骨が剝き出しです。肋骨の中の臓器も消えてる」

「首に傷は？」

「……あります。鋸(のこぎり)の歯型みたいなのが」

「鎌で押さえつけた痕だね」

「ここからだとはっきりは見えませんが、首の横、耳の下あたりにも確か、酷(ひど)い傷が……」

「たぶん頸動脈だ。カマキリが昆虫を仕留める時と同じ手口だよ。まず獲物の中枢神経を狙って動きを止めようとする。だから苦しまずに絶命したんじゃないかって、祈るしかないけど」

三上の声が飛んできた。

「うるさいぞ、おまえら。下がってろって言っただろ。誰か規制線持ってこい」

松本がやってきた。どこまで聞かされているのか、足が震えていた。

「これは迫田さんか」

三上に促されて木を見上げたとたん、うっと呻いてうずくまってしまった。押さえた指の間から胃液が垂れてきた。

「どうなんだ」

うずくまった松本が懸命に首を縦に振っている。振り終わったとたんに、本格的に吐きはじめた。

工藤たちダイビングチームの四人もやってきたが、誰もがひと目見るなり、言葉にならない声をあげ、一瞬で目を逸らした。三上が松本を冷ややかに見下ろして言葉を続ける。

「もう一度、お前のアリバイを聞かせてもらおうか」

何かの幕を開けるように唐突に、秋村が目を見開いた。三上に首を振り向ける。

「その人は関係ない。人間のしわざのわけがないでしょ」

「じゃあ、誰だ」

「カマキリ」

「馬鹿言うなよ、先生」

「あんたも見ただろ、さっきの映像。昨日の死骸の写真も」

工藤と消防団員も秋村の言葉に頷いていた。昨日、地底湖から引き揚げられたカマキリの死骸を目の当たりにしているからだ。全長は九十三センチあった。居合わせた消防団員たちの手でそのまま野生生物研究センターに運ばれたから、三上はまだ現物を見ていない。

「あれを信じろっていうのか」秋村の視線から逃げて、制服警官たちに声をかけた。「昨日の船便で大型の動物が輸送されてこなかったか調べよう」現実から目をそむけて、自分の熟知した実務にすがりつくように。

「うん、そうだ。ドーベルマンか何かを内地から取り寄せたやつがいて、その犬が逃げたとかな」

「ドーベルマンがどうやって木の上に人間を運ぶの？」

確かに秋村の言うとおりだ。だが、カマキリにも同じことが言える。カマキリがどうやって人間を木の上まで運べる？

いくら体がでかいと言っても、体長は人間より小さい。体重は比べものにならない。昨日の九十三センチの死骸もせいぜい三、四キロといったところだった。迫田が怯えて自分で木に登ってしまったのかもしれない。

いや、待てよ。トレイルカメラに映っていたあのカマキリは、九十センチ程度だったか？　そんなものじゃなかったはずだ。

体長が大きくなれば、体重はその三乗で増える。そして、思い出した。十七センチのカマキリの調査を依頼された、いま思えば牧歌的に平和だった頃、昆虫についての資料を漁（あさ）っていた時に読んだ記述のひとつを。

「昆虫は自分の体重の何倍もの重量を運ぶことができる」

働きアリは五倍の重量を持ち上げ、二十五倍の重さを引きずっていける。体重十グラムのカブトムシは、二百グラムの重りを引っぱる——

三上が秋村の言葉を払いのけるように、片手を振った。

「先生の話は後で聞くよ。とりあえず、あんたらはここを離れろ。あとは俺たちの仕事だ」

消防団の救助用ロープで応急の規制線が張られ、私たちは現場から締め出された。風向きが変わり、死臭なのか死者の排泄物のものなのか血の臭いの名残か、そのすべてなのかもしれない異臭が鼻を刺す。私たちにできることは、ここではもうなさそうだった。私と秋村は、トレイルカメラのまだ見ぬ残りの映像を確かめることにした。

巨大カマキリの姿を捉えていたカメラには、それっきりカマキリも迫田の姿も映ってはいなかった。「ノネコやコウモリに反応したものだけが続いていた。

「ねぇ、秋村さん、さっきのあれ——」死体という言葉が口から出せずに言葉を続けた。

「カマキリが木の上まで引きずりあげたんでしょうか」

理屈ではわかっても、やっぱり信じられなかった。秋村は答えずに、モニター画面を遠くの風景のように眺めて呟いた。

「……もっと早く気づいていれば。甘かったよ、私は。命まで危ないのは赤ん坊や小さな子どもだけだと思ってた。いくらなんでも大人まで……」

気を許すと頭の中に侵入し、占拠しようとする顔のない死体の光景を振り払いながら、私は言う。

「秋村さんのせいじゃない。誰だってこんなことになるとは思ってもいませんでしたよ」

これにも答えない。迷ったが、秋村の肩に手をかけた。赤ん坊をあやすようにとんとんと叩きながら、脱け殻みたいな秋村に言った。

「むこうのカメラの映像も見てみましょう」

ライトトラップの観察用のトレイルカメラも02：34までしか確かめていない。撮影位置をきちんと把握するために、元の場所にくくりつけ直してある。ストラップをはずしながら慰めるように言ってみた。

「三上さんが認めるしかない決定的な映像が映っているかもしれない」

子どものように無言で頷く秋村の前に、トレイルカメラのモニターを突き出し、ようやく慣れてきた操作で映像を呼び出す。

私たちが見た最後の映像の直後に、次の映像があった。

02：38。

画面の七割方はライトトラップのスクリーンが占めている。右手に見える入り口に目を凝らしたが、最初は何も映っていないように思えた。

が、数十秒後に入り口の前を横切る人影が見えた。今度ははっきり人間だとわかるシルエット。いまさらわかってもしかたないのだが、迫田だ。時刻もぴったり。中を覗き込むようなしぐさをしていることまでわかる。

ほんの数秒で迫田が消えた。戻ってこなければ、六十秒後に録画が停止されるはずな

のだが、
消えない。

スクリーンにまたヤモリが張りついているのかと思ったが、いない。

センサーは何に反応しているのだろう。小さな画面に顔を寄せすぎて、秋村の頭とごっつんこしてしまった。

要塞の入り口の斜め上、コンクリートに生えた苔か蔦の影だと思っていたものが、動いた。苔には脚が生えていた。その六本の脚で入り口の上をかすめるように這い、迫田を追うように画面の右上に消えて行った。

私たちは二人揃って重い息を吐いた。ずっと映っていたのだ。02：34の画面の時から。おそらくこのあと、要塞の壁から木立を伝って樹上に身を潜め、迫田の様子を窺い、そして——モニターの小ささは言い訳にならない。三上のことは笑えなかった。あまりに巨大すぎて、目ではシルエットを見ていたのに、脳味噌がカマキリだと認識できなかったのだ。私だけでなく、秋村でさえ。

「もう少し見てみるかい」秋村が言った。小さいが力強い、戦意を取り戻した声だった。

「ライトトラップを倒したのは、こいつかもしれない」

03：07。

カマキリが映った。スクリーンを這っている。センサーが反応するということは、並みのサイズではないのだが、小物だ。今回のスクリーンには十センチ刻みでラインが入れてある。それによると、いまの私たちには通常サイズと変わらない、十七、八センチ程度。朝、伊沢からメールが来ていたことを私は思い出したが、開いてもいなかった。すぐに頭から締め出した。

03：52。

いきなりだった。

スクリーンが強風に煽られたように大きく揺れた。張りついていた蛾が一斉に飛び立つ。

支柱のひとつがゆっくりと倒れ、画面からスクリーンが消えていく。

消えた先に、カマキリがいた。

スクリーンの切れ端を抱え込んだ鎌を、胸の前で揃えている。三角形の頭から伸びた二本の触角を小刻みに蠢かせていた。ライトに照らされた目は真っ黒だ。

支柱の長さと比較しても桁外れのサイズであることはあきらかだった。

顔がカメラのほうに近づいてくる。光を浴びた目の色がしだいに薄くなり、大きな楕円の目の中の、偽瞳孔と呼ばれる小さな黒い点まで見えるようになった。下から睨め上げているようなその目が、いまは邪悪なものにしか見えない。

ガタン

激しい音とともに画面が暗くなり、赤外線撮影特有のネガフィルムを見ているような薄明かりだけになる。カマキリがＬＥＤライトを載せた三脚を倒したのだ。

「三脚を倒すって……ノネコでもびくともしないのに……」それだけ言って秋村が絶句する。

カマキリは何度か触角をひくつかせると、もたげた半身を横向きに変えた。横から見ると、揃えた鎌が祈りを捧げているように見えた。胴がまるまると膨らんでいる。なぜ膨らんでいるのかは考えたくもなかった。

「こいつか」

私の言葉に秋村は黙り込んだままだ。

カマキリはしばらく悠然とその巨体を見せつけてから、何を見つけたのか、鎌を顔の脇に振り上げた。と、その巨体がふいに消えた。まばたきする間もなかった。瞬間移動をしたような素早い動きだった。巨大カマキリは動きがのろいわけじゃない。獲物を狙う時に気配を忍ばせているだけなのだ。

私はふいに不安になって、樹上を見上げる。こいつがまだ近くにいて、次の獲物を物色している気がして。

「三上さんにこれを見せれば、今度こそ信じるでしょう」

私の言葉に秋村はようやく少しだけ笑った。

「あの人もわかっているんだよ。信じたくないだけさ。信じてしまえば、自分がいままで築いて守ってきたものが崩れちゃう。たぶんそれが怖いんだ」そう言ってから、私だって怖いけど、と独り言のようにつけ加えた。

「ドローンに映ってたやつですね。ここまで移動してたのか」

カマキリの行動範囲がどれほどかは知らないが、考えてみれば、普通のカマキリの十倍の体を持つこいつにとって、一キロは百メートルだ。だが、秋村は首をゆっくり横に振った。

「昨日のとは別のカマキリだ。いまのの体色は緑だと思う」言われてみれば、赤外線撮影のモノクロ画像で見ても、体色は明るく、ライトに照らされてぬらぬら光っているように見えた。「触角も短い。体はこっちのほうが大きくて、胴も太い。昨日のはたぶんオスで、これはメスだ」

「このサイズのやつが二匹もいるってことですか」

無言で頷いてから、ぼそりと呟く。「二匹だといいけど」それからカメラから顔を上げて、遠い目で森を見まわし、子どもがイヤイヤをするように首を振った。

「もうたくさんだ。私を可愛い虫たちと戯（たわむ）れていた昔に戻しておくれ」

誰に祈っているのだろう。秋村は指をからめた両手を、カマキリのように胸の前で組み合わせた。

早く三上に映像を見せて、石頭を打ち砕きたかったのだが、とりあえず全部見なくては、という秋村の言葉に従って、逸（はや）る心を抑えて続きを見ていると、制服警官の背が高いほうがこちらに歩いてきた。三上が私たちに何か用でもあるのだろうか。ちょうどいい。映像のことを彼に伝言してもらおう。

だが、警官が向かっているのは、私たちのいる方角ではなく、要塞だった。

入り口の前で足を止め、中を窺うふうに首を伸ばしてから、要塞に入っていった。

工藤たちはまだ戻ってきていない。何があったのだろう。もしかしたら、何かがいた？

「秋村さん、要塞の中で何かあったみたいです。様子を見に行こうかと」

秋村はトレイルカメラから目を離さずに答えてくる。「ああ、そう。いってらっしゃい」

「だめだめ。一緒に来てください」

「え、なんで」

この森のどこかに人喰いカマキリが潜んでいるからだ。

「一人だと危ない」

だいじょうぶだよ、腹を満たしたカマキリはしばらく次の獲物を狙わない。考えてみれば恐ろしいことを口にする秋村を引っぱって、要塞に向かう。

警官はまっすぐ地下壕に歩いていた。

「何かあったんですか」

答えはない。

「ここで待っていてください」秋村にどこにも行かないように忠告して後を追う。

　階段の手前で下を窺っていた警官は、何かを見つけたようにすぐにまた歩きだす。階段を降りはじめたところで背後に追いつき、もう一度声をかけた。
「どうしたんです」
　やはり返事はなかった。やけにゆっくりした足どりだった。両手をだらりと前に垂らし、ひょろ長い背中を前屈みにして、一段ごとに体をよろめかせながら降りていく。
　制服の青いシャツの肩に手をかけた。それでも足を止めない。うつむいた頭を前方の宙に突っ込むようにして降りていこうとする。階段に置かれた投光機につまずいたが、何事もなかったかのように蹴り倒して、さらにもう一段。引きずられた私も足をもつれさせながら階段を降りた。
　肩を摑んだ指に力をこめると、ようやく足を止めた。
　光と闇が交錯した地下壕に、ポリタンクの中でもがくハリガネムシたちの打擲音が断続的に響いている。
　ぱし　ぱし
　　ぴしゃ　ぴしゃ　　ぱし
　ぴちゃ
　警官がゆっくりと振り向く。こちらを向いた顔は、私を見てはいなかった。何の表情も浮かべていない。まるで警察の夏服に精巧なマネキンの首が載っているようだった。目だけが異様にぎらついていた。私ではなく地下壕の壁に向けられたその目は、投光機に照らされた地底の水面同様、鈍く光って見えた。

「だいじょうぶか」

言葉をかけてもまばたきひとつしない。くるりと向きを変え、うつむかせた顔を水面に戻す。また一段、階段を降りた。

「待て」

今度は二の腕を摑んだ。半袖から伸びたその腕が、警察官とは思えないほどか細いことに初めて気づいた。細いのにぶよぶよで、摑んだ皮膚には老人じみた皺が寄っていた。

背中を向けた警官が腕をひと振りすると、私の手は簡単にほどかれてしまった。凄い力だった。体力とは違う力に思えた。

私を振り切ると、水際の最後の一段にしゃがみこんだ。胎児のように体をまるめている。うなだれた首から制帽が落ち、水に浮かぶ。

ぱし
ぱし　ぱし
ハリガネムシたちが誘いかけるように騒いでいる。

とっさに制服のベストを摑んだが、水の中にころげ落ちるように飛び込むのを止めることができなかった。布の裂ける音とともに指が離れてしまった。

両腕を広げてうつ伏せに浮いた警官の足首を摑んで水から引っぱり上げる。体重は見かけ以上に軽い。何度か力をこめると、半身を引き上げることができた。

「え、なに――」

頭上で秋村の絶句が聞こえた。だが、たちまち事態を把握したらしい、駆け寄ってきて、私の腰に腕を回してくる。

「いくよ。せえのっ」

「お、おう」

二人がかりで引っぱって、なんとか胸まで水面から上げたが、そこからが動かなかった。警官が水際の階段の縁を両手で摑み、首を上げようとしないからだ。

足首を秋村に任せ、暴れる背中に馬乗りになって、髪の毛を摑んで顔を上げさせた。水に頭を浸けるのをやめようとしないから、呼吸をさせるために首を斜めに捩(ね)じった。

口の中から真っ黒なハリガネムシが飛び出していた。

「が　がが　」

警官が喉から声を漏らす。呻き声ではなく、呼吸器とは別のところから発せられているように聞こえた。

少しでも力を緩めると、顔を水の中に戻してしまう。そのたびに髪の毛が抜けた。秋村が階段にしがみつく指を引き剝がそうとしたが、びくともしなかった。警官の短い髪を長く持ち続けるのは不可能に思えた。

「このまま水に浸けて全部吐き出させたほうがいい？」

「だめ。何分かかるかわからない。窒息しちゃう」

「じゃあ人を呼んできてください」

「はいっ」

秋村らしくない返事とともに、階段を駆け上がる足音がした。

髪の毛を摑む右手が萎え、左に持ち替えたが、それも長くは持たなかった。

両手で警官の顎を摑んで顔を上げさせた。顔面にとぐろを巻いていたハリガネムシが、邪魔をするな、とでもいうふうにこちらに鎌首をもたげ、私の指にからみついてくる。

ぱし　ぴし
ぴしゃ　ぱしぱし
「が　がが　が　」

だいじょうぶだ。まだ息がある。だが、自らそれを絶とうとするように、首をでたらめに振って私の手を振りほどき、また水の中に顔を突っ込んだ。

階段の縁をわし摑みにした爪のあらかたが剝がれ落ちている。その手をようやく離したと思ったら、めちゃくちゃに水を搔きはじめた。陸上で長く呼吸できない水棲生物が自分の世界に戻ろうとするように。

腰にしがみついて引き戻そうとしたが、一度、水を得た警官の力はまたもや並みの人間のものではなくなっていた。

「だめだ。おい。やめろっ」

無駄を承知で叫んだとたん、警官の体がぐいっとこちら側に動いた。ハリガネムシがするすると体の中に逃げ込んでいく。

「足を引っ張るから、頭を打たないようにベストを摑んでてくれ」

工藤だった。三上の声もした。

「何やってんだ、イシダっ」


全員で階段の上に警官を運び、仰向けに寝かせる。

「おい、しっかりしろ。イシダ、イシダっ」

後退した額に汗を光らせた三上が両手で警官の胸を押し、人工呼吸のために迷うことなく唇を近づけた。

そのとたんだった。

「あわわっ」

三上が甲高い悲鳴をあげて飛びのく。

警官の大きく開いた口から、またハリガネムシが這い出てきた。水のある場所を探して周囲を窺うように先端をぐるりと巡らせながら。

「もう何がなんだかわかんねえよ」

三上が薄くて短い頭髪を搔きむしった。私たちは戦跡に近い、サンクチュアリーの西側の金網扉(ゲート)の前にいる。

石田巡査は、迫田の死体の検案にやってきた長谷川医師の救命処置を受け、ついいましがた作業車専用道路を通ってやってきた救急車に乗せられたところだ。

救急車を見送りながら秋村が呆れ声を出す。

「あれだけ説明したのに」

「俺は長野の山の中の生まれだ。虫採りなんぞ空気を吸うのと同じだ。蟬だってチョウチョだって網なんかなくても素手で簡単に捕まえられる。長野じゃ虫も食い物だ。イナゴとか蜂の子とかザザムシとか。そんなのが人間を操るだとか、襲って食うなんて話を、信じろってほうが無理だ。わかるか」

「思い出話は今度ゆっくり聞くよ。信じられないのはみんな同じだ。ごちゃごちゃ言わずに現実に対処しよう」

秋村の言葉に三上は素直に頷き、頷いたうなじを揉みほぐした。

「署に連絡した。内地から応援を寄越してもらったほうがよさそうだってな」

ゲートの先に見える照葉樹の梢がざわざわと揺れている。

風がまた強くなってきたのだ。

雨も降ってきた。霧雨だが、風にあおられた斜めに降る雨だ。

巨大カマキリとハリガネムシだけじゃない。台風も志手島を襲おうとしていた。

22

現場検証が終わり、迫田の遺体が搬送されると、私たちは森林生態系保護地域(サンクチュアリー)から出るように命じられた。秋村と本人たちの訴えでダイビングチームだけは残り、拳銃を携帯しているもう一人の制服警官に警備されながら作業を続けている。

検証のために二人、正午すぎには新たに七人の警察官が駆けつけてきた。志手島警察署の全署員は十四名だそうだから、総動員に近い。そのうちの一人は警察署長だ。

午後一時になろうとしているいま、サンクチュアリーの入り口には、ジープタイプのパトカーと赤色灯を載せたワゴン車が横づけされ、野外活動用の服とキャップ帽に防護ベストを着込んだものものしい姿の警官たちが指示を待っている。

「先生、来ていただけますか」

署長が乗り込んだ指揮車に秋村が呼ばれる。私も当然の顔をして一緒にくっついていったのだが、三上に止められてしまった。

「お前は関係ないだろ」

ノーネクタイの半袖シャツ姿だった三上も、いつのまにか防弾チョッキのようなベストを着こんでいる。私の前に突き出して行く手を遮っているのは、三上の背丈より長い警棒だ。

三上は秋村が中に入ると、うやうやしくドアを閉め、その前に番犬のように立ちはだかった。自分も指揮車から締め出されたらしい。

「彼はどうですか？」

石田巡査のことを聞いてみた。

「石田か？　意識は戻ってないが、なんとか助かりそうだって話だ」

まっすぐ前を睨んだまま素っ気なく言い、それから唇の先だけもこもこ動かして言葉を続ける。声が小さすぎてなんと言ったのかわからなかった。

「え？」

「……礼を言うよ」

「あ、いえ、当然のことをしたまでです」

「若い連中の話じゃあ、あいつも非番の時にバナナムーンに通ってたらしい。秋村先生の言葉が正しかったんだな。たいしたもんだ、アキちゃんは」

空は志手島には似合わない鉛色で、低く黒い雲が目に見える速さで流れていく。風がフェンスの向こうの森を左右に揺らしている。雨が亜熱帯の厚い葉を叩く音が聞こえはじめた。

「雨、強くなってきましたよ。傘借りてきましょうか」

「いや、警察官は傘は差さない。そういう決まりなんだ……って、どさくさに紛れて中に入ろうとすんじゃねえ」

ばれたか。

消防団のワゴン車の中で雨宿りさせてもらうことにした。昼飯が配られたが食欲はまったくない。二つの握り飯に添えられた小さなから揚げを口に含むと、さっき嗅いだ血の臭いが蘇ってきた。無理やり喉に流しこむ。食っておかねば。

午後からの山狩りは、危険を考慮して、役場と保健所の人間は職場で島民と観光客への対応をすることになり、警察と消防団の有志だけで行なうことになった。もちろん私はここに残ると決めていた。

人一人が死んでいるのに、ほとんどの消防団員は参加を希望した。それどころか、話を聞いて駆けつけてくる人間が何人もいて、人数は逆に増えた。

富谷が言っていたっけ。ここは「体育会系の島」だと。アウトドアスポーツが目的で島を訪れているうちに居ついてしまった人間が多いからだそうだ。皆それぞれに体力や腕力に覚えがあるから、迫田が犠牲になったのは、彼女が小柄な女性で、ふいを襲われただけだ、とタカをくくっているに違いなかった。

再開された山狩りは、いままでとは様相が違っていた。

警官たちは刺股(さすまた)やジュラルミンの盾、警杖(けいじょう)と呼ぶらしい長い棒を装備してすでに出発している。

消防団員たちも救助工具の中から武器になりそうなロングサイズのバールや大型ハン

マー、斧などをそれぞれ手にして準備を整えていた。

「首に注意して。カマキリは首を狙ってくるはずだから」秋村の忠告に従って、誰もが急遽用意されたバイク用のネックガードや診療所から提供されたギプスを首に巻いている。

今回も二人一組は厳守で、幸いなことに一人あぶれた団員がいた。私もサンクチュアリーの中に入るつもりで、彼に声をかけるために歩み寄ろうとしたら、背後から腕を摑まれた。

「一緒にいて」

秋村だった。口が両矢印のかたちになっている。

「いや、でも……行かなくちゃ」体が疼いてしかたなかった。死体を間近で見ても恐怖心は湧かなかった。明日歌を失ってからの私は死ぬのがとくに怖くないからだ。

「行かなくちゃって、どゆこと」まったく男どもはどいつもこいつも、と秋村はふるふると首を横に振ってから、私の二の腕を摑む指に力をこめた。「助けて。車の中がおっさん臭くてかなわないんだよ。警察署長は私の言うことを聞こうとしないし。今回の一部始終をいちばんよく知ってるのは藤間さんだ。まだ事態がわかってない上の連中の目を二人がかりで覚まさせなくちゃ」

指揮車には、警察署長と保健所長、法事を終えて駆けつけてきた消防団の団長がいた。

警察署長は幅広の体を窮屈そうに活動服に押し込み、他の警官と同じキャップ型の帽子を整髪料の匂う頭に載せた五十代の男だ。ハンディタイプの警察無線機で警官たちに指示を送っている。秋村が「オブザーバー」と紹介した私には興味がないようで、顎で頷いてみせただけで、また無線機に噛みつくように濁声(だみごえ)の指令を再開した。

「サンクチュアリーの東西南北の端に二名ずつ配置。四方面から輪を縮めていけ――」

一カ所と通信を終えるたびに誰にともなくひとり語りを始める。この島にも猟友会があればねぇ。私、若い頃、熊狩りに駆り出されたことがありましてね。ああ、警察犬が欲しいね、こういう時は。県警本部に居た時には私の進言で警察犬の数を――

カマキリの匂いを犬で追えるものだろうか。しかもこの雨と風の中で。長いキャリアが署長のご自慢のようだが、相手は前代未聞のバケモノだ。過去の経験がどこまで役に立つのかわからない。かえって邪魔にならなければいいが。秋村も何か言いたそうな顔をしている。私は、相手がツキノワグマでもイノシシでもなく、巨大昆虫であることを署長に思い出させるために、ことさら声を張って秋村に尋ねた。

「雨になると昆虫はどうなります?」

秋村も署長に聞かせる声で答えてくる。

「水生昆虫じゃないかぎり、虫は水には弱いから、たいてい葉っぱの裏に隠れる。飛翔性昆虫は翅(はね)が濡れて飛べなくなったら死活問題だし」

「カマキリも?」

「基本は同じだと思う。雨露が避けられる場所を探すと思うよ。あのカマキリたちは大きさが大きさだから葉っぱじゃなくて、大きな木の、葉の繁った枝の下とか」

こちらには一瞥もくれないまま、署長が無線を握り直し、いま自分が思いついたというふうに新しい指示を送った。「大きな木の繁った枝の下に要注意だ。雨のあたらない場所を重点的に捜せ」

雨のあたらない場所。ふいに気づいたことを私は口にした。

「いちばん可能性が高いのは、戦跡では？」

そのとたん秋村の口が「あ」のかたちに開いた。

「教えとかないと」

秋村がトランシーバー基地局の四角いマイクを握る。ダイビングチームからは応答がなかった。「警察にまかせなさい」署長が護衛をしている警官の無線を呼び出す。やはり出ない。

「近くには誰がいる？」

他の警官は全員、署長がサンクチュアリーの四隅に配してしまっている。秋村の問いかけに消防団長が答える。

「三班が西側に向かっているはずだ。急がせる」

指揮車の中ににわかに緊張が走った。私はスマホを手に取った。昨日、工藤は要塞から画像を送ってきた。戦跡では携帯電話が使えるはずだ。

「もしもし」

あっけなく通じた。スマホをスピーカーにして問いかける。

「どこにいるんですか。無事ですか？」

「要塞の入り口のとこだ。ボンベを交換しようと思って」

「ほかの人たちは？」

「みんないるよ。何かあったのか？」

脅かすなよ。署長が浮かした腰を戻す。護衛の警官は小便をしに行ったらしい。

「そこにカマキリが入り込んでるんじゃないかと思って」

工藤があっさり答えてきた。

「いるよ」

署長が再び腰を浮かせた。

「壁を這ってるな。何匹も。悪かった。報告したほうがよかったか。こっちはすっかり見慣れちまってて――」

秋村が私に代わって問いかける。「サイズは？」

「でかいのは胴体が育ちすぎのズッキーニぐらいかな」

わかったようなわからないような譬えだが、一メートルを超えるような大きさではないようだ。

「注意して。もっととんでもないのが入ってくるかもしれない」

「お、おう」

ほどなく工藤からいくつかの映像が送られてきた。

最初はハリガネムシの映像だった。『大漁だ』というメッセージが添えられている。

二十リットルの容量がある透明なポリタンクの半分以上が真っ黒に埋まっていた。下のほうのハリガネムシはすっかり水分を失って束ねたワイヤーのように動きを止めている。黒い堆積の上方だけが蠢き、飛び出した末端部分が何本も生きた海藻のように身をくねらせていた。

二つ目の映像には戦跡の薄暗いコンクリートの壁が映っていた。そこに六本の脚をくの字に折り曲げた細長いシルエットが、右と左に二つ紋様のように浮かんでいる。サイズを比較するためだろう、消防団の若い団員がかたわらに立っていた。カマキリのそれぞれの体長は推定三十センチ前後。

三つ目の最後の映像は、錆びついた機関銃に張りついているものだった。カマキリの体は銃身の半分ほどもあるから、まるでミニチュアの上にとまっているように見えるが、戦跡に一度でも行ったことがある人間なら、機関銃の銃身が一メートル近いことを知っているはずだ。

「嘘だろ？」

署長がそう言ったきり、言葉を失った。トレイルカメラの映像を見ているはずなのに、心から信じてはいなかったらしい。

消防団の二チーム四人が戦跡に向かい、七匹を捕獲した。捕獲に慣れてきたのか、いままでとは気合いの入り方が違うのか、他の場所からも次々と報告が上がり、捜索再開から二時間で合わせて十三匹が見つかった。最大のものは機関銃に張りついていた五十五センチ。ほとんどが生け捕りだが、死体も回収している。

三体の死体はどれも体の半分かそれ以上が消えていた。

「森から餌がなくなっているんだ。共食いを始めたんだね」と秋村は言う。カマキリの旺盛な食欲を考えれば「全部お腹の中に消えちゃった数のほうがずっと多いはずだ」

喰い散らされた死体のひとつは、残った翅の長さが三十センチを超えていた。ということは体長は五十センチ以上——

五十センチを超えるカマキリを食ってしまうのは、いったいどんなヤツだ？　今回は成長途中かもしれない通常サイズのカマキリも捕獲すること、と捜索隊は命じられているが、逆にほとんど見つかっていない。

カマキリは志手島でいちばん大きな昆虫だ。おそらくより大きなカマキリに捕食されてしまったのだ。

森の中で死を賭したトーナメントが行なわれ、勝ち残った大きく強いカマキリだけが生き残る。残った個体は捕食によってさらに大きくなる。戦跡で発見された五十五センチには翅が生えていなかった。つまり、これでも成虫ではないということだ。

いまも刻々と行なわれているに違いないトーナメントに勝ち残っているのは、どんなカマキリたちなのか——

私は水滴が這い落ちる窓の向こう、雨に煙った森に目を走らせた。梢という梢が風に身をよじり、人を嗤うように唸り声をあげていた。


午後三時半をまわった頃、村長がやってきた。パフォーマンスで着ているふうな青色の防災服がまるで身についていない。私は立ち上がって足りない席を譲った。

「一体全体どういうことなんでしょう」

誰にともなくかけた声に署長が肩をすくめる。

「こっちが聞きたいですよ」

旧知の仲らしい砕けた口調だ。

「ちょっと大きめのカマキリが発生しているって話は承知してますけれど、人が食われたなんて、冗談にもほどがあるでしょう。刺されたショックで亡くなったとか、そういうことの比喩ですよね」村長は能天気に——努めて能天気にふるまおうとしている口調で、必死にみんなの同意を求める。「内地ではスズメバチの被害とかありますもんね」

「カマキリは人を刺しません」

秋村がゆっくりと、でもきっぱりと首を横に振り、村長が座る前にノートパソコンを突き出した。トレイルカメラから取り込んだ映像が映し出される。ろくに見ちゃあいなかったらしい署長も初めて見るように画面に横目を走らせた。木から降りてくる巨大なシルエットに村長は脛を打ちつけた時の顔になる。心外だとでも言うふうな調子で署長が口を開いた。

「さっき報告がありました。正式な鑑定はまだですが、検案の結果によれば、遺体の損傷は刃物によるものとは考えにくいとのことで。なんらかの生き物による咬傷、割創と考えるのが妥当だそうです」

画面が替わり、ライトトラップをなぎ倒したカマキリが大写しになると、村長はイヤイヤをするように首を振った。

「どうしましょう」

警察署長に視線ですがりつく。署長が腕組みをして天を仰いだ。

「内地から鑑定人を呼んで司法解剖を行ないましょう。それと、本格的に山狩りをするには人員が足りない。県警に応援を頼みます」

飛行場がない志手島に警察が駆けつける方法は、自衛隊の航続距離の長い軍用ヘリか、飛行艇を使うしかない。診療所では手に負えない急病人を搬送する時だけに用いられる緊急ルートだ。

村長がまた首を横に振る。

「いやいや、待ってください。あまり大事になると、志手島ブランドに傷がついてしまう」

秋村が呆(あき)れ声を出す。

「そんなこと言ってる場合ですか」

消防団長も警策(けいさく)で一喝するような声を出した。「死人が出てるんだよ」

「でも、正式な鑑定はまだなんでしょ。ここは観光の島です。妙な噂が立っちゃ困ります」

保健所長が忠犬じみた黒目がちの目をしばたたかせて、ごもっともというふうに頷く。警察署長は腕組みをしたままだんまりを決め込んだ。

秋村が再び口を開こうとした時、トランシーバーの基地局無線機が着信音を鳴らした。

「……登って……降りてこない……」

悪天候のためか、はっきり聞き取れない。

「なんだって？　もう一度」マイクを握った団長が聞き返す。誰かが木に登ったまま降りてこない、と言っているようだった。

「誰が？」

「……サワ……ツです」

澤松だ。昨日もウドの大木に登った小柄な男。そう言えば、ロープさえあればもっと上まで行ける、と悔しそうに話していた。

途切れ途切れの言葉を繋ぎ合わせると、場所は戦跡の北東五百メートルの辺り。木の特徴を聞いただけで、森の植生を知り尽くしている秋村は、登った木を特定した。

「たぶんオオコウモリの棲息地の近くの大イヌグスだ」マイクの向こうに怒った声を投げつける。「なんで登っちゃったの」

「……に……が……落ちてて……」

「よく聞こえない」

「近くに……糞が……てて」

何度も聞き返すうちに事情がわかってきた。こういうことだ。木の近くに糞が落ちていた。ノヤギやノネコのものとは明らかに違う。なにより、糞にはチェーンのネックレスが混じっていた。

「ネック……レス？」秋村の声が途中でかすれた。

そうだった。昨日、三上に抗議する迫田の首には、細くて金色のチェーンネックレスが光っていた――

秋村が団長からマイクを奪い取った。

「呼んで。いますぐ戻ってくるようにって」

「……何度も……でます……返事が……」

マイクを握ったまま髪を掻きむしる。「どうしよう」

「うわ……が落ちてきた」

「何？　なになに？」

拳を握って立ち上がってしまった秋村を、耳をそばだてていた団長がなだめた。

「人じゃない。アッキスが落ちたって言ってる」

「アッキスって何？」

「斧。救命工具だ。武器として持ってったんだろう」

「無事かどうか確かめなくちゃ。ドローンはいまどこ？」

団長がデスクに広げた地図を指さす。

「この辺にいるはずだ」

澤松たちがいる場所からは比較的近い。一キロほど南、志手連山の麓だ。

ドローンチームとの通話は聞き取りやすかったが、別の意味で難航した。

「天候が悪くて飛ばせる状態ではない。待機中だ」と操縦者は言う。

秋村が呆れ顔になった。

「そういう時のためにあるんじゃないの。すぐに飛ばして」

「この雨と風ですから、無茶ですよ。ドローンが壊れちまう」

「無茶をして。人の命とドローン、どっちが大切なの？　場所は近いから」

場所を聞いた操縦者がまたもや渋った。

「近くないですよ」飛ばすには操縦者が目視できる場所まで移動しなくてはならないそうだ。「天候のせいで目視距離もふだんより短いし」

「だったら、走れ」

秋村にどやされて全力疾走したらしい。五分後にはタブレットに映像が送られてきた。

強風のためか画像が左右に揺れている。森を俯瞰したその光景は、雨に緑色をくすませた一面の樹海にしか見えないが、秋村には住宅地図のように把握できるようだ。

「もう少し東。あと百メートルぐらい」

ひときわ大きな樹木が見えてきた。四方に伸びた枝々に盛大に葉を繁らせている。上空から見ると、まるでブロッコリーだ。繁りに阻まれて中の様子は見通せない。

ドローンが高度を下げると、ようやく木の根もと近くに人が立っているのが見えた。

秋村が澤松の相棒と連絡を取る。

「ドローンが見えたら手を振って」

樹下の人影が手を振った。この木だ。

「高度を下げて。木の中に突っ込むつもりで」

「これ以上は無理です」

「じゃあ、無理をして」

ドローンが大イヌグスの側面に降りた。枝先に触れそうなほど接近しているが、雨滴に覆われたレンズがぼやけて鬱蒼とした繁りの中は見通せない。

「いったん急上昇してレンズの水滴を振り払おう。それから反対側に回って。風上に立てば雨も防げる」

秋村がドローンの操縦者を操縦する。さっきとは反対側からの映像が映し出された。

タブレットに全員が顔を近づけた。

「いる?」秋村が首を伸ばして細めた目を近づける。

団長がひとしきり首をひねってから、画面の一点を指さした。

「あれがそうかな」

十五メートル以上はありそうな木のてっぺん近くだ。たっぷり繁った緑葉の隙間に紺色が見えた。消防団の制服の色だ。

「いた」

「高度そのままで、近づいて」

緑葉の中、太枝にまたがった小柄な人影が見えてきた。

澤松はこちらに手を振っていた。団長が安堵の息を吐く。

「無事だ」

トランシーバーで樹下の団員を呼び出して同じせりふを繰り返した。いたぞ、無事だ。

「人騒がせなやつだ」署長がへの字にした唇で吐き捨てる。「木登りが得意なのを自慢したいだけだろう。危ないじゃないか、なにもあんな高いところで両手を振らなくても」

両手?

右手を振っているだけに見えたが、確かに澤松の左の肩からも腕が伸びている。細い剝き出しの腕に見えるそれには、目を凝らすと、鎌がついていた。

ドローンがさらに近づくまで気づかなかった。澤松の背中には何かが張りついていた。

手を振っているんじゃない。ゆらゆら揺れているだけだ。首の後ろで何かが動いた。

繁り葉にまぎれて見えなかったそれは、澤松からもうひとつの頭が飛び出したような、三角の顔だった。

澤松の体がぐらりと揺れ、前屈みになったかと思うと、十数メートル下の地上に落ちていった。

その瞬間、ドローンカメラが背後にいたものの姿を捉えた。餌を失って怒ったように鎌を振り上げている巨大なカマキリを。

ほんの一瞬だけ静止していたかと思うと、そいつは葉を揺らして、澤松を追うように這い降りていった。

トランシーバーの向こうから切れ切れの叫びが聞こえた。

「……わあ……ああ……澤……おいっ……だめだ……し、死ん……」

団長が絶叫する。

「退避だ。聞こえるか。いますぐそこから離れろ。急げ。澤松のことはあとだ」

署長が呻き声を絞り出した。

「ただちに内地の県警に連絡します」

「だめだ、だめだ」村長が震え声で言い、子どものようにイヤイヤを繰り返す。「だめだ、警察じゃ。自衛隊を呼ぼう」

23

島に非常事態宣言が出された。

観光客にも島民にも森林地帯への立ち入りは禁止され、外出は自粛するよう呼びかけられた。当初は皆、台風のための措置だと思っていたようだが、巨大カマキリのことはすぐに知られることになる。まずネットで、そののち映像やコメントを入手した本土のマスコミのニュースで。

翌朝、オテル・ボーカイのロビーでは、足止めを食った宿泊客たちが集まって、小さな壁掛けテレビを眺めていた。

テレビに繰り返し流されているのは、富谷の二十九センチのカマキリの映像だ。このカマキリの取材で森に入った迫田が変死し、捜索に当たった消防団の団員が事故死したことも伝えられているが、ニュースの中ではまだ二人の死とカマキリは直接的には関連づけられていない。昨日捜索に参加したメンバーは、詳細を口止めされていた。

「本当なんですか、あれ」

客の一人が朱音さんに聞いている。朱音さんがいつもの丸い笑顔で答えた。

「みたいですよ。せっかく来てもらったのにほんと申しわけないけど、外に出るのは我慢してくださいね」

「えー、逆に見てみたいな。別に危険ってわけじゃないんでしょ」

「それがねえ」朱音さんはどこまで話していいものかと口ごもっている。人の輪の後ろに立った私に助けを求める視線を寄こしてきた。私が言うべき言葉を思いつく前に、ほかの客たちが口々に声をあげた。

「ネットを見たら、もっとでかいカマキリがたくさんいるって話が載ってたよ。そのせいで死人が出てるんだって」

「死人？　カマキリで？　なぜ？」

「あのカマキリには毒があるらしい」

いくら箝口令(かんこうれい)を敷いても、人の口は止められない。あの寡黙(かもく)な工藤だって朱音さんには話しているぐらいだ。ネットではすでに『一メートルを超えるカマキリが目撃されている』『モンスターカマキリには毒があり、咬(か)まれると死ぬ』『本州にも飛んでくるかもしれない』といった虚実ないまぜの情報が出まわっているそうだ。これは、早朝から何度も連絡を寄こしてくる伊沢のメールで知った。

地元民のふりをして私は言った。「毒があるかどうかはわからないけれど、下手に近づいたら軽い怪我じゃすまないみたいです」脅しすぎないように脅す。「普通のカマキリだって指を挟まれたら痛いのに、あんなのに顔に鎌を立てられて鼻でも齧(かじ)られたらたまんないですよね」

「うわ、確かに」

「ひえ〜」

厨房に行き、勝手にコーヒーを淹(い)れた。雨滴がドット模様をつくった食堂の窓の向こうでは、ガジュマルの枝葉が風に身悶(みもだ)えしている。椰子の葉がおいでおいでをするふうに揺れていた。

三人分をつくり一杯を工藤にも手渡すと、二十九センチのカマキリが映るテレビに向かってカップを振り、私にだけ聞こえる声で呟いた。

「あのぐらいの大きさだったら、良かったんだけどな」

皮肉をこめたわけではなく、そうであって欲しかった、と心から思っている口調だった。

昨日の捜索は日没を待たずに打ち切りになった。風雨が激しくなったから、というのが表向きの理由だが、誰もがすぐに澤松の死を知ることになる。大イヌグスの樹上にいたカマキリは他の樹木に這い移ったのか、あれっきり姿を現わさず、遺体は完全防備をした警官たちの手で回収された。

実際に、雨も風も激しさを増した。台風は昨日の夜半に志手島に接近し、一晩中、オテル・ボーカイを囲むガジュマルの梢を騒がせた。朝起きたら、窓の外には吹き散らされた葉だけでなく、折れた枝やちぎれた気根(きこん)まで散乱していた。

工藤は客からは見えない仕切り壁に背を預けて、コーヒーをひと口すすってから手刀にした片手を差し上げた。

「すまないな」

わかっていたことだが、オテル・ボーカイは満室になった。昨日まで浜辺でキャンプをしていたという予約客が、見回りの消防団の勧告を受けて、朝早くずぶ濡れになって駆け込んできたそうな。食堂の隅で毛布にくるまっている二人組がそれだろう。

「俺たちの家に来いよ」

工藤夫妻の住まいはボーカイの隣に建つ小さなログハウスだ。昨日から何度も誘ってくれているが、私は今度も首を横に振り、同じせりふを繰り返した。

「だいじょうぶ。研究センターに泊めてもらえることになってますから」

私と秋村、どちらから持ちかけたわけでもなく、自然にそういう話になった。宿代は不要、何日いてもいい。そう言ってくれている。貧乏ライターには正直ありがたいし、秋村と行動をともにしていれば、情報が逐一入ってくるだろう。携帯を持たない秋村とは昨日の深夜になって連絡が取れた。村長や警察署長たちに長谷川医師とともに同席を求められて、夜遅くまで今後の対応を協議していたそうだ。

工藤に尋ねた。

「本土からの応援、何時頃に到着するんでしょうね」

その様子を取材したいと私は思っていた。本土から志手島に飛行艇が二往復し、総勢八十名の自衛隊員と警察官が派遣される。秋村からはそう聞いている。地底湖でのダイビングもそれに合わせて再開するそうだから、私よりくわしいに違いない。

工藤が太い首を左右に振った。

「いや来ない」

「え」

「さっき情報が回ってきた。明日になるらしい。台風で飛行艇もヘリも飛ばせないそうだ」

志手島を去った台風は迷走し、今度は進路を西に変えて本州へ近づいているそうだ。

朱音さんを手伝って客たちの朝食をテーブルに運んでいると、伊沢から連絡が入った。起き抜けからこれで何度目だろう。電話には出ず、コールバックもしていなかったが、そろそろちゃんと話をせねば。

スマホを耳にあてたとたん、興奮してうわずった声が飛び込んできた。

「いやいや、藤間さん、持ってますね。こんな大事件に出くわすなんて。誰もが知りたがっているのに誰も近づけない現場に居合わせるんですもの、もはや神です。いや、最初に志手島の大カマキリに目をつけた自分も誉めてやりたい」ロビーに移動した私は、とりあえずざっくりでいいと言われた取材メモすらまだ送っていないことを思い出したが、伊沢のハイテンションは変わらない。「例のムック、周辺記事を揃えてスタンバイしてますから。藤間さん待ちですんで、よろしく。初版何万部だろう。いや、何十万部か」

「ちょ、ちょっと、落ち着いて。こっちでは人が死んでるんですよ。二人も」

澤松の死因は落下によるものではなく、出血性のショック死だった。ネックガードに守られていた首のかわりに、眼球へ鎌を突き立てられていた。

「あ、やっぱり例の死亡事故って、カマキリと関係があるんですね」

「こっちでもはっきりとしたことはまだわかってないんだけど」口止めされているのは私も同じだ。ストレートに伝えたら、とんでもない騒ぎになるだろう。「くわしいことがわかったら連絡しますよ」

「お願いします。他の仕事はほったらかして、待機してますんで。こまめに連絡入れるようにしまっす」

「いや、こっちから連絡するから、それまで連絡は控えてくれませんか」

「ああ、そうですよね。取材、いま佳境ですよね。了解っす。でも、何かわかり次第、情報をもらえるとありがたいです」

朝食のトレイを片手に捧げ持ったままロビーに出てしまったことに気づいた私は、あわてて食堂へ戻る。

「あれ？　もしもーし、藤間さーん」

「ごめん、いま手が離せないんだ」

24

　午後になって雨が止み、風がおさまった頃合いを見て、私は荷物をまとめ、野生生物研究センターにスクーターを走らせた。

　もともと車の少ない道だが、今日はなおさらだった。どこまで走っても人の姿も車の影もなく、海岸沿いに並んだ椰子の木だけが私を見送って手のひらみたいな葉を揺らしていた。波の高い海はまだ濁った鈍色だったが、台風が雲を吹き飛ばした空は、いつもの青さを取り戻している。

　出る前にセンターに電話をかけたが、案の定、秋村は出なかった。ゆるらゆるらの島の空気にすっかりなじんだ私も、もともとゆるらゆるらな彼女も、正確な時間は約束していないのだから問題はないだろう。

　駐車場にスクーターを置き、センターへ続く枕木の階段を登る。

　鶏の声が聞こえてきた。研究棟の裏手で捕獲したノヤギや怪我をしたシテジマカラスバトといった保護動物を飼っているのは知っているが、鶏なんていたっけ。しかも一羽や二羽の声じゃない。

　センターの入り口には『本日休館』という札が下がっている。研究棟と宿泊棟の間の中庭に回ると、鶏の声がけたたましくなった。

ココココッコッコ　コココココ。

シダに囲まれた中庭に、山狩りの時にカマキリの収容器として使われた養鶏コンテナが置かれている。その大きな四角い鳥籠の中で何羽もの鶏たちが不機嫌そうに首を振り立てていた。

養鶏コンテナの先には、大型犬用の檻と横倒しのドラム缶が並んでいる。ドラム缶のひとつに半身を潜り込ませている秋村の背中が見えた。

「何してるんです」

私の声に驚きも振り向きもせずに、半パンのお尻が答えてくる。

「明日の準備」

「何ですかそれは」

ケージとドラム缶は一体化していた。畳半畳以上はありそうなケージの片方の側面が丸くくり抜かれ、ドラム缶が突っ込まれているのだ。

「罠」

秋村は尻をもぞもぞ振ってドラム缶から抜け出ると、ぺたりとしゃがみこんだまま顔だけこちらに振り向け、にまりと笑った。鼻が得意気に上向いていた。

「船舶整備工場に頼んでつくってもらったんだ」ドラム缶はいくらでもあるんだけど、ペットショップが一軒しかないから、これの大きなのが手に入らなくてね、とケージの鉄柵を叩く。「中古のを譲ってもらったりして、なんとか四つだけ揃えた」

ドラム缶は底を抜き、上下を圧縮して楕円の筒状に加工されている。ドラム缶とケージを合わせた長さは二メートル近い。どんな獲物を狙っているのかは一目瞭然だった。

「熊用の捕獲器をアレンジしてみたんだ」

ケージの中ほどには釣り糸だろうか、太くて丈夫そうな糸が上から下に張られている。

「餌をケージの隅に繋いでおく。で、つられてドラム缶を通って入ってきて、この糸に触ったら、入り口のシャッターが閉まるっていうしかけ」

ドラム缶の上に据えられているシャッターというのは、ケージの柵よりはるかに重く丈夫そうな鉄格子だ。建築素材か船舶のどこかに使うものなんだろう。

「餌っていうのは、鶏？」

秋村が鶏のように頷く。鶏たちが抗議をするように、コココココッと鳴いた。

「意外だな。生きた餌を使うなんて」

「カマキリは生き餌しか食べないからね。昨日からここに運び込まれてるカマキリはもう二十四匹以上だ」これまでに捕獲されたカマキリたちはすべて研究棟に収容されているそうだ。「一昨日までは富谷さんのも入れて四匹だったから、西野ちゃんに疑似餌を動かしてもらってなんとか食べさせてたけど、もう無理。でかいのになると西野ちゃんが危険だし。だから今日は成鳥と一緒に雛も持ってきてもらって、それを与えた」

「雛？　ヒヨコを？　秋村さんはそういうの、嫌いなのかと思ってた」

私が眉をひそめると、秋村も眉根を寄せた。

「私をなんだと思ってた？　動物の神様から遣わされた天使だとでも？」

そう言って両手を羽ばたくかたちにする。天使の翼のつもりだろうが、いまの状況では鳥の手羽にしか見えなかった。

「天使とまでは思ってませんけど、ゴリラのために携帯電話を使わないぐらいだから、動物の味方だと思ってた」

私の言葉に、唇の下に梅干しをつくって肩をすくめた。

「私は学者だよ。いままでにどれだけの実験用マウスを犠牲にしてきたと思う？　菜食主義でもないし。他の生き物を食べる時には食べる。使うときには使う。敵でも味方でもない。他の生き物を犠牲にして生きている人間っていう身勝手な動物の一匹だよ、私は」

いいかい、と、尻座りしたままひとさし指を顔の前に立てた。

「動物の保護だって人間の身勝手だよ。生き物を食べることや道具として使うことやペットとして飼うこととなんにも変わらない。私のやっていることなんて、地上からいままで生きていた種が消えて欲しくないっていうエゴだ」

でもね。立ち上がって膝の汚れを叩きながら言葉を続ける。

「そのどうしようもない身勝手さを自覚しておこうとは思ってる。いちばんどうしようもないのは、その身勝手さがわかってなくて、自分の夢物語を動物や他の人間に押しつけることだよ。くまのプーさんに頭を齧(かじ)られなくちゃ目が覚めないんだろうね」

　驚いた。秋村の言葉はむしろ生き物を厭わしく思っているようにも聞こえた。

「身勝手であることを自覚しておかないと、人間とは同じ生き物同士だけど、異なる種で、それぞれが生きるために必死で戦略を立ててるってことを忘れちゃうと、そのうちしっぺ返しを食うことになる。いまここで起きてることだって、きっとそのひとつだ」

　それだけ言うと、自分の長いスピーチを恥じたように小さく笑い、またドラム缶の中に潜りこんだ。

「急がなくちゃ。本土から応援の人たちがやってきたら、ここに集まってもらうことになってる。カマキリのレクチャーをするために。しかけの見本をひとつはつくっておかないと」

「急がなくてもだいじょうぶだと思います」

　なんで、という顔がこっちを向いた。

「何も聞いてないんですか？」

「うん、何？」

　おそらく連絡は行っているはずだ。秋村が電話に出ないだけ。

「今日は来ません。台風で飛行艇もヘリコプターも飛ばせないそうです」

「あら」救助用の飛行艇なのになにしてるのさ。「なんだ、じゃあ、ゆっくりやろう。夕ご飯でもつくろうかな」

「俺がつくりますよ。自炊するつもりで少しは持ってきました。ボーカイからもいろいろ貰ってしまったし」

私はぱんぱんに膨れたバッグを差し上げてみせた。自分で揃えたのは食パンやインスタントラーメンの類だが、工藤には肉の塊や野菜やチーズを持たされている。

「じゃあ、明日の朝は頼むよ。今日のぶんはもうつくりはじめてるんだ」秋村が宿泊棟に短い顎をしゃくった。「とりあえずその荷物を置きなよ。部屋に案内する。安普請のボロ家だけどね」

本館より古くから建っているのだろう。秋村の言葉どおり宿泊棟は簡素で古びた建物だった。とはいえ中は清潔に保たれている。

ガラス張りの引き戸を開けて入ると、玄関のすぐ左手は長テーブルが二つ並んだ食堂になっている。南面に掃きだし窓が並んだ広くて明るい部屋だ。右手の食堂の半分ほどのスペースは厨房。ここでは基本的に各自が自炊するが、宿泊する人数が少なく、気が向いた時には、秋村が料理をふるまうこともあるそうだ。

今日は気が向いた日であるらしい。厨房にはいい匂いが漂っていた。

「忙しいのに。すみません」

「ううん、気分を変えたかっただけ。こういう時ほど何かつくりたくなる。いろんな気持ちを全部煮込んじゃうんだ」

ということは煮込み料理だろうか。にんにくとハーブの匂いがした。肉の匂いも——

「もしかして、鶏の料理ですか」

「養鶏所から自腹で買ったからね。一羽はいただこうと思って。さっき絞めたばっかりのやつ……あれ？　いや？」

遠くからの鶏の声が絶叫に聞こえた。

一階の廊下の左手にはドアが二つ並んでいる。どちらも二段ベッドを備えた相部屋だという。

右手は浴場スペースだった。入ってすぐが、脱衣所兼用の「長期滞在の研究者には必」だというランドリールーム。曇りガラスの引き戸の先が浴室。各部屋には浴槽もシャワーもないそうで、浴室は大人数で入れる広さだ。シャワーも二ついていて、浴槽も大きい。

二階に上がった。こちらは廊下の左右に四部屋ずつが並んでいる。すべて個室で、秋村は階段に近い左右の二部屋を寝室、仕事部屋と分けて使っているそうだ。

部屋のドアは開け放してあった。

「しばらく誰も来なかったからね、風を通しておこうと思って」

おかげで中の様子がひと目でわかった。

「好きな部屋を選んでいいよ」

「どれも同じに見えますけど」

六畳ほどの広さだ。奥に腰高の窓があり、ベッドとデスク、作りつけの簞笥や戸棚が左右に並んでいる。

「違うよ。ほら、外の眺め」

確かに開け放した窓の向こうの景色が違う。南向きの部屋からは中の森が望めた。何種類もの緑色系の絵の具をふんだんに使った油絵の額が飾られているかのようだった。引き開けられたカーテンも、その光景にあつらえたようなライトグリーン。

北向きの部屋からは遠くに海が見渡せた。やっぱり色を合わせてあるらしい、こちらのカーテンは鮮やかなマリンブルーだ。

迷ったが、結局私は緑の額を選んだ。


つくりかけのカマキリ捕獲器の見本を私が仕上げ、秋村が料理を仕上げることになった。

船舶修理の専門家がつくったという仕掛けは、こんなふうになっている。

ドラム缶の入り口側とその上のシャッターは、鉄製のフレームで囲われている。なんだかギロチン台みたいだ。フレームの中ほど、ドラム缶の真上に渡した横材に、ヘラの形の小さな鉄板をネジで止める。ネジは故意にゆるめに締め、ヘラが動くようにしておく。シャッターの下部には丸ネジが打ち込まれていて、お椀型のネジ頭をヘラの上に載せる。このヘラに釣り糸を結び、ケージの奥の方の上から下に張る。あとは鶏をケージの奥に繋ぐだけ。餌に誘われて中へ入り込み、この糸に体が触れると、ヘラが動き、微妙なバランスで載せていたシャッターが降りる——

　簡単というか原始的というか。そんなにうまく行くものだろうか。シャッターをヘラに載せてから、ケージの中で糸をつついてみた。そのとたん、
　ガゴン
　鈍い音とともにシャッターが降りた。おおっ、本当だ。閉じ込められてしまった。

　狭いドラム缶の中で、重いシャッターを押し上げるのに苦労していると、呆れ声が降ってきた。

「なにやってるの」

　Tシャツと半パンの上にエプロンをつけた秋村が、両手を腰にあててぽかりと口を開けていた。

　そこで食べよう。秋村が指さした先は、宿泊棟の南側の空き地で、椰子の木の下に二卓のガーデンテーブルといくつかの椅子が置かれていた。

　テーブルにはもう料理と皿が並べられている。大きな深皿には鶏肉のトマト煮込みが盛りつけてあった。鶏一羽ぶんだろうか、かなりの量だ。もうひとつは鍋で、蓋を開けると、鮮やかな黄色が現われた。サフランライスだ。

　秋村はエプロンのポケットから缶ビールを取り出して、ひとつを私に寄こしてきた。

「お疲れ」プルトップを開けた秋村が、ビール缶を持つ手をほんの少しだけ上下に動かす。「乾杯はなしだね」

私は無言で頷く。二人の人間が死んでしまった。富谷が亡くなったのも、まだ三日前だ。だが、私の目の前にあるのは、昨日までの出来事が嘘のような平和な光景だった。すっかり忘れていた。この島が、この国でいちばん天国に近い楽園であることを。

「勝負は明日だ。今日は飲んじゃおう」

「ええ」

内地からの自衛隊や警官隊は武装してやってくるそうだ。私にそれを伝えた秋村は、昂(たかぶ)った様子もなく醒(さ)めた口ぶりで「史上最大の昆虫採集だ」と言う。

「藤間さんはどうするの」

定期船は明日の夕方に出港する。

「もちろん残ります」

取材というより、できれば一緒にカマキリ狩りがしたかった。

秋村の笑いじわが深くなる。

「ここにいればいいよ、ずっと」

トマト煮込みはうまかった。ちょっと独特の味つけだ。トマトソースにピーナツバターが混ぜてあるのだ。鶏肉と一緒にオクラや大豆も煮込んでいる。

「たくさん食べてね。あんた、少し痩せたよ」

出会ってまだ十日なのに大げさな。

「うまいです」

「チキン・ムアンバ。アフリカ料理だよ。私の数少ない得意料理だ。向こうじゃキャッサバの粉でつくったお餅みたいのと一緒に食べるんだけど――」

料理の説明に続きがありそうだったから、私は待っていたが、沈黙をビールで流しこんでから秋村が口にしたのは別のことだった。

「人が死ぬのは嫌だね。いろいろ思い出しちゃう」

そしてビールの苦さのせいにするように、顔をしかめる。

「俺もです」

とくに墜落死は。落下する前に絶命していたという澤松と違って、明日歌は自分の意志で飛び降りたのだ。二十メートルの高さから人が地上に落下するまでの時間は、二秒だそうだ。その短い間に、明日歌は何を思ったのだろうか。私としては意識を失ってしまったと思いたい。たった二秒間の出来事だったとしても。

しばらくは二人とも無言で、椰子の葉が風に揺れる音を聞いていた。ときおりの鶏の抗議の声も。

どのくらい経ってからだろう。秋村が二本目の缶ビールのラベルに話しかけるように呟いた。

「娘がいたんだよね、私」

「え?」

「旦那の、前の奥さんとの子ども。旦那が死んだ後も私はコンゴに残った。その子がいたからね」

　なぜ過去形で語っているのか、いまはどうして日本にいるのか、その理由は、再び訪れた沈黙のあとにわかった。

「ツェツェ蠅に刺されちゃったんだ。ツェツェ蠅は眠り病——アフリカ睡眠病っていうやつを媒介する。あの頃は治療法はないに等しかったから、刺されたら神様に祈るしかない」

　秋村はまたひと口ビールを飲んで、風に揺れる森を眺めながら言葉を継いだ。

「今度のカマキリのことで、みんなはたかが虫が、って驚いているけど、虫に殺される人間は大勢いるんだ。リディ……私たちの娘だけじゃない。いまでもアフリカじゃツェツェ蠅や、マラリアなんかを媒介するハマダラ蚊のせいで、毎年何十万人も死んでいる」

　空になった缶ビールをテーブルにそっと置いて、そしてこう言った。

「でもね、人が死んでも私たちはこうしてご飯を食べてる。これからも食べていかなくちゃならない。そういうことだよ」

　昨日の私は昼飯も夕飯もろくに喉を通らなかったのだが、一晩経って起きたら、酷く空腹な自分に気づいた。いまも多すぎると思っていた料理をあらかた片づけてしまっている。

「いつか死ぬ日が来るまでは、生きなくちゃ。どうしたって後戻りができないのなら、振り返ってもしかたない」

私になのか、違う誰かに語っているのかわからない調子でそう呟くと、ぱん、と手を叩き合わせて立ち上がった。

「デザートもあるよ。貰い物のパッションフルーツだけど」

「いただきます」

秋村が宿泊棟に消え、私は木製チェアに背中を預けた。

空は紅に染まっている。しばらく南国の陽光に夜の色を混ぜたような空の色に見とれていた。

目を閉じるとまぶたの裏も紅色に染まった。台風の名残の風が頬を撫でてゆく。相変わらず鶏たちがせわしなく騒ぎ、その向こうの温室の先では、繋がれたノヤギがのんびりと鳴いていた。

こんな時なのに、私はここ何年も、おそらく明日歌を失ってからの九年間、ほとんど感じたことのない気分にひたっていた。やすらぎだ。

再び目を開けた時、ちょうど視線の先、赤い空を横切る何かに気づいた。

鳥じゃない。もっとずっと大きなものだ。夕焼けを背にしたそれは、黒いシルエットになっていた。

まるで人間が飛んでいるかのようだった。両手を広げて宙を掻いているように見えるのは前脚。二本足に見えたのは、後ろ脚より細くて短い中脚が四枚の翅にまぎれているからだ。

カマキリだ。それも特大の。

私のはるか頭上を越えて駐車場の方角に消えていった。

「お待たせ」

振り向いた私がどんな顔をしていたのか、トレイを抱えていた秋村の顔が一瞬で凍った。

「どうしたの」

「まずいです」

「何？　なになに？」

秋村の腕を取って宿泊棟の中に急ぐ。部屋の窓はどこも開け放したままだ。

「戸締りをしなくちゃ」

「何があったの」

「カマキリが来た」それだけ言った。それだけでじゅうぶんだった。秋村が唇を一の字に引き結んだ。「二階をお願いします。俺は一階を」

階段を一段飛ばしで駆けあがった。片っ端から部屋に入り、網戸で仕切られただけの窓を閉め、ロックをかけた。

三部屋目だった。

網戸に薄茶色の影が張りついていた。

六本脚をひび割れのように広げたカマキリだった。

さっき頭上を飛んでいったヤツではないだろう。もっと小さい。といっても五十センチはありそうだった。私は拳で網戸を殴りつける。

離れない。もう一度。

だめだ。針金が絡みついてでもいるように、脚先の鋭い爪を網に食い込ませているのだ。

三発目。広げた両手で叩くと、カマキリが身をよじった。五発目でようやく脚をもがかせて落下していった。

六つの部屋の窓を閉め終えて、廊下へ戻り、大きく息を吐いた。その瞬間、

バン

背後で大きな音がした。

振り向いた私は目を見張る。

外階段に通じる非常口のドアが大きく開いていた。

急いで走り寄る。が、きちんと閉まらない。もともとなのか、台風のせいか、ドアが歪んで鍵がかからなかった。強い風に煽（あお）られて開閉を繰り返していたのかもしれない。おそらくついいましがたまでずっと。

非常口の向かいの用具置場からロッカーをひっぱり出した。外開きのドアより幅広で高さも同じぐらいある。それでドアを塞ぎ、中には清掃道具をありったけ詰め込んだ。

私は廊下を見まわす。この宿泊棟が急に、恐ろしく広い場所に思えてきた。

窓を開けていたとは思えないし、ドアは閉まっていたはずだが、念のために秋村の使う二部屋も確かめる。

仕事部屋にしているという海側の部屋はきちんと窓が閉ざされていた。

あとは寝室だけだ。

ドアノブに手をかけると、回してもいないのに、何の手応えもなく、ドアが開いた。手を離してみた。きぃきぃと軋みを上げてドアが前後に揺れた。

閉まっていなかったのだ。あるいは古びたこの建物の立て付けが悪く、閉められないのか。

部屋に踏み入れる私の足どりは、知らず知らず慎重になった。

他の部屋と同じ造りだった。ベッドとデスク。箪笥と戸棚。南向きの窓には緑のカーテン。ただし隅々に部屋の主の生活が息づいていた。

ベッドの上の整えられたブランケットには原色の花々が咲いている。書棚だけでなく、デスクにも戸棚にも本が溢れていた。半分は洋書だった。

ベッドの脇の細い机には鏡が立てかけられ、ささやかな化粧品が置かれている。そういえば、秋村も化粧はしているんだっけ。初めて会った時には化粧っ気がほとんどなかったが、翌日、二度目に会った時からはずっと。

鏡の横に写真立てが置かれていた。

小さな木製の額の中には、三人の人間がいた。

右側の女性が秋村であることが、すぐにはわからなかった。黒くて長い髪をまっすぐに下ろしていたからだ。肌もいまより白そうだ。笑っているが、目尻のしわはまだない。左側に黒人の男性。頬から顎にかけて鬚（ひげ）を生やした思慮深そうな顔立ちだ。長身で肩幅が広いことが半身像だけでわかる。短い髪と鬚には白いものが混じっている。写真の中の秋村とはだいぶ年が離れているように見えた。

真ん中に七、八歳ぐらいの黒人の女の子。素晴らしく目が大きい。大人の女のようなませたドレッドヘアで、何本かの色とりどりの紐飾りをつけている。秋村が手をかけた髪かもしれない。秋村が髪を結ぶ時とよく似た紐飾りだった。

忘れられないのは、振り返ってばかりいるのは、俺だけじゃない。たぶん秋村も同じだ。

窓は問題なく閉まっていた。

異常なし。部屋を出ようとして気づいた。

窓が閉まっているのに、半分閉じられたカーテンがかすかに揺れていることに。

ベッドサイドのスタンドを手に取った。花柄の笠がついた可愛らしいスタンドだった。二歩ぶん離れた位置で立ち止まり、妙な膨らみをつくっているカーテンを、スタンドの底を使ってめくりあげる。

緑のカーテンの裏側いっぱいに緑色のカマキリが張りついていた。脚を折り畳んだ擬態のポーズで。隠しきれない脚が一メートル以上の長さのカーテンからはみ出していた。

カーテンから手を離して、後ずさりながら考えた。このまま部屋を出てドアを閉め、閉じ込めておいたほうがいいのか、いまこの場で始末してしまったほうがいいのか、と。

始末？

始末されるのはどっちだろう。

カーテンに食い込ませていた緑色の鎌は、文字どおり本物の鎌の大きさだった。それも大振りの。本物と違うのは、柄の部分まで刃になっていて、牙のような鋸刃が生えていることだ。

頭の隅に追いやっていた、迫田の顔のない死体が蘇った。その酷たらしい姿が似たような体格の秋村とオーバーラップした瞬間、私は後ずさりをやめた。

小さなスタンドは武器としては頼りなさすぎる。部屋を見まわした。本で埋まった書棚の、秋村の目線の高さの段に置かれているものに気づいた。アフリカの木製ナイフだ。私に気やすく使わせていたが、本当は大切なものなのだろう、支える本のないブックエンドに飾るように立てかけてあった。

もう一度使わせてもらおう。重そうなブックエンドも。椅子に座る人物をかたどったブックエンドは、真鍮製だろうか、手に取ると想像どおりに重量があった。

右手にナイフを握り、左手でブックエンドをつかんだ。再び窓辺に近づくと、改めてみればはっきり盛り上がっているカーテンの膨らみが、もぞりと動いた。緑色の厚手の生地の上のほうから片側の鎌が現われ、ゆっくりと生地を挟みこむのが見えた。おかげで頭部のおおよその位置がわかった。

　ブックエンドを使うことにした。アフリカの精霊らしい角の生えた座像の方を握り、頭部を狙って平らな面をカーテン越しに叩きつける。

　みしり。

　窓ガラスに罅(ひび)が入る音がした。

　手応えは——

　わからない。硬いものに触れた感触はあったが、かすっただけかもしれない。カーテンの向こうにも動く気配はなかった。

　今度は五センチ左を狙う。アフリカの精霊の呪力を信じてブックエンドを振り上げた。当たった、と思った瞬間に手応えが消え、カーテンが風に煽られるように波うった。中でもがいているのだ。端を摑(つか)んでいた鎌がいつのまにか消えていた。とどめを刺すために、ブックエンドを楯のように持ち、ナイフの先で再びカーテンをめくり上げようとした時、気づいた。

　カーテンの下から鎌と頭部が覗き、鶏卵大の目玉の中の偽瞳孔(ぎどうこう)が私に向けられていることに。口の上下の蜘蛛(くも)の脚に似た四本のヒゲが舌なめずりするように動いていた。

　ナイフを逆手(さかて)に持ちかえて振り下ろした。

　動きはむこうのほうがはるかに速かった。

　ナイフの切っ先が届いた時にはもう、カーテンを揺らして壁に跳び移っていた。脚先の鋭い爪を壁に食い込ませ、カリカリと音を立てながら、床と水平に書棚へ這っていく。体長は書棚の横幅と変わらなかった。くの字に広げた六本の脚は棚三つを覆っていた。

ドアが開いた。

「藤間さん、大変……」

「入ってきちゃだめだ」

叫んだが遅かった。駆け込んできた秋村は部屋の中で立ち止まり、「なぜ」と問いかける表情になる。私の視線に気づいて、首を右手に向けた。そして、秋村らしくない悲鳴をあげた。

「きゃあ」

秋村の両手が誰かにすがろうとして宙をまさぐった。が、それはほんの一瞬のことで、すぐに体を反転させ、部屋の隅に走る。逃げたわけじゃなかった。モップを手にしていた。私が再びブックエンドを構えるより早く、カマキリに近づき、T字型の先端を叩きつけた。

カン。生き物というより金属を叩いたような音がした。

カマキリは書棚いっぱいに広げていた脚をじたばたともがかせる。体の向きを斜め上にし次の瞬間斜め下に変える。素早すぎて途中の動作が見えない。コマ落としの映像のように動き回る。そのたびに棚から本が落ちた。また斜め上に頭を向けたかと思うと、あっという間にドアの外へ這い出していった。

私は一撃を放っただけで立ちすくんでしまった秋村の手からモップをかすめ取って後を追う。

廊下にはもうカマキリの姿がなかった。

「どこ?」

部屋からおそるおそる首を伸ばして秋村が聞いてくる。私は首を横に振った。

どこだ。廊下に並ぶドアはすべて閉まっている。

階段を降りたのかもしれない。

モップを両手で握った。木製の柄でT字部分が金属の業務用だ。私が来る前に用具置場から持ち出して部屋を掃除していたのだと思う。

モップを斜めに構えて階段のほうへ歩きかけた時、

　カリ

かすかな音が聞こえた。

　　カリカリ

カリ

背後からだと気づいて振り返る。秋村の黒目が音の方向にゆっくりと動いていた。

私の視線も同じ方向に向く。

上だ。

天井に張りついたカマキリが巨大な目でこっちを見下ろしていた。

カリ

カリカリ

カリ

音を忍ばせるようにゆっくりと秋村の真上からこちらへと近づいてくる。カマキリから視線を逸らさずに問いかけた。

「どこを狙えばいいですか」

「わからない……急所は頭だろうけど、硬そうだ。背中もだ……」

確かに巨大カマキリの外骨格は硬い。富谷の二十九センチのカマキリでさえ、頭とくびれた胴体部分はまるで金属を触っているようだった。秋村が自分の言葉を疑る調子で続ける。

「柔らかいのはお腹だけど……」

腹か。いまの体勢では腹は天井側だが、腹部を覆っている翅は薄くてもろいはずだ。

カマキリは私に逆さになった頭を向けている。腹側に回るために間合いを詰めると、

カリ

前脚を天井から離し、上体を反り返らせて、こちらに鎌を振り立てはじめた。

秋村が廊下の壁に背中を預けた横歩きで近づいてきた。天井を見上げたまま私の長袖

の肘を掴んでくる。私を頼ってすがりついてくれたわけじゃなかった。掴まれた腕が後ろに引っ張られる。「下がれ」という忠告だった。

「距離を測っているんだ。花に寄ってくる蝶にもそうする。鎌が届くとわかったとたんに襲ってくるよ」

慌てて背中を壁に張りつかせた。カマキリは上体を捩じり、頭をぐるりと巡らしたが、すぐに鎌を引っ込め、今度は胸の前に揃える体勢に変えた。

カマキリから距離を取って壁伝いに数歩移動する。モップの柄を握る位置を、遠くからでも届くように下にずらした。

「待って」

背後で秋村の足音がした。自室に駆け込んだようだった。

カマキリは静止したままだ。私と秋村の動きを追って緑の眼の中の偽瞳孔だけが、黒いポインターのようにせわしなく動いている。

肩に何か置かれた。秋村が背後から私に着せかけているものが、前に垂らされた袖で革ジャンであることがわかった。

「袖を縛って首に巻いて。それが島でのいちばんの厚手の服だ」

礼のかわりに頷いて、首を覆うように革ジャンを背負った。モップを構え直して言う。

「下がってて」

遠ざかる足音が聞こえた。そんなに下がらなくても、と思っていたら、また早足の音が近づいてきた。今度は何を持ってきたんだろう。

確かめる暇はなかった。モップを近づけると、カマキリも脚を蠢かせて、こちらに体を半回転させた。戦闘体勢だ。カマキリはどんな大きな相手にもひるまない。センターの飼育箱の中のちびすけも、手を差し出すと私の指や腕に鎌で攻撃をしかけてくる。いま対峙しているこいつにしてみれば、私など自分よりちょっと大きいだけのひ弱な肌色のバッタぐらいにしか見えていないだろう。

バッタと違うのは、少しは知恵があることだ。モップの先をカマキリの頭に近づけ、右に振った。カマキリは動くものは何でも餌だと認識して、愚直に反応する。

思ったとおり、モップを追ってまた体の向きを替えた。

ボディががら空きだ。道具を使えるところもバッタとは違う。私は体を伸び上がらせ、ジャブを放つように斜め下からモップを突き上げた。

ぐしゃ

プラスチックの箱を潰したような音と感触。天井に鉤爪を立てていた脚を痙攣させている。抜き取るようにモップを下ろすと同時に緑色の体が落下してきた。

宙返りをするように脚から落ちたカマキリは、カサカサと床を引っ掻いて脚をもがかせる。最後のあがき——

ではなかった。すぐに起き上がった。手応えがあったはずだが、効いていないのか？

二本の鎌を頭の上まで振りかざし、残りの脚を固定四脚のように折り曲げて、四枚の翅を威嚇するように広げている。

今度は横ざまになぎ払う。

細長い体が、くの字によじれて壁際に吹き飛んだ。

だが、またしても起き上がってきた。ぞわぞわと蜘蛛のように脚を蠢かせて這い寄ってくる。やみくもにモップを突き出したが、片方の鎌で柄をくわえこまれてしまった。

もう一方の鎌が私との距離を測って揺れていた。おいでおいでをするように。

左手から白い水流が噴き出した。水流は泡となって一瞬にしてカマキリの体を包み込む。

秋村だった。消火器を抱えていた。

二度目の噴射。泡の奔流にカマキリの体がなぎ倒される。

いまだ。上からモップを振り下ろした。

先端が頭を捉え、床に叩きつけた。

さっきより重い手応えとともに、緑とも青ともつかない濃色の体液が飛び散った。

頭が潰れてもカマキリは動くのをやめない。とんでもない生命力だ。オスはメスに食われながら交尾を続けるという話は本当だろう。何度もモップを振り下ろした。

ギッ　ギギ
声をあげたのか、翅を鳴らしただけなのか、断末魔に聞こえる音をひとしきり立て、ようやく動かなくなった。

「消火器には殺虫剤と同じ界面活性剤が含まれてるからね。まあ、いまのは水流にまいっただけだろうけど」

「殺虫剤だ」消火器のノズルを銃口のように握りしめて、秋村がにっと笑った。

脚を伸ばして廊下いっぱいに横たわったカマキリを二人で見下ろした。

「でかいね」秋村が鎌の部分に自分の広げた手のひらをあてがう。「スネだけで出刃包丁サイズだ」

腕のようだが前脚だから、カマキリの鎌の部分はスネ、柄に当たる部分の折れ曲がった半分はモモと呼ぶのだそうだ。モモと肩の間、二の腕のような部分は基節。モモはスネの倍の長さがあり、同じように大きくて鋭い棘が生えている。こいつに挟まれたら、指は飛ぶだろう。もしかしたら腕も。

秋村が目を見張ったまま言う。

「虫と思わず、野獣だと思ったほうがいい。野生の獣に比べたら人間は弱い生き物だ。中型犬にだって本気で襲われたらひとたまりもないんだから」

確かに野獣。猛獣だ。でかいのに素早く、そして飢えている。いくら大きくたって、たかが虫、そうタカをくくって、七十センチ級を相手にした時も、私は捕獲することしか考えていなかった。大間違いだったかもしれない。むこうにとっては、私たちが捕食するための餌だ。

長い棘の生えた鎌は、さしずめ大きな牙を持つ肉食獣の顎門(あぎと)だろうか。二つの頭を持つドーベルマンのようなもの。サイズの小さなやつらは、脚が生えた双頭のピラニアだ。しかも、間近に見ても昆虫とは思えない、何かのオブジェに見える冗談のような大きさのこのカマキリにしても、脚を除けば、モップの柄の長さほどもない。体長は一メートルに満たないだろう。ウドノキにいたものやトレイルカメラに映っていたカマキリはもっと大きかったはずだ。さっき空を飛んでいたやつも──

「死体、どうしよう。研究棟に運びたいけど今日は無理かな──」のん気に呟いている秋村に尋ねた。

「そう言えば、大変って？」

「ああ、そうだ。忘れてた。こっちの大変に比べたら、大変じゃないけど、少し大変」

冷静に見えるが、秋村は秋村で取り乱してはいるらしい。大変、やっぱり大変と、散らかったせりふを繰り返してどたばた階下に降りていく。一階に来い、ということらしい。

大変なのは浴室のようだ。ランドリールームの左手の引き戸を開けて、秋村が奥を指さした。

「ほらあれ」浴室の外に開いた曇りガラスの上、換気窓が割れていた。「さっき見たときには気づかなかった」

換気用だから横幅があるが、上下は三十センチほどの細長い窓だ。

肩をすくめて言う。「台風のせいだね」

「風でガラスが割れるんですか」

「うん。この島じゃ多いよ。強い風で飛んできた小石とか枝が当たっちゃって。ガラスって一点に強い力が加わるとすぐ割れるでしょ。低予算の昔の建物だからここのガラスはみんな安物だしね。塞(ふさ)いでおかないと——」

塞いでおかないとどうなるかは、聞かなくてもわかった。カマキリは巨大でも体高はわずかなものだ。あの平べったい体なら、一メートルの体長があったとしても、十数センチほどの隙間があれば入りこんでくるだろう。

「余ってる板か何かがあるといいけど」

私の言葉に秋村が肩をすくめた。

「ないねえ。つくるしかない」

浴室の反対側の大部屋に行く。さっき案内されたときに見た二段ベッドは木製だった。それが使える気がした。秋村は工具を取りにキッチンへ走る。

二段ベッドの上部の側板を力ずくで剝ぎ取る。両手で摑んだままぶら下がって体重をかけたら、簡単に外れた。脇に抱えて部屋を出ようとしたら、先に浴室に戻っていた秋村の短い悲鳴が聞こえた。

「だいじょうぶですかっ」

秋村はランドリールームのとば口にいた。二台の洗濯機のうちの、乾燥機を載せた奥の一台を指さしている。

老朽化した建物だから、最初は壁に走る亀裂に見えた。だが、亀裂が動くわけがない。洗濯機の裏側で、茶色い脚が見え隠れしていた。

秋村が抱えていた工具箱からいちばん重そうなスパナを取り出して近寄る。

じり
二本見えていた脚が一本消えた。

洗濯機の脇の壁を思い切り蹴り上げると、
じじっ。脚が三本に増えた。増えたのは鎌のある前脚だ。

その鎌にスパナを振り下ろした。狙ったのは前脚の二つ目の関節。脆そうに見えるモモと基節の間だ。

ぶつ。ロープを切断したような感触。次の瞬間にすべての脚が消えた。

洗濯機の裏側を覗き込もうとしたとたん、床との隙間から脚をフル回転させて茶色い体が飛び出してきた。

「ドアを閉めて」

私の声に秋村がただちに反応した。ドアに突き当たったカマキリは素早く反転して今度は壁に這い上がる。まるでゴキブリだ。脚は五本になっていた。

立てかけておいた側板を使うことにした。板を構えてから、秋村に目配せだけで同意を求める。サイズはさっきのカマキリに比べたら、ずいぶん小さい。生け捕りにしなくていいのか、という問いかけのつもりだった。

私の躊躇(ちゅうちょ)をただちに理解した秋村は、無言で首を横に振る。

小さいと言っても四十センチは超えている。木材を削って槍(やり)にしたような上体は硬そうだ。腹部に狙いを定めた。板を振りかぶって壁に叩きつける。

あっさり逃げられた。サイズが小さいぶん、動きはより素早い。

もう一度。安普請の壁に穴が開いただけだった。

「すみません」

「かまわないよ。でも洗濯機は壊さないで」

さっきの九十センチ級もそうだった。こっちの動きが間抜けなスローモーションであるかのように、寸前でするりと身をかわす。カマキリにはこちらの気配を察知する術(すべ)があるんじゃないだろうか。気配というのが音なのか微(かす)かな振動なのかはわからないが。

彼らに比べると私の動きは遅すぎだ。板も長すぎる。振りまわすのを諦めて、側板を小脇に抱えた。城門を破る丸太のように。カマキリがちょうど壁の私の腰の高さあたりで、頭を下にして静止しているのも好都合に思えた。

板を水平に突き出す。すっ。やはり気配を悟られている。武道の達人のように体の向きをほんの少しだけ下にずらして板をかわした。だが、こちらにも学習能力はあるのだ。板を突き出すと同時に、私はカマキリが逃げるだろう方向に右足も蹴り出していた。

スリッパを履いた足裏がカマキリの腹を捉える。ゴキブリにはやはりスリッパだ。

ぶちっ

足に嫌な感触が伝わってきた。別段心優しいわけでもない私でも感じる、虫を潰してしまった時の罪悪感。サイズがサイズだから、その大きさのぶんだけよけい足に悪寒が走る。まるで小動物を踏み殺してしまった気分だった。どんな時だろうと、生き物を殺すのは気持ちのいいものじゃない。

壁に濃緑色の体液が放射状に飛び散っていた。スリッパにも粘液がこびりついている。床に落ちたカマキリはまだもがいていたが、とどめを刺す気にはなれなかった。スリッパを拭うものを探して周囲を見まわしていた私に秋村が言う。

「履き替えなよ。スリッパは売るほどあるから」

さっきの疑問を尋ねてみた。

「カマキリにはこっちの気配がわかるんでしょうか」

手間取った照れ隠し半分の言葉だったのだが、秋村はまじめな顔で答えてきた。

「昆虫博士じゃないからね、私もくわしくは知らないんだよ。でも、人間とはずいぶん違う感覚器官を使って行動していることは確かだ——」

ひとしきり講義が続いた。昆虫は触角で匂いを感じるらしい。オオカマキリの耳は胸にあるそうだ。人間とは可聴域が違い、人には聞こえない音も聞くことができる。

まだ脚を痙攣させているカマキリを見下ろして、もうひとつ聞いた。

「良かったんですか、貴重な研究資料なのに」

ずっと自分の体が潰されたような顔をしていた秋村は、きっぱりと頷いた。

「うん。その研究資料に食い殺されたらシャレにならないよ」


側板を浴室の合板の壁に釘で打ちつける。板のもう一端はアルミサッシに無理やり釘を打ち込んだが、うまく止まらない。ガムテープで補強した。とりあえずこれでなんとかなる、と思いたい。とはいえ、すでに侵入しているカマキリが一匹だけとはかぎらなかった。

「もう一度、中をきちんと点検したほうがいいね」

体は大きいが、やつらは狭い場所にも入り込める。巧妙に身を隠し、気配を消す。空を飛べる蝶や跳躍力に優れたバッタが、いとも簡単に餌食（えじき）になるのは無理もなかった。

秋村の言葉はもっともだが、もっと簡単な解決法があった。

「それよりここから出たほうがいいんじゃないですか」

窓の外はすっかり暗くなっている。カマキリの侵入を気にかけながらここでひと晩を過ごすのは得策とは言えなかった。それに短期滞在用に建てられたこの宿泊棟は——秋村以外の野生生物研究センターの前任者たちは町中に住まいを借りていたそうだ——あれこれ綻（ほころ）びが多い。三匹の子ブタの藁（わら）の家だ。

駐車場からセンターに続く狭い坂道に車は入れないが、バイクなら持って来れる。ここが自分の住まいであり仕事場でもある秋村は、迷った顔になったが、「俺が駐車場まで走ってバイクを入り口まで運びます」そう言ったら、ムキになって言い返してきた。

「お姫様じゃないんだから。一緒に走るよ」


二階のそれぞれの部屋へ荷物を取りに行く足どりは、まだ明るい頃に秋村に案内された時とは別物になっていた。カマキリがどこに身を潜めているかわからない。私が先に立って一歩ごとに周囲を見まわして階段を登る。頭上には特に要注意だ。私はモップを両手で握りしめ、秋村は消火器を抱えて、片手にホースを握っていた。

リュックサックを背負って出てきた秋村の首には、もう遠い昔に思える、初めてカマキリ探しをした日にしていた、ビーズの飾り付きのネックレスがさがっていた。

「それ、カマキリを引きつけてしまうキラキラ物なのでは？」

「あのでかぶつたちにはどうせ効かないよ。ただのお守り」

ネックガード用の革ジャンを返そうとしたら、しかめっ面で笑った。

「カッコ悪いからいい。藤間さんが使ってよ。私はこれにする」

そう言って取り出したのは、長旅の機内で使うような、救命具みたいにやたら大きい首枕だった。

「じゃあ、これをあげましょう」

持ち込んでいたヘルメットを嫌がる秋村に無理やりかぶせた。これでカッコ悪いのはお互いさまだ。

「よし、行きましょう」

まず警察に駆け込む。消防団にも連絡を取る。その先はわからない。

「どこへ？」

「どこへでも。ボーカイでも東京でもアフリカでも」

私が言うと、秋村がふふと笑ってから、急に現実的な真顔になった。

「あ、待って、火の元を確かめなくちゃ」

私を追い越した秋村が階段の下で立ち止まってしまった。こちらを振り返り、ぶかぶかのヘルメットを揺らして首を横に振る。

「やめたほうがいいかもしれない」

「え？」

秋村はキッチンの向かい側の食堂に首を巡らせた。

一面がほぼ窓になっている食堂は、他のどこよりも夜が染みこんで、闇に包まれている。

照明の落ちた部屋の奥、夜闇を映しこんだ暗い窓の向こうでいくつもの影が蠢いていた。影が大きなひび割れに見えるのは、脚を放射状に広げてガラスの上を這っているからだ。

食堂の明かりをつける。そこここのひび割れが一瞬にして六本脚の巨大な生き物に変わった。明かりに驚いたのか一斉に、てんでんばらばらな方向に、もぞもぞと這い回りはじめた。

　正面のほぼ全面を占める掃きだし窓に三匹。入り口側の腰高窓にも一匹。

　小さなものでも、三十センチは超えている。

　大きなやつは、掃きだし窓の上半分を覆うサイズだ。カーテンに擬態していた緑色よりひと回りでかそうだ。

　おぞましい光景なのに私の目は巨大なカマキリたちに吸い寄せられたままだった。まるでこちらが飼育用のガラスケースの中にいるような気がした。秋村も目をガラス玉にして緑と茶の化け物たちを見つめ続けている。なんでこいつらはここに集まってくるんだ。私の心の声が聞こえたかのように呟いた。

「もう森には餌がないんだね。ここにくれば餌があることに気づいたんだ」

　ガラス玉の目のまま言葉を続けた。

「ここにはノヤギや鶏がいる。シテジマカラスバトも何羽か保護してる」

　いつの間にか鶏の声が聞こえなくなっていることに気づいた。

「研究棟の中の捕獲したカマキリたちも、彼らにしたら、餌だ。それから――」

　秋村が言葉の先を言いよどんだから、私がかわりに口にした。

「それから、俺たち」

　私の肩の隣で、頷いた秋村のヘルメットが上下に揺れた。

「研究棟の中のカマキリのフェロモンに誘われているってことも考えられる。この島でもカマキリの交尾の季節はもう少し先だけど、二年も三年も生きてるはずの彼らには、季節なんか関係ないだろうし」

どちらにしても同じことだった。窓の外にいる連中にとって、俺たちは食い物だってことだ。いちばん捕食しがいがあるだろう餌。

「カマキリは夜目が利く。私たちはそうはいかない。外へ出たらたちまちやられる」

最初は真っ黒だったカマキリたちの目は、いつのまにか明るい色に変わりはじめている。周囲の明るさによって両目に入る光の量を調節できるのだ。

「助けを呼びましょう」

私はコットンパンツの前ポケットからスマホを取り出した。また秋村のヘルメットが揺れた。今度は左右に。

「この建物の中は繋がらないんだ」

そうだった。そして固定電話も本館にしかない。

「じゃあ外でかけます」

「私が言ったこと、聞いてなかったの」

秋村が怒った声をあげると、いちばん近くにいるカマキリが、じりっと動いた。

「少しだけならだいじょうぶですよ」だいじょうぶじゃなくても、行かなくては。「どこへ行けば電波が届きますか」

「やめなってば」

やめない。ひと晩閉じ籠もっていたとしても、こちらから連絡を取らねば、明日、助けが来る保証もないのだ。何もしないほうがいい、ただ見守っていればいい。人にそう言われて私は明日歌を失った。結果はどうあれ、何かをしなくては、何も変わらない。

「危ないようならすぐに戻ります。どこへ行けば？」

私に向けてくる目は、怯えと迷いに揺れていた。秋村が心配性なのは、学者としての洞察力があるためだけじゃない。大切な人を相次いで失くして、身近な人間の死に臆病になっているからだ。それは秋村自身にもわかっているはずだ。私がまっすぐに見つめ返すと、ため息とともに言葉を吐き出した。

「止めても聞かないんだね、あんたも」

他の誰かを思い浮かべている口調だった。もう一度ため息をついてから、大切な秘密を白状する調子で言葉を続けた。

「ガーデンテーブル。さっき夕飯を食べたとこ。携帯を使いたい人はあそこに行ってる」

「ただし――」そうつけ加えて秋村は私に万全の準備をほどこした。私の首を締める勢いで革ジャンを巻き直し、両の前腕にはバスタオルをぐるぐる巻きにした上にガムテープで硬くくくりつけた。キッチンから出刃包丁を持ってきて手渡してくる。手袋がわりの鍋つかみは固辞した。「携帯が打てなくなります」

包丁をベルトに挿し、モップを握り締めた。間抜けな姿だが、いまここで用意できる最大の防具と武装だ。

「あのいちばん大きいやつは私が引きつけておく」

「どうやって」

「まあ、まかせて」

「じゃあ、行ってきます」

間抜けな姿には似合わないだろう不敵な笑みを浮かべてみせて、私は外へ飛び出した。

ガーデンテーブルが置かれているのは、宿泊棟の南側、ガラス張りの食堂からほんの数十歩のところだ。走っていけばものの十秒だが、秋村からは「派手に動かないほうがいい」と忠告されている。「動いたら餌だと認識されてすぐに襲ってくる」

周囲を見まわしてゆっくり歩いた。カマキリたちは三次元で動き回る。頭上にも首を巡らせた。あいかわらず風が強い。湿気を含んだねっとりと生暖かい風だ。闇の中で木々が騒いでいる。その音も葉の揺れも、すべてがカマキリが立てているように思えてくる。

宿泊棟の東側を回って南面に出た。食堂の様子が外から見渡せた。

窓の向こうで秋村が掃除機のホースを振っている。ホースには何かくくりつけられていた。私がオテル・ボーカイから持ってきた肉の塊だった。疑似餌を動かして注意を引いているのだ。私にはカマキリが狙っているのが肉塊ではなく、秋村であるように思えてならなかった。

カマキリは五匹に増えている。新たな一匹もでかい。八十センチ以上ありそうだ。餌と見なしたのか交尾をするつもりか、別の一匹ににじり寄っている。

空には月も星もない。森のとば口にあるここの夜闇は濃密だが、食堂に灯った照明のおかげで、木々の朧（おぼろ）げな輪郭は見てとれた。椰子の木を目印に歩くと、円形の縁を鈍く光らせたガーデンテーブルが見えてきた。背後は黒い壁のような闇。夕食の時の平和な風景はもうどこにもなかった。

ガーデンテーブルまであと数歩の距離で、頭に注意信号が灯った。目の前の風景に、答えのわからない間違い探しをしているような違和感を感じたのだ。

違和感の原因は、椰子の幹のシルエットだった。

夕方、見たときと形が違う。私の目線の少し上、地上二メートルほどから上が、やけに膨らんでいるのだ。

足を止めた。踏みつけた枯れ枝が、かすかな音を立てる。

そのとたん、幹の膨らみが嚥下（えんげ）をする喉のように上下した。

いる。

サイズは違っても、行動様式は飼育箱の中のちびすけと同じだ。脚を隠して幹に擬態しているのだ。

息を詰め、椰子の幹を凝視しながら、携帯電話を取り出した。

『圏外』の表示が出ていた。まだだめだ。

ゆっくりと後ずさりするようなすり足でテーブルに近づく。

椰子の幹のシルエットは動かない。もう一歩。

ガーデンテーブルのすぐ手前で再び足を止めた。一瞬でも目を離したら、襲いかかってくる気がして、顔の前に携帯をかざす。圏外表示を確かめる余裕はなく、そもそも確かめたくもなかった。とりあえずいちばん手っとり早い三つの数字をプッシュするつもりだった。110。

〝1〟を押した瞬間。

プ
しまった。電子音が闇の中に谺する。

中太りした幹がぞわりと震えた。モップを前方に突き出し、爪先に力をこめる。いつでも走り逃げられるように。音を消して手早く〝1〟〝0〟を押す。そして耳に当てた。

なんて説明すればいい。カマキリに建物の周りを包囲されている？　ほんの少し前ならイタズラ電話にもほどがあると思われただろうが、二人の犠牲者の出たいまなら、事態をわかってくれるはずだ。

考えるまでもなかった。

圏外であることを知らせるメッセージが流れてきただけだった。

場所が違うのか？

すり足で横に移動し、もう一卓のガーデンテーブルに近づく。椰子からは遠ざかる方向だ。風が吹き抜け、梢が騒ぐ。幹の膨らみがいきなり動き出し、左手から、こちらに近い右手に移動した。

風の音のせいか。いや、触角で嗅ぐという匂いのせいかもしれない。私は自分が風上に回ったことに気づいた。

横歩きをやめ、前方に移動する。椰子の木には近づいてしまうが、そうすればガーデンテーブルを囲む木立が風避けになる。

二卓のテーブルの間に立って携帯を顔の前にかざす。椰子の幹が斜めから見通せる場所だ。食堂の明かりが照らす側に張りついている相手の正体がようやく見えた。

前脚を上に伸ばし、後ろの四本の脚を小さく折り畳んでいる。色はおそらく茶系。前脚の先は椰子の木の先端近くまで届いていた。体長だけでも一メートルは優に超えていた。

息を吐いた。一気に吐き出したいのをこらえて、唇をすぼめて少しずつ。そしてもう一度、モニター画面を呼び出した。

『圏外』

くそっ。理系の脳味噌を持ち合わせていない私は、機械より気合を信じてそれでも操作を続けた。今度は三上の携帯の番号を呼び出す。

〝オカケニナッタ電話番号ハ……〟

舌打ちをこらえて、携帯をポケットにしまいこむ。連絡が取れないなら、次にすべきことはひとつ。駐車場までバイクを取りに行けばいい。秋村には黙っていたが、外へ出る前から、行けそうならそうするつもりだった。いまが行けそうな時かどうかはわからないが。

ほんのひととき目を逸らしてしまった椰子の幹に視線を戻す。

カマキリの姿が消えていた。

背後の木立がさわさわと音を立てた。

風、ではなかった。

背筋が凍った。

モップを捨て、コットンパンツのベルトに挿した出刃包丁を抜き取った。腕を伸ばして突き出し、闇に包まれた周囲をぐるりと見渡した。「派手に動かないこと」という忠告を忘れて。

忠告を思い出して動きを止めたとたんだった。

右肩に何かが置かれた。

それが鋸刃のついた鎌だと気づいた瞬間、左の首筋に痛みが走った。

雄叫びというより悲鳴をあげて、自分の右肩に包丁を振るう。

跳ね返された。切れないものを打ち据えてしまった時のように腕が痺れた。

左の首の痛みが激痛になった。立てた刃で切り裂かれているのだ。鋸引きのように。

包丁を左手に持ちかえて、もう一度振り下ろす。自分の肩を切り落としてもかまわないつもりで。

またもや刃が硬い外骨格の抵抗にあったが、今度はそれを断ち割る手ごたえがした。続いてずぶずぶと柔らかいものに侵入する感触。次の瞬間、肩から鎌が消えた。

背中に重みは感じなかった。いつ忍び寄られたのかもわからない。

包丁を構え直して振り向く。目の前に木の幹から四本の脚でぶらさがり、上体を反り返らせたシルエットがあった。

大きく口を開けているのが夜目にもわかる。まるで鎌首をもたげた大蛇だった。片側の鎌がちぎれかけてぶらぶら揺れていた。

吠え声をあげてめちゃくちゃに包丁を振りまわした。

残ったほうの鎌を狙ったが、外れた。だが、かすかな手ごたえはあった。針金を切断したような感触。たぶん触角だ。

カマキリが反らした上体を振り子のように揺すりはじめた。と思うと、急に力を失って地面に落ちてきた。虫なのに砂袋が落下したような音がした。両手で包丁の柄を握って、背中にもう一撃を加える。

あたりに体液が飛び散った。闇の中ではいっそうどす黒く、まるで血飛沫に見えた。

宿泊棟と研究棟の間の中庭は、酷いありさまだった。鶏たちが入っていたケージは横倒しになり、ひしゃげ、棚がねじ曲げられていた。闇の底のいたるところでぼんやり白く浮かんでいるのは、地面に散乱した鶏の羽だった。鶏たちの姿はどこにもないが、一帯に血と肉の臭いが漂っている。体をちぎられて肉を引きずり出されたのか、中で食われたのか、ケージの転がるあたりの臭いがとくに酷かった。

私は駐車場に全力疾走してしまいたい衝動を必死に押さえ、体の動きを最小にして、そろそろと歩いている。周囲は厚い壁のような闇だ。携帯モニターの頼りない光が唯一の明かりだった。

四角い箱のような平屋の研究棟の手前で、何かにつまずいた。携帯をかざしてみる。

ノヤギの顔が落ちていた。

頭蓋骨と顔面の皮膚だけ食い残した頭だ。

右手に目と光を走らせた。そちら側には温室と人工池がある。ノヤギはその先の草地に繋がれていたのだ。

温室の三角屋根の向こう、人工池から水音がしていた。

ぴしゃ　　ぴちゃ
魚の立てる音とは思えなかった。私の足どりはさらにゆっくりになった。後戻りするように。

研究棟のシルエットの間近まで来て、垂直のはずの壁がうねっていることに気づいた。うねっているのはカマキリだった。

何匹ものカマキリが這い回っている。研究棟の中のカマキリに食欲だか性欲だかを刺激されて集まっているのだ。すぐ目の前で重なり合っているシルエットは、あきらかに一方がもう一方を貪り食っていた。

どいつもこいつもでかい。闇が必要以上に大きく見せていることを差し引いても、五十センチから一メートル。

巨大カマキリたちのトーナメントが終わりに近づいているのだ。共食いを重ねて生き残った、より強大な勝者たち。だが、その賞品は、もう残り少なくなっている。

研究棟を迂回するように歩いていると、

どん

右手で鈍い音がした。赤外線灯がほのかに照らしている温室の三角屋根の向こう側に間のびした放射線状の影が浮き出ている。カマキリが飛んできたのだ。

思わず後ずさりする。何かに突き当たった。

いまの私にはむしろミニチュアに見える、三十センチ台のカマキリが足もとで鎌を振り立てていた。

研究棟の壁のひとつがむくむくと盛り上がったかと思うと、ふいに消えた。一瞬ののちに、背後で重い音がした。

ずん

振り返ると、温室の屋根のシルエットが二つになっていた。跳んだのだ。翅を使わずに。新たな一匹は屋根の傾斜を伝って私のほうへ這い寄ろうとしている。

なけなしの勇気の残量がゼロになってしまった。

私は足に齧りついてくる三十センチの小さなカマキリを踏み潰した。生き物を殺すのは気持ちいいものじゃない、なんて言っていられない。そんなことが言えたのは、自分が一方的に危害を加えるだけの存在だったからだ。いまや私と秋村は、自然界ではごく当たり前の掟の中に放り込まれていた。

やらなければ、やられる。食うか、食われるか。

潰れてももがき続けるカマキリを前方に蹴り出す。私に狙いを定めていた頭上の首がそちらに向いた。だが、今度は、三角屋根の向こう側に見えていたシルエットが、屋根のてっぺんを越えてこちらに這い降りてきた。

もうひとつわかったことがある。自分は死ぬのが怖くない、なんて考えていたのは、自分についている嘘だってことが。

怖かった。死までの苦痛が。その先の永遠の闇が。体が動けずにいるのに呼吸ばかりが荒くなり肺が押し潰されそうになるほど。

私はカマキリの獲物としてやってはならないことをした。

言葉にならない声をあげ、モップを振りまわし、宿泊棟の入り口まで全力疾走した。

私と秋村は一階の大部屋のひとつに立て籠もることにした。かたわらには、二本の包丁とフルーツナイフ、木製ナイフ、大型のカッター、ハンマーやスパナ、消火器、武器になりそうなものをかき集めている。二段ベッドには一、二階の用具置場から持ってきたモップが三本と「私はこっちのほうがいい。使い慣れてる」と秋村が言う掃除機のホースが立てかけてある。二人とも靴は履いたままだ。

「すみません。大口を叩いたくせに逃げ帰ってきてしまった」

「そんなことより、首、見せて。怪我してるんでしょ。さっきから首が動いてないよ」

革ジャンの片袖はずたずたに引き裂かれていた。首から解くと、血が垂れ落ちた。救急箱からコットンと消毒液を取り出しながら、秋村が眉をひそめる。

「けっこう酷いね」

十センチ以上の裂傷になっているそうだ。鋸刃を当てられたようにギザギザに皮膚が裂けているらしい。そう深くはないのが幸いだった。革ジャンに助けられた。

「あ、てて」消毒液に顔をしかめながら、歯の隙間から言葉を吐く。「なんで携帯が通じなかったんだろう。場所を間違えてましたか」

「いや、ガーデンテーブルの近くなら、どこでも繋がるはずだ。きっと台風のせいだよ。この島じゃ台風が来ると、ときどき基地局とかっていうのの具合が悪くなる。パタパタ倒れるのかね。よそから来る人は携帯電話が当たり前に使えるって思ってるから、そうなるともう大騒ぎ……」

パタパタ倒れはしないだろうが、秋村は、だから携帯電話なんか、と言いたげに小鼻をふくらませている。その顔を見ているうちに、ふいに思った。

「秋村さんはこうなることを予想していたのでは？」

「ん？　基地局が倒れること？」

「いえ、カマキリがここに集まってしまうことを」

「まさか、買いかぶりだよ」おおげさに目を丸くしてから、唇をすぼめた小声で言葉を続けた。「まあ、もしかしたら、来るかもしれないぐらいのことは思ってた。ただ、だとしてももう少し先じゃないかって——」

ほら、やっぱりだ。やつらを引き寄せているのは、豊富な餌だけじゃない、ここには中の森には皆無と言っていい光がある。巨大なライトトラップだ。

「でも、危ないとは感じていた」疑問符なしの断定する口調で秋村を見返す。

「可能性としてはね。だって、すぐに内地から警察や自衛隊が来ると思ってたし」

来るはずだった応援隊に提案するつもりだったんじゃないだろうか。広い森を捜すより、一気にここへ集めて一網打尽にしてしまおう、と。秋村がさらに小声になった。

「それに、今日からは藤間さんがいてくれるって思ってたから」

傷口にガーゼを貼りつけていた秋村の息が私の首に吹きかかる。温かい息だった。

「俺？　買いかぶりですよ」

「ごめんね。巻きこんじゃって」

「謝ることじゃありません」

私だって、カメラの映像ではなく、この目で巨大カマキリを見てみたかった。ライターとしての職業意識、なんてかっこいいものではなく、昆虫採集をする子どもと同じ好奇心で。おかげで願いが叶った。叶いすぎるほど。いい事の裏には悪い事もある。

よしっ。秋村が、ぽん、とガーゼを叩く。痛いです。

「デザート、食べそびれてたね。お腹すかない？」

「いえ」自分が食われるかもしれないのだ。食欲はまるでない。

「こうしていてもしかたない。何かつくるよ。元気が出るよ」

「お気になさらず」

「自分のためだよ。私の気がまぎれるから」

一人になった部屋で、無駄を承知で携帯を取り出す。あいかわらず『圏外』。いまは伊沢の声でもいいから聞きたかった。

こつ

どこかで窓を叩く音が聞こえた気がした。ノックのような音だ。

こつ　　こつ

空耳か。いまの状況でここにやって来られる人間がいるわけがない。来るとしたら、武装した警官隊ぐらいのものだろう。そこまで考えて、ふいに自分の考えが、正しいものに思えてきた。音は、おそらく隣のもうひとつの大部屋からだ。カマキリがうろつく正面を避けて裏へ回ってきたのかもしれない——

廊下に出て、はす向かいの厨房に声をかける。にんにくを炒める匂いがした。何をつくるつもりだろう。夕食をとってから、まだ何時間も経っていないのに。

「外に人の気配がします。秋村さんを心配して誰かが様子を見に来たのかもしれない」

そうだよ。秋村はこの島の防衛になくてはならない人間だ。この大事な時に連絡が取れなくて困り果てた末に迎えが来たのだ。

「気のせいだよ。そんなに人気ないと思うよ、私」

勢い込んで隣の部屋のドアを開けた。

こつ　こつ　　こつ

やっぱりこの部屋だ。照明のスイッチを入れながら声をかける。

「誰かいるんですか」

レースのカーテン越しにぼんやりと影が見えた。

地面から立っているのだとしたら、私より背が高い。カマキリにしては頭とおぼしきシルエットが大きすぎる。もしかして、救援隊ではなく、様子を見に来た人間が襲われて、瀕死の重傷を負って助けを求めているのか？

走り寄って、カーテンを引き開けた。

窓の向こうに顔があった。

三角形の緑色の顔だった。横幅は人間と変わらない。

チェーンソーほどありそうな鎌を振り上げてガラスを叩いていた。

こつ　こつ
サングラスをかけたような黒い目が私を覗き込んでいるように見えた。恐怖と弱気が見せる甘い妄想をあっさり打ち砕かれた私の間抜け面を。長い時間に思えたが、実際にはほんの一、二秒のことだったろう。驚く間もなくカマキリの顔が窓から消えた。

私はガラスに顔を張りつけて外に目を走らせる。窓の外には、森の木立の輪郭が闇の中に浮かんでいるだけだった。

あいつは何をしようとしていたんだ？　まるでガラスを破ろうとしているみたいだった。

ガラスを割る？　カマキリが？

ふいに思い出した。秋村の言葉を。「ガラスって一点に強い力が加わるとすぐ割れるでしょ」。二階の窓を。私がブックエンドを叩きつけて罅をつくってしまった秋村の寝室の窓だ。

階段を一段飛ばしで駆け上がり、ドアを開ける。明かりをつけるまでもなかった。恐れていたとおりの光景があった。

窓ガラスのひび割れの場所に、幾何学模様じみた大きな穴が開いていた。吹き込む風にカーテンが揺れ騒いでいる。

入られた。しかもガラスをぶち割るような大きな鎌を持ったやつに。

うなじの毛が逆立った。急いで明かりをつけ、壁に背中を張りつかせて部屋じゅうに視線を走らせる。天井を見上げ、ベッドの下も覗いた。ここにはいない。この部屋の閉じないドアが、風に煽られてキィキィと軋みをあげていた。

最初にすべきことは、新たな侵入を防ぐことだ。書棚のひとつを両手で抱えた。重そうな洋書の並んだ書棚はびくともしない。斜めに傾けて本を振り落とす。半分がた落ちたところで窓まで引きずって、ガラスの大穴を封印した。

外へ出て廊下を見まわす。他の部屋のドアは閉まっている、はずだ。下か。

階段の上で声を張り上げた。

「秋村さん、中に入られた。気をつけて」

返事はない。頭が真っ白になった。自分が襲われた時よりも。私はころげる勢いで階段を駆け下りた。

階段の下でもう一度叫ぶ。

「秋村さんっ」

やはり返事はない。

廊下を滑るように走る。実際に滑り、開け放してある厨房のドアの桟に両手でしがみついてようやく体を止めた。

秋村は、コンロ台の前にいた。こちらを向いて立ちすくんでいる。大きな鍋をすがるように抱えていた。私が中に入ろうとすると、首を小刻みに横に振った。見開いた目が左に動く。

そこにいると言っているのだ。

なんの武器もないまま中へ飛び込む。

厨房の廊下側の壁ぎわに、そいつはいた。

後ろの四本の脚を折り曲げて広げ、胸の前で鎌の前脚を揃えている。太い胴をUの字に反らせ、尻の先端に生えた二本の棘を狙いを定めるように秋村に向けていた。

緑色のカマキリだ。屈（かが）んでいても子どもの背丈ほどあった。おそらく体長は一メートルを軽く超えている。

私が入ってきても、動く様子はなかったが、触角はせわしなく揺れていた。

やつらの狩りの手段がだんだんわかってきた。カマキリたちは無駄に動かない。息を殺すように静止し、溜め込んだその時間を一気に爆発させるように素早く動く。

首から革ジャンを抜き取り、左手に握る。素手よりましに思えて、右手には携帯を刃物のように持った。そして、自分に注意を向けさせるために、革ジャンを大きく振った。

ず　　ずず

カマキリの脚が蜘蛛に似た動きを見せた。だが、動いたのは斜め前の私のほうではなく、正面にいる秋村の方向だった。ハの字の形だった触角も秋村の方にまっすぐ揃えていた。

危ない。

間に割って入ろうとした私に、カマキリに目を据えたまま秋村が小さく首を横に振った。

何をするつもりだ。

カマキリが距離を測ろうとするように鎌を振り上げた瞬間、秋村が動いた。両手で把手を握っていた鍋の中身をカマキリにぶちまけたのだ。

湯気が立ちこめた。熱湯だ。

ギ　ギギ

カマキリが叫び声に聞こえる音を立てて暴れはじめた。脚をでたらめに動かし円を描くように厨房の中を這いずり回る。コンロの上に飛び乗ったのを見て、私はコンロ台に走って着火した。

ギッ

大きな体が跳ね、ころげ落ちてきた。とっさに目の前の後ろ脚を踏みつける。巨体でもカマキリの脚がもろいことは学習済みだ。ちょうど関節の上だった。枯れ木を踏んだような音とともに関節から先がもぎ取れた。

横向きに倒れた体を起こそうとしているが、後ろ脚を失った動きは目に見えてぎこちなくなった。体を完全に起こす前に腹に蹴りを見舞う。空手の心得はないから、コンバージョンキックの要領で。

緑色の体が宙で半回転し、バンザイをするように前脚を広げて仰向けに床に落ちる。

それでやっと動きを止めた。

「だいじょうぶですか」

秋村がうわ言みたいにか細い声を出す。

「パスタを茹でようと思って」

震えていた。私は秋村の手に張りついてしまった鍋を引きはがし、考えるより先に、その震える体を横から抱いた。

秋村を抱きしめて、もう一度、言った。

「だいじょうぶ?」

私の腕の中で秋村が頷いた。

「トマトとツナのパスタ」


カマキリは脚だけをまだ力なくばたつかせて宙を掻き、体のどこかから発しているのかわからない、壊れた機械のような音を立て続けている。

ギギ　ギ　ジ　ジ　ギギギ
私とは視線を合わせず、カマキリにだけ目を据えて、秋村が言う。妙に硬い声で。

「これは、トレイルカメラに映ってたやつだね」

私は喉に声を詰まらせながら聞いた。

「どうしてわかるんですか」私にはカマキリの人相の見分けなんかつかない。

「胴の太さ」鎌の部分に顔を近づけて、一人で頷いた。「そうか。これはオオカマキリじゃない。ハラビロカマキリだ」

やけに饒舌に講義をはじめた。オオカマキリとは違う種類だという。腹部が大きくて平たいのが特徴。前脚の付け根、基節と呼ばれる部分にある黄色い突起で他の種類との見分けがつくそうだ。確かに鎌の根元に三つのイボが並んでいた。

「ふつうはオオカマキリより小さいんだ。ほんの六、七センチの可愛いカマキリなのに。酷いね」

秋村は自分を襲おうとしたカマキリではなく、カマキリを巨大化させてしまったハリガネムシに怒っているようだった。

「じゃあ、これが迫田さんを襲ったやつですか」

秋村が首を動かす。頷くというより、首をひねるふうに。

「違うかもしれない」

「え？」

広げた両手をカマキリの近くに持っていって、一人で頷く。

「確かに大きいけれど、一メートル十か二十……迫田さんは木の上で亡くなっていたでしょ」

「ええ」

「自分で木の上に逃げたのかもしれないけれど、もしカマキリが木の上に運んだのだとしたら、いくら昆虫が力持ちでも、このサイズと体重で、四十キロはあるだろう人間を引っ張りあげることなんてできないと思う」

「つまり……もっとでかいのが？」

　私はさっきの窓の外の、人間と見間違えるほど巨大なカマキリの頭を思い出していた。体長に比べればカマキリの頭は小さい。このハラビロカマキリにしても、頭の大きさは小型犬程度だ。

　じゃあ——

　あいつは？

　コン　コン
　厨房の沈黙を甲高い音が破った。窓を叩く音だ。秋村の顔が能面になった。

　コン　コン　コン
　さっきより性急な音だった。両腕で自分の体を抱きしめている秋村に聞いた。

「カマキリに窓ガラスを割ることはできますか？」

「まさか」

　コン　コン　　コンコン
「もしこれより、ずっと体が大きいやつだとしたら——」

　私の言葉が終わらないうちだった。

「おーい」

人の声がした。入り口のほうからだ。

「アキちゃーん、いるのぉ？」

三上だ。

「こんな時に、まったく」秋村が呆れ声を出すが、語尾は笑っていた。

「人気、あるじゃないですか」

連絡が取れない秋村を不審に思って警察が動いたのだろう。めんどくさいおっさんだが、いまは救世主だ。助かった――

吐き出そうとした安堵の息が喉の途中で止まった。かわりに苦い息を吐き出した。

違う。武装した警察隊が来てくれたとはかぎらない。秋村を親しげに「アキちゃん」と呼ぶということは、たぶん一人だ。警官としてではなく、個人的に訪れたのだ。巨大カマキリがうろついているいまの状況を知らずに。

秋村も同じことに気づいたようだった。顔を見合わせて同時に声をあげた。

「危ない」

「中に入れなくちゃ」

玄関に走る。この暗闇だ。何も知らない人間は、身を潜めているカマキリには気づかない。怖いものなしでここまで来たのだ。たまたま運良く。

入り口の引き戸の先は黒に黒を重ねたような暗闇だ。三上の姿はなかった。

幸いカマキリの姿もなかった。施錠を解いて外へ出る。秋村も止めはしなかった。それどころか一緒に外に出てきた。

　やっぱり、いない。

「三上さーん」

「三上ちゃーん」

　二人で揃って声をあげる。右手の腰丈のシダの繁みがざわりと揺れた。

「三上さん、ですか」

　驚いたな。ヤバいから、ここに隠れてたんだよ。そう言って三上が繁みから立ち上がる――そんなことがあるわけがなかった。返事のかわりにシダの繁みがまた揺れた。

　風が止んでいるのに、葉擦れの音を立ててシダが大きく波打ち、その波がさらに繁りが深い木立の中にざわざわと移動していく。まずい。

　三上の声がしたのは、玄関でないとしたら、食堂のほうからだ。

　二人揃って踵（きびす）を返し、秋村が先に立って食堂へ走る。

　これ以上集まってくるのを防ぐために、食堂の明かりは消してある。

　食堂の南側全面に広がる窓の、その中ほどに三上がいた。手のひらを広げてガラスに体を張りつけている。目が大きく見開かれているのが暗がりの中でもわかった。周囲には相変わらず何匹ものカマキリたち。

「待って、すぐ開ける」

　秋村がクレセントを外し、私が引き開けた。「早く中へ」と声をあげるより先に、こちらに倒れ込んできた。

急いで閉めたが、三十センチ台の一匹が抜け目なく入り込んできて、テーブルの下に潜り込む。いまはかまっている暇はなかった。

「三上さん」

「三上ちゃん」

三上はうつ伏せに倒れたまま動かない。首にネックガードをしていた。昨日は秋村の心配性を笑って、身につけようとしなかったのに。

秋村が三上にかがみこみ、私は照明をつけに行った。部屋に明かりが満ちたとたん、秋村の叫び声があがった。

ネックガードが血に染まっていた。秋村が頑丈そうなネックガードを引きむしる。簡単に外れた。血の滲(にじ)んだ場所が引き裂かれていたからだ。

ネックガードが外れると、三上の首から血が溢れだし、幾筋もの黒々とした血が、生き物のように床を這いはじめた。

秋村が絶叫し、食堂の外へ走る。おそらく救急箱を取りに。

動かしていいものかどうか、一瞬迷ったが、私は薄い頭頂を曝(さら)け出したままの三上を抱き起こし、仰向けにした。

迷う必要はどこにもなかった。

三上の両目からは光が消えていた。

何かを叫ぶ形に歪んだままの唇は、もう息をしていなかった。

戻ってきた秋村はパーカーを着込み、ヘルメットをかぶっていた。

「やっぱり、ここを出よう。応急処置でどうにかなる怪我じゃないもの。病院に連れていかなくちゃ」

眉をきりりとつり上げ、早口と早足で近づいてくる秋村に、黙って首を横に振った。

「動かせない？　じゃあ、今度は私が電話が通じるところまで行って救急車を呼――」

途中で口をつぐんでしまったのは、私がもう一度首を振ったからだ。

秋村が三上にかがみ込み、手首を取って脈をみる。胸に耳を押し当てる。唇に手のひらを近づける。握りこんだ両手で心臓マッサージを始めた。何か呟きながらひとしきりそれを繰り返すと、今度は唇を押し当てて息を吹きこんだ。

そうしている間にも、三上のうなじからは血が噴き出し、血だまりは広がり続けた。本当は秋村にももうわかっているはずだ。わかっているのに、やめられないのだ。

血を止めようとしてあてがったハンカチが赤く濡れていくのを見て、ようやく立ち上がる。パーカーもハーフパンツも血に染まっていた。何も言わず荒い息だけ吐き続けて三上を見下ろしてから、くるりと背を向けた。

「どこへ」

「……ナイフ」

「え」

「戦うには武器が要る」

秋村の小さな体は、傍目にもはっきりと震えているのがわかった。恐怖ではなく別の種類の震えだ。

入り口近くの壁にカマキリが張りついていた。三上と一緒に入り込んだ三十数センチの小物だ。秋村は食堂の椅子の背を摑んだかと思うと、いきなり振り上げて、カマキリに叩きつけた。叫び声をあげながら。沸点を超えたホイッスルケトルのような甲高く痛々しい叫びだった。

壁に小さな穴を開けただけだった。言葉にならない声で叫び続け、床に逃げたカマキリになおも椅子を振るう。椅子の脚が折れて宙を跳んだ。

「秋村さん」脇から腕を伸ばして手首を摑む。「落ち着いて」

両手から椅子が落ちた。壊れた自動人形のように首を横に振る。何度も何度も。それから震える指を見つめて言葉を落とした。

「……私のせいだ」

私は秋村の手を包みこんで握りしめた。

「そんなことないです」

「私にかかわると、みんな死んじゃう」

努めて軽口に聞こえるように言った。

「縁起でもない。俺、まだ生きてますから」

私の親指を握り返して見上げてくる。その目から涙がひとすじ零れた。

「死なないで」

「あたり前です」

三上の遺体を放ったままにしておくのは、忍びなかった。遺体をシーツに載せ、シーツを引っ張って一階の空いているほうの大部屋に運んで安置する。

「カマキリの死体もどこかに片づけておきましょうか」

そう言ったのは、じっとしてはいられなかったからだ。体を動かしていれば、よけいなことは考えずにすむ。そしてそれは、私以上に秋村に必要なことに思えた。

返事がないから自分で答えた。

「とりあえずさっきのハラビロカマキリだな」

厨房に入り、照明をつけて、カマキリが斃れているコンロ台の前に目を向けた私は、そのまま棒立ちになってしまった。

一瞬、目を疑い、それから自分の記憶を疑って、厨房の中を見まわした。調理作業用のテーブルの下も覗いた。

どこにもいない。姿が消えていた。まだ生きていたのだ。

見えない手にうなじを撫でられる。反射的に天井を見上げた。

いない。

駆け寄って防がねば――だが、目の前にはハラビロカマキリがいる。ほんの一瞬、目を離した隙に、距離を詰められていた。首を斜めにひねり、潰れていないほうの目で私を睨んでいた。

がたがたがたん

ロッカーが振り子のように大きく揺れはじめた。焦った私が非常口に駆けだそうとした瞬間、ハラビロの鎌が伸びてきた。とっさにモップを突き出すと、二ふりの鎌でくわえこんだ。鎌の攻撃からは逃れられたが、モップを離そうとしない。引き戻そうとしたが、びくともしなかった。

どがががが

激しい音とともにロッカーが倒れた。

非常口のドアが全開になり、風が吹き込んできた。

音に驚いたのかハラビロカマキリの動きが止まった。

最初に見えたのは、触角だった。内部の様子を探るアンテナのように小刻みに揺れている。ドアの上端近くから現われ、人の腕の長さほどに伸びているのに、頭部はまだ見えない。

頭部より先に鎌が現われた。灰緑色の鎌がドアの端を摑み、毟(むし)り取ろうとするようにびっしり並んだ歯を突き立てた。歯というより牙に見えた。鮫(さめ)、あるいは鰐(わに)の牙だ。

モップをからめ捕られた私は、ただ見つめることしかできなかった。ハラビロカマキリもモップを摑んだまま動かない。触角だけをしきりにひくつかせている。何かに怯えるように。

鎌がいったん消えたと思ったとたんだった。

そいつはゆっくりと姿を現わした。

まるで誰かが腰をかがめて入ってきたように見えた。それぐらい大きかった。いままで見てきた巨大カマキリたちが小物に思えた。

全身を現わすと、見せつけるように鎌を振り立て、体を伸び上がらせた。四本の脚を床に這わせていても、頭の高さは人間の大人と変わらない。化け物だ。

動きは緩慢と言えるほど遅かった。非常口の向かいの用具置場の中に触角を突き入れている。触角が別の生き物のように——双子の蛇のように、くねくねと動いている。

ひとしきり中を探ってから、用具置場を見放したようにこちらへ向き直った。ビリヤード玉ほどもある目玉が、夜行用の黒から緑へと色を変えていく。

ハラビロカマキリが三本の脚を蠢かせはじめた。鎌を引いてモップをたぐり寄せようとする。よりによってこんな時に。いや、攻撃をしかけているというより、本能的に危機を察知して、あるいは恐怖に駆られて、モップにすがりついてきたのかもしれない。

廊下の奥のそいつがもたげていた上体を低くして這いはじめた。廊下の端で体の向きを変え、長い脚の着地点をひと足ごとに確かめるようにぞわり、ぞわりと、こっちに向かってくる。機械じみた動きだった。六本脚の重機だ。広げた脚は廊下の幅を超えていた。脚先の鉤爪が左右の壁を引っ掻く音が響く。

じゃり

　ざり

ざり　じゃり

　ざり

ハラビロカマキリにかまけている余裕はなかった。無防備に背中を晒す危険を冒してでもただちに逃げたほうがよさそうだった。モップを放り出したとたん、ハラビロの片方の鎌が伸びて、私の右腕を捕らえた。うわっ。

幸い鎌は前腕に巻いたタオルに引っかかっただけだった。だが、タオルが災いでもあった。ガムテープでしっかり巻いているから、腕から離れない。緑色の化け物は廊下の半分の距離に迫っていた。もう顔に走る縞模様まではっきり見てとれる。虎の顔に見えた。

　ざり　ざり　ざり

ガムテープが剝がれない。手前から二つ目の部屋の前で、化け物カマキリの脚が止まった。モップより太くて長い四本の脚を広げて、頭を左右に巡らせる。まるで砲台だった。

鎌を顔の前に掲げた。獲物を見つけたしぐさだった。標的に選んだのは、腕からタオルを引き剝がそうとじたばた動いている私に違いなかった。

二十センチ以上の刃渡りがあるだろう鎌を手招きするように動かしている。この巨体なら、すでに私は射程距離だ。

私は右腕を思い切り振りまわした。カマキリたちは体のわりには軽い。鎌を突き立てていたハラビロカマキリが弧を描いて宙に浮く。

化け物は、それまでの緩慢さで蓄えていたとしか思えない素早さでハラビロに飛びついた。首根っこと胴を二本の大鎌で押さえつけて胸もとに抱え込む。すごい力だった。私の腕からハラビロの鎌があっさり引き剝がされ、もう一方の鎌が摑んでいたモップも弾け飛んだ。

私と秋村が二人がかりでも息の根を止められなかったハラビロカマキリは、ほんの一時(いっとき)もがいただけで、すぐに身動きができなくなった。ハラビロの体長も一メートルを超えているのに、サイズは大人と子どもだ。

首のつけ根に食らいつき、肉を貪(むさぼ)りはじめた。

カリ　カリ　カリ　コリ

ほんの一瞬の差で、私がやられていたかもしれないのだ。自分が食われているような気分だった。

一刻も早く逃げ出したかったが、私はそうしなかった。なけなしの勇気を絞り出して震える手でモップを拾い上げ、逆手(さかて)に握り直す。こいつを倒すとしたら、チャンスは獲物を食らうのに夢中のいましかない。

だが、どこを狙えばいい。廊下いっぱいに立ちはだかっている巨体の中で、半分の長さになってしまったモップが届きそうなのは、頭部だけだ。

特大のタラバガニの甲羅のようなその頭は、小刻みに口を動かしてハラビロの首を食いちぎっている。まず急所である中枢神経を破壊して獲物の動きを止めるのがカマキリの手口だ。ハラビロカマキリの胴体から細い筋で繋がっているだけになってしまった頭がぶらぶら揺れている。頭を失っても脚は弱々しくばたつかせていた。

死角は真後ろだ。普通のカマキリを摑む時の基本に従って、側面に回れるだけ回る。こっちも急所を狙おう。首と頭の細い繋ぎ目を狙って、槍のように尖ったモップを突き出した。

砕け散ったのはモップの先端のほうだった。槍先を失ったモップは、ただの短い棒切れになってしまった。

ベルトから出刃包丁を抜き出して、やみくもに切りつける。鎌にあたった。

誤って金属に刃をあててしまったような感触。

包丁は簡単に跳ね返された。刃が欠けていた。

化け物カマキリが咀嚼を中断した。食事の邪魔をするのは誰だ、とでもいうふうに首をぐるりと巡らせた。

ぼと
ハラビロカマキリの体を取り落として、鎌を胸の前で構えた。中脚が宙に浮き、こちらに踏み出そうとしている。

なすすべがなくなった私は、抜き足で後ずさる。駆けて逃げたかったが、派手に動けばたちまち標的になる。次は私が貪り食われる番だ。

がさ
足もとで音がした。何かを踏みつけてしまったのだ。消火剤にまみれた九十センチ級の死骸だった。

目玉をつけた砲台が私に据えられた。鎌がまたゆっくりと手招きを始める。死の世界へ招き入れようとするふうに。動けば確実にやられる。いや、動かなくても同じかもしれない。汗が顎（あご）を滴（したた）り落ちた。頰からの血が混じった薄赤い汗だ。それが床に落ちる音すら聴き取られている気がして背筋が凍った。

緑の目の中の偽瞳孔（ぎどうこう）と視線が合ってしまった。

来る。

その瞬間、足もとの死骸を、化け物のほうに蹴り飛ばした。

カマキリの首が死骸に向く。

そのわずかな隙に踵（きびす）を返して階段を駆け下りた。

踊り場から飛び出してきた影と正面衝突しそうになって、足に急ブレーキをかけた。

「なにかあったの」

秋村だった。アフリカのナイフを両手で握りしめていた。私は包丁を、秋村は木製ナイフを慌てて下ろす。私の顔を見た秋村の口がOの字になった。

「血！　藤間さん、また血が出てる」

とっさに言葉が出てこない私は、その唇に片手を押し当てた。秋村の唇に蓋をしたま
ま階上を振り仰ぐ。

私の視線につられて階段を見上げた秋村の目が、これ以上ないほど見開かれた。

階段の降り口に、あれが姿を現わした。秋村を促して階下へ逃げようとしたが、長大な体を見せつけるように左から右へ這っていっただけで降りてはこなかった。

長い脚を持てあました地を這う蜘蛛に似た足どりだ。折り畳んだ鎌の前脚は人間の腕より長いだろう。二本の鞭のような触角を持つ頭部は真横から見ると扁平で、犬のように細長い。大きく膨らんだ腹部が収縮していることがここからもはっきりわかる。まるで緑色の鰐が通りすぎていくのを眺めているようだった。見慣れた昆虫なのに、サイズがまるで違うから、この世のどんな生き物にも似ていない。地球外から飛来した未知の生物と聞かされたほうが驚かないだろう。

秋村はすがりつくように胸の前でナイフを握ったまま、魅入られたようにカマキリを見つめている。それは私も同じだった。恐ろしいのに、目を離すことができない。先に我に返った私が腕を引っ張ったが、秋村は動かなかった。

階段の降り口の右手は突き当たりだ。そいつは奥の壁に前脚をかけ、這い上がろうとしていた。後ろ脚を床から伸ばして立ち上がった姿は、犬の頭を持つ痩せた長身の人影

のように見える。後ろ脚は床についたままなのに、頭上を探っている鎌は、いまにも天井に届きそうだった。

もう一度秋村の腕を引いて階下へ急いだ。階段を降りきって、初めて言葉が出た。

「信じられない」

いつかのように、いま見ているものが真実だよ、と冷静に答えてくれると思っていたのだが、今度ばかりは秋村からその言葉は聞けなかった。かすれ声でこう言っただけだ。

「……悪い夢みたいだ」

足を止めずに食堂に駆け込んだ。

「どうするの」

「階段にバリケードをつくります」

長テーブルを部屋の外に引きずり出す。秋村の手を借りるまでもなく重いはずの八人がけテーブルがあっさり動いた。火事場の馬鹿力ってやつだ。

外へ逃げることも考えた。だが、食堂の窓をひと目見てあきらめた。カマキリはまた数を増やしている。しかもこの一晩で淘汰が進んだのか、窓に張りついているやつらはどれもこれも図体がでかい。駐車場に辿り着く前に、三上の二の舞になるに違いなかった。

天板を階段側に向けて昇り口に縦に二つ並べると、間口は上まで塞ぐことができたが、テーブルが長すぎて、斜めに立てかける不安定な格好になった。三角に残った隙間には食堂の椅子を積み上げることにする。

私と一緒に椅子を運んでいた秋村が、階上を不安げに仰ぐ。

「これで防げるかな」

「わかりません」正直、無理かもしれない。「とりあえず少しでも足止めをして、どこかに立て籠もりましょう」

非常口は開け放たれたままだ。バリケードに突き当たったら、一階に降りるのを諦めて、また外へ戻るかもしれない。他のカマキリが侵入してくる可能性もあったが、その時には共食いをしてくれればいい。腹が満たされれば、襲っては来ない、たぶん。情けないが、戦うという選択肢はもう、頭から消し飛んでいた。

椅子を上下さかさまに、あるいは斜めに、思いつくかぎり複雑に組み上げ、隙間の半分をなんとか塞ぐ。

こつん
こつ
こん
階段の上から何かがころがり落ちてきた。天板に突き当たって止まったようだ。なんだ？　積み上げた椅子の隙間から覗いてみる。

向こうからも片目だけの目がこちらを覗いていた。ハラビロカマキリの頭だった。

カマキリは生き餌しか食わない。一度手放したハラビロカマキリが動かなくなったから、餌とは認識せず、ただの異物として払いのけたのだ。新しい獲物を寄こせと言っているかのように。

急がなくては。食堂の椅子だけでは心もとなくて、厨房のテーブルを運び出していると、

階上から、壁を引っ掻く音が聞こえはじめた。

秋村の目がこぼれ落ちそうに膨らんだ。私の目も同じようなものだろう。

やつが降りてくるのだ。長すぎる脚を階段の両側の壁に這わせて。

　じゃり

　　じゃり

　　　じゃ　り

音が止(や)んだ。

その一瞬あとだった。斜めに立てかけたテーブルの隙間から鎌が飛び出してきた。

解体作業車の鉄骨切断機さながらのその鎌が、椅子のひとつを掴むと、軽々と放り出した。私と秋村は顔を見合わせ、同時に走り出した。

いままでどおり大部屋の一室へ立て籠もるつもりだったのだが、「こっちだ」秋村は私の手を取って廊下のさらに奥へ進んでいく。迷わずに飛び込んだのは浴場スペース。ランドリールームのドアだった。

閉ざしたドアに背を預けて大きく息を吐く。隣で秋村も同じように息をついていた。

秋村は半パンの腰にナイフを突っ込んでいるが、私は丸腰だ。手ぶらの両手を見下ろして呟いた。

「武器がなくなっちまった」やっぱり大部屋に行ったほうが良かったんじゃないのか。あそこにはありったけの武器を揃えてあった。ここのドアの上半分が曇りガラスなのも危うく思えた。「取ってきます」

ドアの外で椅子のバリケードが崩れ落ちる音が聞こえた。急がなくては。

「やめといたほうがいい」

秋村が私のシャツの襟を摑んで引き止める。シャツのボタンをつまんで、はずすような手つきをしながら言葉を続けた。

「それよりお風呂に入ろうか」

何を言ってるんだ、この人は？　恐怖で錯乱しているのだろうか。思わず顔を見返した。むこうも私を見つめていた。取り乱してもいないし、冗談を言っている表情でもなかった。

「カマキリは視覚、聴覚、嗅覚、ぜんぶを使って獲物を探す。立て籠もって息をひそめていても、匂いは消せない」

大まじめな顔で、本当にボタンをはずしはじめた。

「二階には死骸しかないことに気づいたみたいだからね。たぶん追いかけてるのは、藤間さんの血の匂い、体にしみついたカマキリの体液の匂い、だ」

確かに頰の裂傷からの出血は止まっていない。それどころかシャツに垂れ落ちていた。これまでの何匹もとの格闘で、緑色の体液もこびりついている。ズボンにも。
バリケードが崩壊した音が止むと、カマキリの這う音が聞こえはじめた。
じゃり
　　　　ざり
　　　　　　　　がり
　　ざり　ざり
秋村の言葉どおり、迷わずこちらに近づいている気がする。
「服はもう着ないほうがいい？」
「うん」と首を頷(うなず)かせてから、慌てて横に振った。「できるかぎりでいいから。私もそうする」秋村の服も三上の血に染まっている。
小ぶりな銭湯並みの浴槽には、湯が溜めてあった。そういえば、二階に上がる前、秋村はここにいた。準備していたってことか。腕に巻いたタオルをむしり取り、服を脱いで浴槽に飛び込んだ。湯ではなくまだ水だったが、気にしている場合じゃなかった。頭まですっぽり潜(もぐ)り、水中で髪を掻きむしる。傷口に水がしみるのもかまわず頰の血をこそげ落とす。手のひらで体をこすり上げる。
一分ですべてを終え、トランクスを穿いた。迷ったが襟ぐりに血のついたTシャツを脱ぎ捨てたまま戻ろうとすると、秋村が入ってきた。ハーフパンツも脱いだTシャツ一枚の姿だった。

その姿で切っ先を下にしたナイフをすがるように握りしめ、目を見開いていた。首にはまだビーズの飾りのネックレスをさげていた。剝き出しの足が震えているように見えた。

「ドアの外にいる」

ランドリールームのドアガラスを引っ搔く音がここにまで届いてきた。その音に混じってノックをするような音も。

こつ
こつ　こつ
カマキリがどこまで理解してやっているのかはわからないが、あの鉤爪の先で叩かれたら、そのうちにガラスは割れる。

秋村が何かを決意したように、脇に抱えていたパーカーとハーフパンツを浴槽に投げ入れた。

「脱いだものはここに放り込んで」

言われたとおりにしてから、ランドリールームへ踵を返そうとした。

「入り口を塞ぎましょう。洗濯機を動かせば――」

言い終える前に、ガラスが破れるけたたましい音がした。

入られた。あとはこの浴室の入り口しかない。こっちは全面曇りガラス。しかも引き戸だ。鍵はない。

心張り棒にするものはないか、血走っているに違いない目で浴室を見まわす。大人数用のたっぷりした広さのある浴室はよく片づけられていて、デッキブラシひとつ置かれていなかった。

いや、ひとつだけある。私は換気窓に目を向けた。あそこを補修するために使ったベッドの側板だ。

浴槽の縁に立ち、側板を剝がしにかかった。ガムテープも使ったいい加減な補強だったのに、剝がれない。

秋村が声を殺した叫びをあげた。私に聞かせるための叫びだ。

振り返ると、引き戸の曇りガラスいっぱいに張りついた影が見えた。

広げた脚が枠からはみ出している大きな影だ。ガラスを引っ掻く耳障りな音も聞こえている。

秋村は浴室の奥の壁に体を密着させている。固まらせた体の中で、こちらに向けた首だけが小さく横に動いた。「もうそれはあきらめろ」と言いたいようだった。匂いを消し、音を立てず、動かずにいて、カマキリをやり過ごすつもりらしい。

いや、あきらめない。側板をベッドから剝がした時のように、全体重を預けた。釘が飛び、細長い板とともにタイルの床に落下して、したたか尾てい骨を打った。

痛みに呻くのも忘れて立ち上がったが、そこまでだった。

引き戸が開いていた。

戸の向こうから鎌が差し入れられ、人間じみたしぐさで押し開けていた。

ず

ず　ずず

板を放り出して秋村の隣の壁に体を張りつかせた。頬の血がまた垂れ落ちてくる。手のひらでぬぐって舐(な)め取った。

引き戸にこじ入れるように逆三角形の頭部が現われた。緑色の巨大な目がすでにこちらの姿を捉えているように思えて、私は息を止め、裸の胸が上下するのも抑え込んだ。

蛇が這いずるように、ぬらりと長い胴体が入ってきた。

触角が小刻みに動いている。匂いを嗅いでいるのだ。頬に新たな血が滲んでくるのがわかった。ぬぐってしまいたかったが、動いたら最後だ。

蜘蛛のように不器用そうに脚を蠢かせてこちらへ這い寄ってくる。目を塞ぎたかったが、まばたきをすることすら恐ろしく、じっとその姿を見つめ続けていた。

私たちの手前、触角がいまにも触れそうな距離で動きを止めた。猫じみたしぐさで鎌を口もとに引き寄せて舐めている。ハラビロカマキリの肉片を掃除しているのだ。

また触角を震わせ、コマ落としのような中間の見えない動きで首を右に左にかしげさせた。訝(いぶか)っているようにも、値踏みしているようにも見えるしぐさだった。

首が左を向き、こちらに背中を見せた。一瞬、体の力が抜けかけたが、安心するのは早かった。背後から見ても半円形の目玉の中に、前から回ってきた偽瞳孔が浮かんでいた。こいつは、真後ろも、見通せるのだ。

どのくらいだったろう。ほんの数秒かもしれないが、長い時に思えるあいだ、私たちを睨み据えていた偽瞳孔が前方に戻る。そして浴槽のほうへ這っていった。タイルの感触を確かめるようにゆっくりと。

唇をすぼめて細く息を吐き出した。左にいる秋村の腕がそろりと動くのが目の隅に映った。壁に据え付けてあるシャワーに片手を伸ばそうとしているのだ。

私に横目を走らせてくる。お前も同じことをしろ、と言っているようだった。

カマキリは浴槽の中を覗き込んでいた。しばらくそうしてから、片方の鎌を浴槽の縁にかける。もう一方もかけて、体を伸び上がらせた。

秋村が背伸びをして私の耳もとで囁いた。

「いまだ」

え？

いきなり秋村が動いた。シャワーのカランを全開にすると、カマキリに歩み寄り、シャワーヘッドを銃口のように突き出して、水流を噴きかけた。

カマキリの体がびくりと震える。顔に噴きかかる水を鎌を差し上げて防ごうとしている。驚き慌てた時の反応は昆虫も人間もさして変わらない。

わけのわからないまま私も後に続き、カマキリに向けて放水をする。

いままで何度も秋村の機転に助けられているが、今回は無謀に思えた。消火器ほどの勢いはない。煮立った湯ほど熱いわけでもない。私のシャワーは遠すぎて、カマキリの胴体にしか届いていない。頭部を狙っている秋村の水流も驚かせるだけの効果しかなかった。

秋村がシャワーヘッドを捨て、細紐のネックレスを首からひきちぎった。浴槽に近寄り、効き目がないと言っていたきらきらの飾りをカマキリの前にかざして誘うように揺らす。片手でアフリカのナイフを握りしめたまま。

めちゃくちゃだ。死にたいのか。

カマキリの鎌がコマ落としの素早さで動く。先端のひときわ長い歯にTシャツを摑みとられた秋村は、たちまちたぐり寄せられ、樹木のような胸もとに引きずりこまれた。

「秋村さんっ」

化け物カマキリの鎌にからめとられた秋村の横顔には、恐怖は浮かんでいなかった。なぜか薄く笑っていた。逃げようとするどころかカマキリの胴にしがみついた。サイズに比べれば体重の軽いカマキリの体が大きくかしぐ。次の瞬間、秋村はカマキリを抱くように浴槽の中に飛び込んだ。

水しぶきがあがり、浴槽が赤く染まった。鎌で引き裂かれた秋村の血だ。

私は言葉にならない吠え声をあげた。逃げ回ってばかりだった頭の中でスイッチが切り替わった。転がっていた側板を握りしめる。

周りの人間を死なせたくないのは、秋村だけじゃない。私も同じだ。もう誰も死なせはしない。自分の大切な人を。私も浴槽に飛び込んだ。

水を嫌うカマキリには、地を這っている時の悠揚さはないようだった。秋村を抱えたままじたばたと暴れていた。長すぎる脚を制御できずに溺れているように見えた。私は側板を頭上に振り上げる。

二度目だから扱い方はわかっていた。板を縦に持ち、厚みの部分を刃にして、刀で刺すように頭と胴の継ぎ目に叩きつける。

カマキリの頭が水の中に沈み、バンザイをするように鎌を広げた。ネックレスの木製の飾りが浮かんできた。腹の下から、秋村の腕を摑んで引っぱりあげた。秋村はアフリカのナイフを握りしめたままだった。胸に抱え込むようにしっかりと。

げほ。

秋村が咳き込む。

だいじょうぶだ。生きている。

秋村の体を抱き上げると、水の中から鎌が伸びてきた。私を引きずりこもうとするように。だが、裸の私には歯をひっかける場所がない。脇腹をかすめて、新たな傷をつくっただけだった。

秋村を抱いて浴槽から飛び出し、振り向いて身構える。水から上体をもたげたカマキリが鎌を振り上げていた。下手に動くと鎌が届く距離だ。足先だけ動かして後ずさりする。秋村の体を重いと感じる余裕もなかった。実際、重くはなかった。湯灌をした時の明日歌と同じぐらい軽かった。

「ごほ、げほごほ」

秋村が激しく咳き込む。手からナイフが落ち、やけに高い音を立ててタイルにころがる。

そのとたん、カマキリの偽瞳孔がぐるりと動いて見えた。

来る。

とっさに秋村を胸の中にかばってうずくまる。

背中を襲ってくると思った鎌は、やって来なかった。

おそるおそる顔をあげた。

カマキリは鎌を振り上げたままだった。水槽の中で痙攣（けいれん）するように体を震わせている。

どうしたんだ。

　　ぴちゃ

ぴちゃ

浴槽の中から音が聞こえてきた。水を叩く音だ。カマキリが暴れているわけじゃない。

カマキリは首をかしげるように頭を斜めに傾けている。鎌は力なく宙を掻いているだけだ。

浴槽からぬっと黒くて長いものが突き出てきた。壺から出てくる曲芸のコブラのように、くさび形の先端をくねらせて水上に伸びていく。

ハリガネムシだ。特大の。

中空をさまよっていた先端が、何の行動原理もない、拠り所に突き当たった蔓性の植物の動きでカマキリの胴に巻きつく。カマキリはされるがままだ。

ぴちゃ　ぴち　ぴちゃ
激しくなるハリガネムシの動きとは裏腹に、尻を裂かれたカマキリは動きをとめた。口吻の四本のヒゲだけが、聞こえない呻きをあげるように動き続けている。

げぽ。

秋村が薄目を開けて私を見上げていた。もう下ろしてくれ、と言っているのだと思って腕の力をゆるめようとしたら、私の首に両腕を回してきた。


「わかっていたんですか」

秋村の腕に包帯を巻きながら私は尋ねた。酷いありさまだった。両腕にはキャタピラーで轢かれたかと思うほどの鎌の歯型がついている。秋村は秋村で私の頰と脇腹に一刻も早く消毒液を塗りつけようと、包帯を巻きおえた右腕で薬品のボトルをまさぐっていた。

「ううん。でも、もしかしたら、とは思ってた。あれの膨らんだお腹を見た時に。いくら大きいにしても、やけに動きが鈍かったし。カマキリがここに集まってくるのは、餌だけじゃなくて、水のある場所を——ハリガネムシの産卵場所を探しているんじゃないかって。あくまでも仮説だけど」

「言ってくれればよかったのに」なぜいつも、何も言わないで一人で無茶をするんだ。

「あれはメスだったから、カマキリ自身の卵でお腹が膨らんでる可能性もあったし。五分五分。実証してみないとわからなかった」

つ、つつ。痛みにひとしきり呻いてから言葉を続ける。

「確証が得られるまで発表はできない。それが学者の悲しい性（さが）だもの。それより、藤間さんも早く手当てしないと」

「だいじょうぶです。こんな傷。命を取られることに比べれば、なんでもない」

死に急いでいるように見える秋村に、そして自分自身に、そう言った。

私の治療をしようとする秋村の手から消毒液のボトルを奪い取って、自分で手当てをする。換気窓の側板を元通りにし、ガラスの破れたランドリールームのドアには、洗濯機を二台重ねてバリケードを築いた。だが、彼らをはるかにしのぐモンスターの出現に恐れをなしたのか、共食いが終わって腹を満たしたのか、外のカマキリたちはすっかりおとなしくなっているようだ。ランドリールームを封鎖する前に覗いたら、食堂の窓のカマキリは二匹に減っていた。

すべてを終えて、秋村が体を横たえている浴室の隅に戻った。カマキリは写実的なモニュメントのように浴槽に屹立したまま息絶えてしまった。少し前まで聞こえていたハリガネムシの水音もいまは静かだ。秋村はランドリールームに一枚だけ置かれていたバスタオルにくるまって目を閉じていた。

「着替えて、ベッドで休みますか？」

薄目を開けた秋村が照れたように目をしばたたいた。

「動けないんだ」

「じつは俺もです」

怪我のためというより、全身の力を一滴残らず絞り出しつくしてしまっていた。生き延びたと安堵したとたん、緊張が解け、もう一歩も動きたくなくなっている。

秋村にバスタオルをかけ直していたら、呻きながら身を起こして、半分を私の肩にかけてきた。遠慮なくいただくことにする。私たちはお互いの体温で体を温め合った。


どのくらいそうしていただろう。いつの間にか眠ってしまったようだ。浴室の窓から朝の光が差し込んでいた。

目を覚ましたのは、外の物音のためだった。声が聞こえる。

「先生〜、秋村先生〜、ご無事ですかぁ〜」

助かったのか、俺たちは。

私のかたわらの、ハの字の眉を寄せた、悪い夢を見た子どもみたいな寝顔を覗きこむ。

「秋村さん、朝ですよ」

秋村は薄く唇を開き、目を閉じたままだった。

急に不安になって、もう一度声をかけた。

「秋村……さ……ん」

バスタオルがもそりと動く。包帯を巻いた片腕が伸びてきた。指が頭の上のタイルをまさぐっている。ここにはない目覚まし時計を止めようとしているらしい。

「う　ん」

秋村がまぶたを開いた。目と鼻の先の私に気づいて、笑おうとしたが、剝き出しの足をタオルから放り出した自分の姿を恥じたのか、それとも三上の死を思い出したのか、すぐにその表情を引っこめる。笑って欲しくて、私は言った。

「朝飯つくらなくちゃ」

「え？」

「約束だから」秋村が夜食になぜかパスタをつくろうとしていたことを思い出した。

「パスタが好きなら、パスタにしましょうか」

秋村が浴槽に目を走らせてから顔をしかめた。

「イカ墨のパスタだけはやめて」

それから、とびきりの笑顔を見せた。

25

息苦しい。そして酷く暑い。

息をするたびに目の前を覆っている強化プラスチックが曇る。

隣にいる秋村にかける私の声は、マスクのためにくぐもっている。お碗型の感染予防のための医療用マスクだ。

「こんな格好、する必要があるんでしょうか」

私と同様、白い防護服に身を包んでいる秋村が強化プラスチックのゴーグルの中で顔をしかめてみせた。

「万全を期すってことなんだろ。上の人のすることには中間がないね」

私たちは旧日本軍の要塞跡の中へ入ったところだ。昼に近い時刻だが、中は薄暗い。マスク越しでも空気が湿っぽく淀んでいるのがわかる。

足もとを茶色いカマキリが走り逃げていく。ひとさし指ほどのごく普通のサイズに見えるが、体が細く、頭ばかりが大きい。鎌を重そうに引きずって小走りする姿は餓鬼のようだった。生まれたばかりの巨大カマキリの子どもだ。

中の森の巨大カマキリたちは、自衛隊の災害派遣部隊の手で駆除、捕獲されたが、一掃されたわけじゃない。なにしろ中の森は広大だし、巨大カマキリが産み落とした卵から、次々と幼虫が生まれているからだ。

もうカマキリは見たくもなかった。

あの夜から、今日で、二週間が経っている。

朝になって私たちがすぐに救出されたわけではなかった。三上の不在に気づいて最初に駆けつけてきた地元の警官たちは、潜んでいたカマキリに襲われ、一人が負傷して逃げ帰った。夕方近く、ヘリコプターの音が聞こえたかと思うと、銃を手にした迷彩服の男たちが宿泊棟に入ってきた。それでようやく、私たちは外へ出ることができた。

秋村が考えていたとおり、カマキリたちは、餌――私と秋村を含めた――を求めてやって来ただけじゃなかった。台風の大雨に刺激されて動き出した体内のハリガネムシに導かれて、水のある場所を探していたものも多かった。センターの人工池には何匹もの巨大カマキリの死体が浮かび、水の中にはハリガネムシが蠢いていた。

すべては運ばれた診療所で聞かされた話だが。

巨大カマキリの犠牲者が一人増えて、四人になったことも診療所で聞いた。四人目は、福田（ふくだ）という名の若い地元民だ。

福田がバナナムーンの従業員、あのきのこ帽子であることは退院してから知った。

福田は店の常連客数人（おもに観光ガイド）から志手島の希少動植物を買い入れ、ネットで違法に転売していたそうだ。災害派遣部隊が島に到着する前に――おそらく巨大カマキリでひと儲けするために――自ら中の森に入り、胸から上だけが白骨化した死体で発見された。

要塞の入り口から、私たちが向かっている階段までには、太いパイプが横たわり、大蛇のようにうねっている。

地底湖に蝟集(いしゅう)したハリガネムシをどうするかは、協議に何日も費やされたそうだ。「薬剤を散布すればいい」「いや、だめだ。志手島の自然環境が破壊される」「そんなことを言っている場合か」「でも、涙人湖やすべての河川にも散布するとなると……」「淡水だけでなく海水でも棲息できる可能性もあるのでは」「予算はどこが出すのだ」「薬剤と申しましても、そもそもどんな薬剤が効果的なのか現状ではわからないのです」

退院した秋村が対策本部に加わって、地底湖の水をすべて抜くことを提案した。涙人湖や河川には水質調査を行なってから対策を練ることや、もっとも急を要するのは、志手島の唯一のダムや農業用水の調査であることも。

志手島の非常事態宣言はまだ解除されていない。中の森が全域立入禁止なのはもちろん、他の緑地や農地に住む住民にも避難勧告が出されている。秋村も野生生物研究センターを離れ、対策本部がおかれた村役場の臨時宿舎で暮らしている。本来なら私はここには立ち入れない人間なのだが、秋村の助手という触れ込みで取材をさせてもらえることになった。「当然の権利だよ(よ)。藤間さんが見なくて誰が見る」

排水パイプを避けて階段を降りた。ここから汲み上げられた水は、〇・〇四ミリのハリガネムシの卵も通さないフィルターにかけられ、なおかつ専用の巨大なタンクに貯蔵される。戦跡の外には、一軒家のような巨大なタンクが石油コンビナートのように林立している。そのためにここから涙人湖方面への歩道は、トラックが通行できる道に拡張された。

地底湖はいつかの消防団が用意した機材よりはるかに大量で高性能の投光機によって、鏡面のように照らされていた。水はもうあらかた抜かれ、そこここにいる化学防護服に身を包んだ作業員の膝ぐらいになっている。

水面のあちこちが波打っていた。てんでんばらばらなさざ波が、水に映る光をゆらゆら揺らしている。残り少ない水の底で無数のハリガネムシが蠢いているのだ。水音も聞こえる。いたるところで湧き上がり、反響しているその音は、甲高い囁き声となって、地底湖の薄闇を揺らしていた。

これまでにここで捕獲されたハリガネムシのうち、最大のものは三メートル近くあったそうだ。どこで何が——あるいは誰が——宿していたものだろう。中の森で発見された巨大カマキリの中にはいまのところ、私と秋村が遭遇した化け物を超える大きさの個体はいなかったそうだが、あのカマキリから出てきたハリガネムシは一匹だけ。長さは二・二メートルだった。この島のどこかにはまだ、あの化け物を超える化け物が存在しているかもしれない。

「もうこれで、おしまいにできるんでしょうか」

私の問いかけに、秋村は首を斜めにかしげてから、縦に振り直した。

「そうならなくちゃ困るよ」

志手島のハリガネムシ（ネット上では死出島蟲と命名されているらしい）と巨大カマキリは、秋村の大学をはじめとする複数の研究機関で精査されているが、いまのところ何も解明されていない。

十日前、野生生物研究センターに保管されていた巨大な卵鞘から幼虫が生まれた。百数十匹のどれもが通常の幼虫の七、八倍のサイズだった。研究のために生き餌を与えられている彼らは、天敵のいない環境で、もう十センチを超える大きさに育っている。


戦跡を出て、専用テントで消毒を受け、ようやく私たちは防護服から解放された。パーカーと半パンに戻った秋村は、サンクチュアリーの西側の出口に向かって歩きはじめた。

もう車道に拡張されているから、戦跡の近くまで車で乗りつけることもできるのだが、秋村はそうしなかった。対策本部の公用車をフェンスの手前で待たせて、ブルドーザーでなぎ倒された森に足を踏み出した時に言っていた。「早くサンクチュアリーを復活させないとね」

巨大な爪痕のような車道を除けば、中の森はやっぱり緑の海だ。亜熱帯と温帯の樹木や草木が光と土を奪い合い、枝や幹や葉が交錯し絡み合った様子は、それ自体がひとつの巨大な生命体のように見える。剝き出しの土になった道のそこここにはもう、草木の芽が顔を出していた。

「カマキリたちも犠牲者なんだよ。無理やりあんな体にさせられて」

道を見ないようにしているのだと思う、頭上の梢を見上げて歩いていた秋村が、森に囁くように言った。

「ハリガネムシだって悪者というわけじゃない。昆虫の体を大きくしたり、人間にも寄生するようになったのは、宿主が少ないこの島で生き延びるための、遺伝子をもっと広い世界にばらまくための生存戦略だったんだと思うんだ」

「……生存戦略？」

「うん。それが生物の活動の根源。人間だって同じだ。生き物の駆除も、保護だって、どっちも身勝手な、人間が気分良く生存するための戦略なんだから」

志手島のハリガネムシは根絶やしにされるが、巨大カマキリをどこまで駆除するか、あるいは保護するかは、早くも議論が百出している。「あのハリガネムシがいなければ、巨大カマキリもたぶんあと何代かで途絶えちゃうんだけどね」と秋村は言っているが。

「みんな戦略で生きているわけですか。そう考えるとわかりやすいけど……なんだか身もふたもないですね」

秋村が私の言葉に片手をひらつかせた。包帯は取れたが、両腕には縫合痕が生々しく残っている。たぶん完全には消えないだろう。「もう嫁に行く歳でもないしね」と笑う秋村は来月で四十一歳になるそうだ。そうかな。

「英語で言えばストラテジーなんだけど、確かに戦略っていう日本語訳は物騒に聞こえるね。言い換えれば、生き物はみんな、もっと生きたい、誰かとひとつになりたいって、常に考えてるってこと」

なるほど。カマキリのオスだって食われるためにメスに近づくわけじゃないだろう。危険を冒しても交尾したい、うまくやりおおせて逃げ切れるはず、逆三角形のあの頭でそう考えているに違いない。

「これから、どうするんですか……秋村さんは」

志手島は渡航が禁止された。逆に島民たちは全員に精密検査が義務づけられ、ハリガネムシに感染していないことが確認されるまでは島から出られない。最終的には、よそからの移住者が多い島民も、長期滞在者も、相当数が島を離れることになるだろう、オテル・ボーカイのオーナー、工藤はそう言っている。身の危険を案じるからではなく、観光客が来ないと、島での生活が立ち行かなくなるからだ。

当たり前のことを聞くな、という顔をされてしまった。

「もちろん残るよ。大学に帰って来いって言われても」

いつまでかかるかわからないけれど、志手島は必ず復活するよ。なにしろいまや世界一有名な島だから。歩行樹が並ぶ下り坂を降りながら、秋村が歌うように言う。神田出版の伊沢によれば、「ビッグニュースなんてもんじゃありませんよ。人間サイズのカマキリに、日本だけじゃなくて世界中がひっくり返ってます」だそうだ。

西側の出口までの道のりはもともと十分ほどなのだが、車道になったためか、それ以上に近く感じた。もう出口が見えてきてしまった。私たちの足どりは急にゆっくりになる。

「明日だよね」

感染の可能性がある観光客も、結局ずっと足止めを食らっていた。ただ、まだ医療支援態勢が整っていないいまは、どのみち島ではろくに検査が出来ない。島を出てすぐ本土の病院に一定期間隔離され、その後も定期的に検査を受けることを条件に、帰還の許可が降りた。最初の臨時便は先週出発していて、私も明日、第二便でこの島を出る。

「ええ」

今夜は工藤夫妻が送別会を開いてくれるそうだ。

「ねえ、秋村さん――」

私の言葉を途中で遮って、あいかわらずよく日に焼けた顔が見上げてくる。

「いつかまた来るよね」そう言ってから、言いわけみたいにつけ加えた。「志手島に」

秋村さんも東京に来てください。そう言おうとしたが、たぶん今回の件が片づくまでは島を離れはしないだろう。災害対策本部の仕事で、たとえ本土に来ることがあっても、私などに会っている暇はないに違いない。

生物としての戦略にしたがって私は、覗きこんでくる目をまっすぐ見つめ返して、彼女の言葉を訂正した。

「いつかじゃなくて、渡航禁止が解かれしだい飛んできます。秋村さんに会いに」

秋村は初めて会った時と同じように、目尻に日焼けを逃れた白いしわをつくった。

26

船酔いはしないほうだと思っていたのだが、悪天候で船が揺れるせいだろうか、胃のむかつきが止まらない。

志手島を出てから八時間が経った。船内でとった夕食もろくに食えず、そのかわり喉が酷く渇いて、私は水ばかり飲んでいる。

行きは雑居の大部屋だったが、帰りの今回は個室だ。第一便であらかたの観光客が帰ってしまっていたから、空室が多く、しかも旅費は無料。

ベッドに横になっているうちに、また吐き気が込み上げてきて、バスルームのトイレに駆け込んだ。

喉に何かが詰まっている違和感があるのに、胃液もろくに出てこなかった。

顔を洗って鏡を見る。

なんだか自分の顔ではない気がした。頬がずいぶんこけた。顎も細くなっている気がする。この一か月で五キロ痩せた。まあ、いろいろなことがあったのだから、しかたない。

内臓が反乱を起こして、全身もだるく力が入らないのに、頭だけは冴え冴えとしている。気分は妙に高ぶっていた。外洋ではネットが繋がらないし、テレビも映らない。そもそも見る気もなかった。他にすることもなく、揺れるテーブルの上でノートパソコンを立ち上げた。

志手島で私が書いたものといえば、一連の事件の断片を走り書きしたメモばかりで、神田出版から依頼された原稿は放っぽったままだった。そもそも伊沢の依頼は途中から、『びっくりな動物大図鑑』ではなく、今回の巨大カマキリとハリガネムシの顚末（てんまつ）を一冊にまとめてくれというものに変わった。私の二冊目の本は、おもわぬ形で世に出ることになりそうだった。

「帰ったら、大変ですよ、藤間さん。インタビューとか執筆の依頼が殺到すると思います。でも、最初の一冊はぜひともウチでお願いします」

そのつもりだ。神田出版には仕事をもらってきた義理がある。志手島の滞在費が底をついて、印税の前払いも受け取ってしまったし。

滞在費といっても、宿泊代はかかっていない。ずっと工藤夫妻の自宅に居候（いそうろう）していた。

「オテル・ボーカイは店じまいだ。漁師をやる」工藤はそう言っているが、朱音さんは違う。「巨大カマキリの博物館ができるって噂があるの。そうしたら世界中からお客さんが来るよ」それまではホテルをやめないそうだ。

モニター画面に文字が浮かび上がる。

『生物の不思議を人間はどれだけ知っているだろう。』

一か月前に私が書いた一行だ。

我ながら、間違っちゃいなかった。確かにまるで知らない。私も含めて誰も。新しい本の一行目にも、そのまま使えそうだ。

二行目を打ちはじめたとたんに船が揺れた。

『おそらく誰もしししししし』

消去。

五行も書かないうちに、また内臓が暴れ出した。胃だけでなく、腸ももぞもぞと蠕動している。文字が蠢く昆虫に見えてきた。ひらがなはハリガネムシとなって這いまわる。

私はパソコンに見切りをつけ、甲板へ出て夜風にあたることにした。

見上げる空には月も星もない。昏い海には島影ひとつ見えなかった。ただ、船の灯が航跡の輪郭を光らせていた。

私は明日歌の顔を思い浮かべようとした。夢想の中では毎日会っていたのに、志手島にいるあいだに、思い出すことが少なくなった——いや、いつしか思い出さなくなっていた。ごめんよ。なにしろ、いろいろありすぎて。

なぜだろう。うまく顔が思い出せない。

俺がここにいるからか。そっちにいけば、会えるのか。

手すりから身を乗り出して、淡く光る波頭を見つめた。他のすべてが闇に閉ざされているせいだろうか、こうして見るとやけに美しい光に思える。

明日歌を失ってからの私は、こんな時、いつも考えていた。

こんな時というのは、たとえば高い場所から下を覗く時や、駅のホームの縁に立った時、運転する車が崖っぷちすれすれを走っている時だ。

生と死の境はあいまいで、わずかな距離しかなく、いま握っている手すりのような障壁もなく、ほんの一歩で、たった一秒で、明日歌とひとつになれる、と。あの世を信じているわけではないから、また会えるなんてただの甘い幻想だとわかってはいるが――わかろうとしているが――少なくとも明日歌のいない日々からは抜け出せる、と。

涙人湖の縁に立った時もそうだった。正直に言えば、いま突風が吹いてくれれば落ちていけるのに、とあの時は考えていた。

人はなぜ自ら死を選ぼうとするのか、そのことを知るために志手島へ出かけたはずなのに、結局、わかったのは、人が、生き物が、なぜ生きるのかということだけだ。

たいした意味はない。生まれたから、生きるのだ。

明日歌だってきっとそうだったはずだ。ハリガネムシに似た何かが体に巣くって、そいつにそそのかされて、生きたいという思いをねじ曲げられただけだ。そう思う。そう思いたい。

夜風は何の役にも立たず、また吐き気が襲ってきた。

手すりを握りしめて、使い終わりのチューブを絞り出すように、胃と喉に力をこめる。自分の体の中にいるかもしれないハリガネムシを吐き出すように。

俺は負けない。生存戦略に勝って、俺が生き残る。それが生物としての使命だから。

ようやく吐けた。半分しか食えなかった夕飯のカレーの臭いの反吐(へど)が海へ落ちていく。

そのとたん、こんな時に、明日歌の顔が浮かんできた。

なぜか不機嫌な顔だった。私がつまらない言葉で怒らせたか、まだ会社に通えていた頃に職場で嫌なことがあった時の、下がり気味の眉の間にしわをつくった顔。

よお、久しぶり。やっと会えたね。

不機嫌でも、こんな顔を思い出せたのは嬉しかった。症状が進んでからの明日歌は、感情が表に出なくなっていた。いままでの私の頭に浮かんでくるのは、そんな、感情が消え、ぼんやり夢想しているような顔が多かったから。おそらく死の夢を見ている。

なにを怒っているの。

微笑(ほほえ)んではくれない明日歌に私は語りかけた。

俺はだいじょうぶ。もう、だいじょうぶだよ。

27

波止場が見えてきた。私はショルダーバッグをさげて甲板に出ている。

夜半になって揺れが収まったせいか、体が順応したのか、胃のむかつきはすっかり消えた。朝食も夕飯のもとを取るぐらい食べた。

目の前の海は、志手島とは大違いの重油を溶かし込んだような色をしていた。それが、帰ってきたのだと、私に実感させる。

重油色の海の先では、内臓のような化学プラントや、高さを競い合う煙突と高層ビルが、現れては消えていく。海と似た色合いの空に、航空機が銀色の鳥となって舞い上がっていった。

志手島を楽園だと誰もが言うが、これだけ人やモノがあふれ返っているのに、どこへも行くつもりがないのだから、本当はいま見えているここが、私たちの楽園なのだろう。

あらゆるモノが手に入り、手軽に快適さを享受でき、指先ひとつで世界と繋がり、さまざまな欲望を満たす場所がすぐそこに存在する。人類があの手この手の戦略で、他の生物との競争を勝ち抜き、獲得した、平和な楽園。

でも、その楽園の真下に、何が潜んでいるのか、蠢いているのか、いつそれが湧き出してくるのかは、誰も知らないのだ。

船が到着し、下船をする人々の列に加わると、背後から声をかけられた。

「あれ、あんた、もしかして」

私の後ろに並んでいた三十代半ばの男だった。よく日焼けした顔に親しげな笑みを浮かべているが、私には見覚えがない。

「カマキリのヒト？　そうだよね。テレビで見たよ」

渡航禁止になった志手島に、マスコミは入って来ることはできなかったが、発信と拡散がお手軽なこの時代だ。公式な会見などはなかったし、取材を、というコンタクトも無視し続けていたのだが、秋村と私のことは映像つきで広く世間に知られてしまった。地元紙の楽園タイムズには、顔写真も載った。

「ねえねえ、どうだったの、カマキリ。本当のところ。マスコミが話を大きくしてるんじゃないの？　俺は海にしか出られなかったし、カマキリなんて一匹も見てないよ」

適当にやり過ごしながら考えていた。そうか、船を降りたら無事ではすまないかもしれないな。

タラップが下ろされた先には、大勢の人々が詰めかけていた。前列に並んだものものしい防護服の一団は、私たちを病院へ直行させるための医療スタッフだ。その後ろの群衆は、なにしろ一か月ぶりの帰還だから、出迎えの人間が多いのだろうと思っていたが、報道関係の人間もかなり集まっていそうだった。

「カマドウマなら、すごく大きいのを見たけどな。さすが南の島だなぁって」

聞き流していた男の言葉が、耳の端にひっかかった。

「この船でも見たっていう人間がいるんだよ。知ってるかい。貨物室のカマドウマの話」

「いえ、なんですかそれ」

「とんでもなくでかいのが跳ねてたんだって。貨物の間で」

男が握りこぶしを突き出す。

「胴体だけで、このくらいあったって」

え？

「本当ですか」だとしたら、この船から出しちゃだめだ。「ねえ、それって……」

前方からどよめきが起きた。女性たちの悲鳴も聞こえた。

タラップを降りようとしている人々の列がちりぢりに乱れている。何かを避けようとして誰もが身をよじっていた。

タラップから薄茶色の何かが飛び出して、埠頭で待つ人々の輪も乱した。

虫だ。

ここからでもその姿が見てとれる、尋常じゃない大きさのカマドウマ。

カマドウマは、長い脚で跳びはねて、見る間に埠頭の脇の水路に飛び込んだ。

初出　「オール讀物」（二〇一八年三月号～二〇一九年五月号）

単行本　二〇一九年九月　文藝春秋刊

DTP制作　言語社

本書の無断複写は著作権法上での例外を除き禁じられています。
また、私的使用以外のいかなる電子的複製行為も一切認められておりません。

楽園の真下

定価はカバーに表示してあります

2022年4月10日　第1刷

著　者　荻原　浩
発行者　花田朋子
発行所　株式会社　文藝春秋

東京都千代田区紀尾井町3-23　〒102-8008
TEL　03・3265・1211(代)
文藝春秋ホームページ　http://www.bunshun.co.jp

落丁、乱丁本は、お手数ですが小社製作部宛お送り下さい。送料小社負担でお取替致します。

印刷製本・凸版印刷

Printed in Japan
ISBN978-4-16-791855-2

（　）内は解説者。品切の節はご容赦下さい。

小川洋子
猫を抱いて象と泳ぐ
伝説のチェスプレーヤー、リトル・アリョーヒン。彼はいつしか「盤下の詩人」として奇跡のように美しい棋譜を生み出す。静謐にして愛おしい、宝物のような傑作長篇小説。（山崎　努）
お-17-3

乙川優三郎
太陽は気を失う
福島の実家を訪れた私はあの日、わずかの差で津波に呑まれていたかも——。震災に遭遇した女性を描く表題作など、ままならぬ人生を直視する人々を切り取った短篇集。（江南亜美子）
お-27-5

荻原　浩
ちょいな人々
「カジュアル・フライデー」に翻弄される課長の悲喜劇を描く表題作ほか、少しおっちょこちょいでも愛すべき、ブームに翻弄される人々がオンパレードの抱腹絶倒の短篇集。（辛酸なめ子）
お-56-1

荻原　浩
ひまわり事件
幼稚園児と老人がタッグを組んで、闘う相手は？　隣接する老人ホーム「ひまわり苑」と「ひまわり幼稚園」の交流を大人の事情が邪魔するが。勇気あふれる熱血幼老物語！（西上心太）
お-56-2

大島真寿美
あなたの本当の人生は
書けない老作家、代りに書く秘書、その作家に弟子入りした新人。「書くこと」に囚われた三人の女性の奇妙な生活は思わぬ方向に。不思議な熱と光に満ちた前代未聞の傑作。（角田光代）
お-73-1

尾崎世界観
祐介・字慰
クリープハイプ尾崎世界観、慟哭の初小説！　売れないバンドマンが恋をしたのはピンサロ嬢——。「尾崎祐介」が「尾崎世界観」になるまで。書下ろし短篇「字慰」を収録。（村田沙耶香）
お-76-1

開高　健
珠玉
海の色、血の色、月の色——三つの宝石に託された三つの物語。作家の絶筆は、深々とした肉声と神秘的なまでの澄明さにみちている。『掌のなかの海』『玩物喪志』『一滴の光』収録。（佐伯彰一）
か-1-11

大沢在昌
極悪専用

やんちゃが少し過ぎた俺は、闇のフィクサーである祖父ちゃんの差し金でマンションの管理人見習いに。だがそこは悪人専用住居だった！　ノワール×コメディの怪作。（薩田博之）

お-32-9

大沢在昌
心では重すぎる　（上下）

失踪した人気漫画家の行方を追う探偵・佐久間公の前に、謎の女子高生が立ちはだかる。渋谷を舞台に描く、社会の闇を炙り出す著者渾身の傑作長篇。新装版にて登場。（福井晴敏）

お-32-12

奥田英朗
イン・ザ・プール

プール依存症、陰茎強直症、妄想癖など、様々な病気で悩む患者が病院を訪れるも、精神科医・伊良部の暴走治療ぶりに呆れるばかり。こいつは名医か、ヤブ医者か？　シリーズ第一作。

お-38-1

奥田英朗
空中ブランコ

跳べなくなったサーカスの空中ブランコ乗り、尖端恐怖症で刃物が怖いやくざ……。おかしな症状に悩める人々を、トンデモ精神科医・伊良部一郎が救います！　爆笑必至の直木賞受賞作。

お-38-2

奥田英朗
町長選挙

都下の離れ小島に赴任することになった、トンデモ精神科医の伊良部。住民の勢力を二分する町長選挙の真っ最中で、巻き込まれた伊良部は何とひきこもりに！　絶好調シリーズ第三弾。

お-38-3

奥田英朗
無理　（上下）

壊れかけた地方都市・ゆめのに暮らす訳アリの五人。それぞれの人生がひょんなことから交錯し、猛スピードで崩壊してゆく様を描いた傑作群像劇。一気読み必至の話題作！

お-38-5

荻原　浩
幸せになる百通りの方法

自己啓発書を読み漁って空回る青年、オレオレ詐欺の片棒担ぎ、リストラを言い出せないベンチマン……今を懸命に生きる人々を描いたユーモラス&ビターな七つの短篇。（温水ゆかり）

お-56-3

（　）内は解説者。品切の節はご容赦下さい。

ギブ・ミー・ア・チャンス　荻原　浩
漫才芸人を夢見てネタ作りと相方探しに励むフリーターを描く表題作ほか、何者かになろうと挑み続ける、不器用で諦めの悪い八人の短篇集。著者入魂の「あと描き」（イラスト）収録。
お-56-4

夏のくじら　大崎　梢
大学進学で高知にやって来た篤史はよさこい祭りに誘われる。初恋の人を探すために参加するも、個性的なチームの面々や踊りの練習に戸惑うばかり。憧れの彼女はどこに!?　（大森　望）
お-58-1

プリティが多すぎる　大崎　梢
文芸志望なのに少女ファッション誌に配属された南吉くんこと新見佳孝・26歳。くせ者揃いのスタッフや10代のモデル達のプロ精神に触れながら変わってゆくお仕事成長物語。　（大矢博子）
お-58-2

スクープのたまご　大崎　梢
週刊誌編集部に異動になった信田日向子24歳。「絶対無理！」怯える気持ちを押し隠し、未解決の殺人事件にアイドルのスキャンダル写真等、日本の最前線をかけめぐる！　（大矢博子）
お-58-3

赤い博物館　大山誠一郎
警視庁付属犯罪資料館の美人館長・緋色冴子が部下の寺田聡と共に、過去の事件の遺留品や資料を元に難事件に挑む。超ハイレベルで予測不能なトリック駆使のミステリー！　（飯城勇三）
お-68-2

あしたはれたら死のう　太田紫織
自殺未遂の結果、数年分の記憶と感情の一部を失った遠子。その時に亡くなった同級生の少年・志信と自分はなぜ死を選んだのか——遠子はSNSの日記を唯一の手がかりに謎に迫るが。
お-69-1

銀河の森、オーロラの合唱　太田紫織
地球へとやってきた、慈愛あふれる宇宙人モーンガータ（見た目はほぼ地球人）。オーロラが名物の北海道陸別町で宇宙人と暮らす日本の子どもたちが出会うちょっとだけ不思議な日常の謎。
お-69-2

（　）内は解説者。品切の節はご容赦下さい

加納朋子
少年少女飛行倶楽部
中学一年生の海月が入部した「飛行クラブ」。二年生の変人部長・神（じん）ことカミサマをはじめとするワケあり部員たちは果たして空に舞い上がれるのか？　空とぶ傑作青春小説！　（金原瑞人）
か-33-4

加納朋子
螺旋階段のアリス
憧れの私立探偵に転身を果たしたものの依頼は皆無、事務所で暇をもてあます仁木順平の前に、白い猫を抱いた美少女・安梨沙が迷いこんでくる。心温まる7つの優しい物語。（藤田香織）
か-33-6

加納朋子
虹の家のアリス
心優しき新米探偵・仁木順平と聡明な美少女・安梨沙。『不思議の国のアリス』を愛する二人が営む小さな事務所に持ちこまれる6つの奇妙な事件。そして安梨沙の決意とは。（大矢博子）
か-33-7

加納朋子
トオリヌケ キンシ
外に出られないヒキコモリのオレが自由を満喫できるのはただ夢の世界だけ——。不平等で不合理な世界だけど、出口はある。かならず、どこかに。6つの奇跡の物語。（東　えりか）
か-33-8

川村元気
億男
宝くじが当選し、突如大金を手にした一男だが、三億円と共に親友の九十九が失踪。「お金と幸せの答え」を求めて、一男の旅がはじまる！　本屋大賞ノミネート、映画化作品。（高橋一生）
か-75-1

川越宗一
天地に燦たり
なぜ人は争い続けるのか——。日本、朝鮮、琉球。東アジア三か国を舞台に、侵略する者、される者それぞれの矜持を見事に描き切った歴史小説。第25回松本清張賞受賞作。（川田未穂）
か-80-1

北方謙三
杖下（じょうか）に死す
剣豪・光武利之が、私塾を主宰する大塩平八郎の息子、格之助と出会ったとき、物語は動き始める。幕末前夜の商都・大坂を舞台に至高の剣と男の友情を描ききった歴史小説。（末國善己）
き-7-10

文春文庫　最新刊

警視庁公安部・片野坂彰
群狼の海域　濱嘉之
中ロ潜水艦群を日本海で迎え撃つ。日本の防衛線を守れ

楽園の真下　荻原浩
島に現れた巨大カマキリと連続自殺事件を結ぶ鍵とは？

雨宿り　新・秋山久蔵御用控（十三）　藤井邦夫
斬殺された遊び人。久蔵は十年前に会った男を思い出す

潮待ちの宿　伊東潤
備中の港町の宿に奉公する薄幸な少女・志鶴の成長物語

きのうの神さま　西川美和
映画『ディア・ドクター』、その原石となる珠玉の五篇

駐車場のねこ　嶋津輝
オール讀物新人賞受賞作を含む個性溢れる愛すべき七篇

火の航跡〈新装版〉　平岩弓枝
夫の蒸発と、妻の周りで連続する殺人事件との関係は？

小袖日記〈新装版〉　柴田よしき
ＯＬが時空を飛んで平安時代、「源氏物語」制作助手に

夜明けのＭ　林真理子
御代替わりに際し、時代の夜明けを描く大人気エッセイ

女と男の絶妙な話。悩むが花　伊集院静
週刊誌大人気連載「悩むが花」傑作選、一一一の名回答

サクランボの丸かじり　東海林さだお
サクランボに涙し、つけ麵を哲学。「丸かじり」最新刊

老いて華やぐ　瀬戸内寂聴
愛、生、老いを語り下ろす。人生百年時代の必読書！

800日間銀座一周　森岡督行
あんぱん、お酒、スーツ──銀座をひもとくエッセイ集

自選作品集　**鬼子母神**　山岸凉子
依存か、束縛か、嫉妬か？　母と子の関係を問う傑作選

フルスロットル　トラブル・イン・マインドI　ジェフリー・ディーヴァー　池田真紀子訳
ライム、ダンス、ペラム。看板スター総出演の短篇集！

日本文学のなかへ〈学藝ライブラリー〉　ドナルド・キーン
古典への愛、文豪との交流を思いのままに語るエッセイ